INFINITA
PLUS

Claudia Gray

Contra las estrellas

Traducción de **Sheila Espinosa**

<u>M</u>ontena

Título original: *Defy The Stars*

Primera edición: abril de 2017

© 2016, Claudia Gray
© 2017, Penguin Random House Grupo Editorial, S. A. U.
Travessera de Gràcia, 47-49. 08021 Barcelona
© 2017, Sheila Espinosa Arribas, por la traducción

Printed in Spain – Impreso en España

ISBN: 978-84-9043-776-6
Depósito legal: B-4.919-2017

Compuesto en M. I. Maquetación, S. L.

Impreso en Romanyà Valls, S. A.
Capellades (Barcelona)

GT 3 7 7 6 6

Penguin
Random House
Grupo Editorial

1

Dentro de tres semanas, Noemí Vidal morirá aquí, en este mismo lugar.

Lo de hoy es solo una práctica más.

Noemí quiere rezar como el resto de los soldados que tiene a su alrededor. El suave murmullo ondulante de sus voces le recuerda las olas rompiendo contra la orilla. La gravedad cero hace que parezca que están debajo del agua, con el pelo flotando alrededor de la cabeza, los pies meciéndose fuera de los arneses como arrastrados por la corriente. La única prueba de lo lejos que están de casa es la estrella oscura que asoma al otro lado de las ventanillas.

Los otros soldados que están con ella comparten una mezcla de distintas fes. Casi todas las Gentes del Libro se sientan cerca los unos de los otros: los judíos se cogen de las manos; los musulmanes están sentados en una esquina para poder rezar mejor en dirección al lejano punto del firmamento en el que está la Meca. Como los demás miembros de la Segunda Iglesia Católica, Noemí tiene su rosario de cuentas en la mano, el pequeño crucifijo tallado en piedra flotando cerca de la cara. Lo aprieta con fuerza con la esperanza de que la ayude a no sentirse tan hueca por dentro. Tan pequeña. Tan desesperada por vivir una vida a la que ya ha renunciado.

Todos son voluntarios, del primero al último, pero ninguno

está realmente preparado para morir. Dentro de la nave de transporte, el aire está cargado de una terrible determinación.

«Veinte días —se recuerda Noemí a sí misma—. Me quedan veinte días.»

No es mucho a lo que aferrarse, así que mira hacia la fila en la que está sentada su mejor amiga, una de los civiles que los acompaña, pero solo para trazar posibles trayectorias para la Ofensiva Masada, por lo que no morirá en el proceso. Los ojos de Esther Gatson están cerrados en señal de ferviente oración. Si Noemí pudiera rezar como ella, quizá no estaría tan asustada. Esther lleva el pelo, largo y dorado, recogido en dos gruesas trenzas enroscadas alrededor de la cabeza, como una aureola y, de pronto, Noemí siente que la llama del valor vuelve a encenderse en su interior.

«Esto lo hago por Esther. Si no sirve para salvar a nadie más, al menos que la salve a ella… Aunque solo sea de momento.»

Casi todos los soldados que la rodean tienen entre dieciséis y veintiocho años. Noemí solo tiene diecisiete. Su generación se está diezmando por momentos.

Y la Ofensiva Masada será el mayor sacrificio de todos.

Es una misión suicida, aunque nadie utiliza esa palabra. Setenta y cinco naves atacando al mismo tiempo, todas con un mismo objetivo. Setenta y cinco naves que volarán en mil pedazos. Noemí pilotará una de ellas.

La Ofensiva Masada no decantará la guerra del lado de Génesis, pero sí le dará más tiempo. Su vida a cambio de tiempo.

«No. —Noemí mira otra vez a Esther—. Tu vida a cambio de la suya.»

En esos últimos años de la guerra, han caído miles de personas y la victoria no parece cercana. La nave que los transporta tiene casi cuarenta años, lo cual la convierte en una de las más nuevas de la flota de Génesis, pero cada vez que Noemí levanta la mirada descubre algo nuevo: un parche que insinúa una vía reparada en el casco, las ventanas cubiertas de marcas que difuminan las estrellas que brillan al otro lado, el desgaste de los arneses que los sujetan a los asientos. Incluso tienen que limitar el uso de la gravedad artificial si quieren conservar la potencia.

Ese es el precio que Génesis tiene que pagar a cambio de una atmósfera limpia, de la salud y del bienestar de todas las criaturas que pueblan el planeta. En Génesis no se construye nada nuevo mientras lo antiguo siga funcionando. Su sociedad se ha comprometido a limitar la industria y las manufacturas, lo cual les ha supuesto más beneficios que desventajas, o al menos así fue hasta que la guerra volvió a estallar, años después de que cerraran las últimas fábricas de armamento y se construyeran las nuevas naves de combate.

La Guerra de la Libertad terminó hace más de tres décadas, o eso parecía, y en Génesis estaban convencidos de haberla ganado. El planeta empezó a recuperar la normalidad. Las cicatrices de la guerra seguían estando muy presentes; Noemí siempre fue más consciente que la mayoría. Pero incluso ella, como todos los demás, creyó que por fin estaban a salvo.

Hasta que hace dos años el enemigo regresó. Desde entonces, Noemí ha aprendido a disparar y a pilotar un caza. Ha aprendido a llorar por los amigos caídos en acto de servicio. Ha aprendido a mirar hacia el horizonte, ver humo y saber que el pueblo más cercano ya no es más que un montón de escombros.

Ha aprendido a luchar. Ahora le toca aprender a morir.

Las naves del enemigo son nuevas; sus armas, más poderosas; y sus soldados ni siquiera son de carne y hueso. Son ejércitos de mecas: robots con aspecto humano, pero sin piedad, sin puntos débiles, sin alma.

«¿Qué clase de cobarde participa en la guerra, pero se niega a librarla en persona? —piensa Noemí—. ¿Qué clase de monstruo mata a los habitantes de otro planeta y no arriesga ni a uno de los suyos?

»Lo de hoy no es más que una incursión de prueba —se recuerda a sí misma—. Nada importante. Solo tienes que recorrer la zona y aprendértela para que, cuando llegue el día, por muy asustada que estés, seas capaz de...»

De pronto, empiezan a brillar unas luces naranjas a lo largo de todas las filas. Es la señal que indica que la gravedad artificial está a punto de activarse. Aún es demasiado pronto. Los soldados intercambian miradas de preocupación, pero la amenaza saca a Noemí de su ensoñación. Se coloca en posición y respira hondo.

¡Bam! Cientos de pies chocan al mismo tiempo contra el suelo metálico. Ella nota que el pelo le cae hasta la barbilla; lleva una cinta acolchada en lo alto de la frente que impide que le caiga sobre la cara. Solo necesita un segundo para entrar en modo de combate: se quita el arnés y coge el casco. Siente el exotraje, de color verde oscuro, pesado pero flexible, tan preparado para la batalla como ella.

Porque parece que eso es lo que les espera.

—¡Todos los guerreros a sus cazas! —grita la capitana Baz—. Parece que tenemos naves a punto de cruzar la puerta en cualquier momento. ¡Despegamos en cinco minutos!

El miedo desaparece, desplazado por el instinto del guerrero. Noemí se une a las filas de soldados que se dividen en escuadrones y corren hacia sus cazas por los estrechos pasillos de la nave.

—¿Qué hacen aquí? —murmura el novato que tiene justo delante, un chico con la cara redonda, mientras avanzan a toda prisa por el túnel entre paneles desmantelados y cables al descubierto. Bajo las pecas, está pálido como la cera—. ¿Es que sabían lo que íbamos a hacer?

—Aún no nos han atacado, ¿verdad? —señala Noemí—. Eso significa que no saben nada de la Ofensiva Masada. En realidad, es una suerte que nos los hayamos encontrado aquí, así podemos enfrentarnos a ellos lejos de casa, ¿no?

El pobre novato asiente. Está temblando. A Noemí le gustaría decirle algo más, animarlo, pero sabe que las palabras nunca han sido lo suyo. Siempre ha sido brusca, un poco arisca incluso, con el corazón tan bien disimulado tras un temperamento incendiario que casi nadie sabe que ella también tiene sentimientos. A veces le gustaría poder volverse del revés para que la gente viera lo bueno antes que lo malo.

La batalla saca lo peor que hay en ella, algo que en las actuales circunstancias resulta de hecho positivo. En cualquier caso, ahora ya tampoco no tiene mucho sentido intentar mejorar como persona.

Esther, que va justo delante del chico, se da la vuelta y le sonríe.

—Todo saldrá bien —le promete con esa voz tan dulce que tiene—, ya lo verás. En cuanto te montes en el caza, recordarás el entrenamiento y te sentirás el más valiente de todos.

El chico le devuelve la sonrisa, visiblemente más tranquilo.

Cuando se quedó huérfana, Noemí odiaba el mundo por el mero hecho de existir, odiaba a los demás porque no sufrían como ella y se odiaba a sí misma por seguir respirando. Los padres de Esther, los Gatson, fueron muy amables al acogerla, pero ella no podía evitar ver las miradas que intercambiaban, la frustración por hacer tanto por alguien que no podía o no quería agradecérselo. Pasaron años antes de que pudiera sentir gratitud o cualquier otro sentimiento que no fuera odio y rencor.

Pero Esther nunca le hizo sentirse mal. Ya en aquellos primeros días, los peores, sabía que no tenía sentido intentar animarla con palabras vacías sobre el pasado o sobre la voluntad de Dios, y eso que por aquel entonces solo tenían ocho años. Era consciente de que lo único que Noemí necesitaba era a alguien que estuviera ahí, que no le pidiera nada, pero que le hiciera saber que no estaba sola.

«¿Cómo puede ser que no se me pegara nada de ella?», piensa Noemí mientras recorren los últimos metros a la carrera. Quizá tendría que haberle pedido que le enseñara.

Esther se aparta a un lado y le indica al chico que se coloque junto a Noemí. Acto seguido, se gira hacia esta y le dice:

—Tranquila.

Demasiado tarde.

—Tú hoy no tienes caza asignado, solo una nave de reconocimiento. Con esa cosa no puedes entrar en combate; deberías limitarte a monitorizarnos desde aquí. Díselo a la capitana Baz.

—¿Y qué crees que me dirá? ¿Siéntate aquí y haz un poco de calceta? Las exploradoras también pueden transmitir información muy valiosa. —Esther niega con la cabeza—. No puedes mantenerme alejada de todas las batallas, lo sabes, ¿verdad?

«No, solo de la peor de todas.»

—Si te pasa algo, tus padres me matarán, y eso si Jemuel no me coge primero.

Esther reacciona como cada vez que alguien menciona a Jemuel: las mejillas se le ponen coloradas de placer y aprieta los labios para disimular una sonrisa. Sin embargo, su mirada transmite el mismo dolor que si acabara de ver a su amiga herida y sangrando en el suelo. Hubo un tiempo en que Noemí se alegraba cada vez que veía aquella mirada porque significaba que Esther se preocupaba por su desamor como por su propia felicidad, pero ahora la encuentra irritante.

—Noemí —se limita a decir—, mi deber, al igual que el tuyo, es estar ahí fuera. Así que déjalo ya.

Esther tiene razón, como siempre. Noemí respira hondo y avanza aún más deprisa por el pasillo.

Su división adopta la formación de despegue: una hilera de cazas pequeños e individuales, elegantes y aerodinámicos como dardos. Se sube de un salto al asiento del piloto. Al otro lado de la sala, ve a su amiga haciendo lo mismo con tanta decisión que parece que vaya a entrar en combate. La cubierta transparente de la cabina se cierra sobre su cabeza y, mientras se pone el casco, ve que Esther le dedica una mirada, una que significa «Eh, que no estoy cabreada contigo. Lo sabes, ¿verdad?». Es una de las miradas que mejor se le da, lo que tiene su mérito ya que es alguien que casi nunca pierde los nervios.

Noemí le devuelve la sonrisa de siempre, la que significa «No te preocupes». Seguro que no se le da tan bien como a su amiga, más que nada porque es la única persona con la que la ha practicado.

Pero Esther sonríe de oreja a oreja. Lo entiende. Le basta con eso.

La compuerta del hangar empieza a abrirse, exponiendo los cazas del escuadrón a la fría oscuridad del espacio en los confines más remotos de este sistema solar. Génesis es poco más que un punto verde y borroso en la distancia; el sol bajo el que nació Noemí sigue dominando el cielo, pero desde aquí parece más pequeño que cualquiera de las lunas de su planeta vistas desde la superficie. Ese primer instante, cuando no hay nada frente a ella más que estrellas infinitas, es tan precioso que no puede evitar emocionarse como si fuera la primera vez.

Y, como siempre, no puede evitar pensar en su deseo más secreto, más egoísta: «Ojalá pudiera explorarlo todo…».

De pronto, la compuerta se abre por completo y allí está, frente a ella: la Puerta de Génesis.

Es un enorme anillo del color de la plata pulida, formado por una mezcla de componentes metálicos y de decenas de kilómetros de ancho. Dentro del anillo, Noemí puede ver un brillo débil, como la superficie del agua cuando casi es demasiado tarde para que se refleje algo en ella, pero no lo suficiente. También sería hermoso, piensa, si no fuera la mayor amenaza para la seguridad de Génesis. Cada puerta estabiliza uno de los extremos de una singularidad, un atajo a través del espacio-tiempo que permite que una nave recorra media galaxia en un instante. Así es como el enemigo llega hasta ellos; aquí es donde empieza el combate.

Noemí distingue a lo lejos los restos de algunas de esas batallas pasadas, fragmentos de naves que volaron en pedazos hace mucho, mucho tiempo. Parte de los escombros no son más que esquirlas de metal. Otros trozos son bloques enormes y retorcidos, incluso alguna que otra nave entera. Todos los restos orbitan lentamente alrededor de la puerta, atraídos por la fuerza de la gravedad.

Pero poco importan comparados con las formas grises que se abren paso a través de ella. Son las naves del enemigo, del planeta decidido a conquistar Génesis y quedarse para siempre con sus tierras y sus recursos.

La Tierra.

Envenenaron su propio planeta. Colonizaron Génesis solo para poder trasladar hasta allí a miles de millones de sus habitantes y acabar también envenenándolo. Pero son pocos los planetas capaces de sustentar vida. Son sagrados. Y deben ser protegidos.

Las luces de aviso empiezan a parpadear y Noemí suelta los anclajes que la retienen mientras por el micrófono del casco la voz de la capitana Baz anuncia:

—Vamos allá.

«Desconexión de los anclajes: correcta.» La nave flota, libre de los amarres, y se mantiene ingrávida en el vacío. Los demás se elevan a su alrededor, listos para salir en desbandada. Las manos de Noemí se mueven por el panel de colores brillantes que tiene delante. Se sabe de memoria cada botón, cada tecla, el significado de todas las lucecitas. «Lectura de los sistemas: correcta. Ignición: activada.»

El caza sale disparado como un cometa plateado atravesando la oscuridad del espacio. El brillo de la puerta se intensifica como una estrella a punto de convertirse en supernova, señal de que hay más naves de la Tierra en camino.

Cierra las manos sobre los controles. Frente a ella, la puerta despide una luz cegadora y, acto seguido, un enjambre de naves aparecen a través de ella, una tras otra.

—¡Tenemos cinco…, no, siete naves de clase Damocles confirmadas! —anuncia la capitana Baz—. Los hemos pillado por sorpresa. Aprovechemos la ventaja.

Noemí acelera y su caza plateado se dirige a toda velocidad hacia la Damocles más alejada. Las Damocles son naves largas, planas y bastante pesadas, sin gravedad artificial ni sistemas de soporte vital porque no transportan humanos. Dependiendo del tamaño de la nave, cada Damocles transporta entre diez y cien mecas, todos fuertemente armados, preparados para el combate y listos para matar.

Los mecas no le tienen miedo a la muerte porque ni siquiera están vivos. No tienen alma. Solo son máquinas de matar.

El mal en su estado más puro.

Noemí observa con los ojos entornados cómo se abre la primera compuerta. Gracias a Dios son naves pequeñas, pero aun así transportan un poderoso destacamento de mecas. Si pudieran volatilizar un par de Damocles antes de que liberen su cargamento letal...

Demasiado tarde. Los mecas emprenden el vuelo protegidos por exoesqueletos de metal, con el revestimiento justo para que los guerreros robóticos que hay en su interior no se congelen en el frío del espacio. Mientras los cazas de Génesis se acercan, los mecas empiezan a tomar posición. Extienden las extremidades para expandir el campo de tiro, como depredadores a punto de saltar sobre su presa. A pesar de las batallas que ha librado, del duro entrenamiento al que se ha sometido, Noemí no puede evitar estremecerse.

—Secuencia de ataque... ¡ahora! —ordena Baz.

En el casco de Noemí retumban los gritos de combate de sus compañeros. Hace girar el caza hacia la izquierda y elige su primer objetivo.

—¡Matadlos a todos! —grita alguien a través del comunicador.

Los disparos de los mecas cortan el aire y se dirigen hacia Noemí, ráfagas de un naranja encendido que podrían mutilar un caza en cuestión de segundos. Se escora hacia la izquierda, devuelve los disparos. A su alrededor, los cazas de Génesis y los mecas de la Tierra se dispersan y las formaciones se disuelven en el caos de la batalla.

Como casi todos los genesianos, Noemí cree en la Palabra de Dios. Aunque a veces le asaltan preguntas y dudas que los ancia-

15

nos son incapaces de responder, es capaz de citar cada capítulo y cada versículo sobre el valor de la vida y la importancia de la paz. Las cosas contra las que dispara no están vivas de verdad, pero tienen forma humana. Sabe que la sed de sangre que arde en su interior no está bien, ni tampoco la ira que siente, por justificada que esté. Pero hace caso omiso. No le queda más remedio que luchar, por el bien de sus compañeros de armas y de su planeta.

Noemí sabe perfectamente cuál es su deber: luchar hasta el último aliento.

2

Abel rememora de nuevo la historia mientras flota en gravedad cero, rodeado por la silenciosa penumbra del compartimento de carga de una nave fantasma. Las imágenes en blanco y negro se suceden en su mente con una exactitud total; es como si las viera proyectadas sobre una pantalla, tal y como se hacía siglos atrás. Posee una memoria eidética, de modo que solo necesita ver las cosas una vez para que no se le olviden.

Y disfruta recordando *Casablanca*, contándose a sí mismo todas las escenas, en orden, una y otra vez. Las voces de los personajes suenan tan reales en su cabeza que es como si los actores estuvieran allí mismo, flotando a su alrededor en el compartimento de carga.

—*¿Dónde estuviste anoche?*

—*¿Anoche? No tengo la menor idea. Hace demasiado tiempo.*

Es una buena historia, de esas que no empeoran con las repeticiones, lo cual es una suerte para Abel, que lleva ya casi treinta años atrapado en la *Dédalo*. Es decir, 15.770.900 minutos o 946.700.000 segundos aproximadamente.

(Ha sido programado para redondear números tan grandes cuando no pertenecen al campo de la investigación científica. Por lo visto, a los mismos humanos que le han otorgado la capacidad de mesurar con tanta precisión les resulta molesto la mención de cifras tan elevadas. No tiene sentido, al menos no para Abel, pero ha aprendido a no esperar comportamientos racionales de los seres humanos.)

La oscuridad de su confinamiento, casi total, hace que le resulte más fácil imaginarse la realidad en blanco y negro, como en la película.

Nueva entrada. Forma: destellos de luz irregulares. El drama se detiene en su mente y levanta la mirada para analizar...

Disparos de bláster. Otra batalla entre la Tierra y las fuerzas de Génesis.

Abel fue abandonado durante una de esas batallas. Tras un largo silencio, la contienda se reactivó hace dos años. Al principio, le pareció alentador. Si las naves de la Tierra volvían por fin al sistema genesiano, tarde o temprano darían con la *Dédalo* y la remolcarían para recuperar todo lo que hubiera en su interior, incluido Abel.

Y tras treinta horribles años de suspense, por fin podría cumplir la directriz número uno: proteger a Burton Mansfield.

«Honrar al creador. Obedecer sus directrices sobre todas las cosas. Preservar su vida a toda costa.»

Pero sus esperanzas se han desvanecido a medida que la guerra se ha ido dilatando. Nadie ha ido a buscarlo y no parece que eso vaya a ocurrir, al menos no en un futuro cercano. Quizá tampoco en un futuro lejano. Y aunque Abel es más fuerte que cualquier ser humano, al nivel de los mecas de combate más poderosos, es incapaz de abrir la puerta presurizada que lo separa del resto de la *Dédalo*. (Lo ha intentado. A pesar de conocer los ratios que juegan en su contra hasta el último decimal, lo ha intentado. Treinta años son mucho tiempo.)

Es imposible que ni él mismo ni la nave fueran abandonados a la ligera. Ha revisado los distintos escenarios muchas veces, pero es incapaz de aceptarlo. Puede que Mansfield tuviera que huir para salvarse, que tuviera la intención de volver a buscarlo y que sencillamente no pudiera. Aquel día, la batalla se intensificó de tal modo que cualquier intento de huida de la *Dédalo* habría sido imposible. Es probable que Mansfield muriera a manos de las tropas enemigas el mismo día que Abel se quedó encerrado.

Y, sin embargo, Burton Mansfield es un genio, el creador de los veintiséis modelos de mecas que actualmente sirven a la humanidad. Si alguien pudo idear una forma de sobrevivir a aquella última batalla, ese tuvo que ser él.

Claro que también existe la posibilidad de que su creador muriera más tarde. Treinta años atrás ya era un hombre que apuraba los últimos años de la madurez, y ya se sabe que los accidentes son algo habitual entre los humanos. Quizá por eso no ha venido a buscarlo. Solo la muerte ha podido separarlo de su creador.

Existe otra posibilidad. Es la menos plausible de todas, pero no por ello es menos válida: Mansfield podría seguir a bordo, pero en criosueño. Las cámaras de la enfermería podrían mantener a un ser humano con vida, con un soporte vital mínimo, durante un tiempo indefinido. La persona en cuestión estaría inconsciente, envejeciendo a menos de una décima parte del ritmo normal y esperando a que alguien lo devolviera a la vida.

Lo único que Abel tendría que hacer sería llegar hasta él.

No obstante, para que eso ocurriera, para que pudiera encontrar a Mansfield, antes tendrían que encontrarlo a él. Hasta ahora, las tropas de la Tierra no han invertido ni un minuto en buscar naves funcionales entre el campo de escombros en el que se encuentra la *Dédalo*. Nadie ha encontrado a Abel; ni siquiera lo están buscando.

«Algún día…», se dice a sí mismo. La victoria de la Tierra es inevitable, ya sea dentro de dos meses o de doscientos años. Y Abel puede vivir ese tiempo perfectamente.

Pero entonces Mansfield ya estará muerto. Puede que, después de tantos años, ni siquiera *Casablanca* le parezca ya tan interesante…

Ladea la cabeza y observa con más atención el trozo de firmamento que se ve a través de la ventana del compartimento de carga. Tras unos segundos, toma impulso contra la pared más próxima y se acerca más. Tiene que mirar a través de su propio reflejo traslúcido, de ese hombre de pelo corto y rubio flotando alrededor de la cabeza que parece sacado de un manuscrito medieval.

Esta batalla se está acercando a la *Dédalo* más que cualquiera de las anteriores. Algunos cazas ya están en los límites del campo de escombros; si las fuerzas de la Tierra siguen dispersando a las tropas de Génesis, en breve alguno de los mecas estará muy cerca de la nave.

Muy, muy cerca.

Debe decidir cuanto antes cómo enviar una señal. Tiene que ser un método primitivo, y la señal, muy básica. Pero no necesita hacerle llegar información al humano, no tiene que preocuparse por las limitaciones de un cerebro orgánico. Entre semejante caos, cualquier patrón, por pequeño que sea, llamará la atención de otro meca y, si se le presenta la oportunidad de investigar, su programación le animará a hacerlo.

Abel toma impulso contra la pared para propulsarse al otro lado del compartimento de carga. Después de treinta años, se conoce al dedillo las pocas herramientas que hay, ninguna capaz de encender los motores, abrir la puerta o comunicarse directamente con otra nave. Pero eso no significa que no sirvan para nada.

En una esquina, suspendida a unos centímetros de la pared, hay una sencilla linterna.

«Es útil para las reparaciones —le dijo un día Mansfield, entornando los ojos azules y sonriendo—. Los humanos no podemos cablear una nave basándonos únicamente en el recuerdo de sus planos. No como tú, mi querido muchacho. Nosotros necesitamos ver.» Abel recuerda que le devolvió la sonrisa, orgulloso de poder sustituir a los humanos, seres débiles, y serle más útil a su creador.

Y, aun así, es incapaz de menospreciar a la humanidad porque Mansfield forma parte de ella.

Coge la linterna y se propulsa de nuevo hacia la ventana. ¿Qué mensaje podría enviar?

«Nada de mensajes. Solo una señal. Hay alguien aquí, alguien que quiere contactar. Lo demás ya vendrá después.»

Acerca la linterna a la ventana y la sostiene en alto. No la ha usado en las casi tres décadas que lleva aquí, así que aún está cargada. Un fogonazo, seguido de dos, tres, cinco, siete, once…, y así hasta completar los diez primeros números primos. El plan es repetir la secuencia hasta que alguien la vea.

O hasta que la batalla termine y se vuelva a quedar solo muchos años más.

«Pero alguien me verá», piensa.

No debería tener esperanza, al menos no como los humanos. Sin embargo, en estos últimos años su mente se ha visto obligada a profundizar en sí misma. Sin estímulos nuevos a su alrededor, ha tenido que reflexionar sobre cada partícula de información, cada interacción, cada elemento de su existencia antes de ser abandonado en la *Dédalo*. Algo ha cambiado en su funcionamiento interno y seguramente no para mejor.

Porque la esperanza conlleva dolor y, aun así, Abel no puede dejar de mirar por la ventana y desear desesperadamente que alguien lo vea para no tener que pasar más tiempo solo.

3

—¡Atención, enemigo a las doce! —grita la capitana Baz.

Noemí vira bruscamente hacia abajo y zigzaguea entre el metal retorcido de los mecas que acaban de destruir. Pero los buques Damocles siguen escupiendo más y más unidades, demasiadas para que su escuadrón pueda hacerse cargo de todas. Hoy solo han salido los voluntarios de la Ofensiva Masada, y encima para practicar. La idea no era enfrentarse en una batalla como esta y, tal como van las cosas, se nota.

Hay mecas por todas partes. Sus enormes exoesqueletos de ataque atraviesan las maltrechas naves de su escuadrón como una lluvia de meteoritos en llamas. A medida que se acercan, los exotrajes, que tienen apariencia de seudonaves afiladas, se transforman en criaturas monstruosas de extremidades metálicas capaces de atravesar las líneas de Génesis como quien atraviesa una hoja de papel.

De vez en cuando, alguno pasa fugaz junto a su nave y Noemí puede ver los mecas que viajan en su interior, las máquinas dentro de las máquinas. Tienen apariencia humana, lo cual a veces hace que a los novatos les cueste más disparar. Ella misma dudó durante su primera escaramuza, cuando le pareció ver a un hombre de unos veintitantos, con el pelo negro y la piel mulata como la suya; podría haber sido su hermano si Rafael hubiera tenido la oportunidad de crecer.

Aquel momento de duda, tan humano por otra parte, estuvo a punto de costarle la vida. Los mecas no vacilan. Van a muerte, siempre.

Desde entonces, ha visto la misma cara devolviéndole la mirada decenas de veces. Es un modelo Charlie, ahora lo sabe. Un guerrero varón estándar, despiadado e implacable.

«Hay veinticinco modelos en producción —les explicó Darius Akide, uno de los ancianos, el día que habló por primera vez en clase durante el adiestramiento—. Cada uno tiene un nombre que empieza por una letra distinta del abecedario, desde Bistró hasta Zebra. Todos los modelos tienen apariencia humana, excepto dos. Y todos son más fuertes que cualquier humano. Están programados con la inteligencia justa para poder cumplir con sus responsabilidades básicas. No es mucha, sobre todo en los modelos dedicados al trabajo manual, pero los guerreros que nos mandan a nosotros…, esos sí que son listos. Condenadamente listos. Mansfield solo los privó de los niveles más elevados de inteligencia, los que les podrían llevar a desarrollar una conciencia.»

Noemí abre los ojos como platos en cuanto la pantalla táctica de su caza se ilumina. Aprieta con fuerza los controles de las armas que lleva a bordo y dispara en cuanto tiene el meca a tiro. Durante una décima de segundo, le ve la cara («Una Reina, el modelo de guerrero femenino») antes de que el exotraje y el meca que contiene exploten en mil pedazos. No queda nada, solo fragmentos de metal. Bien hecho.

«¿Dónde está Esther?» Hace un par de minutos que no aparece en su campo visual ni ella en el de su amiga. Podría decirle algo, pero sabe que durante una batalla no se puede usar el intercomunicador para enviar mensajes personales. Solo le queda buscarla.

«¿Y cómo voy a encontrar a alguien entre semejante caos? —se pregunta mientras dirige la nave hacia un grupo de mecas y les dispara tan rápido como se lo permiten las armas. El fuego que recibe a cambio es tan brutal que, por un momento, la oscuridad del espacio se tiñe de un blanco cegador—. Las fuerzas invasoras no dejan de crecer. La Tierra se está volviendo cada vez más atrevida. No tienen intención de rendirse, ni ahora ni nunca. La Ofensiva Masada es nuestra única esperanza.»

De pronto, se acuerda del pobre chico que temblaba mientras corrían hacia sus cazas. Hace rato que su identificador no aparece en la pantalla. ¿Se habrá perdido? ¿Estará muerto?

Y Esther… Las naves de reconocimiento están prácticamente indefensas…

El clamor de la batalla que la rodea se detiene un instante y por fin puede activar el escáner en busca de la nave de su amiga. Cuando la localiza, experimenta un momento de euforia —está intacta, Esther está viva—, aunque enseguida frunce el ceño. ¿Adónde va?

Entonces se da cuenta de lo que acaba de ver y siente la descarga de adrenalina.

Uno de los mecas se ha alejado del campo de batalla. Ha dejado de luchar, así, sin más. Es la primera vez que ve un comportamiento como ese. El meca se dirige hacia el campo de escombros que hay cerca de la puerta. ¿Habrá sufrido algún error interno? Da igual. Por la razón que sea, Esther ha decidido seguir a ese estúpido cachivache, supone que para investigar qué se trae entre manos. El problema es que ahora está demasiado lejos de las tropas de Génesis que podrían protegerla. Si el meca encuentra lo que está buscando o su Damocles decide pasar a control manual, caerá sobre Esther en cuestión de segundos.

Las órdenes de Noemí le permiten defender a un compañero que se encuentre en grave peligro. Así pues, vira a la izquierda y acelera con tanto ímpetu que sale disparada contra el respaldo del asiento. Los disparos cegadores que la rodean se desvanecen hasta que su visión del espacio vuelve a ser nítida. La Puerta de Génesis aparece ante ella, rodeada de plataformas armadas. Cualquier nave que se acerque sin un código de la Tierra será destruida. Incluso desde el otro extremo de la galaxia, la Tierra mantiene a Génesis siempre a tiro de sus láseres.

A medida que acelera hacia la posición de Esther, Noemí presta cada vez menos atención a los sensores de la pantalla. Le basta con lo que ve desde la cabina de su caza. La nave de reconocimiento de su amiga revolotea alrededor del meca, usando los estallidos de energía de los sensores para confundirlo, pero no le sirve de mucho. Hasta ahora, el meca ha conseguido esquivarlos con destreza. Al parecer, se dirige hacia uno de los restos de basura cósmica, el más grande. No, no es basura cósmica, es una nave abandonada, una especie de vehículo civil. Noemí nunca había visto algo así: tiene forma de gota, más o menos del tamaño de un edificio de tres plantas y con una superficie reflectante que apenas ha perdido el brillo, a pesar del paso de los años. Invisible a simple vista, al menos hasta ahora.

«¿Pretende llevarla de vuelta a la Tierra?» La nave está abandonada, eso es evidente, pero no parece que tenga ningún desperfecto importante, al menos no desde lejos.

Si la Tierra la quiere, tendrá que impedírselo. Noemí se imagina a sí misma destruyendo el meca y capturando la nave con forma de gota para la flota de Génesis. Quizá podrían añadirle armas, convertirla en una nave de guerra. Dios sabe lo bien que les vendría.

Claro que el meca es una Reina o un Charlie, lo cual significa que le espera una buena refriega.

«Que así sea.»

Disminuye la velocidad a medida que se va acercando. Ya casi los tiene a tiro…

De pronto, el meca cambia de objetivo y se da la vuelta. Extiende los brazos del exoesqueleto y agarra la nave de reconocimiento de Esther como si fuera una planta carnívora y su amiga un insecto. Tal y como están posicionados, el meca debe de estar justo encima de Esther, mirándola directamente a los ojos.

«¡Armas!» Pero no puede dispararle al meca sin darle también a Esther. Si fuera otra persona, dispararía. Cualquier piloto capturado de esa manera puede darse por muerto, y si dispara, al menos podrá destruir al meca…

«… pero es Esther. Por favor, ella no…»

El meca libera un brazo, coge carrerilla con un movimiento sorprendentemente humano y atraviesa el casco de la nave de su amiga.

El grito de Noemí la deja sorda dentro de su propio casco. Da igual, no necesita oír; lo que necesita es salvar a Esther cuanto antes.

«Diez minutos. Los exotrajes tienen aire para diez minutos. Venga, venga, venga…»

El meca suelta a Esther y da media vuelta para retomar lo que estaba haciendo, pero de pronto se detiene. Por fin la ha detectado en el escáner. Noemí dispara antes de que la máquina tenga tiempo siquiera de apuntar.

Con un fogonazo de luz, el meca explota en un millón de chispas. Noemí atraviesa lo que queda de él y se dirige hacia Esther mientras cientos de esquirlas de metal impactan contra la cubierta de la cabina.

«¿Tenemos tiempo de volver al transporte? No, no mientras la batalla no haya terminado. Vale. La nave abandonada. Quizá pueda restaurar el soporte vital; o si no, seguro que tiene oxígeno para recargar las reservas de Esther. Material de primeros auxilios. Puede que hasta tenga una enfermería. Por favor, Dios, que tenga enfermería.»

Se siente como si le estuviera rezando a la nada, pero aunque Dios no le responde, seguro que ha escuchado sus súplicas. Por el bien de Esther.

Se le empaña un poco el visor, pero tiene que aguantarse las ganas de llorar o acabará con el casco lleno de lágrimas y cegada en el peor momento posible. Se muerde los carrillos y se dirige a toda velocidad hacia los restos de la nave de reconocimiento.

—Esther, ¿me recibes?

Silencio. Noemí sabe que está fuera del radio de comunicaciones del resto de sus compañeros. Aunque la capitana Baz se percate de su ausencia, no oirá sus transmisiones y, por tanto, no se le ocurrirá mandar ayuda. Incluso puede que ya hayan pasado a engrosar las listas de bajas.

—Saldremos de esta —le promete a Esther, y a sí misma, mientras acerca el caza a la nave de su amiga.

Por fin se hace una idea de la gravedad de los daños de la nave de reconocimiento, el metal está reducido a virutas, pero el casco de Esther parece estar intacto. ¿Se mueve? Sí, le parece que sí. «Está viva. Saldrá de esta. Solo tengo que llevarla hasta esa nave.»

Activa el cable de remolque y la pieza magnética se pega al casco del vehículo de Esther. Rápidamente, escanea la nave con forma de gota. Y ahí está, la puerta del hangar.

Las placas de la puerta se abren automáticamente, accionadas por sensores magnéticos. Noemí siente tal alivio que está a punto de echarse a llorar.

Siempre le ha parecido que sus plegarias no recibían respuesta, que ahí arriba nadie escuchaba sus súplicas. Pero parece que, después de todo, Dios no se ha olvidado de ella.

4

El caza de Génesis dispara contra el modelo Reina y lo destruye. Abel siente que, en su interior, la esperanza salta en mil pedazos. Es casi una sensación física, como si su armazón interno se hubiera desmoronado.

«Tengo que hacerme un diagnóstico completo en cuanto pueda.»

Está flotando en la oscuridad del compartimento de carga, como una herramienta más suspendida en la noche eterna de esta estancia. Sin gravedad. Sin un objetivo. ¿Cuánto tiempo tardarán en agotársele las baterías internas? Fueron fabricadas para durar unos dos siglos y medio…, pero está usando muy poca energía, lo que significa que podrían durar el doble. O más. Podría pasar más de medio milenio antes de que se convirtiera en un simple pedazo de metal.

No le tiene miedo a su propia muerte. Su programación no se lo permite.

Pero sí puede tener miedo a los cientos de años de soledad que le esperan, a no descubrir qué ha sido de Burton Mansfield, a no volver a ser útil nunca más.

¿Un meca puede perder la razón? Quizá Abel será el primero en averiguarlo.

Sin embargo, de pronto ve que uno de los cazas de Génesis engancha al otro y emprende la marcha. ¿Están…? ¿Es posible que…?

Sí. Quieren subir a bordo de la *Dédalo*.

Son tropas enemigas, guerreros de Génesis. Como tal, suponen una amenaza inminente para la seguridad de Burton Mansfield.

(Que quizá ya no esté a bordo. O lleve muchos años muerto. Abel es consciente de ello, pero aun así prioriza la eliminación de cualquier riesgo para la vida de su creador —cualquier riesgo, por remoto que sea— por encima de todo lo demás.)

La nave de Génesis se dirige hacia el hangar principal. Abel revisa el diseño de la nave y los planos de la *Dédalo* aparecen frente a él como proyectados sobre una pantalla. Los ha revisado a menudo en estos últimos treinta años; ha repasado hasta el último dato que conoce con el objetivo de no sucumbir al aburrimiento más absoluto. Sin embargo, de pronto los planos le parecen más vívidos, como si las líneas le ardieran dentro de la cabeza.

«Hangar principal: nivel uno. Dos niveles por debajo de mi compartimento de carga. —Después de tres décadas, Abel ya piensa en la estancia como si fuera suya—. Cuando los cazas de Génesis entren en el hangar, el piloto ileso tratará de llegar a la enfermería para socorrer a su camarada herido —calcula—. Si el principal objetivo del piloto fuera la seguridad y no el rescate, el caza habría regresado con el resto de la flota de Génesis.» En el hangar principal hay un botiquín de primeros auxilios, pero no sabe si sigue allí; y aunque así fuera, su contenido sería de poca utilidad para alguien gravemente herido.

«Para salir del hangar, el piloto tendrá que activar la energía auxiliar. Puede hacerlo desde allí mismo, suponiendo que los daños de la *Dédalo* no sean demasiado graves. Cualquier piloto con un mínimo entrenamiento debería ser capaz de hacerlo en cuestión de minutos, por no decir segundos.»

La mente de Abel repasa todas las posibilidades, cada vez más y más rápido. Esta es la primera situación nueva a la que se enfrenta desde hace treinta años. Sus capacidades mentales siguen intactas, a pesar del tiempo que lleva encerrado. Es más, se siente más ágil que nunca.

Pero ahora hay un componente emocional añadido. La esperanza se ha convertido en algo mucho más estimulante: la excitación. El simple hecho de ver algo, lo que sea, fuera del compartimento de carga se le antoja una experiencia increíble...

... aunque nada puede compararse con la confirmación de que por fin podrá buscar a Burton Mansfield. Y encontrarlo. Puede que incluso salvarlo.

—Excelente —dijo Mansfield mientras examinaba los puzles que Abel acababa de resolver—. Tu habilidad para el reconocimiento de patrones es inmejorable. Lo has terminado casi en un tiempo récord.

A pesar de estar programado para disfrutar de los elogios, en especial los de su creador, a Abel también podían asaltarle las dudas.

—¿Mi rendimiento ha sido adecuado, señor?

Mansfield se acomodó en su butaca de piel con el ceño ligeramente fruncido.

—Entiendes que la excelencia incluye, por definición, la idoneidad, ¿verdad?

—¡Sí, señor! Claro que sí. —Abel no quería que Mansfield pensara que las bases de datos dedicadas al lenguaje no se había cargado de forma correcta—. Quería decir... que muchas de mis pruebas de rendimiento han superado los récords preexistentes. Y estos resultados en concreto, no.

Tras un momento de silencio, Mansfield se rio entre dientes.

—Vaya por Dios. Parece que tu personalidad se ha desarrollado tanto que te has convertido en un perfeccionista.

—¿Eso es bueno, señor?

—Mejor de lo que crees. —Se levantó de la butaca—. Ven conmigo, Abel.

Burton Mansfield tenía la oficina en su casa de Londres. El edificio era de reciente construcción y, aunque por fuera se parecía a cualquiera de los polígonos cubiertos de espejos que poblaban la exclusiva comunidad privada de la colina, por dentro se parecía más a una casa de 1895 que de 2295. Los suelos de madera estaban cubiertos de alfombras tejidas a mano y, a pesar de la cantidad de relojes atómicos que poblaban la estancia, había un ruidoso reloj de pared marcando los segundos desde una esquina, con el péndulo de latón balanceándose de un lado a otro. En las paredes colgaban cuadros de los maestros antiguos: un santo de Rafael, una lata de sopa de Warhol. Y aunque el fuego y la chimenea eran hologramas, el clima interior de la casa creaba el efecto de que las llamas desprendían calor.

Mansfield era un varón humano de estatura media, con el pelo rubio oscuro y los ojos azules. Sus rasgos eran normales, atractivos incluso, si Abel entendía correctamente los principios estéticos por los que se regían los humanos. (Y esperaba que fuera así, porque el rostro de su joven creador había servido de modelo para el suyo.) Incluso las excentricidades de su apariencia resultaban llamativas y aristocráticas: el pico de viuda en la frente, la nariz un poco aguileña y los labios atípicamente gruesos. Vestía con un estilo sencillo de inspiración japonesa: chaqueta vaporosa y abierta, pantalones de pierna ancha.

Abel, por su parte, llevaba el mismo mono gris que solían usar casi todos los mecas. Le venía bien y además resultaba práctico. Entonces ¿por qué a veces no se sentía del todo... cómodo?

Antes de que pudiera considerar la cuestión en profundidad, se vio arrastrado de nuevo a la realidad por Mansfield, que señalaba hacia la ventana o, más bien, hacia el patio que había al otro lado.

—¿Qué ves ahí fuera, Abel? Mejor dicho, ¿a quién ves?

Solía usar «quién» y no «qué» para referirse a los mecas, y él le agradecía la cortesía.

—Veo a dos modelos Perro y a un Yugo realizando las tareas del jardín. Uno de los Perros se está ocupando del sistema hidrofónico del huerto, mientras que el otro está podando los setos con la ayuda del Yugo.

—Tenemos que trabajar en tu exceso de entusiasmo por el detalle. —Mansfield suspiró—. Es culpa mía, por supuesto. No me hagas caso. La cuestión es: si te mandara al jardín, podrías ocuparte del sistema hidrofónico, ¿verdad? ¿Y podar los setos?

—Sí, señor.

—¿Tan bien como un Perro o un Yugo?

—Por supuesto, señor.

—¿Y si me cayera y me rompiera el brazo? ¿Podrías curármelo con la misma eficiencia que un modelo Tara?

Los mecas médicos eran de los más inteligentes y rápidos, pero aun así Abel no tenía que cambiar su respuesta.

—Sí, señor.

Los ojos azules de Mansfield brillaron.

—Y si un modelo Reina o un Charlie entrara ahora mismo con la orden de matarme, ¿qué ocurriría?

—Señor, usted es el cibernetista más respetado de la Tierra. Nadie se atrevería a…

—Es una pregunta teórica —lo interrumpió Mansfield con un tono cordial.

—Ah. En teoría, si un modelo de combate intentara matarlo, creo que podría derrotarlo. Como mínimo, sería capaz de distraerlo el tiempo suficiente para que usted pudiera escapar o pedir ayuda.

—Exacto. La programación al completo de los otros veinticinco modelos, sus habilidades, todo está dentro de ti. Puede que con ciertas destrezas solo estés al mismo nivel que tus compañeros más sencillos, pero en general destacas claramente por encima de ellos. Y ningún otro meca que se haya construido hasta la fecha tiene la variedad de habilidades y la inteligencia que tú posees. —Observó a Abel durante un instante y la sombra de una sonrisa iluminó su rostro—. Tú, hijo mío, eres único.

Hijo. Abel sabía que no era cierto, al menos no literalmente; sabía que contenía ADN obtenido directamente a partir del de Mansfield, pero en esencia era una creación mecánica, no un organismo biológico. Su creador tenía descendencia propia, una hija que tenía prioridad en todos los sentidos con respecto a él. Y aun así...

—Te ha gustado que te haya llamado hijo, ¿verdad? —preguntó Mansfield.

—Sí, señor.

—Estás desarrollando una incipiente capacidad emocional. Bien. —Le dio una palmada en la espalda—. Aceleremos el proceso, ¿te parece? A partir de ahora llámame padre. —Con un suspiro, desvió la mirada hacia los aerodeslizadores que surcaban el cielo de Londres—. Se está haciendo tarde. Diles a los dos mecas Perro y al Yugo que vayan terminando, ¿quieres?

Abel asintió.

—Y cuando hayas acabado, reúnete conmigo en la biblioteca. Quiero que te pongas con unos libros, unas películas y unos cuantos holovídeos. Veamos si te afectan las narrativas de ficción.

—No tardaré nada... —respondió, antes de atreverse a añadir—: padre.

Y fue recompensado con la sonrisa de su creador.

Un sonido metálico recorre la nave. El armazón tiembla ligeramente; es el metal que, terco, se resiste a moverse después de tanto tiempo. La puerta principal del hangar se abre por fin.

Abel se da cuenta de que está sonriendo.

«No tardaré nada, padre.»

Revisa los planos de la nave una vez más e imagina un modelo tridimensional de la *Dédalo* flotando frente a él. Aumenta mentalmente la zona que rodea el compartimento de carga y busca «recursos defensivos». Aparecen varias posibilidades, casi todas cámaras de almacenaje de emergencia, algunas más cercanas y prácticas y otras...

De pronto, se encienden las luces auxiliares. Por primera vez en treinta años, Abel no está rodeado de oscuridad.

Un humano dudaría, superado por la impresión, por la emoción o incluso por la gratitud, pero él se posiciona en el acto, preparado para el momento inminente en el que la gravedad haga acto de presencia. Cae desde dos metros de altura y aterriza sobre los pies y las manos con el sigilo de un gato. Solo le separa un paso de la puerta. Sus dedos vuelan sobre el teclado a una velocidad inhumana; introduce el código y, por fin, después de tantísimo tiempo, la puerta del compartimento de carga se abre.

Por fin es libre.

No lo celebra. Tampoco se ríe. Echa a correr hacia el «recurso defensivo» más cercano de los que aparecen en los planos de la nave. La cámara está intacta, todavía sellada. Mansfield y los demás no llegaron a usarla. ¿Es una buena noticia o la prueba de que murieron en el acto?

Introduce los diez números del código de seguridad. La puerta se abre, revelando el contenido de la cámara, y su mano se cierra sobre el primer bláster que encuentra. Una vez armado, sale corriendo hacia la enfermería. Si Burton Mansfield está allí, en el letargo del criosueño, su vida podría correr un peligro inminente. Por tanto, el piloto de Génesis sigue siendo un intruso, un enemigo cuya presencia no debe ser permitida. La rapidez con la que ha conectado la energía sugiere un adversario inteligente. En otras palabras, un oponente peligroso.

Abel se dejará encontrar por su salvador, la persona que le ha devuelto la libertad después de tanto tiempo, y luego lo matará.

5

Noemí cae de golpe sobre la cubierta de la nave abandonada e instintivamente se cubre la cabeza para protegerse de los restos que caen a su alrededor: paquetes con raciones de emergencia, herramientas y todo el material que la tripulación dejó tras de sí. Peor que los golpes en la espalda o en los brazos es el estruendo metálico que oye a sus espaldas: su caza y la nave de reconocimiento de Esther desplomándose sobre el suelo del hangar.

Las naves pueden soportar el golpe, pero Esther...

«Las luces están encendidas; la gravedad, estabilizada; la atmósfera, presurizada... Vamos allá.»

Echa a correr desde el panel de control hasta la nave de su amiga y golpea el botón que abre la cabina desde fuera, pero está tan dañada que no tiene energía. Esther se mueve, rueda hacia un lado y se queda tiesa, visiblemente dolorida. Con gesto tembloroso, acerca una mano al control manual. La cubierta transparente de la cabina se desliza hacia atrás con una lentitud enervante.

—¡Esther! —Noemí se quita el casco y mete medio cuerpo en la cabina mientras la cubierta aún no se ha abierto del todo. Con mucho cuidado, coge el casco de su amiga y se lo quita—. ¿Dónde te duele?

—En el costado... —Tiene que tragar para poder acabar la frase—. En el costado izquierdo... ¿Dónde estamos?

—Parece una nave de la Tierra abandonada entre los escombros de la puerta.

La nave está en mejor estado de lo esperado. La potencia de emergencia está casi al cien por cien, a pesar de que parece llevar muchos años inactiva. Hay una pequeña placa sobre las puertas que llevan al resto de la nave y, en ella, una palabra grabada en letras más grandes que las demás.

—*Dédalo*. Alguien de la Tierra debió de abandonarla hace décadas. Tenemos gravedad, sistemas de comunicación, material médico…; todo lo que necesitamos. Te pondrás bien.

Esther inclina la cabeza hacia atrás y sus ojos se iluminan con la chispa del humor negro que tanto le gusta.

—Mentirosa.

—Ya verás como sí. ¿Puedes salir de la nave?

Tras unos segundos, Esther responde que no con la cabeza.

—No puedo levantarme. El meca… la cadera…

Noemí siente que se le revuelve el estómago al darse cuenta de que el meca no solo ha atravesado el casco de la nave, sino que también le ha aplastado la cadera. El traje de vuelo no está rasgado, pero eso no significa que Esther no esté destrozada y sangrando por dentro.

«No le ha cortado la arteria femoral —piensa Noemí—. Si lo hubiera hecho, ya estaría muerta, así que está intacta. Tiene posibilidades.»

—Vale, Esther, aguanta.

¿Qué debería hacer, intentar llevarla a la enfermería o traer el material médico hasta aquí? Si el objetivo es volver al transporte para que la atiendan en condiciones, Esther necesita sellar las heridas y puede que una transfusión si realmente hay una hemorragia interna. Noemí es AB negativo, así que seguramente no sirve como donante. Pero en una nave como esta seguro que hay sangre sintética, que dura eternamente. Puede traer las bolsas y los tubos hasta aquí, así no hará falta mover a su amiga hasta que esté estable y sepan seguro cuál es el alcance de las heridas.

—Voy a buscar la enfermería, ¿vale? Vuelvo enseguida con el material.

Esther se pone aún más pálida. Es evidente que no quiere quedarse sola, y Noemí siente que se le rompe el corazón al imaginar lo asustada que debe de estar. Pero Esther sonríe e intenta quitarle hierro al asunto.

—No me... voy a ir a ninguna parte.

Noemí le aprieta la mano, aún cubierta por el guante, y corre hacia la puerta, que se abre a su paso. En cuanto pisa el interior de la nave abandonada, se detiene e intenta orientarse. El pasillo central describe una curva en forma de óvalo; las luces de emergencia lo tiñen todo de un naranja apagado. Mira a su alrededor, histérica. La nave no es enorme, quizá del tamaño de un par de casas de tres plantas, pero los minutos que tardaría en explorarla es tiempo que Esther no puede permitirse. «¡Necesito una pantalla, un plano, algo para saber dónde está todo!»

Corre por el pasillo principal, una larga espiral que va desde la base de la nave hasta la parte superior, con varios pasillos secundarios, más cortos, a cada lado. «Como una enredadera cubierta de espinas», piensa Noemí. Los pasillos son abovedados y cada equis metros están asegurados con puntales curvos a lado y lado. Le recuerda a las naves de las catedrales góticas que se construían hace siglos en la Tierra.

De pronto, ve una pantalla y se dirige hacia ella con el corazón en un puño. Apoya la mano, pero no pasa nada. Casi todas las pantallas de información responden al contacto humano, pero esta parece ser que no.

—¿Ordenador de a bordo? —prueba Noemí. Nada. ¿Es que no la oye?—. Información. Potencia activada.

No recibe respuesta, pero en la parte inferior de la pantalla ve una débil luz que va de lado a lado, lo que significa que la computadora central está parcialmente activa. Debe de ser un error de funcionamiento. La *Dédalo* parece casi intacta, pero lleva así mucho tiempo, como mínimo desde la primera Guerra de la

Libertad, hace treinta años. Puede que los sistemas se hayan deteriorado por el abandono…

«No, no es eso —piensa Noemí—. Alguien ha desactivado los sistemas primarios.»

Un escalofrío recorre su cuerpo y le pone los pelos de punta. ¿Hay alguien más a bordo de la *Dédalo*? No, es imposible. Ningún ser humano podría soportar treinta años aislado del mundo exterior. Lo más probable es que la tripulación desconectara los sistemas antes de abandonar la nave para asegurarse de que no la capturara alguien de Génesis.

Si los sistemas están desactivados, las comunicaciones también, seguro. ¿Cómo va a contactar con el transporte y con la capitana Baz?

«Ya lo pensarás luego —se dice—. Primero encuentra la enfermería y ocúpate de Esther.»

El hangar está en el nivel inferior de la *Dédalo*, así que empieza a correr pasillo arriba comprobando todas las puertas que encuentra por el camino. La sala de máquinas. No. La cocina. No. El compartimento auxiliar para las herramientas. No. Las habitaciones de la tripulación, el puente con su enorme pantalla. Tampoco. Le cuesta respirar, pero sigue adelante. El pánico acecha y pilotar un caza es más agotador de lo que parece. Pero el peligro que amenaza a su amiga la anima a seguir.

«Ya tengo que estar cerca del final del pasillo —reflexiona mientras toma la última curva, las pisadas retumbando sobre las planchas metálicas del suelo—. La enfermería debe de ser una de las pocas salas que…»

Dos años de entrenamiento militar han perfeccionado los reflejos de Noemí. Por eso, cuando una de las planchas de metal no suena igual que las otras, en su interior se enciende una señal de alarma apenas perceptible. Quizá es el subidón de adrenalina lo que le afina la visión y le permite detectar un rápido movimiento en la siguiente curva, algo gris pálido contra el negro carbón del pasillo. Reacciona sin pensar y se lanza a un lado para agazaparse tras uno de los puntales, apenas unas décimas de segundo antes de que la descarga del bláster abrase el suelo que estaba pisando.

Apenas un parpadeo y ya tiene la pistola en la mano. Se asoma por la curva del pasillo para disparar a su atacante y, acto seguido, se pone a cubierto otra vez antes de que el otro pueda dispararle. Le arde la nariz por culpa del olor a ozono; esta vez sí que está a punto de tener un ataque de pánico.

«¿Cómo puede ser que haya alguien aquí? ¿Es posible que un humano haya sobrevivido en esta nave durante treinta años?»

Lo que más miedo le da es que su atacante se interponga entre la enfermería y ella. El intruso, o el abandonado, sea quien sea, le impide acceder a la ayuda que su amiga tanto necesita. Ahora mismo Esther podría estar sufriendo una hemorragia interna.

El miedo se convierte en ira. Noemí dispara a ciegas más allá de la curva que describe el pasillo. Su atacante responde enseguida y a punto está de darle; el calor del bláster le abrasa los dedos.

Ha ido de poco. Qué puntería. Y con apenas una milésima de segundo para apuntar...

De pronto, se le hace un nudo en el estómago. Un meca. Tiene que ser eso, otro maldito meca. Al principio se siente confusa («Sé que no nos ha seguido nadie, solo la Reina que he destruido»), pero entonces se da cuenta de que seguramente ese meca está aquí desde que la nave fue abandonada. Los humanos se salvaron a sí mismos y regresaron a la Tierra, y abandonaron este pedazo de metal sin alma para que defendiera la nave.

Los sistemas de emergencia de la *Dédalo* por fin detectan los disparos. Las luces se tiñen de rojo, parpadean muy rápido y el efecto estroboscópico transforma la nave en un lugar extraño e incoherente. El corazón de Noemí late al ritmo de las luces.

Es una guerrera de Génesis. Hoy mismo, cuando ha entrado en combate, estaba preparada para morir a manos de un meca, pero lo que no piensa permitir es que Esther también muera.

Tiene que destruirlo y llegar a la enfermería cuanto antes... o morir en el intento.

6

Treinta años de soledad finiquitados así, de repente. En cuanto vislumbra al intruso por primera vez, Abel sabe que ya no está solo.

Cada una de las líneas de su programación le dice que debe acabar con la vida de la humana que acaba de subir a bordo. Y es lo que va a hacer. Pero por un momento, un instante abrumador y exultante, nada le apetece más que escuchar su voz, verla, disfrutar de su presencia.

El visionado de los 0,412 segundos de información visual que tiene revela que probablemente se trate de una hembra, una humana adolescente de apariencia femenina, metro setenta y siete de altura, de antepasados latinoamericanos y polinesios, con una media melena negra, los ojos marrones, el exotraje verde oscuro de los soldados de Génesis y un bláster Mark Ocho que está, a juzgar por el ancho de banda de sus haces, al cuarenta y cinco por ciento de carga.

Teniendo en cuenta que debe matar a la intrusa cuanto antes, el dato sobre el bláster es el más relevante de todos. Abel ha visto dos cazas entrando en el hangar, pero solo una soldado se ha infiltrado en la nave. Por tanto, el análisis previo de la situación era correcto: un piloto está gravemente herido y el otro intenta llegar a la enfermería para poder atenderlo.

Pero no puede permitírselo, porque Burton Mansfield podría estar allí, sumido en un criosueño. Justo después de conseguir un arma, Abel ha desconectado todos los sistemas de comunicación, tanto internos como externos, para aislar a los intrusos de Génesis. Por tanto, no esperan refuerzos. Su adversaria está sola y desesperada. En semejantes condiciones, los humanos se vuelven imprudentes. Si la mantiene alejada de su objetivo, hará cualquier cosa para intentar llegar a la enfermería y, en consecuencia, debilitará su posición.

Repasa las opciones de la soldado y toma una decisión. En lugar de prolongar el fuego cruzado, da media vuelta y corre hacia la enfermería. Es tan rápido que se planta delante de la puerta antes de que el primer disparo impacte contra la pared contigua y ella pueda siquiera intentar perseguirlo. En cuanto las puertas de la enfermería se cierran tras él, da media vuelta, las bloquea y…

… se queda petrificado.

Las directrices son claras. «Comprobar las cápsulas de criosueño. Buscar a Mansfield.»

Pero sus procesos emocionales parecen haber cambiado mucho en los últimos treinta años, y es que no le apetece darse la vuelta y mirar a su alrededor.

Sí, quizá descubre que Burton Mansfield está aquí, pero también podría ocurrir que su creador se hubiera marchado o que estuviera muerto. Abel ha vivido con el suspense durante tanto tiempo que ahora se da cuenta del miedo que le tiene a la certeza. Quiere quedarse en la caja del gato de Schrödinger para siempre.

Las luces que rodean la puerta empiezan a parpadear, avisando de una sobrecarga de energía inminente. Tal y como había anticipado, la intrusa ha ajustado la potencia del bláster al máximo para intentar reventar el cierre. En menos de noventa segundos, habrá abierto la puerta, pero solo le quedarán uno o dos disparos. Abel confía en poder esquivarlos, pero podría errar el blanco y alcanzar una de las cápsulas de criosueño.

El peligro lo libera de la duda. Da media vuelta y mira a su alrededor.

«Todo indica que las cápsulas están vacías. Inspección ocular.»

Abel se acerca a los paneles y lo verifica. «Comprobado.» Al otro lado de la puerta, el leve quejido del bláster se convierte en un chirrido agudo. No hay nadie en ninguna de las cámaras. No han estado activadas.

Los pasajeros humanos de la *Dédalo*, incluido Burton Mansfield, abandonaron la nave hace treinta años y nunca regresaron.

—No podemos permitir que las lecturas de la puerta caigan en sus manos —dijo la capitana Gee. En la pantalla abovedada del puente, los cazas de Génesis acababan de hacer volar por los aires otra Damocles con cientos de mecas en su interior, destruidos en un instante—. Tú. Sí, tú, meca. Extrae los componentes de la memoria y lánzalos a través de la puerta cuanto antes.

Abel se dispuso a obedecer a la oficial de más alta graduación, pero se detuvo al escuchar la voz de Mansfield.

—No vamos a abandonar la nave sin Abel.

—¡Si esa cosa es capaz de llegar al hangar a tiempo, genial! —le espetó la capitana Gee—. En caso contrario, ¡fabríquese otro!

Poca gente se atrevía a hablarle así a Burton Mansfield. Este se incorporó y su voz, grave y poderosa, se extendió por la oscuridad del puente.

—Abel es diferente…

—¡Es una máquina! Y yo tengo vidas humanas que salvar. —La capitana Gee se volvió hacia Abel y frunció el ceño al ver que no se había movido del sitio—. ¿Te has estropeado?

Dudó un instante más mientras Mansfield contemplaba la enorme vista del firmamento a través de la pantalla que ocupaba dos paredes y todo el techo abovedado del puente. El curso de la batalla había cambiado por completo. Génesis estaba a punto de vencer y, en breve, la nave sería suya.

La *Dédalo* tembló bajo el impacto de los primeros disparos directos.

—Abel, ve. Corre —le dijo Mansfield con un hilo de voz.

Y él corrió tan rápido como pudo, extrajo los datos más relevantes del núcleo del ordenador de a bordo en menos tiempo del que cualquier humano habría necesitado, los llevó hasta el compartimento de carga en apenas cuatro minutos y, sin más dilación, los lanzó al centro de la puerta. Incluso tuvo tiempo de cerrar y sellar las compuertas exteriores antes de que la gravedad y la energía se desactivaran, dejándolo a oscuras, flotando en el vacío.

El zumbido del bláster ha aumentado una octava. Abel contempla las cápsulas de criosueño vacías, alineadas contra la pared y traslúcidas como vainas de cigarras bajo las luces rojas de emergencia. Coge de nuevo su arma y se gira hacia la puerta.

Una lluvia de chispas blancas inunda la sala; la puerta se abre entre una nube de humo. Abel se aparta, lejos del alcance del bláster, del campo de visión de la intrusa. Nadie dispara. Del silencio total infiere que la soldado de Génesis ni siquiera se ha movido.

Abel sabe que apenas le quedan disparos. Ella también lo sabe. Uno, a lo sumo dos. La intrusa necesita tan desesperadamente el material de la enfermería que se ha desarmado a sí misma con tal de poder entrar, y ahora tiene que acabar con él de un solo disparo. Es una oportunidad que él no debe darle. Abel puede esperar allí donde está durante horas, días, otros treinta años si fuera necesario. Ni siquiera necesita dormir.

(Aunque sí puede y, de hecho, lo hace. En los últimos treinta años, ha dormido bastante. Incluso ha empezado a soñar, un progreso que le gustaría poder discutir con Burton Mansfield... algún día.)

Pero ahora mismo su programación le sugiere una estrategia bien distinta.

Se aparta de las cápsulas pisando con fuerza para que su contrincante lo oiga. Ella sabe que se dirige hacia ella y por eso no dispara enseguida; está esperando tenerlo cerca para descerrajarle un disparo mortal.

Al fin aparece en su campo de visión, al fondo de la enfermería, donde todavía hay tanto humo que la soldado aún tiene que esperar un momento antes de disparar.

Tiempo más que suficiente para que Abel sujete su arma por el cañón y se la ofrezca en señal de rendición.

Ella lo mira. Está apoyada contra la pared agarrando el bláster con ambas manos, temblando. Los humanos son tan inestables... El sudor le ha pegado mechones de pelo negro a la frente y a las mejillas. Cuando lo ve caminar, abre los ojos como platos, pero no pierde los nervios. No dispara.

—Me llamo Abel —se presenta—. Modelo Uno A de la línea de mecas de Cibernética Mansfield. Según mis directrices, tengo la obligación de servir a la autoridad humana de mayor graduación que haya a bordo de la nave. Y ahora mismo esa autoridad es usted.

Le ofrece el arma. Al ver que no la coge, la deja en el suelo y la empuja hacia ella con el pie. Qué gusto poder obedecer las directrices de su programación. Servir para algo.

—¿Cuáles son las órdenes? —pregunta Abel con una sonrisa.

7

«Cuenta hasta cinco», decide Noemí.

Si está teniendo una crisis nerviosa, si el terror de los últimos minutos le ha afectado hasta el punto de provocarle alucinaciones, todo esto debería desaparecer en un par de segundos. En cambio, si es real, cuando pasen los cinco segundos, el meca seguirá ahí de pie, esperando sus órdenes.

«Uno.» El meca permanece inmóvil, con una expresión entre curiosa y paciente.

«Dos.» Noemí respira hondo. Sigue en cuclillas, sujetando el bláster con tanta fuerza que se le están empezando a agarrotar los dedos.

«Tres.» Abel. El meca ha dicho que se llama Abel. «Nos enseñaron que Cibernética Mansfield fabrica veinticinco modelos de mecas, en orden alfabético de la B a la Z. La A era para un prototipo.»

«Cuatro.» La cara y la postura de Abel no han cambiado lo más mínimo. ¿Podría seguir así una hora? ¿Un día entero? En todo caso, no ha hecho un solo movimiento para recuperar el arma.

«Cinco.»

Noemí recoge el bláster del suelo.

—Mi amiga está en el hangar... Necesita asistencia médica cuanto antes.

—Entiendo. La traeré a la enfermería.

Abel echa a correr por el pasillo tan rápido que lo primero que piensa Noemí es que se está escapando, pero solo está siguiendo sus órdenes, tal y como ha dicho que haría.

Se incorpora y sale corriendo tras él. No quiere perderlo de vista, aunque sabe perfectamente que no puede seguirle el ritmo.

Sabe por las clases de Darius Akide que el modelo A era experimental y que nunca se produjo a gran escala. ¿Podría estar mintiendo sobre su naturaleza? La programación podría permitirle perfectamente decir mentiras. Sin embargo, al igual que todos los habitantes de Génesis, Noemí ha memorizado los rostros de todos los modelos. Según los libros de historia, en los primeros días de la Guerra de la Libertad se temía que los mecas del enemigo se infiltraran entre sus filas. ¿Y si las máquinas hubieran caminado entre ellos, fingiendo ser humanos, espiando cada uno de sus movimientos?

Está más familiarizada con las Reinas y con los Charlies, pero podría reconocer cualquiera de los mecas de Mansfield a simple vista. Y es la primera vez que ve la cara del tal Abel.

«Vale, has encontrado un prototipo. Da igual cómo haya llegado hasta aquí, lo importante es que puedas utilizarlo. Tú ahora céntrate en Esther; ya tendrás tiempo de ocuparte de él.»

Corre de vuelta al hangar, sus pasos marcando un ritmo constante sobre el suelo metálico del pasillo. Se detiene en la entrada y, jadeando, observa la escena. Abel está inclinado sobre lo que queda de la nave de Esther, levantándola lentamente entre sus brazos.

—¿Quién...? ¿Quién eres...? —murmura la chica, incapaz de mantener la cabeza erguida.

—Es un meca —responde Noemí mientras se deshace de su bláster, que está prácticamente muerto, y enfunda el de Abel—. Esta nave tiene una enfermería completa. ¡Te lo dije! Podemos ocuparnos de tus heridas.

Abel se mueve a cámara lenta, con movimientos deliberados,

hasta que Esther descansa segura contra su pecho y, de pronto, sale corriendo a una velocidad que ningún humano podría igualar. A Noemí apenas le da tiempo a apartarse.

Cuando por fin llega de nuevo a la enfermería, Esther está tumbada en una biocamilla mientras los hábiles dedos de Abel se mueven sobre los controles a tal velocidad que parecen borrosos. Noemí se coloca junto a su amiga y le coge la mano.

—Los sensores aún están valorando su estado —informa Abel—, pero me atrevo a decir que confirmarán el diagnóstico preliminar: hemorragia interna, múltiples fracturas pélvicas y contusión entre leve y moderada. Si se confirma la hemorragia interna, necesitará una transfusión inmediatamente. Le he administrado medicación para el dolor.

Suficiente para dejarla aturdida, con los ojos medio cerrados y los músculos de la cara flácidos. «Bien —piensa Noemí—. Es lo que necesita.» Y siente que el nudo que tiene en el estómago se afloja porque las heridas no parecen mortales. Eso si el meca sabe lo que está haciendo, claro.

—¿Cómo está…? —deja la pregunta a medias y respira varias veces antes de poder seguir hablando—. ¿Eres un modelo médico? Creía… creía que solo existía el Tara.

—Hasta donde yo sé, el Tara sigue siendo el principal modelo médico —responde Abel con la tranquilidad de quien está compartiendo una taza de té. El aire aún apesta a ozono chamuscado por el intercambio de disparos de hace apenas unos minutos—. De todas formas, yo estoy programado con los conocimientos, habilidades y especialidades de toda la línea de mecas de Cibernética Mansfield. —Levanta la mirada de la pantalla para estudiar el rostro de Noemí—. Veo que está experimentando dificultades respiratorias importantes, lo cual no debería representar una emergencia a menos que sufra alguna enfermedad previa. ¿Es así?

—¿Qué? No. —Es tan extraño hablar con un meca, estar a su lado. Es como tener a una persona cerca a sabiendas de que no hay nada más alejado de la verdad—. He… corrido demasiado. Eso es todo.

—Podría haber esperado en la enfermería en lugar de seguirme hasta el hangar.

—No confío en ti.

—No pretendía que justificara sus acciones. Los humanos tienen muchos motivos para actuar de forma irracional o poco eficiente.

Su tono de voz es tan apacible que Noemí tarda unos segundos en reconocer el insulto. Pero es absurdo. Está antropomorfizando a un meca, un error de principiante que debería haber superado hace ya mucho tiempo. Por lo visto, el tacto no está entre las innovaciones de este prototipo.

El líquido oscuro y brillante de las bolsas que Abel trae de un armario debe de ser sangre sintética. Parece decidido a hacer la transfusión. Algunas confesiones de Génesis rechazan el uso de este tipo de sangre, otras rechazan cualquier tipo de transfusión, pero la familia de Esther no pertenece a ninguna de ellas.

De pronto, se imagina a los Gatson frente a ella, altos y pálidos, con un gesto de desaprobación en la mirada. «¿Cómo has podido permitir que pasara esto? —le dicen—. Se suponía que ibas a proteger a nuestra hija. Con todo lo que hemos hecho por ti, ¿cómo has podido dejar que le pasara esto?»

Lentamente, el meca desliza la aguja bajo la piel de Esther. En su rostro no aparece ni un solo rastro de dolor. ¿Tan drogada está, o es por la habilidad con que usa la aguja? Seguramente las dos opciones son correctas, decide Noemí. Mientras Abel trabaja, observa su rostro con más detenimiento. Hay algo distinto en él. Parece más joven que la mayoría de los mecas, apenas dos o tres años más que ella. En vez de los típicos rasgos ligeramente atractivos de los demás, este tiene un rostro distinto, con los ojos de un azul intenso, una nariz importante y, si no recuerda mal, una sonrisa un poco asimétrica.

¿Por qué hacer un meca tan… detallado? ¿Y tan superior? Akide les explicó que los mecas estaban calibrados con el nivel de inteligencia necesario para realizar solo sus funciones, nada más. Una inteligencia superior supondría una complicación, otra posibilidad más de que el meca se rompiera. Incluso había leyes que prohibían un desarrollo excesivo, o al menos así era la última vez que Génesis tuvo noticias directas de la Tierra. Si Abel dice la verdad, y Noemí cree que sí, representa un gran paso adelante en el desarrollo cibernético.

Pero eso es imposible. Esta nave fue abandonada hace muchos años.

—¿Cuánto tiempo llevas a bordo de la *Dédalo*? —pregunta, mientras aparta un mechón de pelo de la mejilla de Esther.

—Casi treinta años —responde él—. Si es necesario, puedo calcular el tiempo con una exactitud de nanosegundos.

—No hace falta.

—Lo suponía. —Abel levanta la mirada de las lecturas de la pantalla y se gira hacia ella—. Tras una exploración más detallada, veo que el hígado de la paciente presenta una rotura importante y la hemorragia es más grave de lo que indicaban los datos iniciales. Necesita cirugía.

El vientre de Noemí se contrae de dolor, casi como el de su amiga.

—Pero, si pierde el hígado, no sobrevivirá.

Abel se aparta de la biocamilla y se dirige hacia unas cámaras de almacenamiento, más allá de las cápsulas de criosueño que ocupan toda la pared.

—La *Dédalo* lleva un surtido de órganos artificiales a bordo por si es necesario practicar un trasplante de urgencia.

Noemí se muerde el labio. Génesis ha conservado más tecnología médica que de cualquier otro tipo, pero aun así raramente utilizan órganos artificiales. Sí, la vida es un bien preciado y debe preservarse, pero la muerte es aceptada como una parte más de la vida. Evitarla de forma poco natural es visto como un acto de vanidad, a veces incluso de cobardía. Los Gatson son especialmente estrictos a este respecto. Estuvieron debatiendo durante semanas si el señor Gatson debía someterse a una cirugía ocular con láser.

«Esto es distinto. ¡Esther solo tiene diecisiete años! Ha resultado herida intentando proteger nuestro planeta.» Noemí no se presentó voluntaria a la Ofensiva Masada para que su amiga muriera igualmente.

—Está bien —dice—. Adelante. Hazlo.

Un susurro se eleva desde la biocamilla.

—No.

Noemí baja la mirada y sus ojos se encuentran con los de Esther. Tiene la piel de un color ceroso y el blanco de los ojos, de un precioso verde claro, inundado de sangre. Pero está despierta.

—Tranquila. —Noemí intenta sonreír—. Estoy aquí. ¿Necesitas algo más para el dolor?

—No me duele. —Esther suspira y cierra los párpados, pero solo durante un instante. Está intentando no quedarse dormida—. Nada de trasplantes.

Es como si el frío del espacio hubiera atravesado el casco de la nave y le helara la sangre. Noemí se siente descolocada, expuesta, vulnerable. Como si la que estuviera en peligro fuera ella y no su amiga.

—No, no, no pasa nada. Es una emergencia…

—Una parte de mí sería una máquina. Eso no es la vida humana. No la que recibí al nacer.

«Por favor, Dios mío, no.» Dios no habla con el corazón de Noemí, da igual las veces que rece en busca de consejo, pero quizá lo haga con Esther. «Demuéstrale que lo más importante es permanecer con vida, pase lo que pase.» Los Gatson les dieron una educación muy estricta y Esther siempre obedece a sus padres. Ahora, sin embargo, ¿quién podría discutir un tema así?

—Esther, por favor. —La voz de Noemí ha empezado a temblar—. Si no recibes un trasplante, morirás.

—Lo sé. —Mueve la mano con gesto débil en busca de la de Noemí; esta se la coge y se la aprieta con fuerza. Tiene la piel muy fría—. Lo supe en cuanto el meca atravesó la nave. Por favor, no discutamos mientras nos despedimos…

—¡A la mierda las despedidas! —Ya se lo compensará más adelante—. Tú, Abel. Empieza con el trasplante.

El meca, que ha presenciado la conversación desde el centro de la enfermería, niega lentamente con la cabeza.

—Lo siento, pero no puedo.

—¡Acabas de decir que tienes las habilidades de todos los mecas! ¿Me has mentido?

—No quiero decir que sea incapaz de llevar a cabo el trasplante. —Si no supiera que es un meca, pensaría que se ha ofendido—. Y no puedo mentirle, es usted mi comandante.

—Exacto. Soy tu comandante. —Noemí se aferra a lo que le acaba de decir, la única arma que podría hacer que Abel dejara de discutir y se pusiera manos a la obra, maldita sea—. Tienes que obedecer mis órdenes y te estoy ordenando que le hagas un trasplante.

—Noemí… —susurra Esther.

La debilidad de su voz la atraviesa como la hoja de una espada, pero aun así se niega a apartar la mirada del meca. Abel es la única esperanza que le queda.

—Su autoridad sobre mí está sujeta a una serie de excepciones muy estrictas —replica él, sin acercarse ni un solo paso—. Una de esas excepciones es que debo obedecer los deseos de un paciente en lo referente a sus últimas voluntades. Por tanto, la decisión de Esther es definitiva.

«¡Mierda, mierda, mierda!» Las mismas directrices que le han salvado la vida a ella están poniendo en peligro la de Esther. ¿Por qué construir una legión de máquinas asesinas para luego programarlas con un falso sentido de la moralidad? Otro ejemplo más de cómo la gente de la Tierra se engaña a sí misma para aceptar que las máquinas convivan con ellos, como la piel humana o el pelo. Quiere gritarle hasta quedarse afónica, pero sabe que no serviría de nada. Las directrices son inapelables. Absolutas.

Se inclina sobre Esther y le aparta el pelo rubio pálido de la cara.

—Si no es por ti, al menos hazlo por mí. Estamos en esta nave en medio de la nada y necesito que me ayudes a… a…

Pero lo que necesita no es ayuda, es a la propia Esther. Noemí sabe que solo ha hecho una amiga de verdad en toda su vida, y es que no necesitaba más precisamente porque la tenía a ella a su lado, alguien que sabía todo lo malo de ella y aun así la quería. El mal humor, la torpeza, la desconfianza…; los mismos defectos que habían alejado de ella al señor y la señora Gatson, a Jemuel y a todos los demás. Esther era la única que no creía que esas cosas importaran. La única dispuesta a perdonárselo todo.

En su garganta se forma un sollozo, pero lo contiene y vuelve a susurrar:

—Por favor. Se supone que eres tú la que tiene que volver, la que consigue sobrevivir.

La única capaz de ser feliz. La más buena de las dos, la que sabe querer y ser querida. Ella, en cambio, es la que se queda por el camino.

—Estabas dispuesta a morir por mí —dice Esther. Por un momento, es capaz de concentrarse en ella; quizá la transfusión de sangre está sirviendo para algo—. Al menos ahora ya no tendrás que hacerlo. No si te borras de la lista. Ahora ya puedes. Prométeme que lo harás.

—Esther…

—Diles a papá y mamá que los quiero.

Abel escoge ese preciso instante para interrumpir.

—Se me ha ocurrido algo.

—¿Una forma de ignorar tus estúpidas directrices? —le espeta Noemí.

¿Por qué ha tenido que decirlo así? No quiere que Esther la oiga siendo mala, ahora no.

—El criosueño. —Abel señala las cápsulas que ocupan la pared—. A veces a la gente con heridas graves se le puede inducir un criosueño. Si no se despierta hasta que se pueda clonar un órgano, quizá…

Esther tampoco estaría de acuerdo con la clonación, pero el criosueño es una buena idea. Lo que vendría después… Ahora no tiene que pensar en ello. Se lo puede dejar a los médicos una vez que estén de vuelta en Génesis.

—¡Sí! ¡Por favor, sí, ponla en criosueño!

—Comprobaré las cápsulas. —Abel se pone manos a la obra enseguida. Por fin se vuelve a sentir útil. Pero pasados unos segundos, se detiene—. Me temo que la fuente de energía de las cápsulas resultó dañada en el ataque de hace treinta años.

—¿Y no se puede hacer nada?

Noemí sabe que en una nave de este tamaño todos los sistemas vitales deberían tener un duplicado.

—En circunstancias normales, la red principal de la nave se encargaría de proveer a las cápsulas de energía, pero la he desconectado.

—¡Se suponía que ibas a ayudarme!

—Y eso es lo que estoy haciendo —replica él, el tono plano hasta la exasperación—. No la he ayudado cuando ha subido a la nave. Entonces aún la consideraba una intrusa y…

—¡Me da igual! —le espeta Noemí, casi a gritos y sin que le importe lo más mínimo—. ¡Tú ocúpate de recuperar la red cuanto antes!

Abel asiente y se dirige a toda prisa hacia el ordenador principal de la enfermería. Ella respira hondo para tranquilizarse y luego se inclina sobre Esther.

—Todo saldrá bien —susurra—. Por fin tenemos un plan…

Los ojos de su amiga están cerrados. No la oye. Noemí levanta la mirada hacia la pantalla de la biocamilla y ve la horrible verdad que revelan los sensores: Esther se está muriendo. Ahora mismo. En este preciso instante.

—¿Esther? —Le toca el hombro—. ¿Me oyes?

Nada.

«Por favor, Dios, si no vas a concederme nada más, al menos deja que me despida de ella.» Dios nunca ha contestado ni a una sola de sus plegarias, pero si lo hace ahora, Noemí promete que creerá para siempre. «Necesito decirle adiós.»

Los sensores dibujan una línea plana. Esther ha muerto.

Un segundo más tarde, todas las pantallas de la enfermería se iluminan de repente. El maldito meca ha restaurado la energía justo cuando ya es demasiado tarde para salvarla.

Noemí se queda petrificada, contemplando a su amiga tumbada en la biocamilla. Tiene los ojos llenos de lágrimas, pero es como si lloraran sin ella. En lugar de sollozar o de temblar, siente que nunca más podrá volver a moverse.

«Ya está en el cielo.» Es lo que quiere creer. Y lo cree, más o menos, pero la idea no le supone ningún consuelo. Las palabras rebotan en las paredes del espacio hueco que antes albergaba su corazón. De pronto, se acuerda del entierro de su familia como si hubiera sido ayer mismo: el fuerte viento despeinando a los asistentes, enredándoles la ropa y llevándose consigo las palabras del cura antes de que Noemí pudiera oírlas. Se quedó mirando la tumba e intentó imaginarse a sus padres allí metidos, al pequeño Rafael entre los dos, levantando la mirada hacia el cielo por última vez antes de que la tierra los cubriera para siempre. Por encima de todo, recuerda a Esther de pie junto a ella, vestida de negro, llorando con su misma desesperación. Años más tarde le confesó que se había obligado a llorar para que ella no estuviera sola.

Ahora Esther también se ha ido y no rodeada de abrazos y de palabras de amor precisamente, sino escuchando sus gritos enfurecidos. Esa escena tan horrible es la última en la que su amiga ha estado presente.

Es peligroso estar enfadado con Dios, pero Noemí no puede negar la rabia que le provoca esta última prueba, la confirmación de que no es suficientemente buena para Dios, para los Gatson, para nadie en absoluto.

La voz de Abel rompe el largo silencio.

—No he realizado ninguna maniobra de reanimación porque el fracaso era seguro. La pérdida de sangre era demasiado importante. Deberíamos haber empezado con la transfusión mucho antes para poder salvarla.

—O podríamos haberle inducido un criosueño. —Noemí se da la vuelta para mirar al meca a la cara. Está cerca de los mandos del ordenador, inmóvil, sin saber qué hacer, tan inseguro que casi parece humano. No basta con eso para enternecerla; de hecho, verlo así la enfurece aún más—. ¡Si no hubieras perdido el tiempo intentando matarme, ahora Esther estaría viva! ¡Podríamos haberla metido en una de las cápsulas para salvarla!

Al principio, Abel no dice nada, pero luego responde:

—Tiene razón.

A pesar de todas las veces que se ha enfrentado a las fuerzas de la Tierra, que ha visto a amigos y compañeros de armas destrozados a manos de los mecas, creía que sabía odiar con todo su corazón. Pero se equivocaba.

Ahora y solo ahora, mientras contempla a la máquina culpable de la muerte de su amiga, descubre por fin qué es el odio de verdad.

8

La programación de Abel cubre muchas situaciones de conflicto interpersonal.

Pero esta no.

La guerrera de Génesis —la que ha muerto se ha referido a ella como Noemí— sigue junto al cadáver, temblando de rabia. Como todos los mecas, Abel ha sido creado para soportar la ira humana tanto en su forma física como emocional y, aun así, no puede evitar sentirse inseguro. Intranquilo. Preocupado, incluso.

Noemí tiene autoridad sobre él hasta que alguien con un rango superior lo libere. Hasta entonces, su poder es absoluto. Da igual que él corra más, que dispare mejor o que pueda matarla con una sola mano; no puede defenderse de ella y tampoco la puede desobedecer. Está en manos de su comandante.

Ella respira hondo, deja de temblar y, de pronto, se queda completamente quieta. No sabe muy bien por qué, pero está seguro de que eso es aún peor.

—¿Dónde está la esclusa más cercana? —pregunta Noemí.

—El compartimento de carga está hacia la mitad del pasillo principal.

Dicho de otro modo, la celda en la que Abel ha pasado los últimos treinta años. No parece que a Noemí le interese esta información, así que no añade nada más. Ella asiente.

—Llévame hasta allí.

Él obedece. Ella lo sigue unos pasos más atrás. Son muchas las razones por las que podría necesitar una esclusa, pero Abel enseguida entiende cuál de ellas es la más probable: su destrucción. Lo expulsará al frío vacío del espacio, donde dejará de funcionar.

No inmediatamente. Abel ha sido construido para soportar el cero absoluto del espacio exterior, al menos de forma temporal. Pasados entre siete y diez minutos, el daño en los tejidos orgánicos será permanente, seguido de cerca por un fallo mecánico generalizado.

No le tiene miedo a la muerte. Y, sin embargo, mientras avanza por el pasillo hacia su perdición, seguido de cerca por el eco de los pasos de su verdugo, siente que lo que le está pasando no está bien. Que es injusto.

¿Esto es otro de esos extraños errores de funcionamiento emocional? Quizá el orgullo ocupa una parte demasiado grande de sus pensamientos porque le molesta la idea de que él, el meca más complejo jamás creado, esté a punto de ser expulsado por una esclusa como basura humana, y todo por el resentimiento de una soldado de Génesis.

Tras considerarlo un instante, decide que sí, que el orgullo está interfiriendo en su capacidad para analizar de forma correcta la situación. Proviene de la Tierra, lo cual lo convierte en enemigo natural de la chica y, aunque sabe el poder incontestable que su programación ejerce sobre él, entiende que seguramente no confía en él. Si Génesis se ha mantenido fiel a sus postulados antitecnológicos, es probable que sea la primera vez que Noemí comparte espacio con un meca. Solo los ha conocido en el campo de batalla, no es de extrañar que le tenga miedo. Si además tenemos en cuenta que hace apenas media hora la ha atacado y por poco la mata, la decisión de lanzarlo al espacio parece más que razonable. Casi lógica.

Lo cual no significa que le parezca bien.

Cuando llegan al compartimento de carga, Abel cruza con decisión la misma puerta por la que ha salido no hace ni una hora. No se le escapa la ironía que supone haber sido liberado de un sitio para acabar muriendo en él. No puede dejar de imaginar situaciones, posibilidades, las siete formas distintas como ahora mismo podría matar a la soldado de Génesis. ¿Por qué?

Y, de pronto, lo entiende: no es que no quiera morir, es que quiere vivir.

Quiere tener más tiempo. Aprender más cosas, viajar por la galaxia y ver las colonias del Anillo, volver a la Tierra al menos durante un día. Saber qué ha sido de Burton Mansfield y, con un poco de suerte, poder hablar con su «padre». Volver a ver *Casablanca* en condiciones y no explicándosela a sí mismo escena por escena. Hacer más preguntas, aunque nunca vaya a saber las respuestas.

Pero lo que quiere un meca es lo de menos.

Abel se da la vuelta para mirar a Noemí a la cara antes de que apriete el botón que sellará la puerta y le permitirá abrir la escotilla exterior y expulsarlo al espacio. Hacía tanto tiempo que no veía un rostro humano o hablaba con alguien… Mirarla le supone un alivio, aunque signifique verla siguiendo los pasos que acabarán con su vida y, a pesar de que sabe que a ella no le afecta lo más mínimo, de pronto se da cuenta de que ha abierto los ojos como platos.

Noemí no habla. Levanta la mano hasta el panel de control… y no hace nada.

Van pasando los segundos. Cuando decide que la pausa está durando más de lo normal, Abel se atreve a hablar.

—¿Necesita ayuda con los controles?

—Sé perfectamente cómo funcionan.

Su voz suena grave, seguramente por las ganas de llorar que lleva aguantándose un buen rato. Abel ladea la cabeza.

—¿He malinterpretado sus intenciones al traerme aquí?

—¿Cuáles crees que son mis intenciones?

—Expulsarme al espacio.

—Exacto. —El dolor tuerce la sonrisa que aflora en sus labios—. A eso hemos venido.

—En ese caso, ¿puedo preguntarle por qué no lo ha hecho ya?

—Porque es absurdo —responde Noemí—. Odiarte. Quiero odiarte porque podrías haber salvado a Esther y no lo has hecho, pero ¿qué sentido tendría? No eres una persona. No tienes alma. Obedeces a tu programación porque es lo que tienes que hacer y sin libre albedrío no puede haber pecado. —Resopla de pura frustración y levanta la mirada hacia el techo, como si así pudiera impedir que las lágrimas se derramen—. Sería como odiar a una rueda.

Siguen pasando los segundos hasta que él se atreve a preguntar:

—¿Puedo salir ya de la esclusa?

Ella retrocede para dejarle pasar. Abel entiende que le está dando permiso, así que sale del compartimento de carga con una intensa sensación de alivio. Solo entonces Noemí activa los controles y sella de nuevo la estancia.

—Si se va a sentir más segura conmigo inmovilizado —propone Abel—, las cápsulas de criosueño son muy efectivas. Los mecas no podemos caer en un criosueño real, pero la exposición a los agentes químicos nos activan el modo latente.

—No necesito que estés en modo latente, sino que me seas útil. —Se limpia los ojos e intenta actuar como la soldado que es—. Ya nos... ya me ocuparé de Esther más adelante. Primero tengo que idear un plan. El puente estaba por allí, ¿verdad?

—Sí, señora.

—No me llames así —replica ella con una mueca.

—¿Cómo quiere que me dirija a usted?

Es evidente que aún está intentando recuperar la compostura.

—Me llamo Noemí Vidal.

—Sí, capitana Vidal.

—Con Noemí me basta. Y no me hables de usted. —Da media vuelta y se dirige hacia el puente de mando. Tiene la voz ronca, está agotada y lo está pasando mal, pero sigue concentrada en sobrevivir—. Sígueme, Abel.

«Quiere que la llame por su nombre de pila», piensa el meca. Hasta ahora, ningún ser humano le había dado tantas libertades. La idea le resulta agradable, aunque no sabe exactamente por qué.

Tampoco sabe por qué no puede reprimir el impulso de mirar por encima del hombro hacia el compartimento de carga del que acaba de escapar por segunda vez en el día de hoy. En treinta años lo ha visto más que suficiente.

Quizá es por lo bien que se siente dejándolo atrás.

—Esta es la posición de navegación del piloto, ¿verdad?

Noemí se pasa la mano por el pelo. Están en el puente de mando de la *Dédalo*. Las paredes curvas permiten que la pantalla de la nave se extienda a su alrededor en un ángulo de casi 360 grados, también por el techo. El firmamento que los rodea se ve con tanto detalle que el puente parece una plataforma metálica suspendida en medio del espacio.

—La silla del capitán está claro cuál es y entiendo que esta es para las comunicaciones externas. Y esa es la consola de operaciones.

—Correcto. Tu sofisticación tecnológica resulta sorprendente en un soldado de Génesis.

Noemí lo mira con el ceño fruncido.

—Limitamos la tecnología por propia elección, no por ignorancia.

—Por supuesto, pero con el tiempo lo primero lleva inevitablemente a lo segundo.

—¿Por qué tienes que actuar como si fueras superior?

Abel considera la pregunta.

—Es que soy superior en casi todos los aspectos.

Las manos de Noemí se cierran sobre el respaldo de la silla del capitán, sujetándola con fuerza, y cuando vuelve a hablar, lo hace con los dientes apretados.

—Corta el rollo ya.

—La modestia no es uno de mis principales modos operativos —admite—, pero lo intentaré.

Ella suspira.

—Me conformo con eso.

La observa mientras ella recorre todo el puente. El exotraje verde esmeralda dibuja su cuerpo atlético en la oscuridad del espacio que tienen de fondo. Entre las estrellas brillan los planetas del sistema genesiano, grandes y sombreados. Abel reconoce Génesis, de un azul y un verde exultante, con sus dos lunas visibles como dos puntitos de color blanco.

—¿Tenemos combustible? —pregunta Noemí—. ¿La *Dédalo* puede llevarme de vuelta a casa?

—Tenemos reservas de combustible suficientes para que la nave funcione a pleno rendimiento durante dos años, diez meses, cinco días, diez horas y seis minutos —responde Abel, sin mencionar los segundos y los nanosegundos—. La nave recibió algunos daños durante su última batalla, pero no parecen extremos. —Ni siquiera preocupantes. Frunce el ceño mientras las lecturas se van sucediendo en la pantalla de la consola. ¿Perdió los nervios la capitana Gee? ¿Convenció a Mansfield para que abandonaran la nave cuando no había necesidad de hacerlo?—. Viajar a través de una puerta sería complicado…

—No vamos a atravesar una puerta. Volvemos a casa.

Pues claro. La Tierra es el hogar de Abel, no de Noemí.

—Podemos llegar allí sin ningún problema, aunque antes habrá que ocuparse de unas cuantas reparaciones con instrumental que tenemos a mano.

—Bien.

¿Qué será de él en Génesis? ¿Lo desmantelarán? ¿Lo enviarán de vuelta al espacio? ¿Tendrá que servir en sus ejércitos? No tiene la menor idea y tampoco le parece buena idea preguntar. No tiene control alguno sobre la situación. Ya descubrirá su destino cuando este llame a la puerta.

Noemí se deja caer en la silla más cercana, la que está frente a la consola de operaciones, que, como el resto de las consolas de la *Dédalo*, está cubierta por un grueso acolchado de un material suave y de color negro. Desliza la mano por la superficie y frunce el ceño.

—¿Esta nave era una especie de crucero de lujo o qué? Las naves de la Tierra no son todas así, ¿verdad?

—La *Dédalo* es una nave de investigación, personalizada especialmente para su dueño y mi creador, Burton Mansfield.

—¿Has dicho Burton Mansfield? —Noemí yergue la cabeza y lo mira con la boca abierta—. ¿El Burton Mansfield de verdad?

Por fin. Es la primera vez que la soldado responde con la sorpresa apropiada a una situación.

—¿El fundador y arquitecto de Cibernética Mansfield? Sí.

La observa detenidamente a la espera de su reacción, pero en lugar de asombrarse Noemí frunce el ceño.

—Ese hijo de puta. ¿Esta es su nave? ¿Eres uno de sus mecas?

—Sí…

¿Cómo se atreve a insultar a su padre de esa manera? Sin embargo, Abel no puede responder, así que se obliga a no pensar más en ello.

—No me lo puedo creer —murmura ella—. ¿Me estás diciendo que Burton Mansfield en persona vino a este sistema hace treinta años y se fue de rositas?

—Todos los humanos que había a bordo abandonaron la nave —responde él con toda la naturalidad del mundo—. En aquel momento yo no estaba en el puente, así que no sé si la huida fue exitosa o no, ni las razones por las que abandonaron una nave perfectamente funcional como era esta.

—Los asustamos. Por eso huyeron. —Más animada, se levanta de la silla y revisa por segunda vez todas las consolas del puente, como si merecieran una atención adicional ahora que sabe a quién pertenece todo aquello—. Pero ¿por qué vino Burton Mansfield en persona hasta este sistema? ¿Por qué exponerse de esa manera justo en el punto álgido de la batalla?

Y ahí está: la pregunta que esperaba que no llegara a formular.

Mientras ella esté al mando, no puede mentirle. Aun así, tiene suficiente sentido de la discreción para… omitir algunos detalles siempre que las preguntas no sean directas.

—Mansfield estaba llevando a cabo estudios científicos de una importancia vital.

—¿En una zona bélica? ¿Qué estaba investigando?

Una pregunta directa; no le queda más remedio que responder.

—Estaba estudiando una posible vulnerabilidad en la puerta entre Génesis y la Tierra.

Noemí deja de moverse. Se está dando cuenta del verdadero significado de lo que acaba de descubrir.

—Con vulnerabilidad… ¿te refieres a fallo potencial o…? A ver, exactamente ¿a qué te refieres?

Abel recuerda el día en que Mansfield se dio cuenta de lo peor. Las horas interminables de investigación y la cantidad de lecturas de los sensores que fueron necesarias, el nivel de comprensión que necesitó su creador hasta dar con la respuesta; todo eso es lo que tiene que compartir él ahora mismo con una soldado de Génesis.

—Cuando digo vulnerabilidad, quiero decir que Burton Mansfield estaba investigando la forma de destruir una puerta.

El rostro de Noemí se ilumina. En otras circunstancias, Abel se alegraría de haberle subido el ánimo a su comandante.

—¿Y la encontrasteis?

«Tendrían que haberlo previsto —piensa Abel—. No deberían haberme dejado aquí. Fue… un error táctico. Porque no tengo elección: debo traicionar a mi creador.»

—Contéstame —insiste Noemí—. ¿Encontrasteis la forma de destruir las puertas?

Abel asiente.

—Sí.

9

«Está mintiendo.»

Noemí sabe que, mientras sea su comandante (y no sabe muy bien por qué, pero lo es), el meca —Abel— no puede mentirle. Sin embargo, la enormidad de lo que acaba de decir hace que la gravedad de la nave se altere bajo sus pies hasta hacerle perder el equilibrio, aunque el dolor que siente por Esther es tan intenso que bloquea hasta este inesperado rayo de luz.

—¿Cómo? —Avanza un paso hacia Abel. A través de la bóveda acristalada ve el rastro que el brazo de la galaxia deja tras de sí, como una neblina de fuego cuyas brillantes volutas se extienden sobre su cabeza—. ¿Cómo se destruye una puerta?

—Las puertas son capaces de crear y estabilizar un agujero de gusano, que no es más que un atajo espacio-temporal —responde él, hablándole otra vez con aires de superioridad—. Cuando uno de estos agujeros es completamente estable, las naves espaciales pueden viajar a través de él, cruzando de este modo distancias enormes en apenas un instante.

El objetivo de la Ofensiva Masada es desestabilizar la Puerta de Génesis, pero solo de forma temporal. Podría durar unos meses, dos o tres años como mucho, aunque lo más probable es que solo sea cuestión de unas cuantas semanas. Todas esas vidas, incluida la suya, serán sacrificadas para que Génesis tenga un margen mínimo y pueda reconstruirse y rearmarse, transformar los arados en espadas para, acto seguido, retomar esta guerra que casi con certeza nunca conseguirán ganar.

—Un agujero de gusano —continúa Abel— solo puede ser estabilizado de forma permanente gracias a la llamada materia exótica. En las puertas, esta materia exótica toma la forma de gases subenfriados mantenidos a una temperatura aún menor que la del espacio que los rodea, tan solo unos cuantos nanokelvins por encima del cero absoluto.

Más frío que el espacio exterior. No es la primera vez que Noemí intenta imaginar el concepto, pero no lo consigue. La intensidad de un frío como ese se escapa a la mente humana.

—Esos gases —sigue Abel— son enfriados por campos magnéticos generados por varios electroimanes muy poderosos que conforman los componentes de la puerta...

—Pero todos esos componentes... están programados para alimentarse entre sí. Es casi imposible destruir uno mientras los demás lo apoyen.

Él ladea la cabeza.

—Sabes más sobre las puertas de lo que creía.

—¿Qué? ¿Pensabas que alguien de Génesis no podía saber algo así?

—A juzgar por el estado de tu nave y del armamento que llevas, parece que en tu planeta hace tiempo que abandonasteis cualquier avance científico o tecnológico.

Si lo dijera otra persona, sería un insulto; para Abel no es más que un hecho, una afirmación irrefutable. El insulto habría sido más fácil de encajar.

—Pues va a ser que no porque yo entiendo perfectamente cómo funciona una puerta, lo cual significa que también sé que se supone que son invulnerables. Tú dices que eso no es verdad. ¿Cómo se destruyen?

Abel duda un instante y su reticencia es increíblemente real, tanto que a Noemí le cuesta digerirla. Al parecer, en esto Mansfield se empleó a fondo.

—Muchos de los esfuerzos destinados a dañar o destruir una puerta se centran en destruir los campos magnéticos que hay en su interior. Sin embargo, no es necesario destruir esos campos para provocar su destrucción. Basta con alterarlos.

Noemí sacude la cabeza.

—Pero ni siquiera somos capaces de conseguir eso, no mientras todos los componentes se respalden entre sí.

—Se te ha escapado la alternativa más evidente. —Abel no puede evitar irse por las ramas—. Que este fallo no te afecte negativamente. No muchos humanos poseen la inteligencia necesaria para…

—Dilo ya.

—Alterar los campos no tiene por qué ser equivalente a debilitarlos o destruirlos. También puede significar fortalecerlos.

Noemí abre la boca para protestar. ¿Fortalecerlos? ¿Cómo es posible que algo así tenga efecto? De pronto, la respuesta se va formando en su cabeza.

—Fortalecer los campos implica calentar los gases que hay en su interior. Cuando la materia exótica está demasiado caliente, la puerta implosiona.

Abel inclina la cabeza en un gesto que no acaba de ser un asentimiento.

—Y destruye el agujero negro para siempre.

Noemí se apoya en la consola más cercana, abrumada por los problemas y las posibilidades que se extienden ante ella.

—Pero… ¿dónde se consigue un aparato lo suficientemente potente como para alterar los campos magnéticos de una puerta? Es más, ¿existe algo así?

—Hay dispositivos termomagnéticos capaces de generar esa clase de calor por sí mismos. No hay muchos, claro está. Las aplicaciones prácticas son limitadas.

—Pero ¿existen? ¿Podríamos encontrar uno?

—Sí.

Noemí quiere tener esperanza, lo desea tanto que casi puede

saborearla, pero al mismo tiempo tampoco puede ignorar todos los defectos que ya le ve al plan.

—Habría que activarlo en los límites de la puerta. De lo contrario, el calor derretiría la nave que lo transportara antes de que pudiera acercarse. Y tampoco podría lanzarse a distancia. Se necesitaría un piloto para que se abriera paso entre las defensas.

—Sabes mucho de pilotar para venir de un planeta que vive anclado en el pasado.

Y eso le recuerda a Noemí el anhelo mezclado con la sensación de culpabilidad que siente cada vez que ve la velocidad de las naves de la Tierra, la complejidad de la puerta, incluso los reflejos inhumanos de los mecas. No quiere ser como los terrícolas, pero… no puede evitar querer saber lo mismo que ellos. Descubrir. Explorar.

La siguiente conclusión que la asalta eclipsa todos esos sueños en un segundo.

—Un humano no podría hacerlo. Perdería el control o moriría rápidamente por culpa del calor.

—Cierto. Además, aunque lo consiguiera, la implosión de la puerta lo mataría al instante.

Eso a Noemí no le preocupa. Destruir la puerta, salvar su mundo, bien vale una vida. Su disposición a sacrificarse es irrelevante si solo puede acabar en fracaso. Pero hay otra posibilidad.

—Un meca sí que podría hacerlo, ¿verdad?

Abel duda antes de responder, apenas el tiempo necesario para que ella se percate.

—No cualquiera. La mayoría están programados para entrar en modo básico durante las tareas que les resultan lesivas. Se necesitaría un modelo avanzado, capaz de pensar incluso al borde de la destrucción.

—Un modelo avanzado como tú.

Abel se yergue.

—Sí.

Es evidente que no posee un instinto de supervivencia que anule las órdenes recibidas de un superior. La escena de la esclusa lo demuestra. Si le ordena que destruya la puerta y a sí mismo en el proceso, lo hará.

Noemí está dispuesta a entregar su vida por Génesis, así que también puede hacer que un meca entregue... lo que sea que tenga.

Se levanta lentamente de la silla. La luz de las estrellas brilla suavemente a su alrededor, dándole un aire más onírico al momento.

Su plan inicial era dirigir la *Dédalo* hacia Génesis y llevar el cuerpo de Esther de vuelta a casa. Había pensado entregar la nave y el meca a sus superiores por si pudieran ser de utilidad en la guerra. Pequeñas contribuciones que la sobrevivirían, que seguirían siendo útiles después de la Ofensiva Masada.

En vez de eso, ha encontrado un meca que no solo sabe cómo destruir una puerta, sino que también es capaz de ayudarla a hacerlo. Y una nave que podría llevarla por todo el Anillo en busca del dispositivo que necesita. «La Tierra perseguiría cualquier nave procedente de Génesis —piensa—, pero no se les ocurriría buscar en esta. Podría salir bien.»

Significa atravesar la galaxia, visitar planetas que nunca ha visto. Significa arriesgar su vida, quizá acabar incluso en una cárcel terrícola, vencida e indefensa, lo cual se le antoja mucho peor que morir en la Ofensiva Masada. Significa dejar atrás Génesis, quizá para siempre.

—Vamos a destruir la puerta —anuncia, girándose hacia Abel.

—Muy bien —responde él con la misma naturalidad que si le hubiera preguntado la hora—. Deberíamos realizar un diagnóstico completo de la *Dédalo*. Mis análisis iniciales indican que conserva las reservas de combustible al máximo y que está en buen estado, pero habría que asegurarse antes de iniciar el viaje. No me llevará más de una o dos horas.

A Noemí le sorprende la naturalidad con la que Abel da por sentado que están a punto de viajar hacia otros mundos atravesando las puertas, aunque en realidad no es tan extraño. Seguramente, ha sido consciente de las implicaciones en cuanto le ha explicado los puntos débiles de la puerta. Aun así, hay algo que aún no comprende.

—Tenemos que esperar.

Abel la mira.

—Quieres acabar con una guerra mortífera y destructiva, pero... ¿sin prisas?

A Noemí se le escapa la razón por la que Mansfield decidió dotar a su meca de la capacidad para el sarcasmo.

—Yo soy solo alférez —replica, señalando la franja gris que decora el puño de su exotraje verde—. Esta misión... es arriesgada y podríamos tener contratiempos en los que no se me ha ocurrido pensar...

—A mí sí.

La expresión de Abel es tan petulante que a Noemí le gustaría tener algo en las manos para tirárselo.

—Sí, bueno, pero tú eres el meca de Burton Mansfield. Perdona que me cueste confiar en ti.

—Si no confías en mí, ¿por qué vas a emprender esta misión basándote únicamente en mi palabra? —Abel parece casi enfadado—. Si pudiera mentirte sobre los riesgos, también podría mentirte sobre el potencial.

Bien visto, pero Noemí no tiene intención de justificarse delante de una máquina.

—Lo que quiero decir es que debería hablarlo con mis superiores.

—¿Quieres volar directamente a Génesis?

Ella abre la boca para dar la orden, pero lo piensa mejor. Sí, debería consultarlo al menos con la capitana Baz y seguramente con todo el Consejo de Ancianos. Se imagina en el centro de la cámara de mármol blanco, vestida con su uniforme de gala y mirando a Darius Akide y al resto de los ancianos, explicándoles esta nueva posibilidad para salvar su mundo.

Y se los imagina respondiendo que no.

No confiarían en la palabra de Abel. ¿Qué haría falta para convencerlos? Están tan seguros de que la Ofensiva Masada es la única opción…

Recuerda los distintos discursos sobre el tema a los que ha asistido, todos los vids apoyando la Ofensiva Masada que ha visto. «Sacrificad vuestras vidas —rezan—. Sacrificad a vuestros hijos. Génesis solo podrá sobrevivir a través del sacrificio.»

Si volviera, le contaría al Consejo y a todo Génesis que hay otra salida. Que la Ofensiva Masada no es necesaria, que nunca lo ha sido. Ella, Noemí Vidal, una alférez de diecisiete años, huérfana y casi sin amigos, apoyada por un meca.

¿La creerían los miembros del Consejo de Ancianos? O, peor aún, ¿se negarían a dar marcha atrás para no tener que admitir que estaban equivocados?

No es la primera vez que duda del Consejo, pero sí es la primera vez que se permite considerar la posibilidad de que le pueda fallar estrepitosamente a todo el planeta. No está convencida de ello, pero es una posibilidad y con eso le basta.

—Detén la orden —dice lentamente—. Haz el diagnóstico de la nave. Averigua si está lista para viajar a través de las puertas.

Abel arquea una ceja.

—¿Significa eso que vamos a proceder sin la aprobación de tus superiores?

Noemí lleva toda la vida recibiendo órdenes. De los Gatson, porque la acogieron en su familia y merecían su obediencia. De los profesores, de los oficiales superiores. Ha intentado obedecerlos a todos y también la Palabra de Dios, a pesar de las dudas y la confusión, dejando a un lado sus propios sueños, porque ese era su deber.

Pero el deber de proteger Génesis está por encima de todo.

—Sí —responde, contemplando las estrellas que le harán de guía—. Vamos a destruir la puerta.

Si quiere salvar el mundo, tiene que aprender a ser independiente.

10

A Abel no le gusta el plan.

La orden de conspirar contra su planeta le provoca un conflicto importante de programación.

La lealtad que siente hacia la Tierra la lleva escrita en el código. Ir en contra del planeta del que es originario en su guerra contra Génesis traiciona todas sus directrices más fundamentales.

Todas menos una: obedecer al humano que está al mando.

Obviamente, Mansfield no tuvo en cuenta que otra persona podría ejercer esa misma autoridad. Si hubiera imaginado lo que le podría pasar a su creación más preciada, habría creado alguna subrutina para asegurarse de que ningún humano obligara a Abel a luchar contra la Tierra.

Al parecer, hasta la visión de Burton Mansfield tiene sus límites, lo cual significa que Abel tiene que colaborar en la destrucción de la Puerta de Génesis... y perecer en el proceso.

Sin vacilar, se pone manos a la obra con una comprobación exhaustiva de todos los sistemas. La *Dédalo* podría llegar fácilmente a Génesis, pero le espera un viaje mucho más largo y exigente. Los datos y las gráficas se superponen sobre la proyección del firmamento.

—Los sistemas atmosférico, gravitacional, sensorial y propulsor presentan varios grados de ineficiencia a causa de los treinta años que llevan sin mantenimiento ni reparaciones —informa—. No obstante, todos están operacionales y dentro de parámetros seguros. La integridad del casco sigue siendo sólida. El sistema de comunicaciones necesitará una reparación extensiva si queremos enviar algo más que mensajes básicos planetarios y a otras naves. —Señala la consola de comunicaciones, que efectivamente está inoperativa; la potencia que tengan deberán enviarla a la consola principal, la de operaciones—. Los escudos presentan una potencia del sesenta por ciento, aceptable para viajar por el espacio, incluidas las puertas, pero insuficiente en situaciones de combate.

Noemí se lleva las manos a la cintura y adopta una expresión meditabunda.

—Bien. No vamos a meternos en peleas, ¿verdad?

—No si no lo ordenas —dice él—. También tenemos suficiente combustible, además de raciones de emergencia que, al estar almacenadas al vacío, deberían ser comestibles. —No tendrán buen sabor, si es que Abel entiende los gustos humanos, pero ese es el problema de Noemí Vidal. Él no necesita comer mucho ni a menudo y puede ir tirando con cosas que ningún humano consideraría comida—. Sin embargo, la nave muestra cierta inestabilidad en su campo de integridad. No tendría importancia si solo fuéramos a realizar operaciones estándares, pero viajar a través de una puerta sin un campo de integridad totalmente funcional es muy peligroso.

—De acuerdo. —Noemí asiente y se sienta. Curiosamente, lo hace en la consola de operaciones, no en la silla elevada del capitán. Muchos humanos son demasiado jerárquicos como para abstenerse de estas pequeñas muestras de autoridad—. ¿Cómo reparamos el campo de integridad?

—Tenemos que sustituir el anx T-7 que fija el campo. —En la pantalla aparece un diagrama de la pieza que necesitan, de forma un tanto ovalada, más o menos de la longitud y el ancho de un torso humano—. El que tenemos resistirá un viaje más, quizá dos. Después se desintegrará.

—Y ahora es cuando me dices que no tenemos un anx T-7 de repuesto a bordo, ¿verdad?

—Correcto. —Abel se da cuenta de que le produce una cierta satisfacción enumerar todos los problemas que ha sido capaz de detectar. Le gusta hacer agujeritos en el plan de Noemí para derrotar a la Tierra—. Tendremos que atravesar varias puertas para llegar a Cray.

Ella frunce el ceño.

—¿Cray?

Pero ¿cómo puede ser tan ignorante? Su inteligencia innata no compensa su escasez de conocimientos sobre la galaxia. Abel decide empezar por el principio.

—¿Conoces los otros planetas que conforman el Anillo?

—Pues claro —protesta Noemí, pero él los hace aparecer igualmente en la pantalla, cinco mundos suspendidos en un círculo como piedras preciosas colgando de una cadena de oro.

Primero está la Tierra, que conserva su azul intenso, a pesar del caos climatológico que está abocando el planeta a su muerte. Luego viene Bastión, apagado y de un gris distante, reflejo de los minerales metálicos que cubren su superficie. Es un planeta de mineros y en él se fabrica armamento y naves; hasta donde él sabe, sigue siendo la única colonia, además de Génesis, que da cobijo a más de diez millones de humanos. En tercer lugar está Cray, cuya tierra árida y anaranjada es la prueba evidente de que su superficie es un desierto inhabitable. Los pocos humanos que viven allí —científicos de primer orden, sus estudiantes y los técnicos más profesionales— lo hacen bajo tierra.

El siguiente es Kismet, un pequeño planeta con muy poca tierra firme, un oasis para los ricos y los famosos. Despide el suave brillo violeta de su enorme superficie acuática. Por último, Génesis. Un poco más grande que la Tierra, con climas todavía más templados. Su color verde, intenso y acogedor, podría ser una fotografía de la Tierra de hace muchos años, milenios quizá, cuando aún era un planeta sano y lleno de riqueza.

—Como ves —dice Abel, concentrándose en el círculo de planetas que se proyectan sobre sus cabezas—, no podemos llegar directamente a Cray. A menos que...

—¿A menos que qué? —pregunta Noemí.

—A menos que en estas últimas tres décadas se hayan construido más puertas entre ellos. Es un dato que desconozco.

Es la primera vez que tiene que admitir que no sabe algo. Y no le gusta la sensación.

—¿Construir más puertas? —se burla Noemí—. Pero si la Tierra ha hecho exactamente lo contrario. Esta la han llenado de defensas para que no se pueda pasar y han convertido la de Kismet en un campo de minas.

—¿Por qué?

La soldado se gira hacia él. La luz entre blanca y azulada de la pantalla se refleja en su rostro y le recuerda lo joven que es.

—La guerra. ¿No te han programado para entender la guerra?

Abel podría analizar a fondo las naciones, las armas, las causas y los resultados de todas las guerras desde el conflicto entre los faraones egipcios y el antiguo reino de Kush hasta la actualidad. Por mucho que le cueste aceptar la idea de morir a las órdenes de esta humana, le resulta mucho más enervante que lo ningunee de esa manera.

—La estrategia militar más básica recomendaría el uso de la Puerta de Kismet a modo de segundo frente.

Si Noemí se ha percatado del tono cortante de su voz, no da muestras de ello.

—Exacto. La Tierra renunció a la posibilidad de un segundo frente para asegurarse de que la rebelión no se extendiera al resto de las colonias. Por eso tuvieron que convertir la Puerta de Kismet en una barrera infranqueable, para aislarnos del todo.

Los ciudadanos de Génesis parecen tener una opinión exagerada de su propia importancia política, pero Abel prefiere ceñirse al tema.

—Entonces las puertas que aparecen en el mapa son los únicos vectores de viaje.

Las ilumina, cada puerta un eslabón más en la cadena. La Puerta de la Tierra conecta este planeta con Bastión, la de Bastión con Cray, la de Cray con Kismet, la de Kismet con Génesis —al menos hasta la creación del campo de minas— y, por último, la de Génesis, a cuyo alrededor están orbitando y que pretenden destruir, lleva de vuelta a la Tierra.

—Sé cómo funciona el Anillo —dice Noemí—. Lo que no entiendo es por qué Cray es el único sitio en el que se puede encontrar un dispositivo termomagnético.

Abel sopesa todo lo que ella le ha contado hasta ahora.

—Nunca has podido viajar a otro planeta, por eso no los conoces.

—Nos enseñaron lo básico, pero obviamente me faltan muchos detalles.

Él está alargando la conversación porque es una forma de averiguar hasta dónde llega su ignorancia. En algún momento tendrá que analizar si ha desarrollado la capacidad para comportarse de forma pasivo-agresiva.

—El núcleo planetario de Cray hace las veces de fuente de energía para la supercomputadora que hay allí. Por eso sus sistemas mecánicos han que ser capaces de tolerar niveles elevados de calor…

—… lo que significa que pueden usar aparatos termomagnéticos, algo que en cualquier otro lugar sería demasiado arriesgado —lo interrumpe Noemí—. ¿Verdad?

Tiene razón, pero el meca no se molesta en dársela.

—Si queremos conseguir uno sin que nadie se dé cuenta, Cray es el único sitio por el que podemos empezar.

Noemí cierra los ojos y respira hondo, un gesto que las complicadas subrutinas de reconocimiento emocional identifican como un intento de reunir valor. Cuando los abre de nuevo y habla, su voz suena firme y clara.

—En ese caso, tendremos que atravesar la Puerta de Génesis. Más allá de la Tierra y de Bastión. ¿Podremos hacerlo sin que nos detecten?

Durante treinta años, el único tráfico que ha atravesado la Puerta de Génesis ha sido el de las naves de ataque de la Tierra, Damocles en su mayoría. La Tierra ya no estará atenta a la posible aparición de otras naves procedentes del sistema genesiano. Abel cree que podrían atravesarla fácilmente. Sin embargo, ha detectado un fallo en la línea de pensamiento de Noemí.

—Kismet tiene muchos menos protocolos de seguridad activados. Sería mucho más difícil que nos vieran. Además, estaríamos a solo una puerta de distancia de Cray.

—La Puerta de Kismet está minada, ¿recuerdas? Hay minas magnéticas en una superficie como mínimo del tamaño de mi planeta. Nadie lo sabe con certeza porque ninguna nave ha sobrevivido más allá de unos segundos antes de dar media vuelta o volar en mil pedazos.

—Mi memoria es eidética, lo que significa que recuerdo todos los datos a los que he sido expuesto. —Sobre todo los que ha mencionado no hace ni cinco minutos. Puede que tenga que hacer lo que Noemí Vidal le diga, pero no tiene por qué aguantar que lo traten como si fuera más tonto que un martillo—. El campo de minas es efectivo contra pilotos humanos. Yo podría atravesarlo, recalibrando los escudos para apartar las minas.

Noemí se queda muy quieta, estudiándolo con detenimiento. Las luces de la pantalla que los rodea iluminan su melena negra.

—Ni siquiera una Reina o un Charlie pueden pilotar con tanta precisión, y son de los más inteligentes.

Por lo visto, su memoria es cualquier cosa menos eidética.

—Como ya he dicho, soy un prototipo especial de Burton Mansfield. Poseo aptitudes y habilidades muy superiores a las de cualquier otro meca. Hasta mi material genético procede directamente de mi creador.

El material genético de la mayoría de los mecas es sintético, sin conexión con ninguna forma de vida biológica. Abel, en cambio, lleva consigo casi tanto ADN de Mansfield como un hijo natural.

Noemí no parece impresionada por la conexión genética. Se levanta y avanza lentamente hacia la pantalla plagada de estrellas que se curva sobre sus cabezas. Sus ojos se posan en Cray, que emite un brillo entre rojo y anaranjado casi tan intenso como el de una estrella.

—Si pudiéramos atravesar la Puerta de Kismet, nadie nos vería. Después tendríamos que conseguir un anx T-7, pero allí los hay, ¿verdad?

—Correcto. Necesitaremos créditos, eso sí. La única medida de seguridad de esa puerta será el campo de minas, casi seguro.

Casi seguro. No seguro. Abel se imagina una línea de naves patrulla, todas pilotadas por Reinas y Charlies, deteniendo a la *Dédalo*, arrestando a Noemí y liberándolo a él para que pueda ir a buscar a Mansfield. La posibilidad es tan remota que no entiende por qué se le ha ocurrido.

Otra rareza operacional que deberá investigar más adelante.

—Desde Kismet podríamos llegar a Cray. Una vez allí, robamos un dispositivo termomagnético, damos media vuelta y volvemos aquí. Tú te subes a mi caza con el dispositivo, te diriges directo hacia la puerta y la haces volar por los aires. ¿Verdad?

No menciona su destrucción. Y él tampoco.

—Correcto.

Mansfield se pondría furioso si lo supiera. Furioso con Noemí por hacer un mal uso de su mejor creación. Furioso consigo mismo por no imaginar este escenario y programar a Abel en consecuencia. Estaría furioso por la destrucción de Abel. Le dolería. La idea le resulta reconfortante, aunque lógicamente no debería tener importancia.

—¿Tienes que obedecer mis órdenes, aunque yo no esté presente? —pregunta Noemí.

—Un meca que solo obedeciera a su comandante en su presencia no sería de mucha utilidad.

—Eso es un sí.

—Sí.

¿Siempre va a necesitar respuestas tan simples y literales? Sin embargo, lo que dice a continuación lo coge por sorpresa.

—¿Eso quiere decir que continuarías con la misión, aunque yo muriera?

—A menos que otro humano asumiera el mando de la nave o de mí, sí, lo haría. De todas formas, es poco probable que corras un riesgo excesivo en el transcurso de la misión.

Ella niega con la cabeza y se vuelve hacia él.

—Soy una soldado de Génesis. Una rebelde. Bastaría con que pusiera un pie en otra colonia para que me detuvieran. Y si encima se dieran cuenta de que estoy intentando robar un generador termomagnético para destruir una puerta... Créeme, dispararían a matar.

—Mi programación requiere que te proteja —dice Abel, pero no parece que sus palabras la tranquilicen.

—Podría pasar cualquier cosa. Ya he renunciado a mi vida, así que lo que me pase a mí en realidad es lo de menos. Lo que importa es la misión. ¿Estás seguro de que seguirías adelante sin mí?

Noemí habla de su propia muerte como si se tratara de una conclusión ineludible. Abel se pregunta qué ha querido decir con lo de renunciar a su vida, pero lo que más le impresiona es que esté tan dispuesta a morir como a destruirlo a él. No se está deshaciendo de él; cree que morirán juntos. Su plan no espera nada de él que ella no se exija a sí misma. No sabe por qué, pero de este modo la idea de su propia destrucción se le hace más llevadera.

Lo cual no deja de ser una reacción completamente irracional. En estos últimos treinta años sus subrutinas emocionales se han vuelto un tanto extrañas...

—Sí —afirma Abel—. Seguiré con el plan.

—Y el viaje no durará tanto. Unos cuantos días, ¿verdad? No más de diez o quince.

—Correcto —responde, aunque no ve la necesidad de ir tan deprisa, sobre todo teniendo en cuenta que por un momento Noemí se ha planteado la posibilidad de obtener la aprobación de sus superiores.

¿A qué viene tanta urgencia?

—En ese caso, pongámonos manos a la obra —dice ella, respirando hondo.

En cuestión de minutos, Abel ya ha completado todos los pasos preliminares. Noemí sigue en la posición de operaciones, dejándole a él la navegación. Es su mano la que acciona los controles que devuelven los motores de mag a la vida.

Un temblor recorre toda la nave, algo perfectamente normal, pero no por ello menos emocionante. Las estrellas que los rodean están cambiando. Abel se mueve y sospecha que nunca volverá a sentirse tan libre como ahora mismo.

Sabe que, vista desde fuera, la silueta con forma de gota de la *Dédalo* deja tras de sí el brillante resplandor generado por los motores de mag, cuyas paredes no son de metal ni de ningún otro material físico; son campos magnéticos, capaces de contener la combustión a unas temperaturas tan elevadas que derretirían cualquier objeto fabricado por el hombre. Su invisibilidad crea la ilusión de una llama en el vacío del espacio.

La nave se aleja de los restos que orbitan cerca de la puerta y se dirige hacia la estrella amarilla pálida que hace las veces de sol. La Puerta de Kismet se encuentra casi en la posición opuesta a la suya, al otro lado del sistema solar de Génesis.

Noemí está sentada a su lado, sin apartar la mirada del punto verde que es su planeta. Está pensando que es la última vez que lo ve, supone Abel. Para muchos humanos, sería una situación muy complicada; a algunos se les escaparían las lágrimas. Noemí lo mira en silencio mientras la nave acelera y deja atrás el resto de los planetas del sistema, incluido su hogar.

—Deberías dormir —le aconseja.

Ella responde que no con la cabeza.

—Ni de coña. No se me ha olvidado que estoy en una nave enemiga con un meca enemigo. Si crees que me dejaré coger desprevenida, estás muy equivocado.

—La misión nos llevará unos cuantos días y estás agotada. No podrás permanecer despierta todo el viaje; es más, no creo que puedas mantenerte operativa más de una o dos horas como mucho. —Levanta la mirada de la consola y la observa—. No deberías preocuparte por la posibilidad de que te desobedezca o de que te haga daño mientras descansas.

—¿Porque estás muy preocupado por mi bienestar? —pregunta Noemí, las cejas arqueadas.

—Claro que no —responde él, y le dedica una sonrisa amable—. Pero, tal y como demuestra lo sucedido en esta última hora, si mi programación me permitiera acabar con tu vida, ya estarías muerta.

Tras unos segundos de silencio, Noemí contesta:

—Si estás intentando tranquilizarme, que sepas que no se te da muy bien.

—Solo pretendo que estés informada en todo momento.

Abel tiene que obedecerla, pero eso no significa que tenga que caerle bien. Le da igual si está asustada o cansada. Él ya ha cumplido con su obligación, que es informarle del riesgo para su salud; a partir de ahí, ya no es asunto suyo.

—Me mantendré despierta de momento —responde al fin Noemí—. De todas formas tampoco podría dormir.

Y sin mediar más palabra, Abel acelera y espolea la nave aún más rápido hacia la Puerta de Kismet. Si Noemí Vidal quiere caer fulminada por culpa del cansancio, que así sea.

Noemí no cae fulminada ni una sola vez durante las catorce horas que la *Dédalo* tarda en cruzar el sistema de Génesis, pero sí pasa de permanecer inmóvil y sentada frente a la consola de operaciones a parpadear insistentemente y bambolearse de un lado a otro como si estuviera a punto de caerse. Lleva tantas horas despierta que está al borde del delirio.

Sin embargo, cuando se acercan a la Puerta de Kismet se incorpora y recupera la compostura.

Es igual que la puerta que conduce a la Tierra, solo que esta no está rodeada de escombros ni muestra ninguna señal de batalla. Las piezas plateadas están unidas las unas a las otras, formando un anillo enorme. Es el ojo de la aguja a través del cual Abel conducirá la *Dédalo*.

Mientras introduce las coordenadas necesarias, mira a Noemí y la ve respirar hondo.

—¿Estás seguro de que el campo de integridad aguantará el viaje?

—Casi completamente seguro.

Noemí hace una pausa tras oír el «casi», que es lo que él pretendía.

—Es imposible que ya hayas pilotado una nave a través de un campo de minas, pero sí has atravesado zonas de escombros, ¿verdad? Anillos de asteroides y cosas así.

El nivel de programación de Abel va más allá de cualquier experiencia humana, pero no se lo dice. En vez de eso, responde únicamente con los hechos más simples.

—Solo en simulaciones. De hecho, nunca he tenido control operativo de una nave hasta ahora.

Noemí se queda pálida. Qué sensación tan agradable.

Están a punto de zambullirse en la superficie brillante de la puerta. Cuando se acercan al horizonte de sucesos y el anillo parece ensancharse a su alrededor, Abel sonríe.

—Veamos qué tal se me da, ¿no?

11

Nos va a matar a los dos.

Noemí, totalmente despejada, aprieta los brazos de la silla como si con ello pudiera evitar caer dentro de la puerta. Y la sensación es esa: de caída libre. El brillo que emite se intensifica a medida que se acercan al horizonte de sucesos, cada vez más plateado hasta que parece una piscina en la que están a punto de zambullirse. La superficie de la puerta refleja la nave a la perfección. Por un momento, Noemí ve la silueta de la *Dédalo*, como una gota. Si pudiera asomarse a una ventana, vería su propia cara cada vez más cerca hasta que ambas imágenes se fundieran en una sola...

La gravedad la lanza contra el asiento y le arranca una exclamación de sorpresa. La sensación es cada vez más y más intensa, como si la fuera a aplastar, incluso cuando Abel anuncia con un hilo de voz:

—Entrando en la puerta... ahora.

De pronto, abandonan el espacio-tiempo normal y se adentran en el agujero de gusano.

Noemí nunca ha oído una descripción que le pareciera satisfactoria sobre lo que se siente al viajar por un agujero de gusano. Ahora sabe por qué. Las palabras no bastan para describir esto, la forma en que todo parece volverse traslúcido, incluido el propio cuerpo, o el hecho de sentirse como el agua que se arremolina hasta desaparecer por el desagüe, a pesar de no haberse movido un milímetro. Hasta la luz se curva de una forma extraña, esculpe ángulos imposibles donde en realidad no los hay, porque se mueve a distintas velocidades y convierte sus percepciones en ilusiones. Abel y ella son como fractales en un caleidoscopio cambiando a cada segundo que pasa. Nada es real. Ni siquiera el tiempo. Ni siquiera ella misma.

«Lo odio», piensa. Y al mismo tiempo se dice: «Me encanta». Y ambas sensaciones parecen reales.

De pronto, la gravedad vuelve a su estado habitual y la lanza hacia delante con tanta fuerza que está a punto de darse un cabezazo contra la consola de operaciones. La luz vuelve a ser luz.

«¡Lo hemos atravesado!» Siente una oleada de alivio y emoción. Ha atravesado la galaxia en un segundo, ha viajado a un mundo completamente nuevo…

Pero entonces levanta la cabeza y ve el campo de minas.

Las luces verdes y parpadeantes de los explosivos superan con creces a las estrellas. Se bambolean en su trayectoria, atraídas por el objeto desconocido que sus sensores magnéticos acaban de detectar. Noemí contempla la escena horrorizada mientras decenas de minas se dirigen hacia la *Dédalo*. Bastaría con una sola para reducirlos a átomos.

—¡Abel! —grita.

Pero él ya ha reaccionado y sus manos vuelan sobre el panel de control. La nave se abre paso a toda velocidad a través del laberinto de minas que tienen alrededor, virando y descendiendo en picado tan rápido que Noemí siente cada giro, cada caída, en la boca del estómago. Tiene ganas de vomitar y se agarra a los brazos de la silla con tanta fuerza que le duelen los dedos.

Abel parece ajeno al peligro. Los mecas no le tienen miedo a la muerte. Y seguramente no le importaría acabar con ella en el proceso.

Un suave brillo se desplaza sin cesar a su alrededor. Al principio, Noemí no sabe qué es hasta que, de pronto, se da cuenta de que son los escudos de la nave. Mientras la pilota, Abel varía la potencia de los escudos de una zona a otra, protegiendo la nave donde más lo necesita. Ningún humano podría trabajar a esa velocidad. Imposible.

A estas alturas, unas cien minas se dirigen hacia ellos como un enjambre de luciérnagas verdes. Es imposible que sobrevivan a los próximos treinta segundos.

«Quizá después de todo sí que vaya al cielo —piensa un tanto aturdida—. Si muero intentando salvar mi planeta, eso servirá de algo, ¿no?»

La nave acelera y se dirige a toda velocidad hacia las minas.

—¿Qué estás haciendo? —le grita a Abel.

Él levanta la mirada de la consola.

—¿Sabías que hasta los mecas nos concentramos mejor cuando hay silencio?

Noemí se muerde la lengua, literalmente. El dolor le sirve para distraerse del terror paralizante que siente.

Pero de pronto se da cuenta de lo que el meca se trae entre manos. Moverse más rápido obliga a las minas a acercarse en oleadas, lo cual reduce el número de operaciones evasivas necesarias para que la *Dédalo* no salte en pedazos.

Una mina explota contra los escudos. La luz eléctrica que produce, verde y parpadeante, recorre toda la popa y la nave tiembla con tanta fuerza que Noemí está a punto de caerse de la silla. ¿Cuántos impactos como este pueden soportar? En la consola de operaciones se enciende una luz roja, señal de que han sufrido algún tipo de daño que ni siquiera se atreve a comprobar. ¿Para qué? Si Abel no consigue atravesar el campo de minas, morirán. Fin.

—A mi señal… —dice él, levantando por fin la mirada hacia la pantalla justo cuando la *Dédalo* acelera aún más para dejar atrás las pocas minas que aún los siguen. El espacio vuelve a ser todo estrellas y oscuridad. Con una sonrisa, termina la frase—: Campo de minas superado.

Noemí consigue fijar la mirada en su consola. La luz roja indica que los escudos están por debajo del diez por ciento.

—Un impacto más y habríamos muerto.

—Totalmente irrelevante. —Tras una pausa, Abel añade—: No hace falta que me des las gracias.

Noemí se las habría dado si no estuviera estupefacta. Poco a poco, su mente empieza a aceptar el hecho de que han superado el mismo obstáculo que lleva tres décadas interponiéndose entre Génesis y el resto de la galaxia.

Y eso significa que por fin puede decir que ha viajado a un mundo nuevo.

Se levanta y se acerca a la pantalla, que muestra un firmamento libre de minas. Justo en el centro brilla una estrella... No, no es una simple estrella. Es un sol, más grande y azul que el suyo. Y al lado, la minúscula amatista que cuelga suspendida en el cielo...

—Eso es Kismet, ¿verdad?

—Sí. Sugiero tomar una ruta indirecta para enmascarar mejor nuestra procedencia. Es poco probable que esperen la llegada de alguien desde Génesis, pero estaríamos más seguros.

Ella asiente, incapaz de apartar los ojos de Kismet. La palabra significa «destino» y es que el descubrimiento de este planeta fue un accidente. Una sonda quedó atrapada en un agujero espacio-temporal de origen natural y acabó en un sistema que, de otro modo, no habría sido descubierto en siglos. Kismet es templado, con un clima cálido y cubierto de agua. Habría sido el sustituto perfecto de Génesis si no fuera por la ausencia casi total de tierra firme.

Eso es lo que Noemí ha aprendido en el colegio. Pero pronto podrá verlo con sus propios ojos. Levantar la mirada hacia un cielo que no será el suyo. Ha soñado con ese momento, sin dejar de sentirse culpable por ello. Debería bastarle con Génesis, pero su corazón siempre ha soñado con este viaje y ahora por fin el deseo le ha sido concedido.

—Aún tardaremos unas diez horas en cruzar el sistema y llegar a Kismet, deberíamos aprovechar para hacer unos cuantos preparativos antes del aterrizaje —dice Abel.

Noemí se obliga a concentrarse. Ahora que el terror del agujero de gusano empieza a disiparse, el agotamiento amenaza con hacerla caer.

—Claro. Tienes razón. ¿Puedes cambiar el registro de la nave? ¿Hacernos anónimos?

No cree que nadie esté buscando una nave abandonada hace tanto tiempo, pero estarán más seguros.

—Puedo alterar el registro —confirma Abel. A juzgar por las pantallas que ha hecho aparecer en su consola, ya se ha puesto manos a la obra—. Sin embargo, hay otras pruebas potencialmente incriminatorias de las que también deberíamos ocuparnos.

—¿Como lo que llevo puesto? —El exotraje verde la identifica como soldado de Génesis—. Quizá encuentre algo que me sirva.

—La capitana Gee tenía casi tu misma talla. Te sugiero que busques en sus dependencias. —Sobre la pantalla de Noemí aparece un pequeño corte transversal en 3-D de la *Dédalo* con una estancia iluminada por encima de las otras. Abel continúa—: No obstante, yo me refería a un asunto mucho más importante. Cuando aterricemos en Kismet, es bastante probable que las autoridades aeroportuarias suban a bordo. Tu caza y la nave de reconocimiento podrían ser para vender enteras o por piezas, pero nos costaría bastante más explicar por qué viajamos con un cadáver.

Esther. La sensación de sorpresa y el agotamiento que se han apoderado de ella desaparecen en cuestión de segundos. De pronto, recuerda que está sola con un meca a bordo de una nave que apenas entiende y con el cuerpo de su mejor amiga, frío e inmóvil, en la enfermería.

—Po… podríamos decir que es un miembro de la tripulación que ha muerto.

—¿Cómo explicamos las heridas?

—Pues… —Las autoridades de Kismet creerían que los asesinos de Esther son ellos—. Su nave está dañada. Podemos enseñársela, decirles que resultó herida intentando traerla de vuelta.

—Si examinan la nave de reconocimiento, sabrán que solo un meca de combate puede causar ese tipo de desperfectos. —Abel niega con la cabeza—. Eso generará preguntas que no podemos permitirnos responder.

Noemí pierde los nervios.

—¡Ya se nos ocurrirá algo! ¿Qué quieres que hagamos?

—Enterrarla en el espacio.

Lo dice como si tal cosa. Expulsar a Esther de la nave. Lanzarla al vacío. Dejarla sola para el resto de la eternidad, vagando por el espacio frío e inhóspito, lejos del calor humano.

—No —responde Noemí—. No.

—Entonces ¿cómo quieres…?

No oye el resto de la pregunta. Abandona el puente y lo deja con la palabra en la boca.

Pasa casi media hora hasta que Noemí vuelve a ver a Abel.

Ha estado todo el rato en la enfermería con lo que queda de su amiga. El cuerpo ya ni siquiera se parece a Esther. El mismo pelo rubio, las mismas pecas cubriéndole los pómulos; nada en Esther parece haber cambiado, excepto su piel, que está más pálida. Y, sin embargo, basta con mirarla para saber que todo lo que importaba en ella —su risa, su dulzura, su manía de estornudar siempre tres veces seguidas, su alma— ya no está, ha desaparecido para siempre.

Está delante de la biocamilla, con los brazos cruzados como si se abrazara a sí misma, y no se da la vuelta cuando oye que las puertas de la enfermería se abren. Abel es listo y sabe que lo mejor es no acercarse demasiado, al menos no de momento.

—Si mi sugerencia de antes te ha ofendido, te pido disculpas.

Ella se encoge de hombros.

—Estás programado para decir eso, ¿verdad?

—Sí.

Cómo no.

—Debería haber muerto yo —dice ella, sin dirigirse a Abel ni a nadie en particular—. Ella tenía algo por lo que volver. Gente que la echará de menos. Que la quería.

Ella solo tenía a Esther y ahora ya no tiene a nadie. Él no contesta. Seguramente no tiene una respuesta preprogramada al respecto.

—No es una cosa, ¿vale? No es un desecho del que podamos deshacernos. Esther era alguien, no lo olvides nunca.

—No lo olvidaré. —Pero enseguida vuelve a la carga—. Cuando lo creas oportuno, podemos proceder con la forma de… sepelio que prefieras.

Seguro que iba a decir «eliminación».

—Sé que algo hay que hacer, pero no puedo dejar a Esther flotando por el espacio. —Aún se siente como si estuviera hablando consigo misma—. No puedo dejarla sola, abandonada entre tanto frío. Cualquier cosa menos eso.

Abel permanece en silencio tanto rato que Noemí se pregunta si tratar con un humano, con emociones de verdad, le está friendo los circuitos.

—¿Lo que te preocupa es el frío? —pregunta finalmente.

«No sabes nada del frío», quiere responderle. Seguro que la abrumaría con datos sobre el punto de congelación de varios elementos en grados centígrados, Fahrenheit y Kelvin, de modo que decide explicarle qué es lo que tanto la preocupa.

—No hay soledad peor que esa. Estar solo y congelado, y perdido. —Traga con fuerza para que no se le rompa la voz—. Cuando tenía ocho años, mi familia y yo fuimos al bosque… en invierno…

¿Adónde iban exactamente? ¿A construir un muñeco de nieve? ¿A ver las cascadas congeladas? No lo recuerda. A veces siente que la historia tendría más sentido si recordara qué hacían allí.

—Nuestro aerodeslizador chocó contra una bomba de la Guerra de la Libertad, una bomba que no explotó durante la batalla en la que fue lanzada, hacía mucho tiempo. Llevaba allí desde entonces. La nieve había cubierto el proyectil, por eso mis padres no la vieron. Pasaron justo por encima y entonces...

Noemí tampoco recuerda esa parte, como si sufriera una especie de amnesia parcial, y se alegra. No sabe cómo sonaron sus gritos, ni siquiera si llegaron a gritar.

—Cuando recuperé el conocimiento, estaban muertos. O estaban muriéndose, no lo sé. No estoy segura. Pero ya no estaban. Mi madre, mi padre, mi hermano pequeño. Se llamaba Rafael, pero aún era tan pequeño que lo llamábamos bebé. Estuvimos tanto tiempo tirados en la nieve... Se me hizo eterno, y estaban tan fríos. Tan fríos.

Se le rompe la voz. Por un momento, siente que es capaz de recordar los momentos previos al accidente, la risa de su madre, el peso de su hermanito, tan pequeño sobre su regazo. Pero esos recuerdos son falsos, es su imaginación intentando rellenar los huecos. Los únicos recuerdos de verdad son la sangre, el olor del humo y su cuerpo temblando entre el amasijo de hierros, incapaz de entender por qué no había muerto ella también.

Abel se acerca a ella. Seguramente le dirá que el pasado no es relevante, que sus objeciones son ilógicas.

—La estrella —dice, sorprendiéndola.

Noemí se vuelve hacia él.

—¿Qué?

—Podríamos enterrar a Esther en la estrella de Kismet. No hay nada más cálido ni más brillante. Se incineraría, obviamente, pero aun así tendrías una especie de tumba en la que llorar su pérdida. Siempre podrías encontrar la estrella en el cielo.

Noemí lo mira, muda.

—También es visible desde el hemisferio norte de Génesis —añade Abel— cuando las condiciones meteorológicas lo permiten.

—Lo sé. Es que… —«No entiendo cómo es posible que se le haya ocurrido algo así a una simple máquina.» Es una buena idea. Sensible incluso. Sabe que a Esther le habría parecido bien. Su amiga formará parte de una estrella que nutre y calienta a todo un planeta—. Me parece bien. Hagámoslo.

Él parece aliviado. Noemí no se había dado cuenta hasta ahora de que estaba tenso.

—Cuando quieras proceder, solo tienes que decírmelo.

—Ahora. —Esperar no hará más que poner a Génesis en peligro. Noemí tiene que completar la misión antes de la Ofensiva Masada o cientos de personas morirán, entre ellos la capitana Baz, todos sus amigos… y puede que Jemuel también. Después de lo de hoy, podría presentarse voluntario. Esther no querría que lo hiciera—. Adelante.

El único ataúd posible es la magullada nave de Esther. Ya no pueden usarla y es una cosa menos que tendrán que explicar cuando hablen con las autoridades de Kismet. Abel lleva el cuerpo de Esther de vuelta al hangar y lo coloca dentro de la cabina. Mientras comprueba los instrumentos, Noemí se inclina sobre su amiga y le retira unos mechones de pelo de la cara.

—Toma —susurra, y cierra las manos de Esther alrededor de su rosario. No era católica, pero es lo único que tiene—. Te quiero.

Quizá Abel piensa que hablar con los muertos es absurdo, pero no dice nada. Se limita a introducir los datos en los controles de la nave, ahora que la *Dédalo* está tan cerca de la estrella de Kismet. Salen juntos del hangar para poder sellar la esclusa y, sin que la soldado de Génesis se lo pida, el meca proyecta la imagen de la estrella en el monitor más cercano.

Noemí siente un leve temblor bajo sus pies y sabe que la nave de reconocimiento ha despegado. Debería rezar, lo sabe, pero ni siquiera tiene ánimo para eso. En cuestión de segundos, una línea minúscula surca el firmamento que rodea el sol de Kismet. Por un instante, el ataúd de Esther es una mota oscura frente al brillo cegador… hasta que desaparece.

«Se ha convertido en un rayo de sol», piensa Noemí. Se le llenan los ojos de lágrimas, pero parpadea insistentemente. Se niega a dejarlas escapar.

Mira de reojo y ve que Abel la está observando, aunque se esfuerza para que no se le note. Hay algo en él que resulta casi demasiado inteligente. Demasiado astuto. Es menos como cualquier otra máquina y más como una persona. Y la idea de enterrar a Esther en una estrella demuestra algo tan parecido a la compasión...

Pero no. La supuesta amabilidad de Abel debe de ser como el resto de su cuidadosa programación y su agradable aspecto: un disfraz pensado para engañar. No puede permitirse el lujo de olvidar que lo que tiene delante no es más que una máquina, un objeto que puede usar para salvar su planeta.

—Muy bien —dice, la voz ronca—. Ahora hacia Kismet.

Él duda un instante antes de responder:

—Mis cálculos del tiempo de preparación para la misión más el tiempo estimado de vuelo hasta la puerta son inevitablemente inexactos. Sin embargo, sé que la batalla con la Damocles, nuestro primer encuentro a bordo de la *Dédalo* —«encuentro», qué diplomático— y todo lo que ha pasado desde entonces ha durado el tiempo suficiente para que, según mis cálculos, lleves despierta un mínimo de veinticuatro horas seguidas. Además, has estado bajo una presión considerable, tanto física como emocional. No estás en condiciones óptimas de funcionamiento. Te pido que reconsideres tu decisión de no descansar.

Noemí lo mira.

—No cambies de rumbo. No envíes ninguna comunicación. No hagas nada que no te haya ordenado yo directamente a menos que sea imprescindible para evitar la destrucción de la nave. Esas son tus órdenes. ¿Las obedecerás?

—Por supuesto.

Sin añadir nada más, da media vuelta y se aleja pasillo arriba, siguiendo el largo remolino en forma de espiral, hasta que llega al primer dormitorio del personal. Es una habitación pequeña, de una austeridad militar. Más que suficiente. Activa el cierre de seguridad de la puerta, se desploma sobre la cama con el exotraje aún puesto y se queda dormida antes casi de cerrar los ojos.

Apenas le da tiempo de saborear la agradable sensación de dejarse llevar, de dejarlo todo en manos de Abel, al menos temporalmente.

12

Abel no puede sabotear los esfuerzos de Noemí Vidal ni desobedecer sus órdenes, y tampoco tiene previsto intentarlo, pero la soldado se ha equivocado al juzgar sus intenciones. Aunque no puede hacer nada que pueda perjudicarla, sí puede actuar por iniciativa propia en otros aspectos. Y no tiene por qué informarle de ello.

Sonreiría por saberse más listo que ella si no estuviera tan concentrado. Se dirige hacia la pequeña sala de máquinas de la nave, que contiene una consola de comunicaciones secundaria. No puede pedir ayuda, no puede hacer nada que ponga en riesgo la vida de Noemí, pero sí puede satisfacer la curiosidad que lo ha corroído por dentro estos últimos treinta años.

En cuanto se detiene frente a la consola, hace una búsqueda con el nombre de Burton Mansfield. La nave contacta enseguida con los satélites que surcan el espacio en el sistema de Kismet y recopila toda la información que encuentra.

¿Habrá muerto su creador? ¿Murió huyendo de la *Dédalo*? Treinta años después, no puede seguir viviendo con la incertidumbre. Cuando por fin se ilumina la pantalla, se queda sin aliento, un reflejo humano que sobrevive en lo más profundo de su ADN humano.

Los resultados que tiene ante sus ojos no le dicen tanto como los que no ve. Ni una sola necrológica, ni un homenaje, y una persona de la talla de Mansfield habría recibido cientos tras su muerte. Por tanto, tiene que estar vivo.

No importa que no vaya a volver a verlo, al menos no tanto como la certeza de saber que su creador ha sobrevivido. La emoción que le inspira esta información, esta especie de luz que se ha encendido en su interior, ¿es eso que llaman alegría? Espera que sí. Siempre ha querido saber qué se siente al menos una vez en la vida.

Ojalá pudiera informar a Mansfield de su destino. Lo más probable es que no pudiera ofrecerle ninguna forma de rescate, pero aun así le gustaría hablar con él, con su «padre», explicarle los largos años de soledad y los extraños cambios que se han producido en su forma de pensar y en sus matrices emocionales. La información podría resultar útil para futuros experimentos en el campo de la cibernética.

No obstante, no hay muchos datos sobre el paradero actual de Mansfield. Hace tiempo que no hace comunicados de prensa. Tampoco ha dado conferencias. Su último artículo data de hace casi una década. Ya debe de ser un hombre anciano según los estándares humanos; lo más probable es que esté disfrutando de una muy merecida jubilación. Pero se le hace raro imaginárselo envejeciendo mientras que él sigue siendo el mismo.

Tampoco parece que Mansfield haya hecho avances significativos en el campo de la cibernética. Abel revisa las especificaciones actuales y ve que se siguen produciendo los mismos veinticinco modelos, del Bistró al Zebra. Su apariencia ha sido modificada, con nuevos peinados y proporciones físicas para reflejar los gustos actuales y, por lo visto, también han sufrido mejoras para reparar viejos defectos y vulnerabilidades. Lo esencial —a saber: fuerza, habilidades e inteligencia— no ha sufrido ningún cambio.

Para Abel se trata de una información táctica muy útil. Sin embargo, la satisfacción que experimenta no tiene nada que ver con ningún objetivo racional. Si hasta se le escapa una sonrisa mientras la pantalla proyecta una suave luz verde sobre su rostro.

Mansfield no ha fabricado otro meca tan inteligente como él. Ni tan hábil, ni con tanta capacidad de aprendizaje. Dicho de otra manera, nunca ha intentado sustituirlo.

Noemí Vidal puede destruirlo, pero jamás podrá arrebatarle la verdad: sigue siendo la creación definitiva de Burton Mansfield.

Cuando la *Dédalo* ya está a una hora de distancia de Kismet, Abel se pregunta cuál es la mejor forma de despertar a Noemí. ¿A través del sistema de comunicaciones interno? ¿Llamando directamente a su puerta? Pero justo cuando está pensando en ello, la soldado de Génesis aparece de nuevo en el puente, alerta, recién duchada (a juzgar por el suave olor a jabón que desprende) y vestida con ropa de civil de la capitana Gee.

Ropa que, por cierto, deja bastante que desear, o al menos eso es lo que piensa Abel: una túnica gris sin forma definida y unos pantalones anchos demasiado viejos para Noemí que, paradójicamente, la hacen parecer más joven de lo que ya es. Podría ser una niña jugando a los disfraces. Sin embargo, cuando habla su voz suena firme.

—¿Nos acercamos al planeta?

Él no tiene que responder. Justo en ese preciso instante, el panel de comunicaciones de la consola de operaciones se ilumina con un mensaje entrante, automático, seguro. Noemí duda un segundo antes de reproducirlo.

Las estrellas de la pantalla son sustituidas por una playa espectacular: un mar color lavanda y un cielo lila salpicado de nubes mullidas, más brillantes aún que el blanco cegador de la arena. Una voz de mujer los saluda. «Bienvenidos a Kismet, donde les aguarda el paraíso.» La imagen da paso a un resort de paredes perladas, frente al cual un grupo de gente joven y guapa pasea con una copa en la mano. «Tanto si han venido en busca de acción o para alejarse de ella, si ansían hallar la sensualidad o prefieren la tranquilidad, en Kismet nos comprometemos a hacer lo posible para que disfrute de esa escapada que tanto se merece. Todos los aspectos de su estancia representarán lo mejor que nuestro mundo puede ofrecer. Por favor, introduzca su código de estancia.»

—¿Qué código de estancia? —pregunta Noemí.

—A muy poca gente se le permite emigrar de forma permanente a Kismet. —La pantalla vuelve a mostrar la escena de playa—. La mayoría de los que vienen aquí son turistas de la Tierra o de las estaciones espaciales más prósperas de su sistema solar. Solo los más ricos pueden permitirse una estancia aquí.

Noemí se muerde el labio; la luz violeta de la pantalla se refleja sobre el negro de su pelo.

—No tenemos créditos suficientes para pagarnos una estancia, ¿verdad?

—Ni por asomo —le confirma Abel—. Puedo intentar enviar un código aleatorio. Si me ciño a sus parámetros, puede que sea capaz de dar con algo que nos sirva al menos para poder aterrizar.

En cuanto manda el código, desaparece la escena de la playa y es sustituida por el firmamento y unas líneas de texto: CÓDIGO INCORRECTO. PÓNGASE EN CONTACTO CON LA BASE LUNAR WAYLAND PARA SU PROCESAMIENTO O ABANDONE KISMET CUANTO ANTES.

—Adiós al plan —dice Noemí.

El tono de su voz no sugiere menosprecio alguno y, sin embargo, Abel nota una sensación extraña, una especie de incomodidad por haber sido incapaz de burlar el código, combinada con el deseo concreto y meridiano de que la soldado no hubiera presenciado su fracaso. ¿Esto es lo que los humanos llaman vergüenza? Ahora entiende por qué se esfuerzan tanto en evitarla. Al menos ella no se da cuenta de su malestar.

—No importa. Seguro que en la estación también tienen la pieza que necesitamos —añade ella.

—Una suposición razonable —admite Abel.

Según sus datos, Kismet solo tiene una luna. No debería haber estaciones espaciales en órbita, pero mientras la *Dédalo* rodea el planeta, Abel se pregunta por un momento si puede ser que sus datos estén equivocados porque la cantidad de tráfico supera con creces sus expectativas.

Cruceros. Viejas naves militares transformadas anárquicamente para su uso civil. Antiguos buques de navegación solar. Hasta un par de transportes para minerales. Cientos de estas naves se apiñan alrededor de la luna de Kismet, esperando obtener permiso para aterrizar en la Estación Wayland. Todas son de tamaños, antigüedad y orígenes distintos, pero tienen en común que han sido repintadas en colores brillantes, con murales de animales, llamas o motivos sacados de antiguos juegos de cartas; literalmente, cualquier imagen curiosa o extravagante que pueda salir de la cabeza de un humano. También hay nombres y palabras en inglés, cantonés, español, hindú, árabe, ruso, bantú, francés y muchas más lenguas.

—Pero ¿qué...? —Noemí mira a Abel—. ¿A eso se dedican los ricos en la Tierra? ¿A comprar naves para decorarlas?

—Son naves antiguas. En Génesis aún tendrían un pase, pero en la Tierra no serían consideradas dignas de alguien con posibilidades económicas. —Abel guarda silencio antes de formular la hipótesis que le ronda la cabeza—. Diría que acabamos de encontrar una reunión importante de vagabundos.

Noemí frunce el ceño, confusa.

—¿Vagabundos?

—A medida que las condiciones económicas y ecológicas de la Tierra se fueron volviendo más hostiles, a mucha gente no le quedó más remedio que emigrar. Luego estalló la Guerra de la Libertad y el plan de reasentamiento en Génesis se pospuso. Se quedaron sin un lugar al que poder ir.

—Pero... las otras colonias...

—No pueden albergar una cantidad tan elevada de humanos en busca de hogar —se adelanta Abel—. Kismet funciona como planeta-resort básicamente porque si permitiera el asentamiento no tardaría en quedarse sin recursos naturales. En Cray pueden vivir un máximo de dos millones de personas. En Bastión caben más, pero aun así la última vez que recibí datos nuevos su población apenas alcanzaba los doscientos millones. Habrá crecido desde entonces, pero no lo suficiente como para proporcionar unas condiciones de vida dignas a los ocho mil millones de almas que aún quedan en la Tierra. —Señala con la cabeza hacia las naves—. Como era de esperar, algunos humanos ya pasan toda su existencia a bordo de naves como esas. Se les conoce con el nombre de vagabundos. Y viendo lo que hay aquí, me atrevo a afirmar que lo que antes no era más que una subcultura alternativa con el tiempo se ha convertido en un movimiento importante.

Espera que sus palabras le saquen los colores, que ante semejante muestra de desesperación humana se avergüence de la decisión de Génesis de escindirse del resto de las colonias. En vez de eso, Noemí abre los ojos como platos, visiblemente confusa.

—Pensaba que la Tierra intentaría controlarlos —susurra—. Que las autoridades no permitirían que cualquiera pudiera tener nave propia. Esta gente va donde quiere. Son... libres.

—No sé mucho acerca de la libertad —le dice Abel a su comandante, que cada segundo que pasa lo empuja un poco más hacia su destrucción—. Deberíamos contactar cuanto antes con la Estación Wayland. En caso contrario, tal y como están las cosas, el aterrizaje podría retrasarse mucho.

Noemí duda. ¿Se ha percatado de la frustración que desprende su voz? Si es así, ¿por qué debería importarle?

—Adelante, establece comunicación con la estación —responde finalmente.

Abel obedece y luego se levanta de su consola.

—Debería cambiarme de ropa antes de que recibamos permiso para aterrizar.

—¿Por qué? Si estás... bien.

El meca no le da más importancia al cumplido de la que real-mente tiene. Al fin y al cabo, lleva la ropa de Burton Mansfield —chaqueta y pantalones de seda negra, túnica ancha de color escarlata, todo confeccionado con tan buen gusto que no ha de temer por su aspecto, aunque la ropa haya pasado de moda. Pero ya no sirve a su objetivo.

—Me he vestido para ajustarme a la que pensaba que sería nuestra tapadera, es decir, que éramos viajeros ricos con destino al resort de Kismet. Según la nueva tapadera, estamos gravemente necesitados de un trabajo. Deberíamos aparentar ser pobres o, al menos, no ir a la moda. —Abel se detiene en la puerta y estudia a Noemí por segunda vez—. Lo que llevas tú está bien.

Ella pone una cara extraña mientras lo sigue con la mirada. Seguro que piensa que no ha sido más que la típica indiscreción robótica y no algo que ha dicho intencionadamente.

Mejor.

Puede hacerle de sirviente. Hasta puede dar su vida por una causa que no es la suya, sino la de ella. Su programación no le deja más alternativa.

Pero si Noemí está decidida a usarlo para luego deshacerse de él, al menos puede asegurarse de que no disfrute del viaje.

13

Noemí se mira la ropa. La ha elegido porque esperaba que, una vez en la estación lunar, nadie reparara en su presencia con estos trapos grises y sin forma definida. Ahora, en cambio, siente que llama la atención. Se ve fea.

«No seas ridícula. Abel ha dicho que lo que llevas está bien para lo que vamos a hacer. ¿Qué más da que sea horrible? No has venido a impresionar a nadie. Estás aquí para comprar un anx T-7 y seguir tu camino.»

Suponiendo, claro está, que pueda confiar en Abel.

Está claro que a bordo de la *Dédalo* sí ejerce un cierto control sobre él. ¿Seguirá siendo así cuando aterricen en la Estación Wayland, cuando haya más humanos a su alrededor, humanos que odian Génesis y que le dispararían nada más verla? Los nervios, la energía que la recorre por dentro, siguen aumentando y chisporroteando, llevándola del miedo a la emoción y vuelta a empezar.

Está a punto de visitar otro planeta. Bueno, su luna. Pero ¡aun así! Es la aventura que siempre ha querido vivir y la misión en la que no puede fallar. Su sueño más especial envuelto en la más oscura de las pesadillas.

En esta misión no puede cometer ningún error. Un paso en falso y morirán ella y la mejor oportunidad de salvarse que su planeta haya tenido jamás.

Intenta calcular cuántos días han pasado desde que salió de Génesis, pero al no estar en su sistema solar, algunos conceptos como el día y la noche se han vuelto más confusos. También debería tener en cuenta las diferencias einsteinianas en el discurrir del tiempo en grandes distancias espaciales. Podría pedirle a Abel que hiciera los cálculos por ella...

Pero consigue contenerse. Se está acostumbrando a recurrir demasiado a él. Confía en el funcionamiento de la máquina por puro instinto, pero Abel tiene ese otro lado, esa increíble chispa de consciencia, y sabe que no puede fiarse de él. No quiere que depender de él se convierta en una costumbre. Quizá podría inventarse un programa que calculara los días.

¿Debería dejarle salir de la *Dédalo*? Seguro que ella es capaz de encontrar sola las piezas que necesita.

Mejor no dejarse llevar por la paranoia. Abel es un prototipo único, lo cual significa que no está registrado. Su aspecto es tan humano que una persona normal y corriente jamás se daría cuenta de que es un meca. Si Noemí lo hubiera conocido en otras circunstancias, tampoco se habría dado cuenta. En algún momento tendrá que descubrir si puede confiar en su programación o no; por qué no ahora. Abel es una herramienta en sus manos y no debería tener miedo a usarla.

Eso es lo que se repite a sí misma y casi consigue acallar la extraña sensación que no la ha abandonado desde que Abel dijo que no sabía demasiado acerca de la libertad.

La Estación Wayland asoma en la pantalla a medida que la nave se va acercando a la luna de Kismet. Desde lejos parecía un cráter más, pero Noemí ya empieza a ver los detalles del asentamiento que se esconde en su interior, sellado bajo una burbuja transparente. Decenas de naves vagabundas se amontonan alrededor de Wayland a la espera de recibir permiso para aterrizar. Reconoce algunas de las imágenes que llevan en los cascos: diseños maorís en esta, un zigzag absurdo en aquella y una tercera toda pintada de verde claro, como una hoja flotando en el espacio exterior.

«Todas llevan a bordo a gente de otros planetas.» Un escalofrío le recorre el cuerpo y anula el cansancio acumulado después de tantas horas. «La mayoría son de la Tierra, seguro, pero podría haber alguna de Bastión o incluso de Cray. Voy a conocer a alguien que viene de otro mundo, voy a pisar un planeta que no es el mío. Levantaré la mirada hacia el cielo y veré nuevas constelaciones en las estrellas.»

Según la doctrina de Génesis, sus habitantes no necesitan para nada acudir a otros planetas. Noemí lo cree, pero que no necesites algo no significa que no lo desees, ¿verdad? ¿Qué tiene de malo querer ver otras obras de la creación, contemplar el universo desde cada ángulo posible, ser el catalizador a través del cual el universo puede contemplarse a sí mismo? Desde que tiene uso de razón, lo que más ha deseado en la vida siempre ha sido explorar más allá de todos los límites.

Y por fin, gracias a esta misión, va a poder hacerlo.

La luna empieza a eclipsar la suave superficie violácea de Kismet y aprovecha estos últimos momentos para observar el planeta, que brilla como una amatista sobre un fondo de terciopelo negro.

Este es el mundo sobre el que Esther brillará para siempre. Y Noemí se alegra de que sea tan hermoso.

Justo cuando se dispone a ir en busca de Abel para que aterrice la nave, este reaparece ataviado con una sencilla camiseta de manga larga y un par de pantalones de trabajo, ambos verde oliva, la saluda con la cabeza y se dirige a la posición del piloto. Ese extraño don de la oportunidad a Noemí le pone los pelos de punta, al igual que la tranquilidad glacial de la que siempre hace gala. No dice una sola palabra, se limita a dirigir la *Dédalo* hacia la abertura que hay en la cúpula de la estación, rodeado en todo momento por un enjambre de naves vagabundas, hasta posarla sobre la superficie de la luna. Y cuando la abertura se cierra y se quedan atrapados en el interior del puerto espacial —un edificio gris y achaparrado que no se parece en nada a los palacios tornasolados de Kismet—, Noemí se da cuenta de que ya no le basta con la emoción para mantenerse alerta. La realidad de lo que está a punto de hacer cae sobre ella como una losa. De pie frente a la entrada de la nave, esperando a que se abra la compuerta, siente que su cuerpo se enfría por momentos. Junta las manos para no cubrirse con ellas. Seguro que si lo hiciera, Abel se burlaría de su debilidad humana.

Se prepara para enfrentarse por primera vez a un planeta nuevo, pero no se siente como una soldado de Génesis. Lo único que sabe es que está muy lejos de casa.

—¿Cuándo fue la última vez que estuviste en Kismet? —pregunta, y se enorgullece de sí misma por haber sido capaz de decir las palabras sin que le tiemble la voz.

—Nunca.

—¿Nunca? —Se vuelve hacia Abel—. ¿Y en el resto de colonias?

—Tampoco las he visitado.

—Entonces ¿por qué actúas como si lo supieras todo?

—Mi falta de experiencia directa es irrelevante —responde, y se encoge de hombros—. Mis circuitos de memoria contienen información muy detallada.

—Información de hace treinta años, querrás decir.

Él arquea una ceja.

—Por supuesto. Fui abandonado hace tres décadas, así que la información sobre cualquier evento reciente es, en consecuencia, limitada. ¿Quieres que te lo recuerde a intervalos regulares?

Noemí consigue controlar su genio, pero le cuesta. Su arrogancia le hace perder los nervios.

—Lo que quiero decir es que dejes de actuar como si lo supieras todo sobre Kismet, ¿vale?

—Nunca he dicho que lo supiera todo sobre Kismet —replica él, y le dedica una sonrisilla en apariencia cortés—. Sencillamente, sé más que tú.

«¿Por qué no lo lancé al espacio por la esclusa cuando tuve la oportunidad?»

Por un momento, Noemí sospecha que Abel se ha dado cuenta de la oscura llama que se arremolina en sus ojos. Su expresión sigue sin mostrar emoción alguna, pero da un paso atrás. Disfrutaría viéndolo tan inseguro si ella misma no estuviera histérica. Pero poco a poco consigue recuperar el control y el meca lo sabe.

Los paneles en forma de espiral de la puerta por fin se abren.

Al otro lado solo hay caos. El puerto es un sitio ruidoso y lleno de gente en el que huele a grasa y a sudor. Cientos de personas intentan avanzar por calles o cruzar puentes demasiado estrechos para semejante multitud. Visten ropas de colores brillantes, pero extrañas; trozos de tela cosidos sin ton ni son, la mayoría gastados o incluso hechos jirones. Las naves que hay atracadas en las inmediaciones están tan destartaladas como sus propietarios, ahora que las ve de cerca. Incluso a ella, que está acostumbrada a la vieja flota de Génesis, las naves que hay a su alrededor le parecen más cerca de la desintegración que de poder echar a volar en condiciones. Hay pantallas y holos por todas partes, en cada esquina, colgando de todas las vigas metálicas que hay sobre sus cabezas. Parece como si fueran importantes, pero Noemí sabe que las imágenes que muestran no son más que anuncios. Uno tras otro. Música y eslóganes a tanto volumen que ahogan hasta la última voz humana…

Y, de pronto, caminando hacia ellos, aparece el primer meca.

Su memoria responde al momento. «Modelo George. Diseñado para trabajos que requieren una inteligencia media y una tolerancia considerable al aburrimiento. Suelen utilizarse para tareas burocráticas.»

Darius Akide estaría orgulloso de ella por recordar tantos detalles, aunque quizá no le gustaría tanto el escalofrío que recorre su cuerpo mientras observa al George desde lejos. Parece que ya no lleva el peinado de los modelos más antiguos, pero por lo demás es exactamente igual que en las fotografías. Un poco achaparrado, con la piel pálida y el pelo castaño.

Lo que más le impacta son los ojos.

Los tiene de un color verde claro, pero parece... que estén vacíos. Como los de una muñeca, solo que cuando ella era pequeña le gustaba imaginar que sus muñecas la querían tanto como ella quería a sus muñecas. Es imposible fingir que detrás del rostro ausente del George se esconde un alma. Dentro de su cráneo de metal no hay más que cables y memorias. Circuitos y señales. Ni rastro de alma.

Eso sí, no se puede decir que haga nada extraño. Levanta un cuaderno digital de datos y saca una foto de sus caras.

—¿Nombre de la nave?

—*Medusa* —responde Abel—. Bautizada en honor al ser mitológico que disfrutaba transformando a los hombres en piedra.

Noemí prefiere creer que Abel ha escogido el nombre al azar. La otra posibilidad supondría propinarle un buen puñetazo en la cara, lo cual pondría al George en alerta y este sabría que algo no va bien.

—*Medusa*. Confirmado. —De momento, parece que la identidad falsa de la nave está funcionando. Genial—. ¿Nombres de los ocupantes?

Noemí intenta responder con naturalidad.

—Noemí Vidal.

—Abel Mansfield —dice su compañero tranquilamente.

¿Está programado para adoptar el apellido de su creador o es una elección consciente? Parece que sus apellidos no suscitan más reacción que las fotos que les han tomado, porque el George se limita a asentir.

—¿De qué nación de la Tierra provienen?

Noemí lo piensa un instante hasta que decide usar el país de nacimiento de sus antepasados.

—Chile.

—Gran Bretaña —contesta Abel; quizá allí fue donde lo crearon.

—A partir de este momento, están autorizados a permanecer en la Estación Wayland durante un máximo de seis días. Por favor, abonen la fianza no reembolsable correspondiente al primer día.

El George les entrega un pequeño lector de color negro en cuya pantalla se suceden las líneas de información. Abel introduce los datos que le pide el aparato y que demuestran que han abonado el importe que les da derecho a que la nave permanezca en Wayland. Han pasado la inspección. Nadie parece estar buscando a Abel ni se ha percatado de su presencia. Lo han conseguido.

Debería sentirse aliviada, celebrar la victoria. Pero el caos que la rodea, el ruido, la mugre y la inconfundible sensación de desesperación...

Noemí nunca se ha sentido tan lejos de casa.

El George señala a su izquierda, hacia una larga fila de vagabundos vestidos con ropa de alegres colores.

—Ahora solo tienen que personarse para la revisión de telarañas y obtendrán la autorización definitiva. Que disfruten de su estancia.

Mientras se dirigen hacia la cola de gente, Noemí aprovecha para susurrar al oído de Abel.

—¿Revisión de telarañas? ¿Qué quiere decir eso?

—No lo sé.

Se nota que odia tener que admitir que ignora la respuesta; ojalá Noemí no estuviera tan asustada, así podría regodearse de su incomodidad.

—Solo puedo especular —añade el meca.

—Vale, pues especula.

—Parece que las reservas de material médico están almacenadas allí —le explica, señalando hacia unas cajas en cuyo lateral hay pintada una cruz de color verde—, así que yo diría que se trata de algún tipo de revisión médica.

—¿Una revisión médica?

Noemí lo sujeta por el brazo para intentar retenerlo. Su cuerpo parece increíblemente humano. ¿Lo suficiente para engañar a los médicos o están a punto de ser descubiertos?

Pero no tienen tiempo para discutir. Unos empleados vestidos con batas verdes se dirigen hacia ellos para separarlos.

Ella siente que el pánico le cierra la garganta y, por un momento, siente el impulso de aferrarse a Abel, una máquina hostil y superior, pero el único en el que puede confiar en este sistema solar que le es extraño, en esta misión tan importante y peligrosa.

«No —piensa. Se pone recta y suelta el brazo del meca—. Puedo confiar en mí misma. Puede que la misión haya cambiado, pero yo no. Puedo con esto y con mucho más.»

Los conducen sin demasiadas ceremonias hacia una gran carpa donde vagabundos de distintas edades, géneros y razas se están desnudando para la revisión. Noemí nunca ha sido especialmente tímida con su cuerpo, pero esto es tan frío... Los médicos y las enfermeras que los van llamando no muestran compasión o empatía alguna; su cometido no es cuidar de ellos, solo clasificarlos.

Una vez desnuda y con la ropa debajo del brazo, se une a la fila con todos los demás. La chica que tiene al lado aparenta más o menos su misma edad. Es alta, tiene la piel oscura, lleva el pelo recogido en dos trenzas que le llegan a la cintura y está tan delgada que se le marcan las costillas. No es la única, pero en sus ojos hay algo... dulce, tal vez. En cualquier caso, Noemí decide arriesgarse y le susurra al oído:

—Eh, ¿qué son las telarañas?

—¿No lo sabes? —Tiene un agradable acento cantarín—. Eres nueva en esto, ¿eh? Supongo que no es algo de lo que se hable demasiado en la Tierra.

—Pues no, la verdad —replica Noemí—. Y sí, soy muy nueva.

No parece muy convencida, pero accede a explicárselo.

—Es un virus muy feo. El peor. Te entran escalofríos y se te rompen las venas por todo el cuerpo. También te sale como un sarpullido extraño con un montón de líneas blancas por todas partes, y parece que lleves una telaraña pegada al cuerpo.

Noemí asiente. De pronto se da cuenta de que ya no le parece tan extraño saber que está hablando con alguien de otro planeta. Esta chica no es una enemiga ni una alienígena, no es más que una persona. Y además muy agradable.

—Tiene sentido el nombre.

—La cuestión es que las telarañas son contagiosas y pueden llegar a ser mortales si no las tratas a tiempo. —Libera las trenzas del pañuelo que lleva alrededor de la cabeza y, por un instante, su rostro se entristece—. Venga, acabemos con esto cuanto antes.

El meca médico es una Tara, un modelo con el aspecto de una mujer de mediana edad de origen asiático. Los ayudantes, todos humanos, trabajan codo con codo con la Tara, pero está claro quién se ocupa de la revisión. Es tan rápida y eficiente como Akide les contaba en sus clases, pero sus ojos no reflejan la inteligencia que Noemí ha visto en los de Abel.

Y hablando de Abel...

Noemí mira a su alrededor con la esperanza de que no lo hayan sacado de la cola para revelar su verdadera identidad. Lo ve al otro lado de la carpa, desnudándose en una esquina y con el torso al descubierto. Lo primero que le llama la atención es lo relajado que parece. ¿Es porque cree que pasará la revisión sin que lo detecten o porque no ve el momento de que lo rescaten y la descubran a ella en el proceso?

Lo segundo es que es el centro de unas cuantas miradas. De muchas. No porque parezca una máquina, sino porque tiene el cuerpo más perfecto que Noemí ha visto en toda su vida. O imaginado. Podría ser una de esas esculturas de mármol, con la piel pálida, los músculos desarrollados y una simetría perfecta. Si no supiera que solo es una máquina, diría que es...

—Madre mía —murmura la chica que tiene delante, la de las trenzas. También está mirando a Abel y sonríe mientras él se quita los pantalones—. No es que no quiera a mi chico, pero es que...

—Siguiente —anuncia uno de los ayudantes, y la joven avanza para someterse a la revisión.

La Tara desliza las manos por la espalda y las extremidades de cada una de las personas que esperan en la fila, con la misma frialdad que si fueran estatuas. Cuando le toca a Noemí, la meca médico se detiene.

—Tiene la musculatura más desarrollada que las hembras de su edad.

En Génesis no. De hecho, siempre ha sido bastante descuidada cuando se trata de levantar pesas. Es lo que se le da peor del entrenamiento militar. Pero comparada con las chicas que tiene a su alrededor, vagabundas flacuchas y desnutridas, parece que esté exageradamente en forma.

—Nuestro último… trabajo requería mucho esfuerzo físico —responde, pensando rápido—. Duró varios meses. Supongo que se nota la diferencia.

Por lo visto, la explicación convence a la Tara, que la deja pasar.

Noemí se viste a toda prisa. No les está permitido esperar a los compañeros y, además, tampoco sabe si está preparada para ver a Abel totalmente desnudo, así que se dirige hacia el fondo de la carpa, dispuesta a conocer por fin la Estación Wayland…

… que es sospechosamente parecido a cruzar las puertas del infierno.

El mensaje de bienvenida a Kismet presentaba un planeta tan bonito, tan refinado, tan elegante. Lo que ve a su alrededor no se parece en nada a todo eso. Está rodeada de vallas publicitarias, holoanuncios y luces parpadeantes. Casi todos, al menos los más brillantes, anuncian que ¡EL FESTIVAL DE LA ORQUÍDEA YA ESTÁ AQUÍ! Por lo visto, es una especie de evento musical, aunque también se anuncia la presencia de varios famosos y algunos políticos. Al menos eso es lo que Noemí cree que son; los nombres y las caras le son completamente desconocidos. El principal reclamo es un tipo llamado Han Zhi. El festival se celebra en Kismet, pero los que estén en Wayland también podrán ver los conciertos en algunos locales previo pago de una entrada.

Por si no bastara con eso, las discotecas tienen otra forma de sacarle el dinero a los viajeros. ¡JUEGA AL DIECINUEVE DURANTE TODA LA NOCHE!, reza un holo con forma de ruleta, haciendo girar sus colores. En otra pantalla, dos mecas se contonean con poco más que la piel cubierta de aceite y sendas sonrisas de oreja a oreja; son los modelos para el placer, la Fox y el Peter. El anuncio reza: TÚ TAMBIÉN PUEDES TENER TU PROPIO JUGUETE.

Hay carreras de motos en una pista prácticamente vertical que tiene pinta de ser muy peligrosa. Cómo no, en la base del holo hay una breve línea de texto que advierte a los espectadores de los posibles accidentes. El aviso parece casi una promesa. ¿Quién se divierte viendo a la gente arriesgar la vida y todo por una carrera de motos?

Al menos Noemí sí entiende el atractivo del monitor que tiene justo delante, diversión de verdad, seguramente pensada para evitar que la gente se queje de las largas esperas y el trato un tanto brusco. Una chica ligera de ropa baila en el interior de una gran esfera antigravitatoria. Distintas zonas de la esfera se van iluminando, parpadeos rosados que le indican a la bailarina el siguiente punto en el que se activará la gravedad. Los velos vaporosos que le cubren el cuerpo flotan a su alrededor mientras ella se impulsa hacia arriba, extiende las piernas hacia los lados, flota en las distintas fuentes de gravedad como una hoja mecida por el viento. Todo sigue una secuencia muy precisa, Noemí no tarda en darse cuenta; tiene que ser divertido bailar ahí dentro, siempre que sea solo eso, bailar, sin tener que soportar las babas de los viajeros asquerosos que la observan. Porque eso es lo que hacen: babear y gritarle obscenidades, y todo es tan sórdido que le entran ganas de gritar.

—Interesante —dice Abel, que se acaba de detener junto a ella, completamente vestido y sin un ápice de preocupación en la cara—. Creía que había que pagar para ver este tipo de espectáculos.

—¿Cómo has superado la revisión médica?

—Ha sido bastante rápida y muy superficial —responde—. El personal médico humano estaba muy vigilado, ¿te has dado cuenta?

—No. —Y, de todas formas, tampoco le ve la importancia—. Ahora ya podemos empezar a buscar el anx T-7, ¿verdad?

—Así es. —Pero Abel no se mueve. Mira a su alrededor, contempla los anuncios estridentes, los gritos de la gente que tienen alrededor—. ¿Te preocupa?

—¿Qué? ¿El baile?

Noemí vuelve a mirar a la chica de los velos, que sigue dando vueltas dentro de la esfera, ignorando los piropos de mal gusto que le lanza la audiencia.

—La desesperación —contesta Abel—. Ver en qué se ha convertido la galaxia desde la secesión de Génesis. Si te molesta, puedo buscar la forma de minimizar el contacto con terceros.

—Nosotros no le hemos hecho nada a la Tierra ni al resto de las colonias —replica, negando con la cabeza mientras la luz rosada de la esfera se refleja en su cara—. Se lo han hecho ellos solitos. Si no nos hubiéramos apartado, también nos habrían arrastrado a nosotros. Así que no, no me preocupa lo más mínimo. Este lugar es la prueba más evidente de que hicimos lo correcto.

Abel inclina la cabeza, como si admitiera que tiene razón. Ojalá pudiera disfrutar de esta pequeña victoria, piensa Noemí, pero su mirada se posa de nuevo sobre las naves destartaladas y los vagabundos famélicos, y no puede evitar preguntarse: «¿Todo esto es culpa nuestra? No puede ser. Somos los buenos de la película… ¿Verdad?».

14

El puerto de la Estación Wayland sigue una de las distribuciones más habituales de todas las que Abel tiene almacenadas en el cerebro: un espacio amplio con techos altos, aproximadamente a unos cuarenta metros, sujetos por vigas de acero. El aire es frío y seco hasta el punto de que muchos humanos lo considerarían desagradable, pero a Abel le resulta muy familiar, después de haber pasado treinta años encerrado en un compartimento de carga. Hasta el último milímetro de la estación es un hervidero de actividad. La gente se amontona en las aceras, empuja cajas y barriles de provisiones, examina las distintas naves y se gritan los unos a los otros por encima del bullicio, lo cual no hace más que empeorar los niveles de ruido. Para él, la cacofonía debería resultar insoportable; sin embargo la encuentra emocionante, el hermoso sonido de la acción, de la vida.

Archiva la reflexión para futuras referencias: «Hasta las cosas más mediocres pueden resultar poderosas cuando hemos pasado demasiado tiempo sin ellas».

Detecta el primer fallo en el plan cuando comprueba por duplicado los datos que los relacionan con la *Dédalo*, también conocida como *Medusa*. Revisa las cuentas, de donde ya se ha restado el importe correspondiente al derecho de fondeo, y anuncia:

—Tenemos una complicación inesperada.

—¿Cómo?

Noemí echa un vistazo al lector de datos y abre los ojos como platos al ver el poco dinero que les queda.

—El derecho de fondeo en Kismet es exponencialmente más caro que hace treinta años. Al hacer los cálculos ya tuve en cuenta la posible subida de las tasas, pero la inflación se ha disparado muy por encima de mis estimaciones.

—¿Qué es la inflación? —pregunta Noemí.

«No proviene de una sociedad capitalista —se dice Abel a sí mismo—. No puede evitar su ignorancia.»

—Es cuando el dinero pierde valor y los precios suben. Las subidas exponenciales de la inflación son habituales en períodos de extrema agitación política, como en las guerras.

Noemí frunce el ceño y el rictus le dibuja un surco minúsculo entre las cejas, el mismo que aparece cada vez que se enfrenta a un problema. Abel empieza a ser capaz de descifrar sus gestos.

—¿Nos quedan suficientes créditos para comprar la pieza que necesitamos?

—Si la tasa de inflación de las piezas es parecida a la del derecho de fondeo, no.

Noemí suspira. Detrás de ella, la bailarina semidesnuda termina su coreografía antigravitatoria y saluda a su público; algunos tienen la decencia de aplaudir.

—Si no podemos comprarla, supongo que habrá que robarla.

Ya se está volviendo más pragmática. Ojalá pudiera alentar este rasgo en particular, pero no puede.

—Podemos intentarlo, pero la seguridad en la venta de piezas grandes seguramente será mucho más estricta que con los dispositivos termomagnéticos.

—¿Las piezas grandes son más baratas?

—Sí, pero normalmente se venden en tiendas donde hay más seguridad para evitar los robos. Podríamos sacar un dispositivo termomagnético de un aparato más grande sin correr el riesgo de que nos cojan in fraganti.

—Vale, vale —replica Noemí—. En ese caso, encontraremos una forma de ganar dinero. Buscaremos trabajo. Algo que nos permita cobrar cuanto antes.

Esperaba que se desanimara. Que la situación la superara. Que le mostrara más puntos débiles… Pero ¿por qué? Sus directrices no le permiten ir en su contra. Ver sus defectos solo le resultaría gratificante en ese nuevo nivel emocional que no acaba de entender del todo.

Decepcionado, decide centrar su atención en los abigarrados atuendos que visten los vagabundos que se pasean a su alrededor. Llevan prendas enormes sobre mallas y camisetas normales y corrientes, y completan el conjunto con botas de trabajo de distintas alturas. Bufandas de diferentes colores hacen las veces de sombrero o de tocado, de cinturón o de chal. De sus cinturas y de sus hombros cuelgan cinturones para herramientas. ¿Es una cuestión de estilo o de funcionalidad? Abel sospecha que lo segundo. Todo menos las botas podría servir para más de un propósito en caso de necesidad.

Un poco más adelante, un sencillo cartel anuncia: REGISTRO PARA TRABAJADORES. FESTIVAL DE LA ORQUÍDEA, y muchos vagabundos se han reunido en las inmediaciones. Noemí se anima al verlo, que es lo más cerca que ha estado de sonreír desde que la conoce.

—Pues claro. El festival, por eso hay tanta gente en la estación. Esperan encontrar un trabajo temporal.

—En ese caso estamos de suerte.

Abel se abre paso hasta la zona de la multitud que parece una cola. Justo delante de ellos hay una pareja uno o dos años mayores que Noemí, ambos vestidos con ropas de vagabundo. El agudo oído de Abel solo le sirve para escuchar disimuladamente la conversación.

—Lo primero que pienso comerme es una tostada de canela —dice la mujer de la pareja, una chica alta cuyo color de piel, acento y largas trenzas sugieren un origen afrocaribeño. Antes la ha visto hablando con Noemí durante la revisión médica—. ¡No, no, espera! ¿Crees que tendrán fruta fresca, Zayan?

—Lo que daría por un mango —suspira su pareja, un hombre un poco más bajo que ella que parece originario de la India o Bangladés—. Tienes que probarlos, Harriet. Si están la mitad de buenos de lo que recuerdo, es como comerse un trozo de paraíso.

Los dos sonríen y se cogen con fuerza de la mano hasta que la chica de las trenzas, Harriet, ve a Noemí y la saluda. Ella sonríe tímidamente. ¿Está intentando hacerse amiga de los vagabundos? Seguro que no. No harían más que poner en peligro su coartada.

Revisando la conversación entre Harriet y Zayan, Abel deduce que la escasez de alimentos ha ido a peor. Cuando él dejó la Tierra, los mangos no eran una fruta difícil de encontrar.

—Eso si nos contratan —dice Harriet con tono pesimista, pero un hombre barbudo de mediana edad se da la vuelta con aire burlón.

—Cubrieron las vacantes hace meses. Había que apuntarse a distancia, ¿no lo sabíais? —El tipo se ríe de la joven pareja de vagabundos como si les hubiera explicado un chiste—. No hay más trabajo. Podéis marcharos.

Decepcionante, sin duda, aunque Abel está convencido de que encontrarán otra cosa. Sin embargo, la pareja parece muy afectada, tanto que por un momento teme que uno de los dos se desmaye.

—Eh —interviene Noemí un tanto incómoda, con las manos apretadas—. Todo saldrá bien, ya lo veréis.

—No es verdad. —Harriet sorbe por la nariz y se limpia la cara—. ¿Por qué no lo comprobamos? Si lo hubiéramos mirado antes de pagar los derechos de fondeo…

Zayan le pasa un brazo alrededor de los hombros.

—Hemos conseguido que las raciones nos llegaran hasta ahora, ¿verdad?

—Es la última semana. —A Harriet le tiembla la voz—. Y lo sabes.

El chico respira hondo.

—De momento, vamos… a sentarnos, ¿vale? Con tanta hambre no se puede pensar con claridad. No podemos comer, pero al menos sí podemos descansar.

Se despide de Noemí y Abel con un gesto de la cabeza y acompaña a Harriet hasta un pequeño banco que hay debajo de unos anuncios holográficos. Una vez allí, se abrazan con fuerza.

Los oscuros ojos de Noemí no se apartan de ellos ni un segundo, ni siquiera cuando Abel la lleva hasta un lateral del pasillo.

—¿Nadie les dará comida? —susurra.

—Parece que no son los únicos que tienen problemas.

—Los que vienen al Festival de la Orquídea tienen comida de sobra. Si les quedara un poco de decencia como seres humanos que son, la compartirían con los que más la necesitan.

—Los seres humanos y la decencia son dos conceptos que no siempre van unidos. —Abel parpadea, un poco sorprendido de lo que acaba de decir en voz alta, y enseguida redirige la conversación—. Tendremos que encontrar otra forma de generar ingresos.

—¿Y cómo?

Echa otra mirada hacia el pasillo, lleno de anuncios llamativos por todas partes.

—Llegados a este punto, la forma más rápida y fiable de conseguir dinero es mediante la prostitución.

Noemí se queda petrificada y su boca dibuja una o perfecta.

—No estarás…, no estarás insinuando que me prostituya, ¿verdad?

—Pues claro que no. Eres mi comandante, soy yo el que te sirve a ti. Lo más lógico es que yo asuma el rol de trabajador sexual. —Debería haber conservado la ropa que llevaba antes; los dueños de los burdeles habrían apreciado su cuerpo mucho mejor. En cualquier caso, sabe que no tendrá problemas para que lo contraten—. He sido programado con casi todas las habilidades del resto de los mecas, incluidas las de los modelos Fox y Peter. Mi repertorio de técnicas y posturas sexuales supera con creces el de cualquier humano, y mi forma física ha sido diseñada para maximizar el atractivo tanto a nivel táctil como visual.

—Eh, eh, para el carro. —Noemí sacude la cabeza, un tanto perpleja. Con el rabillo del ojo ve a una mujer joven, con el pelo corto y negro, vestida con el uniforme del personal del resort, que se ha ido acercando lentamente a ellos mientras trabaja con su bloc de datos y ahora tiene que escoger las palabras con cuidado para no revelar demasiado de su historia—. Abel, no puedo permitir que… vendas tu cuerpo.

—En realidad, la transacción se parece más a un alquiler.

—¡Ya me entiendes! No me parecería bien que lo hicieras.

No tienen tiempo que perder en las mojigaterías propias de Génesis.

—¿Te parece mejor quedarte sin fondos? ¿O sin tiempo? ¿O no poder volver a casa?

Noemí se lo queda mirando, tan sorprendida que parece que se haya ofrecido a ganar dinero asesinando niños. El sexo es una de las funciones que Abel lleva programadas; por tanto, puede usarla en beneficio de su comandante. Está a punto de decirle eso mismo cuando la mujer del pelo negro se acerca a ellos.

—Perdonad… Lo siento, pero no he podido evitar escucharos. No te metas en esos temas, ¿quieres? Es el típico trabajo que solo deberías aceptar si estás seguro de que quieres hacerlo y además eres capaz de apañártelas. No porque estés desesperado.

—Tenemos pocas opciones —replica Abel.

La mujer suspira y se guarda el bloc de datos debajo del brazo.

—¿Podéis ser discretos? —pregunta en voz baja.

—Por supuesto —responde él.

A Noemí le cuesta un poco más atrapar la oportunidad al vuelo.

—¿Sobre qué?

La mujer se cruza de brazos.

—Sobre cualquier cosa en la que os pida discreción. Puede que tenga un trabajo para vosotros. Pero lo que veáis en el almacén se queda en el almacén. Y me refiero a todo lo que veáis. Si sois capaces de hacerlo, podríamos trabajar juntos.

—No informaremos de nada a las autoridades —promete Abel; Noemí no parece tan convencida, pero acaba asintiendo.

—Me estoy volviendo una blanda —dice la mujer, negando con la cabeza—, pero creo que puedo meter a dos más en el muelle de carga.

Abel se dispone a abrir la boca para aceptar la oferta, pero Noemí se le adelanta.

—Somos cuatro. ¿Te parece bien? —Señala a Harriet y a Zayan—. A todos nos vendría bien el trabajo.

—Eso he oído. —La mujer mira a Abel de arriba abajo, como si estuviera sopesando sus opciones como trabajador sexual. Suspira y añade—: Pero blanda, ¿eh? Claro, donde caben dos caben cuatro, siempre que todos seáis capaces de tener la boca cerrada.

—Gracias.

Y ahí está, por fin, la sonrisa de Noemí, radiante, y todo porque ha podido ayudar a una pareja que hace diez minutos eran dos perfectos desconocidos.

La mujer se acerca a Harriet y a Zayan para hablar con ellos, que reciben la noticia entre risas.

—Te has arriesgado mucho para ayudar a dos desconocidos —le susurra Abel.

—Son seres humanos igual que yo. Es mi trabajo cuidar de ellos. —Lo mira fijamente y entorna los ojos—. No espero que un meca lo entienda.

Él pretendía alabar sus acciones; su programación considera el altruismo una de las virtudes más elevadas, como no podía ser de otra manera. Sin embargo, y teniendo en cuenta que lleva todo el día metiéndose con ella, Noemí ha supuesto que todo lo que le diga es con intención de ser desagradable.

No es una conclusión irracional, considerando las pruebas que le ha dado hasta ahora.

Y, sin embargo, Abel se da cuenta de que le preocupa la posibilidad de que Noemí le tenga más aversión de la que él le tiene a ella. ¿Por qué debería importarle? No se le ocurre un solo motivo por el que su opinión deba preocuparle, pero lo cierto es que le preocupa.

Y tampoco siente hacia ella la misma aversión que sentía hace una hora.

En algún momento tendrá que solucionar este problema que tiene con las emociones.

Los mecas se fabrican, luego crecen. Las fábricas producen troncos de encéfalo mecánicos y armazones en forma de esqueleto; el tallo cerebral se mete dentro de un tanque de clonación para que a su alrededor crezca un cerebro orgánico; ese cerebro recién sintetizado es el que luego se ocupa del resto y saca los nutrientes y los minerales que necesita del mejunje rosado con el que se llenan los tanques.

Abel recuerda haber despertado en uno. Mansfield estaba esperándolo, con las manos extendidas. Su sonrisa fue lo primero que vio.

No obstante, a la mayoría de los mecas no se les despierta la conciencia hasta que han sido vendidos y enviados. Los sellan dentro de bolsas transparentes como si fueran una mercancía más. Los códigos que se estampan en los sellos de la bolsa indican el modelo, el número de serie del fabricante, la destinación y el propietario. Abel ha presenciado muchas veces el proceso de envío, tan eficiente e impersonal, y nunca ha entendido por qué le resulta tan… ofensivo.

Ahora que está en Kismet, sabe que los humanos también pueden recibir el mismo trato.

—¡Atención todo el mundo, escuchad! —grita su nueva jefa, la joven del pelo corto y negro. Lleva un *sarong* con un estampado de rayas que, de cerca, forman el nombre del resort para el que van a trabajar, un detalle que a Abel le parece irrelevante, teniendo en cuenta que no van a pasar de la zona de almacenes de la Estación Wayland—. Me llamo Riko Watanabe y os voy a explicar lo que hacemos aquí: coordinamos los envíos para los huéspedes del resort. Muchos vienen hasta aquí en bólidos, lo que significa que han enviado sus pertenencias por separado. —Señala hacia el almacén, que está lleno de baúles hechos de hilo metálico o lo que parece ser cuero. Abel se pregunta de dónde habrán sacado una vaca de verdad—. Tenemos que programar los envíos a sus habitaciones en el resort y asegurarnos de que reciben lo que han pedido lo más pronto posible. ¿Entendido?

Riko recibe murmullos y gestos de asentimiento a modo de respuesta. Da una palmada y los pone a trabajar, lo que supone arrastrar baúles, comprobar etiquetas electrónicas y conducir carretillas elevadoras hasta las naves de carga que esperan antes de partir hacia las hermosas costas de Kismet, las mismas que Abel y Noemí no verán nunca. A él le da igual, pero no tarda en darse cuenta de que ella frunce el ceño cuando cree que nadie la mira.

Aun así, trabaja duro. No se queja. A veces, cuando el trabajo se lo permite, habla con Harriet y con Zayan. Es como si agradeciera la distracción… del miedo, supone Abel. Aunque llegados a este punto, no cree que le tenga miedo a la misión o a este nuevo mundo porque es evidente que se está adaptando con rapidez a ambos.

¿A qué más le puede tener miedo? ¿Es lo mismo que la impulsa a ir más rápido, a no esperar más de lo estrictamente necesario?

—¿Cuántos días tenemos que hacer esto para reunir el dinero que necesitamos? —pregunta, la única vez que le dirige la palabra.

—Cinco —responde él. Luego añade—: He de decir que este almacén está cerca de uno de piezas de recambio, lo que significa que los protocolos de seguridad deberían ser parecidos.

Noemí ladea la cabeza.

—¿Vas a entrar por la fuerza?

—Durante el primer día del festival, a última hora —responde—. La psicología humana sugiere que es cuando un mayor número de gente estará distraída.

Conociendo su rígido sentido de la moralidad, Abel está seguro de que se opondrá, se negará a robar cuando con esperar unos días le basta para poder comprar lo que necesita. Pero Noemí respira hondo.

—Mañana, entonces. Un día más.

Hay algo que le preocupa. Pero ¿qué?

Y sea lo que sea, ¿es algo en lo que pueda ayudarla? ¿O debería usarlo en su contra si se presenta la oportunidad?

Esa misma noche, después de una cena a base de papilla de nutrientes a la que llaman «ensalada de judías» —todo un eufemismo—, el personal de la empresa les enseña dónde van a dormir.

En cuanto lo ve, Noemí se queda de piedra.

—Pero ¿qué…?

—Cápsulas móviles —explica Abel, mientras la enorme pared de cápsulas metálicas se mueve y una se detiene a la altura del suelo para que dos de sus compañeros puedan entrar en ella. Otras cápsulas se reconfiguran cerca del punto más alto, cambiando de posición cada pocos minutos. Es como ver un rompecabezas resolviéndose solo—. Son muy habituales en las colonias como alojamiento temporal para trabajadores, en destinos turísticos y a veces hasta en cárceles, para prevenir las fugas y los intentos de rescate.

—Vidal, Mansfield, por aquí —los llama el empleado.

—¿Se supone que vamos a compartir una de esas cápsulas? —Noemí se cruza de brazos; es evidente que está tensa—. Genial.

A Abel tampoco le apasiona la idea de pasar varias horas tumbado al lado de su destructora, pero intenta llevar el asunto con más elegancia. Entra en la cápsula e inspecciona el interior; todo es de resina clara y de metal, dos catres uno al lado del otro, un pequeño baño escondido tras una pared semicircular y ni una sola ventana. Muchos humanos lo encontrarían claustrofóbico. Para Abel, es otro sitio más distinto del compartimento de carga y, por ello, más que bienvenido.

—No sé cómo pasas las horas de noche mientras los humanos dormimos —dice ella mientras se instalan en sus respectivas camas—, pero hagas lo que hagas, no me mires.

—Duermo.

—¿Ah, sí? —La curiosidad supera la desconfianza—. Pero... bueno, ¿por qué? ¿Eso no te resta utilidad durante unas cuantas horas de cada día?

—No necesito descansar tanto como un humano, por lo que siempre estoy disponible si mis servicios son necesarios.

—Pero ¿qué sentido tiene dormir?

—El mismo que para los humanos. Las funciones corporales necesitan tiempo para procesar, y la memoria, para deshacerse de los datos irrelevantes. El sueño es el momento perfecto para ocuparse de ello. ¿No os lo enseñan en Génesis?

—No es un tema que hayamos tratado con detalle. Allí solo se ven Charlies y Reinas y te aseguro que no se echan una siesta en pleno combate.

—Perfectamente comprensible.

El meca se tumba y estira su manta con cuidado.

Se quedan así, tumbados y en silencio, durante un buen rato, escuchando los quejidos metálicos de la estructura de cápsulas móviles. Cuando la suya se mueve, la sensación no es desagradable. Se parece mucho a ir a bordo de un barco en alta mar.

Abel debería dormirse ya y dejar que Noemí haga lo mismo, pero está inquieto. Siente que necesita datos nuevos. Además, es evidente que ella tardará un buen rato en relajarse lo suficiente para quedarse dormida delante de él. Por eso, al final decide probar suerte.

—¿Qué es lo que te ha estado molestando tanto durante todo el día?

—¿Qué?

Noemí se incorpora sobre un codo y lo mira.

—Mientras estábamos trabajando en el almacén. Fruncías el ceño continuamente.

—Estaba intentando descubrir qué es lo que se trae Riko entre manos. Había cosas que no tenían sentido. —Suspira antes de que Abel tenga tiempo de pedirle que se explique—. Además, yo soy así. Frunzo el ceño. Soy antipática. Tengo muy mal humor. No eres el primero que se da cuenta de que no soy la persona más… agradable del mundo.

Abel considera la respuesta.

—¿Por qué lo dices?

—Es evidente. —Noemí se encoge de hombros—. El señor y la señora Gatson, mis padres adoptivos, siempre me llamaban su «pequeña nube de tormenta». Nunca me siento feliz.

—Eso no cuadra con mis datos —replica Abel. Puede que no le guste lo que Noemí pretende hacer con él, pero se fía de sus observaciones—. Arriesgaste tu vida para intentar salvar la de tu amiga Esther. Luego emprendiste una misión muy peligrosa para salvar tu planeta. Aquí en Kismet, te aseguraste de encontrar trabajo para dos personas a las que apenas conocías solo porque lo necesitaban. Tienes mal humor, es verdad, y no puedo dar fe de tu felicidad en general, pero no te definiría como «desagradable».

Noemí parece incapaz de procesar lo que acaba de oír.

—Pero… es… Da igual, los Gatson no estarían de acuerdo contigo y me conocen mucho mejor que tú.

—¿Te comportas con ellos como te has comportado hoy con tus compañeros?

—Pues… más o menos, sí.

—En ese caso, la opinión de los Gatson parece equivocada e injusta.

Noemí se incorpora y sacude la cabeza. Abel está alabando su carácter, pero aun así parece nerviosa.

—¿Cómo es posible? Son mis padres adoptivos. Me acogieron en su casa. ¿Por qué van a decir algo así si no es verdad?

Él considera las distintas posibilidades.

—Lo más probable es que a veces les fastidiara tener que cuidar de ti, y ello hacía que se sintieran culpables y que a veces te tildaran de desagradable, para justificar el hecho de que sentían menos afecto por ti que por su hija.

Noemí se lo queda mirando. No pregunta nada más, así que su explicación debe parecerle adecuada.

Sonríe, se tumba y cierra los ojos. Otro problema resuelto. Mansfield estaría orgulloso de él.

15

Noemí está tumbada de lado, observando al meca que descansa junto a ella.

Abel duerme como una piedra. Literalmente. No mueve ni un pelo y, si respira, lo hace de una forma tan superficial que ni se ve ni se oye. ¿Estará fingiendo, tumbado en silencio y esperando una especie de señal mecánica que le diga que ya puede levantarse y empezar el día?

Se queda despierta buena parte de la noche, incapaz de conciliar el sueño y aprovechando para aprenderse de memoria los movimientos de las cápsulas. Hace poco más de una hora que por fin aceptó que Abel está frito. Qué raro. Y pensar que Mansfield creó esta máquina de matar definitiva, pero la dotó de suficiente humanidad como para perder el tiempo durmiendo.

Suficiente humanidad también para tener ego. Y para ver algo en los Gatson de lo que ni siquiera ella se había percatado hasta ahora.

Desde que Abel dijo que tener que cuidar de ella podría haberles «fastidiado» en ocasiones, no ha podido dejar de revisar sus recuerdos. Bajo esta nueva luz, mucho más incisiva que la de antes, hay cosas que ahora se le antojan diferentes. Puede que a veces se sienta incómoda cuando está rodeada de gente porque… porque cuando era pequeña se daba cuenta de que los Gatson no siempre querían que estuviera presente. Quizá enfadarse con facilidad no implica necesariamente ser una persona horrible.

Incluso los recuerdos de Esther han tomado otra dimensión. Noemí siempre pensó que su amiga se portaba tan bien con ella por una simple cuestión de bondad, pero ahora se pregunta si quizá era consciente del resentimiento de sus padres. Puede que intentara compensarlo queriéndola aún más.

«Eras incluso mejor persona de lo que creía», piensa. Antes de marcharse de este sistema solar, volverá a mirar la estrella de Kismet para ver a Esther una última vez.

De pronto, se oye un silbido ensordecedor. Abel abre los ojos justo en el momento en que la cápsula empieza a moverse. Se incorpora; está despejado, como si llevara horas despierto.

—Buenos días, Noemí. Nuestro próximo turno debe de estar a punto de empezar.

—¿Nos… nos echan de la cápsula cuando necesitan que volvamos al trabajo?

Ha dormido vestida, básicamente porque no ha sido capaz de volver a desnudarse delante de él. Así al menos ahora solo tiene que levantarse de la cama y peinarse con los dedos. Abel también se levanta, y no tiene ni un solo pelo fuera de su sitio.

—Tienes que reconocer que así es más difícil llegar tarde.

Le acaba de gastar una broma. ¿Es una especie de programa diseñado para entretener a los humanos que lo rodean? ¿O es algo más, algo que le ha salido de dentro?

Algo que lo hace más humano.

Noemí no quiere pensar en ello, ni ahora ni nunca.

El trabajo en el almacén es agotador, pero no requiere una inteligencia privilegiada. Solo lleva un día, pero Noemí ya es capaz de pasar el lector de códigos por las etiquetas de las maletas y redirigirlas casi en modo piloto automático. De vez en cuando, aún siente esa especie de escalofrío —la emoción y el asombro de saberse en otro mundo, rodeada de terrícolas—, pero nada como una jornada de trabajo en un almacén para ponerle los pies en la tierra a cualquiera. Al menos no tiene que pensar y puede pasar las horas observando a los que la rodean.

En especial a Riko Watanabe.

Riko hizo tanto hincapié en que estuvieran callados, en que no contaran a nadie lo que vieran, que Noemí se esperaba lo peor. Seguro que robaba a los huéspedes más ricos de Kismet o ayudaba a otros a hacerlo, pensó. La gente que asiste al Festival de la Orquídea es tan asquerosamente rica que seguramente no echarían de menos unas cuantas de sus «chucherías», pero eso no significa que robarles esté bien. Además, Noemí también piensa agenciarse algo. Por una buena causa, obviamente, pero no es quién para tirar la primera piedra…

Pero Riko no es una ladrona. La ha estado observando, no solo por simple curiosidad, también para averiguar cuál es el estándar de seguridad en la Estación Wayland. Por eso está segura de que no ha cogido ni una sola cosa del equipaje de los huéspedes del resort ni ha permitido que nadie más lo hiciera. Todos los envíos han sido debidamente cargados en una de las lanzaderas estrechas y alargadas que cubren el trayecto entre Kismet y su luna y entregados a sus propietarios.

La cuestión es que Riko está metiendo algo más en las lanzaderas.

En un momento dado, un técnico sanitario habla con ella, una conversación susurrada a toda prisa en una esquina, antes de cargar en la lanzadera la caja que ha traído consigo. Más o menos una hora más tarde, el mismo técnico aparece con otra caja. Noemí consigue acercarse lo suficiente para leer la etiqueta: MATERIAL MÉDICO.

Quizá solo sea eso, pero, entonces ¿a qué vienen los susurros? ¿Por qué la gente que trabaja cerca de Riko —Abel, Harriet, Zayan, ella misma— es la única que ha jurado guardar silencio?

«Droga», decide por fin, algo que no solo está controlado, sino directamente prohibido. Los asistentes al festival, todos ricos y consentidos, estarán encantados de comprarla, así que probablemente solo se trate de un simple trapicheo para sacar algo de dinero. Ilegal, seguro, pero sin mala intención.

Sin embargo, se le hace cuesta arriba trabajar tan duro y durante tantas horas por algo que sabe que no está bien.

Esa noche se acaban los envíos. No porque los equipajes hayan dejado de llegar —cada vez se amontonan más y más, sobre todo a medida que las celebridades y los vástagos de las familias más importantes de la galaxia van desembarcando para el festival—, sino porque, al parecer, el concierto que abre la semana de festejos será tan espectacular que nadie se lo quiere perder, ni los viajeros, que pueden esperar sus maletas durante unas horas más, ni los trabajadores, que podrán ver la actuación vía holo.

Todas las pantallas que hay repartidas por la estación enseñan la llegada de los famosos, y hasta los trabajadores temporales han decidido organizar una fiesta por su cuenta. Al parecer, han conseguido convencer al propietario de un local para que done parte de su mercancía o han abierto una de las cajas que Riko ha estado enviando a Kismet ilegalmente, porque el ruido de las botellas al chocar y las risas son cada vez más cálidas, más libres.

De pronto, oye la voz de Abel tras ella.

—Unos cuantos compañeros quieren montar algo para ver el concierto desde la estación. Puedes unirte a ellos, seguro que no les importa.

Noemí da media vuelta y se lo encuentra delante, sereno y relajado como si se hubiera pasado el día durmiendo, en lugar de empujando cajas.

—Casi prefiero que no.

—Claro. Es mucho más sensato que descanses para el siguiente turno.

—Eso será si puedo. Es como si todo el mundo estuviera pendiente del concierto, hasta los tíos que nos han enseñado las cápsulas.

Señala con la cabeza hacia un grupito que no deja de celebrar entre vítores la llegada de otra famosa.

—Seguro que eso complica la siesta. —Es lo más parecido a un comentario empático que le ha oído desde que lo conoce—. ¿Te parece mal el consumo de sustancias tóxicas? ¿Lo prohíbe el Dios de Génesis?

Noemí lo mira por encima del hombro.

—¿Me tomas el pelo?

—Muchas confesiones niegan a sus fieles ciertas formas de placer.

—Claro, hay religiones que te piden que te abstengas de algunas cosas, pero ¿de dónde has sacado la idea de que en Génesis solo veneramos a un dios único?

Abel ladea la cabeza con ese gesto de pájaro tan suyo, encantador y predatorio al mismo tiempo.

—Todos los pronunciamientos durante la Guerra de la Libertad fueron en nombre de los «Creyentes de Génesis». Según los informes, se había extendido por el planeta un movimiento religioso de masas.

—Eso no quiere decir que todos nos convirtiéramos a una sola fe. —Noemí no sabe por qué siente la necesidad de explicárselo. Le da igual lo que piense un meca, sobre todo uno que en cuestión de tres semanas habrá pasado a la historia. Aun así, siente la obligación de seguir—. No fue como si descubriéramos a Dios todos al mismo tiempo, más bien… nos dimos cuenta de que necesitábamos buscar algo que encerrara un significado más profundo. Budistas o católicos, musulmanes o sintoístas, todos teníamos que aprender a prestar más atención a las viejas enseñanzas. Necesitábamos recuperar el sentido de la responsabilidad con el nuevo mundo que habíamos encontrado. Nuestras respectivas fes nos inspiraron lo único que la Tierra ya no podía darnos: la esperanza.

Abel medita sobre lo que acaba de oír.

—Entonces ¿nadie está obligado a profesar una fe única?

Noemí responde que no con la cabeza.

—Cada persona tiene que encontrar su propio camino. La mayoría practicamos la meditación, leemos y rezamos. Casi todos acabamos uniéndonos a alguno de los credos, muchas veces el de nuestra familia, pero al mismo tiempo debemos buscar nuestra propia conexión con lo divino.

—¿Y los ateos? ¿O los agnósticos? ¿Acaban en prisión? ¿Se les obliga a retractarse?

Ella suspira.

—La religión no es algo que se pueda forzar ni fingir. Los que tienen dudas o directamente no creen organizan sus propios encuentros y buscan en su interior con la misma intensidad que los demás. También quieren vivir siguiendo principios éticos y morales, pero prefieren hacerlo a su manera.

«Y yo seguramente soy una de ellos», piensa Noemí.

Abel junta las manos por detrás de la espalda. Es un gesto cada vez más familiar, señal de que está reconsiderando algo. Dudando de sí mismo o, al menos, de lo que sabe a través de terceros. Noemí no puede evitar sentir una alegría inmensa ante la posibilidad de estar venciendo al programa del mismísimo Burton Mansfield, aunque solo sea un instante.

—¿Qué fe profesas tú? —pregunta al fin Abel.

—Mis padres me bautizaron según el rito de la Segunda Iglesia Católica.

—¿Segunda?

Ella se encoge de hombros.

—No podíamos seguir siendo leales al Papa de Roma después de separarnos del resto de las colonias, así que creamos nuestra Iglesia.

—Tendré que revisar la definición de herejía —replica Abel—. ¿Y sigues formando parte de esa Segunda Iglesia Católica? Has dicho que los habitantes de Génesis antes o después tienen que escoger su propio credo. ¿Crees lo mismo que creían tus padres?

Ahí está, la pregunta a la que Noemí más le teme. La misma que se hace continuamente a sí misma.

Y para la que no tiene respuesta.

Los fuegos artificiales iluminan el holo, dibujando formas verdes y blancas en el cielo de Kismet. Se oyen tambores, pero no vienen del festival, sino de algún punto cerca de la estación en la que, al parecer, la gente ha empezado a bailar. Noemí se gira y ve a Harriet agitando los brazos en alto.

—¡Venga! No querrás perderte la fiesta, ¿no?

A Noemí no le importaría perdérsela a cambio de unas horas de sueño, pero las posibilidades de dormir acaban de morir sepultadas bajo las explosiones de los fuegos artificiales y el ritmo de los bongos.

—No podemos seguir así —le dice a Abel—. Deberíamos fingir que nos lo estamos pasando bien.

—Tus deseos son órdenes —replica él, y sonríe.

Está claro que los vagabundos aprovechan cualquier excusa para divertirse. Les basta con tener comida y bebida suficiente para montar una buena fiesta. La gente se ríe, intercambia historias de sus proezas a los mandos de una nave y cotillea sobre los famosos que van llegando al festival. Los ojos negros de Zayan nunca han brillado tanto como ahora y Harriet resulta que tiene una risa muy bonita que siempre se escucha por encima de las demás. A Abel lo de relajarse no se le da especialmente bien, aunque al final se va en busca de una bebida para Noemí, por si le apetece.

—Eh, ven aquí. —Harriet le tira del brazo y por poco no se le cae el mejunje de zumo de piña y… algo indefinido que se está tomando—. ¡Han Zhi está a punto de llegar!

Noemí recuerda el nombre del puerto espacial, de los anuncios y holos que había por todas partes promocionando el festival. Si no recuerda mal, no es un cantante. Entonces ¿a qué viene tanto revuelo si solo es un famoso más?

—¿Quién es Han Zhi?

—¿No conoces a Han Zhi? —A Harriet se le salen los ojos de las órbitas—. Es uno de los tíos más guapos que existen.

—Venga ya —replica Noemí, incapaz de aguantarse la risa.

—¡No, en serio! Te lo juro, no hay nadie en toda la galaxia que no opine que Han Zhi es el hombre más guapo y más sexy.

Harriet levanta la mano en alto, como en un juramento.

—Eso es imposible —dice Noemí—. Todo el mundo no puede estar de acuerdo en algo tan subjetivo. Cada uno encuentra atractivas cualidades diferentes… —Deja la frase a medias en cuanto ve aparecer la cara de Han Zhi en todas las pantallas de la estación. La multitud grita emocionada. Todos suspiran, independientemente de su género, y ella siente una sensación cálida por todo el cuerpo que le provoca ganas de reír y de llorar al mismo tiempo—. Oh —exclama—. Vaya. Madre mía.

—Te lo dije. —La sonrisa de Harriet es dulce como la miel—. El tío más bueno de la galaxia, lo sabe todo el mundo. Zayan y yo tenemos un trato: prometemos ser fieles el uno con el otro, a menos que un día conozcamos a Han Zhi y quiera algo con uno de los dos. En ese caso, tenemos permiso para pasárnoslo bien, siempre que luego nos contemos hasta el último detalle.

Mientras contempla el hermoso rostro de Han Zhi en las pantallas, Noemí se dice a sí misma que el cuerpo no es más que un cascarón, que lo que importa es lo de dentro, pero al mismo tiempo no puede evitar pensar: «Pero menudo cascarón, amigo».

Las pantallas se centran en el resto de los invitados. Los tambores vuelven a sonar y el baile estalla en todo su esplendor. En cuestión de segundos, casi todo el mundo se ha reunido alrededor de los músicos o está buscando pareja de baile. Noemí ve que Zayan tira de Harriet, la obliga a levantarse y ambos empiezan a bailar entre risas.

Y, de repente, Abel está frente a ella con una mano extendida como si le estuviera pidiendo el próximo vals. Parece salido de un cuadro del siglo XVIII, aunque sus palabras son mucho más sencillas.

—Deberíamos hacer lo mismo que los demás, ¿no crees?

Noemí lo piensa. Tiene razón, lo sabe, pero para bailar con él tiene que tocarlo. ¿Cómo es posible luchar, huir, matar o morir por una causa, pero luego dudar ante algo tan básico como un simple contacto físico?

Tampoco lo piensa demasiado. Coge la mano de Abel y el contacto con su piel le parece completamente normal, cálido como el de un humano, pero mucho más suave. Eso sí, la sujeta con fuerza, como si en cualquier momento lo fuera a soltar.

En vez de eso, lo guía hacia la multitud. Los vagabundos bailan y saltan, giran, gritan y se ríen cada vez más alto, mientras en las holopantallas se suceden los fuegos artificiales. La música brota de los altavoces, pero los tambores consiguen igualarla, hacerla aún más salvaje. La fiesta es un cúmulo de piernas y brazos desnudos, de pañuelos ondeando y de melenas al viento.

Y a Noemí le encanta.

—Ven —le dice Abel mientras la atrae hacia su pecho para bailar—. ¿Estás segura de que esto está bien?

Ella se encoge de hombros, avergonzada por las ganas que tiene de unirse a la multitud. Al menos no tiene que preocuparse de que los oigan; la música y los tambores suenan tan fuerte que nadie podría oír una sola palabra de su conversación.

—En Génesis bailamos en grupo, nunca en pareja.

—Pues parece contraproducente. Tradicionalmente, el baile es una de las formas más fiables de establecer la compatibilidad sexual con una futura pareja.

—¿Qué?

—Bailar requiere movimientos coordinados, sobre todo de la cadera y la pelvis, a la velocidad y ritmo marcado por la pareja. —Sus ojos, de un azul intenso, se clavan en los de ella—. Información importante, ¿no te parece?

A Noemí no le da tiempo a responder porque, sin previo aviso, Abel la aleja girando sobre sí misma y acto seguido la atrae de nuevo hacia su pecho. El baile ha empezado. Ella coge el ritmo al vuelo; en cuestión de segundos, ya forman parte del grupo y se ríen con los demás. Es fácil fingir que la mano de Abel es una mano más, que la media sonrisa que ilumina su rostro es real. Noemí puede entregarse por completo porque sabe que no está abandonando sus obligaciones. Esto también forma parte de su deber, parte de la ilusión que debe crear.

El dolor por la pérdida de Esther no disminuye su euforia. Su amiga le diría que bailara más deprisa, que saltara más alto, que riera con todo el aire que le quede en los pulmones. Eso es lo que les dirían los muertos a los vivos: que se aferren a la alegría siempre que puedan.

Precisamente por eso, Noemí se ríe con los demás, absorta en el baile, hasta que se oye la explosión.

Todo el mundo se queda petrificado mientras en las holopantallas se suceden los estallidos blancos y naranjas, y los altavoces reproducen los gritos de la gente de Kismet.

En el primer fogonazo de luz, en el primer rugido de la pólvora, Noemí piensa que ha ocurrido algo con los fuegos artificiales. Pero enseguida otra oleada de explosiones ilumina el cielo y los gritos que se oyen a lo lejos aumentan de volumen.

En plena confusión, aparece un mensaje en letras grandes y claras, superpuesto sobre las imágenes holográficas:

NUESTROS MUNDOS NOS PERTENECEN.
NO SOMOS PROPIEDAD DE LA TIERRA,
SOMOS LA CURA. ¡ÚNETE!

Noemí no huele el humo. No se le ocurre qué puede haber pasado en el estadio. Solo es capaz de asimilar el significado de lo que acaba de leer.

Génesis no es el único planeta que se ha rebelado. La Tierra ya no puede seguir controlándolos.

Las colonias están preparadas para sublevarse.

Y, de repente, una explosión sacude la estación, muy cerca de donde están, y todo se reduce a gritos, fuego y sangre.

16

Potencia de la explosión: considerable. Número aproximado de bajas: elevado. Los cuerpos de seguridad ya estarán avisados y en camino.

El cerebro de Abel hace los cálculos mientras la deflagración aún se está expandiendo. Los humanos se tiran al suelo y la onda expansiva se propaga por el armazón de la estación. Sus oídos, más sensibles de lo normal, captan los gritos aterrorizados de los heridos por encima del estruendo de la deflagración. Y mientras a su alrededor la gente cae presa del pánico, su mente se concentra en las prioridades inmediatas.

El objetivo principal es su comandante. Abel debe proteger a Noemí y sacarla de aquí cuanto antes. Las autoridades no pueden encontrar a una soldado de Génesis en las inmediaciones de un ataque terrorista.

Busca entre los rostros desencajados que tiene alrededor hasta que la localiza. Se está sujetando un costado, respira con dificultad y tiene los ojos abiertos como platos, pero no parece que esté herida. Está a salvo. La coge del brazo y la levanta del suelo.

—¡Tenemos que irnos! —le grita, porque sabe que la explosión le habrá hecho perder buena parte de la audición.

Noemí parece un poco aturdida, pero se recupera más rápido que cualquiera de los demás. Mira a la izquierda, hacia Harriet y

Zayan, que están abrazados en el suelo, desorientados, pero ilesos, y echa a correr.

Abel corre a su lado en dirección a la zona de carga de la Estación Wayland, lejos de la fiesta improvisada de los vagabundos. Podría correr mucho más rápido y durante más tiempo, pero debe quedarse junto a ella para protegerla.

Si Mansfield hubiera imaginado una situación como esta, habría cambiado el orden de prioridades para que Abel pudiera escapar solo. Llegaría a la *Dédalo* mucho antes que Noemí y podría abandonar el planeta en cuestión de minutos. Sin embargo, está más atado a ella que si llevaran esposas.

Y, no obstante, ahora mismo la idea de abandonarla tampoco le gusta. Noemí Vidal no es una persona desagradable, según las conclusiones a las que llegó la noche anterior. Es una chica que está lejos de su casa y que intenta salvar su planeta de la única forma que sabe.

¿Cómo iba a dejarla aquí, sola, para que la capturen y, quién sabe, quizá la maten?

Según la lógica más elemental, cuanto más se alejen de la explosión, más tranquila será la situación. Pero lo que les está pasando tiene poco de lógico. Si antes la Estación Wayland ya estaba abarrotada, ahora es una absoluta locura. Cientos de trabajadores y viajeros corren en todas las direcciones, unos para salvar la vida, otros para ayudar a los supervivientes de la explosión y otros... simplemente se quedan mirando. Mucha gente tiene grabadoras de mano o sujetas a los brazos. Este tipo de imágenes podrían alcanzar un precio muy elevado, como recuerda Abel de sus primeros años en la Tierra. Lo que no entiende es por qué los humanos no comparten las mismas directrices que él; no entiende cómo es posible que su condición de seres vivos no les impulse a proteger las vidas ajenas. ¿No debería ser mucho más importante para un humano que para un meca?

Algunos aspectos de la humanidad están muy mal programados.

Noemí ha recuperado la estabilidad y vuelve a reaccionar como la soldado que es.

—¿Cogemos bombonas de oxígeno? —le grita por encima del estrépito, señalando los armarios rojos de emergencia que hay junto a las puertas.

—No tenemos tiempo —responde Abel—. Y tampoco nos servirían para nada. Si la estación pierde presión atmosférica, explotaremos mucho antes de que podamos ahogarnos.

—¡Se te da fatal animar a la gente! —exclama Noemí, pero lo dice sonriendo, como un destello de humor entre tanta destrucción.

El momento no dura mucho. Un poco más adelante, las luces de emergencia de los aerodeslizadores iluminan los pasillos con sus ráfagas rojas y amarillas. Los motores emiten una especie de chirrido más agudo que los gritos de la multitud. Abel los identifica al instante: son vehículos de los servicios médicos, pero las autoridades no tardarán mucho en aparecer.

—Cancelarán los despegues en cuestión de minutos —le dice a Noemí.

—Lo sé —responde ella, y aparta a un mirón de un codazo para poder seguir avanzando entre la muchedumbre—. ¿Nos da tiempo?

—Podemos intentarlo.

Todo depende de la eficiencia y la meticulosidad de los oficiales de Kismet. Noemí y él no solo tienen que despegar sin ser interceptados, sino que además necesitan atravesar la puerta que une Kismet con Cray antes de que los localicen. En breve las puertas también estarán vigiladas, pero si consiguen partir hacia la de Cray antes que las autoridades, lo conseguirán sin problemas.

En caso contrario, serán capturados. Y aunque Noemí no sea identificada como soldado de Génesis, cualquiera que intente huir será considerado sospechoso de las explosiones. Abel calcula que las autoridades actuarán rápido y querrán dar ejemplo, por lo que es probable que acaben pagando justos por pecadores.

Todo esto solo sería aplicable a Noemí, obviamente. En cuanto los oficiales sepan quién y qué es Abel, lo llevarán de vuelta con Mansfield...

No importa. No puede permitir que la detengan.

A medida que se adentran en la estación, se multiplican los anuncios chillones, los hologramas parpadeantes y las imágenes de modelos Fox y Peter arqueando la espalda y la cadera para simular posturas sexuales. El aire apesta a sudor, alcohol y alucinógenos. Algunas holopantallas todavía muestran el insolente mensaje NO SOMOS PROPIEDAD DE LA TIERRA hasta que, de pronto, se apagan todas a la vez y la estación se sume en una oscuridad casi total, salvo por las tenues luces de emergencia que brillan cerca del suelo. La gente pierde los nervios y grita, sin saber hacia dónde ir. Alguien se interpone entre los dos y, por un momento, Abel teme que la marabunta arrastre a Noemí, pero ella consigue zafarse y aparece de nuevo a su lado. Esta vez le coge la mano para asegurarse de que no vuelvan a separarse.

Noemí se gira hacia él y lo mira con los ojos tan abiertos que Abel está a punto de soltarla y pedirle disculpas por haberla tocado, pero no tiene nada que ver con eso.

—¡Tenemos que conseguir el anx T-7 —grita ella—, no podemos irnos a ninguna parte sin...

De pronto, se queda callada. Un modelo Charlie se dirige hacia ellos y les muestra la etiqueta de seguridad de la estación.

—Están intentando acceder al área de lanzamiento. Está prohibido en situaciones de emergencia como la actual. Por favor, enséñenme sus identificaciones.

Podrían intentar engañar al Charlie para salir de esta, pero ¿para qué? Abel lo coge de los hombros y lo aparta de un empujón sin ni siquiera molestarse en comprobar su fuerza. El Charlie no se lo espera y vuela casi dos metros hasta que impacta contra un puesto de cerveza y cae al suelo en un charco de espuma. En condiciones normales, la gente se pararía a mirar, pero el caos es tal que nadie se da cuenta.

El Charlie se incorpora, pero entre sacudidas. Es evidente que está dañado. Tiene las pupilas dilatadas y, cuando habla, lo hace con una voz metálica.

—Meca no identificado. Enviando especificaciones para su análisis.

Con un poco de suerte, las autoridades estarán demasiado ocupadas para preocuparse por un meca sin identificar. Abel tira de Noemí.

—¿Estás bien?

—No me puedo creer que te hayas deshecho de un Charlie de esa manera. —Respira hondo y luego sacude la cabeza, como intentando recuperar la compostura—. Te decía que aún no tenemos el anx T-7 y no podemos arriesgarnos a cruzar otra puerta sin él, ¿verdad?

—No. Por suerte, las fuerzas de seguridad están muy ocupadas ahora mismo. Es la ocasión perfecta para cometer un delito insignificante.

Las dudas morales de Noemí al respecto parece que han desaparecido por completo.

—Venga, vamos.

Génesis debe de entrenar a sus soldados a conciencia porque la joven no aminora el paso ni una sola vez durante todo el trayecto que los lleva de vuelta a la zona de los almacenes, a pesar de los pasillos oscuros y los cables destrozados que cuelgan del techo. Abel permanece a su lado en todo momento, marcando sutilmente el camino, listo para ocuparse de cualquier obstáculo, sea inanimado, meca o humano. Pasados los primeros minutos, el gentío empieza a dispersarse —han tenido tiempo de correr en una u otra dirección— y la zona de almacenes de la Estación Wayland está desierta.

—¿Te sabes de memoria los planos de la estación? —pregunta Noemí, un poco sorprendida por haber llegado al sitio indicado, a pesar del caos.

—Me los he descargado. —Abel se encoge de hombros—. Para mí, no hay diferencia.

—Increíble.

Quizá no domina a la perfección el arte de interpretar las emociones humanas, pero está casi seguro de que eso no ha sido un comentario sarcástico. La soldado ha hablado desde la auténtica admiración.

Está orgulloso de haberle demostrado su valía, pero ¿por qué? Noemí Vidal será su destructora, la causa directa de su muerte. Su opinión debería darle igual. Obviamente, será más fácil tratar con ella a partir de ahora porque por fin le hará caso, pero lo cierto es que Abel no cree que se trate de eso.

En cualquier caso, es una información irrelevante.

Atraviesan a la carrera la sección de almacenes, mucho más desierta que las predicciones más optimistas del meca. Sin embargo, las luces de emergencia son más bien escasas, apenas un punto de luz en la base de cada pared. Abel ajusta sus parámetros ópticos y las imágenes se pixelan hasta transformarse en una visión nocturna mucho más nítida. Noemí apoya una mano en su hombro, confiando en él para que abra el camino.

La falta de energía trae consigo otros problemas.

—Tenemos que bajar un nivel —dice Abel—. Pero seguro que los ascensores están desconectados.

—Pues habrá que encontrar un túnel de mantenimiento o un pasillo de servicio…

—Eso no retrasará demasiado —dice Abel, mientras se dirige al ascensor.

Desliza los dedos en la rendija que separa las puertas hasta meter toda la mano e intenta separarlas. Por suerte, son más fáciles de abrir que las del compartimento de carga; al cabo de unos segundos, ceden y se abren con un sonido metálico.

—Corrígeme si me equivoco —dice Noemí—, pero a mí esto me parece el hueco de un ascensor vacío.

—Hay sensores cada pocos metros. —Los señala por si es capaz de verlos en la oscuridad—. Sobresalen de las paredes lo suficiente para hacer las veces de asideros.

—Puede que para un meca sí, pero no para una humana.

—Tú nada más tienes que sujetarte a mi espalda.

Noemí lo piensa, pero solo un instante. Cuando le pasa los brazos alrededor de los hombros, Abel registra las nuevas sensaciones: su peso, el calor que desprende, el sutil olor de su piel. Parece importante catalogar cada aspecto por separado, hasta la exclamación de sorpresa de Noemí cuando él salta dentro del hueco del ascensor y desciende rápidamente hasta el piso inferior.

Una palanca manual le permite abrir la puerta desde el interior. En este pasillo también hay luces de emergencia, suficientes para que Noemí pueda moverse sin dificultad, y aun así permanece cogida a los hombros de Abel más tiempo del necesario, intentando recuperar el aliento.

Pero solo un momento, hasta que vuelve a ser la soldado de Génesis y avanza con paso firme por los oscuros pasillos del almacén.

—Esto me suena. Estamos cerca, pero tenemos que movernos rápido.

—La celeridad es primordial —asiente Abel, que avanza un paso por detrás de ella—. Pero ¿por qué parece importarte la cercanía con el lugar donde trabajamos?

—Porque las autoridades revisarán la zona en cualquier momento.

La paranoia es una reacción común entre los humanos en situaciones de estrés, así que Abel prefiere no decir nada.

Noemí se detiene antes de llegar a la zona de recambios, que tiene un escaparate, aunque menos ostentoso que otros que han visto en la estación y sí un poco más pulido que los de los almacenes colindantes.

—¿Qué sistemas de seguridad siguen activos?

—¿Te has dado cuenta? No creía que fueras tan observadora. —Noemí lo mira de reojo y Abel se da cuenta de que otra vez está siendo condescendiente con ella. Después de pasar tanto tiempo aislado, ha desarrollado algunos defectos en su carácter.

Rápidamente añade—: Dos, y ambos parecen operativos. Pero no creo que tenga problemas para desconectarlos.

Ella asiente y él abre la mente a frecuencias y señales indetectables para el cuerpo humano. Cuando encuentra el núcleo del sistema de seguridad, introduce un código de su invención diseñado para funcionar con el sistema, no para atacarlo, engañándolo para que pase a modo diurno y dé la bienvenida a los nuevos «clientes». Pero justo cuando acaba de ajustar su visión a una nueva longitud de onda para asegurarse de que el sistema está desactivado, se da cuenta de que algo ha fallado.

—El sistema primario está desconectado, pero el secundario se halla conectado directamente y no se puede desarmar —explica—. Tú no lo ves, pero hay una cuadrícula láser unos diez centímetros por encima de las baldosas del suelo. Si tropezamos con una sola línea, saltará la alarma.

—Pero ¿podemos pasar por encima sin activarla?

—Correcto. Obviamente, debería ser yo quien se ocupara de esta parte.

—Espera…, no. Lo hacemos los dos.

—Soy más que capaz de cargar yo solo con el anx T-7.

Noemí lo piensa y enseguida responde que no con la cabeza.

—Podrías escaparte por una puerta trasera, si es que la hay…

—No. —Abel da un paso hacia ella. No sabe por qué, pero siente que es importante que lo entienda—. Mi programación es muy clara al respecto. Eres mi comandante y, mientras sea así, te protegeré, pase lo que pase. Eso significa evitar que acabes en la cárcel. Y ayudarte a cumplir con tu misión. Y asegurarme de que tienes suficiente para comer. Todo. Sin excepción. Mi deber es protegerte.

Sus ojos se encuentran durante todo un segundo hasta que Noemí por fin responde.

—Vale. Pero sigo diciendo que prefiero entrar contigo. Aquí plantada llamo demasiado la atención.

Es bastante improbable que haya alguien por la zona, pero su razonamiento tiene cierta lógica.

—Está bien. Fíjate por dónde voy e intenta pisar exactamente donde yo lo haga.

Quizá lo que acaba de hacer se parece peligrosamente a darle una orden a su comandante, pero ella o bien no se da cuenta, o bien no le da importancia porque ya está concentrada en lo que les espera. Ambos guardan silencio mientras Abel abre las puertas transparentes y el ruido metálico de las guías rebota contra las paredes del pasillo.

Al meca el interior de la tienda le parece sacado de los primeros años de la fotografía; todo está en blanco y negro o en varios tonos de gris. Como en *Casablanca*…, pero ahora no puede distraerse con eso. Los colores solo existen en otras frecuencias; debe concentrarse en el láser. Pasa por encima con mucho cuidado, avanza un par de baldosas y espera a que Noemí lo siga. Cuando mira por encima del hombro, la ve poner los pies justo donde antes han estado los suyos, en el punto exacto. Pocos humanos son tan observadores.

Pero prefiere no confiarse y dar por sentado que conoce todos los peligros. Señala hacia arriba para enseñarle las barreras de seguridad que, en caso de error, caerían del techo para atraparlos. Si Noemí no fuera suficientemente rápida, una de esas barreras podría aplastarla. Abel decide retroceder para vigilarla mejor y ella lo recibe con una ceja arqueada e intentando bromear, a pesar de la tensión más que evidente.

—¿No deberías vigilar tus pies en lugar de los míos?

—La forma de la cuadrícula es estable, la tengo memorizada. Podría recorrer la tienda con los ojos cerrados.

—Cómo no.

Ella lo sigue. Abel puede ver la fina capa de sudor que le cubre la piel, incluso bajo esta longitud de onda. Pero no parece cansada, sino poseída por una extraña energía que él no sabe si es miedo o pura emoción.

No le cuesta encontrar el anx T-7. Noemí intenta cogerlo de la estantería, se da cuenta de que pesa demasiado y retrocede para que sea él quien lo cargue. Está aprendiendo cuáles son las habilidades de él y aceptando sus propias limitaciones. Perfecto.

Cuando se dirigen hacia la salida, pasan por una zona en la que hay raciones para el espacio profundo, alimentos que se conservan por un tiempo indefinido, apiladas en varios palés.

—¿Nos llevamos unas cuantas? —Noemí coge un paquete—. Tenemos raciones a bordo, pero ¿hay suficientes para veinte… no, dieciocho días?

—Sí, tenemos suficientes. —Es la segunda vez que menciona el mismo límite temporal, al parecer arbitrario, sin ninguna explicación—. ¿Qué pasa dentro de dieciocho días?

De pronto, se encienden todas las luces de la tienda. Noemí ahoga un grito de sorpresa y Abel no suelta el anx T-7, pero rápidamente cambia los parámetros de su visión a la frecuencia humana. Los dos miran a su alrededor y descubren que no están solos.

Hay dos mecas, un Charlie y una Reina, delante de una puerta lateral que ahora está abierta. Estos modelos no solo son de combate, sino que también se usan para tareas de seguridad, y estos dos están preparados para entrar en acción. Los dos llevan la armadura gris propia de los mecas militares; los dos tienen un arma colgando de la cadera.

Pero Abel enseguida reconoce una anormalidad en su comportamiento. Acaban de descubrir a dos ladrones en el interior de una tienda, pero solo tienen ojos para él. La sutil inclinación de la cabeza de la Reina indica que lo está escaneando a fondo. De pronto y sin previo aviso, la meca sonríe y se gira hacia su compañero.

—El modelo Abel ha sido localizado. Mansfield desea que le sea devuelto.

«He sido encontrado —piensa Abel, y le invade una sensación tan intensa que es como si el sol asomara bajo su piel—. Mi padre me ha encontrado.»

17

A los mandos de su caza, Noemí ha matado a diecisiete modelos Reina y casi a treinta Charlies. Por desgracia, ahora no tiene ni nave ni blásteres.

Pero los mecas ni siquiera la miran. Para ellos, Abel es lo único importante.

La Reina y el Charlie se acercan al mismo tiempo. Al igual que Abel, pasan por encima de las líneas del láser sin ningún problema. Los rodean y el Charlie ladea la cabeza y entorna los ojos como si estuviera estudiando a Abel a través de un microscopio, sin apartar el bláster de Noemí ni un segundo.

—Justifica tu ausencia —le dice la Reina a Abel.

—Mi ausencia es debida al abandono del que fui objeto cerca de la Puerta de Génesis. El profesor Mansfield ya lo sabe.

—¿Cómo es posible que hayas vuelto después de tanto tiempo? —pregunta la meca.

Abel duda un instante, como si no quisiera contarlo todo. Pero su programación le obliga a obedecer.

—La *Dédalo* y yo fuimos encontrados por mi nueva comandante.

Noemí nunca había estado tan cerca de una Reina como para verle los ojos. Son de un color verde pálido, tan claro que resultan inquietantes. Se los clava en la cara sin apenas parpadear, pero luego solo dice:

—No se permite la presencia de humanos no autorizados en casa del profesor Mansfield.

—En ese caso, no hay nada más que hablar. —Abel no suelta el anx T-7 ni un segundo—. Por favor, mandadle recuerdos de mi parte. Decidle que... lo he echado de menos.

Noemí se sorprende. «¿Qué está haciendo?»

—Tienes que venir con nosotros —replica la Reina con el ceño fruncido—. Mansfield quiere que vuelvas.

Él responde que no con la cabeza.

—Nada me gustaría más que reunirme con él. Sin embargo, me programó para que profesara una lealtad absoluta hacia mi comandante humano y ahora mismo ese puesto lo ocupa Noemí.

—Nos acompañarás en el viaje de vuelta a la Tierra —interviene el Charlie—. Debes obedecer al profesor Mansfield.

Noemí intuye algo en la cara de Abel que jamás habría imaginado ver en ella: tristeza.

—Si estuviera aquí, obedecería hasta su última palabra, pero ha sido él quien me ha atado de pies y manos a mi nueva comandante humana. Me habéis comunicado sus deseos, pero no habéis transmitido ninguna orden directa. Por tanto, carecéis de la autoridad necesaria para invalidar la programación de Mansfield.

La Reina considera sus palabras y asiente.

—En ese caso, te liberaremos de tu comandante. —Se gira hacia el Charlie y le dice—: Mátala.

El terror atraviesa a Noemí como una espada de hielo, pero el Charlie hace lo que cualquier soldado haría antes de disparar su arma por primera vez: baja la mirada para comprobar los parámetros.

No tarda ni un segundo. Menos de un parpadeo. Pero Noemí lo aprovecha para huir.

Se pone a cubierto detrás de un palé de raciones, un refugio un tanto débil que el Charlie podría hacer volar por los aires en cuestión de segundos, pero da igual porque, al salir corriendo, Noemí ha atravesado los haces del láser.

De pronto, suena la alarma, tan alta que le duelen los oídos, y las luces rojas que inundan el local parpadean como una luz estroboscópica. La soldado de Génesis levanta la vista hacia el techo y ve que las barreras de seguridad han empezado a caer. Se lanza en dirección a la entrada principal. Tiene el tiempo justo para pasar por debajo…

—¡No! —grita Abel.

No quiere que se escape. Prefiere que la atrapen o que muera…

Su cuerpo impacta contra el de ella con tanta fuerza que la impulsa hacia delante, al otro lado de las puertas. El Charlie y la Reina les pisan los talones, pero las barreras de seguridad chocan por fin contra el suelo y le aplastan un brazo al Charlie.

Es la primera vez que Noemí ve a un meca herido tan de cerca. La piel rota y los cables retorcidos, la sangre y los engranajes, todo mezclado, auténtico e irreal al mismo tiempo. Le tiemblan los dedos a una velocidad increíble hasta que, por fin, toda la extremidad se queda sin vida. Un fino hilo de humo se eleva hacia el techo desde el borde de la barrera. Noemí parpadea, horrorizada, y recoge el bláster del suelo.

Percibe movimiento con el rabillo del ojo y ve que la Reina está desenfundando su arma. De pronto, Abel la coge del brazo, la empuja detrás de él y se queda mirando fijamente a la meca. Aún tiene el anx T-7 debajo del brazo.

—Estás protegiendo a la oficial de Génesis —dice la Reina, ladeando la cabeza.

—Obedezco mis directrices.

Retrocede lentamente, Noemí detrás de él, hasta que están de nuevo frente al ascensor. Una vez allí, Abel se detiene y ella se da cuenta de que quiere que se suba a su espalda. Lo hace y él salta al interior del hueco, con el anx T-7 todavía debajo del brazo, pero con la misma agilidad que si tuviera las dos manos libres.

Mientras escala, Noemí le dice lo único que se le ocurre.

—Piensas rápido.

—Y tú —replica él—. Te das cuenta de que las autoridades ya han sido alertadas.

—Prefiero jugármela con la policía local que con un Charlie y una Reina.

—Teniendo en cuenta las circunstancias, estoy de acuerdo.

«No ha dejado de obedecerme —piensa Noemí mientras ascienden por el hueco del ascensor, más lentamente ahora que Abel solo puede usar una mano, pero aun así bastante rápido—. Podría haberse reunido con Mansfield y ha preferido quedarse conmigo.»

Es un defecto en su programación, un error que le confirma que no mentía sobre sus límites y obligaciones. Tampoco miente cuando dice que la ayudará hasta el final, esté ella presente o no lo esté. Puede confiar en él.

El problema es que no es como confiar en un puente para pasar un río o en un horno para cocer el pan. Se parece peligrosamente a confiar… en una persona. Y no debería ser así. No puede cometer el error de olvidar cuál es la verdadera naturaleza de Abel, ni ahora ni más adelante, cuando la misión esté a punto de finalizar.

Llegan al piso superior, salen del hueco del ascensor de un salto y corren hacia el hangar. A su alrededor todo sigue desierto, pero las luces de emergencia y el bramido de las alarmas han transformado la Estación Wayland en un antro lleno de ruido y luces estroboscópicas. La cosa empeora cuando llegan al hangar; es como si todas las naves se hubieran convertido en versiones aún más abominables de sí mismas, teñidas de color carbón o carmesí, absolutamente repugnantes.

Las autoridades deben de estar cerca. ¿Estarán buscando ladrones y traidores? ¿Terroristas?

—¿Oyes algo? —le grita a Abel; si gritara a pleno pulmón, no podrían oírla a más de diez metros de distancia.

—Son demasiados estímulos al mismo tiempo.

Para un meca, eso debe significar que no.

Noemí echa a correr otra vez y él la sigue. Recuerda dónde está la nave, más o menos, pero las luces rojas hacen que todo parezca muy distinto. Con cada ráfaga ve una imagen fija que siempre es diferente a la anterior. Es como si intentara salir de un laberinto que no deja de transformarse a su alrededor.

Abel, en cambio, corre en línea recta, impertérrito. Noemí se deja adelantar unos pasos para poder seguirlo. Sabe que puede confiar en él.

Fogonazo. Rodean una nave pirata, muy conseguida con sus alerones y su cromado.

Fogonazo. Por fin aparece la *Dédalo*, su superficie espejada teñida de un brillante color escarlata. Ya no parece una lágrima, sino la primera gota de sangre que mana de una herida abierta.

Fogonazo. Una forma oscura avanza a toda velocidad hacia Abel.

—¡Cuidado! —grita Noemí.

Pero ya se ha dado la vuelta y ha placado a su atacante en un choque del que solo percibe brazos, piernas y una caída repentina. Abel sigue en pie. Noemí corre a su lado mientras él observa a su agresor, un hombre aturdido vestido con un mono de trabajo. No sabe quién es y, a juzgar por la mirada entornada de Abel, él tampoco.

—¿Es un policía? —pregunta Noemí.

—Ya te gustaría —responde una voz de mujer a sus espaldas.

Los dos se dan la vuelta y ven a…

—Riko Watanabe. —Abel habla con la misma seguridad con la que se ha dirigido a la Reina y el Charlie, aunque, por alguna extraña razón, la recién llegada sujeta su bláster con un gesto mucho más amenazante. Tiene el pelo alborotado y una sonrisa terrorífica en los labios—. ¿Puedo preguntarte por qué nos has atacado?

—Porque cree que estamos aquí para detenerla o para entregarla a las autoridades —interviene Noemí—. Porque somos los únicos testigos que la han visto enviar explosivos a Kismet. Porque sabemos que está con la Cura.

—Quizá habría sido más inteligente no decir todo eso en voz alta —apunta Abel.

—Da igual, sabe perfectamente que lo sabemos. —Noemí se encoge de hombros—. No tiene sentido fingir lo contrario.

—Parecéis buenos chicos. Ojalá no me hubierais reconocido.

Riko parece tan sincera que Noemí sabe que dentro de treinta segundos estarán muertos. Intenta pensar rápido por si se le ocurre algo.

—No somos vagabundos. Yo vengo de Génesis.

Al oír el nombre del planeta, Riko ahoga una exclamación de sorpresa, al igual que el hombre que tiene a sus pies y el puñado de personas que aparecen de entre las sombras. Noemí reconoce a un par de técnicos y médicos de la carpa donde se realizaba la revisión de las telarañas; probablemente, habrán usado la enfermedad como tapadera para entrar en el planeta. El parpadeo constante de las luces le impide concentrarse, pero sabe que tiene que esforzarse. Todo depende de lo que diga en los próximos minutos.

—Sabéis que la Tierra ha vuelto a atacar mi planeta, ¿verdad? —No sabe si los terrícolas cuentan la verdad sobre sus planes, pero sí que Génesis no ha tenido ni una sola oportunidad de contar su versión desde hace más de tres décadas—. Lo que habéis puesto en las pantallas, lo que pensáis de la Tierra, es lo mismo que sentimos en Génesis. Os entendemos. Seguimos defendiéndonos de sus agresiones y, la verdad, las cosas serían muy diferentes si no tuviéramos que luchar solos.

Con lo que no puede estar de acuerdo es con el terrorismo. Génesis ha librado una guerra salvaje; Noemí sabe que se han perdido millones de vidas, tanto en su planeta como en la Tierra, pero su gente siempre ha jugado limpio. Se enfrentan al enemigo cara a cara. Hay algo noble en eso, pero no se puede decir lo mismo de poner una bomba en un estadio lleno de gente que canta y baila al ritmo de la música, mandar a mecas para que maten a humanos o dejar bombas medio enterradas para que algún día una familia pase por encima, cuando sus hijos aún son pequeños.

—No puedes ser de Génesis. Es imposible. Nadie puede atravesar la puerta. —Riko levanta la barbilla—. No deberías ir por ahí contando mentiras tan burdas.

—Hemos usado un dispositivo especial de navegación —interviene Abel, obviando el detalle de que el dispositivo especial en cuestión es él.

Riko no ha bajado el cañón de su bláster ni un milímetro.

—Vale, demuéstralo. Demuéstrame que vienes de Génesis.

—¿Y cómo quieres que lo haga? —protesta Noemí—. Hemos venido con identidades falsas.

—Muy oportunos —murmura uno de los compatriotas de Riko.

La situación es tan frustrante que Noemí tiene ganas de gritar. ¿De verdad la creen tan estúpida como para pasearse por la estación con un cartel colgando del cuello en el que ponga «Eh, que soy de Génesis»? Por suerte, consigue contenerse. Ni siquiera ella es tan impulsiva como para burlarse de un grupo de terroristas armados hasta los dientes.

Abel da un paso al frente, ligeramente desviado hacia un lado. Noemí enseguida se da cuenta de que se está interponiendo otra vez entre el bláster y ella.

—Si tuvierais tiempo, podrías hacerle un examen médico que demostraría de dónde viene, pero imagino que ahora mismo eso es un lujo que no podemos permitirnos.

Riko duda.

—¿Qué queréis?

—De momento, irnos —responde Noemí—. Pero si algún día encontráis la forma de atravesar la Puerta de Kismet, nos vendría bien tener aliados.

—No tenemos la fuerza suficiente para meternos en una guerra. —Riko sacude la cabeza; se nota que lo dice con tristeza. Los ojos de Noemí empiezan a adaptarse a la luz. Por fin puede ver la mancha que Riko tiene en la mejilla: grasa o puede que hollín. ¿Habrá ayudado a detonar las bombas ella misma?—. La Tierra es demasiado poderosa. Los mecas, la gente… no podemos competir con ellos en el campo de batalla. Tenemos que encontrar otras formas de hacerles daño.

«¿Matando a inocentes?» Noemí se traga las palabras, por el bien de su planeta y porque su interlocutora sigue empuñando su bláster.

—Unid fuerzas con Génesis y no tendréis que rebajaros a poner bombas. Podréis luchar cara a cara y ganar.

Riko intercambia miradas con sus compañeros y luego le hace un gesto con la cabeza al tipo del suelo, que se levanta sin apartar los ojos de Abel. Su opinión poco importa; se nota que la que está al mando es ella.

—Vosotros dos, marchaos cuanto antes. Lo más probable es que nos detengan, pero si conseguimos huir, si encontramos la forma de llegar a Génesis, ¿cómo nos acercamos a vuestro planeta? ¿Cómo les hacemos saber que somos aliados?

—Tú diles que eres Riko Watanabe de Kismet —responde Noemí. La policía seguro que está en camino. Tienen que separarse cuanto antes—. Con eso bastará. Hablaré con mis superiores para que estén sobre aviso.

Pero Riko niega con la cabeza.

—No tendría por qué ser yo. Somos muchos, tenemos células en otros planetas.

—Una resistencia —susurra Noemí. La idea la golpea de repente y evoca parte de la emoción que ha sentido justo después de la explosión, antes de ser consciente de que seguramente ha habido muertos—. No sois solo un grupo de gente en Kismet. Todos los planetas del Anillo, todas las colonias de la Tierra os habéis aliado para sublevaros.

—Estamos empezando. —Riko baja el arma—. Supongo que no tengo más remedio que creerte, por si hay una posibilidad entre un millón de que seas de Génesis.

Y parece que lo dice no solo para sus compañeros, sino también para ellos dos.

—Hablaré con mi gente —le promete Noemí, las mejillas coloradas de la emoción—. Cuando vuelva a Génesis, les diré que estén atentos por si llega alguien de la Cura.

Uno de los compañeros de Riko decide intervenir.

—¿Y cómo sabréis que no son terrícolas haciéndose pasar por nosotros?

La risa de Noemí suena tan amarga en voz alta como en su garganta.

—Los terrícolas no se molestan en hacerse pasar por nada ni por nadie. Cuando vienen a Génesis, siempre es para matar.

¿Entienden lo que intenta decirles? Debe confiar en que...

De pronto, por encima del aullido de las alarmas, se oye un chirrido agudo y desagradable. Es el sonido que hace el metal al rasgarse. Noemí lo reconoce enseguida, apenas un segundo antes de ver con el rabillo del ojo cómo el suelo de una esquina del hangar se abre y por el agujero aparecen los restos de una mano de metal.

—Son ellos —susurra, segura de que Abel la oye—. La Reina y el Charlie.

—¡Vamos! —grita Riko, dirigiéndose a todos.

Sus compañeros se dispersan por el hangar y Noemí y Abel salen corriendo hacia la *Dédalo*. En cuanto ponen un pie dentro, ella cierra la puerta y la sella.

—Sería aconsejable que te pusieras el casco —dice él mientras suben por el pasillo en forma de espiral—. Tenemos que llegar a la puerta cuanto antes.

—¿Vas a cambiar el anx T-7? —Aún les quedan unas diez horas hasta la Puerta de Cray—. Ahora mismo lo más urgente es salir pitando de aquí, no ponernos a hacer reparaciones.

—Exacto. Necesitamos velocidad. —Abel se aparta de ella y corre hacia la sala de máquinas—. Tus capacidades como piloto deberían bastar para quitarnos de encima a las autoridades.

«¡Qué mal se le da consolar a la gente. Pero que mal!» Noemí ni se molesta en decirlo y sigue corriendo hacia el puente. Tienen que salir pitando, así que, si ha de hacerlo ella sola, que así sea.

Las luces de emergencia ya están parpadeando cuando entra en el puente. La pantalla muestra el hangar iluminado por ráfagas de luz roja y, sobre la imagen, una advertencia escrita en letras de un naranja intenso: CIERRE DE SEGURIDAD. PROHIBIDOS TODOS LOS DESPEGUES Y ATERRIZAJES. LAS NAVES QUE VIOLEN LAS RESTRICCIONES SERÁN EMBARGADAS O DESTRUIDAS.

Se dirige a toda prisa hacia la consola de navegación. Puede que Abel esté programado con los conocimientos necesarios para manejar hasta la última nave de la galaxia, pero ella ha participado en una docena de misiones de combate a bordo de un caza, incursiones en las que las decisiones más inmediatas suponen la diferencia entre la vida y la muerte. Debería ser capaz de manejar una burda nave de investigación como esta.

Salvo que la *Dédalo* de burda no tiene nada. Con un simple toque, se separa de la plataforma de aterrizaje y se eleva a una velocidad vertiginosa.

«Ojalá pudiera quedármela para siempre —piensa Noemí, ignorando el mensaje de advertencia que parpadea en la pantalla y aumentando la velocidad vertical—. Podría explorar toda la galaxia y nadie podría detenerme…»

Un tirón está a punto de lanzarla volando del asiento. Se coge a la consola y lee el mensaje que acaba de aparecer en la pantalla, esta vez en grandes letras rojas: RAYO TRACTOR DETECTADO. La energía del haz los tiene atados a la luna de Kismet como si los hubiera atrapado con un lazo. Se siguen alejando de la superficie, pero el campo de integridad de la nave sufre un estrés cada vez más evidente. Si llegan al límite, la *Dédalo* rebotará hacia la superficie o se partirá en dos.

«No tenemos la potencia suficiente para liberarnos del rayo tractor, es demasiado fuerte.» Noemí respira hondo y se pregunta cómo usar la fuerza del enemigo en beneficio propio.

Las puertas del puente de mando se abren detrás de ella, pero no se da la vuelta.

—Reparación completada, más una modificación extra.

—Luego me lo cuentas. —Le tiemblan los dedos mientras introduce las nuevas coordenadas—. Primero veamos si esto funciona.

—¿El q...?

De repente, Abel se queda sin voz. Noemí hace que la *Dédalo* describa una curva muy cerrada, tanto que podrían acabar fácilmente en la órbita de la luna, aunque no llegan a alcanzarla. La gravedad tira de la nave, ejerciendo la inevitable atracción de la física, pero sin dejar de avanzar mientras el rayo tractor tira de ellos hacia abajo. La soldado de Génesis pretende que la luna haga el trabajo sucio y aprovecharse de la gravedad, en lugar de luchar contra ella. En cuestión de segundos, el rayo se parte y la *Dédalo* sale disparada hacia delante. Noemí aprovecha el impulso para alejarse de la luna y de Kismet, y poner rumbo a la Puerta de Cray.

—Ingenioso —dice Abel, como si realmente lo pensara.

El cumplido casi le arranca a la joven una sonrisa, pero enseguida se contiene. Es bastante probable que los mecas estén programados para adular a los humanos de su entorno. Claro que hasta ahora eso no le ha impedido a Abel intentar hundirla a la mínima oportunidad, así que puede que se equivoque. Ajeno a su reacción, el meca se dirige hacia la consola de navegación, dispuesto a asumir el control.

—Ahora mismo lo más eficiente sería dirigir la nave directamente hacia la Puerta de Cray, para lo cual se necesita una navegación muy precisa.

—Ya me encargo yo.

—En circunstancias normales, serías más que capaz de hacerlo —dice él—, pero estas no son circunstancias normales.

Confusa, Noemí se dispone a darse la vuelta para preguntarle qué es eso tan difícil de lo que no puede ocuparse ella en las diez horas que faltan para llegar a la Puerta de Cray, pero entonces ve las lecturas de los motores, que cada vez acumulan más potencia. Un momento, no es eso: están en sobrecarga.

—Abel, ¿qué has hecho?

—Será mejor que me ocupe yo de la navegación —replica, esta vez con más urgencia.

Hace apenas tres horas no se habría movido del asiento. Habría pensado que Abel intentaba sabotear la nave, destruirlos a los dos. Ahora, sin embargo, después de haberla salvado, después de haberse negado a ir con el Charlie y la Reina para seguir a su lado...

«Puedo confiar en él... Debo confiar en él.»

18

Justo cuando Abel piensa que para protegerla va a tener que arrancarla literalmente del asiento del piloto, Noemí se levanta y le entrega el mando. El meca empieza a introducir rápidamente las coordenadas de la Puerta de Cray, para ir directos al centro.

—Tenemos compañía. —Noemí ya está a los mandos de la consola de operaciones—. Tres naves kismetianas se dirigen hacia nosotros.

—Déjame revisar las coordenadas.

—¿Qué pasa, vas a empezar a dudar de tus cálculos justo ahora o es que quieres atravesar la puerta mientras aún podamos salir de aquí de una pieza?

—Atravesando puerta en tres, dos, uno… —dice Abel—. Ahora.

La nave sale disparada hacia delante, tan rápido que es como si se les escapara de debajo de los pies. Noemí hace un ruido que podría ser de miedo o de rabia y hasta Abel tiene que sujetarse a la silla. El campo de integridad protesta, a pesar de que está recién arreglado; lo están llevando al límite de su resistencia. Kismet desaparece y el firmamento se abalanza sobre ellos, o eso parece, mientras se dirigen como una flecha hacia la Puerta de Cray.

—¿Has sobrecargado los motores y luego has acelerado? —Las manos de Noemí planean sobre los controles, como si estuviera intentando encontrar la forma de detener esta locura—. ¡Nos partiremos en mil pedazos!

—Estamos dentro de los márgenes de seguridad —le explica Abel; mejor no mencionar la cantidad de decimales que contiene la operación.

—Vamos tan rápido que llegaremos a la puerta en…

—Unos tres minutos.

Veintitrés segundos de los cuales ya han pasado. Noemí no dice nada más, se limita a centrar toda su atención en los controles para asegurarse de que la sobrecarga no desestabiliza la nave. Aunque tampoco es que pueda hacer mucho al respecto: el tiempo entre dicha desestabilización y la destrucción de la nave no superaría el segundo. Aun así, Abel admira su dedicación al deber.

Hace bien al tener miedo. Los riesgos son considerables e irán a más cuando atraviesen la puerta. En otras circunstancias, él habría rechazado la táctica por poco aconsejable.

La puerta aparece en la pantalla; se dirigen hacia ella tan rápido que el anillo crece como un sumidero a punto de tragárselos. Si se ha equivocado en los cálculos, aunque solo sea por un grado, podrían chocar de refilón con los sistemas de seguridad y explotar en un segundo…

Obviamente, no se ha equivocado. Abel sonríe mientras la *Dédalo* atraviesa la puerta.

Sus sistemas sensoriales están preparados para compensar buena parte de los estímulos que percibe, pero aun así ve los extraños ángulos que describe la luz y siente la presión de la gravedad desligada del espacio-tiempo. Nada de esto le preocupa, sobre todo porque el perfecto funcionamiento de la nave es la prueba de que todo va sobre ruedas. De pronto, la *Dédalo* se estremece, libre por fin de la tensión de la puerta, y los motores recuperan los niveles normales, tal y como lo ha programado. El color plata que ocupa toda la pantalla es sustituido por un nuevo firmamento, uno que ni Abel ni Noemí habían visto hasta ahora. El ordenador de navegación se centra de forma automática en el punto entre rojo y naranja que es el planeta Cray.

—Lo hemos conseguido —dice Noemí, parpadeando mientras se arrellana lentamente en su asiento. Abel sabe que los humanos son muy dados a manifestar lo evidente y que no les gusta que se lo digan, así que permanece en silencio y la observa mientras ella intenta recuperar el aliento—. Me parece increíble que tu programación te permita hacer algo tan peligroso.

—La alternativa era la prisión o la muerte. Las directrices primarias me han marcado un rumbo muy claro. —Abel hace una pausa—. Dicho esto, no podemos volver a sobrecargar los motores de mag, al menos no de momento. Repetir un esfuerzo como ese nos llevaría inevitablemente a la destrucción.

Noemí se yergue, visiblemente recuperada.

—Y no creo que nadie nos siga, al menos no de momento.

—Tenemos unas horas de margen, tiempo suficiente para llegar a Cray.

Se nota que Abel está orgulloso de su papel.

—Bien hecho —lo felicita Noemí. El cumplido lo pilla por sorpresa, pero no tanto como lo que añade a continuación—: Ojalá nos hubiéramos podido quedar más tiempo en Kismet.

—No me ha parecido que disfrutaras mientras estábamos allí. Salvo, quizá, durante el baile; eso sí que pareció gustarle.

—No me refería a eso. —Noemí aún tiene el pelo salpicado de confeti de la fiesta—. Me habría gustado… despedirme de Esther.

Lo mira, retándolo a que proteste y le diga lo ilógico que sería despedirse de una persona que ya está muerta. Abel no es tan tonto. El ritual humano del duelo tiene un objetivo, aunque a él le cueste entenderlo.

Cuando por fin se da cuenta de que no tiene intención de retarla, Noemí se quita la chaqueta gris y se queda únicamente con la camiseta que lleva debajo. La huida de la tienda le ha dejado los brazos y las rodillas llenos de moratones que ya empiezan a oscurecerse. Tiene la piel cubierta de una fina película de sudor.

—¿Cuánto falta para que lleguemos a Cray?

—Aproximadamente unas once horas.

—Bien. Me da tiempo a ir a la enfermería a curarme todo esto.

Abel también debería ayudarla en tareas más ordinarias como esa. Descanso, comida y moral; las curas también son una forma de proteger a su comandante. Sin embargo, antes tiene que ocuparse de otra cosa.

—Tengo que crear un código nuevo para la nave, y pronto. Las autoridades de Cray podrían priorizar la búsqueda, dependiendo de si la seguridad de Kismet nos considera miembros potenciales de la Cura. En caso afirmativo, harán correr la voz enseguida; si no, que nos hayamos ido sin autorización debería ser el menor de sus problemas. De todas formas, en cuanto la Reina y el Charlie consigan una nave propia, saldrán a perseguirnos por sus propios medios.

—Te perseguirán por toda la galaxia. —La expresión de Noemí se ha vuelto pensativa—. ¿Tanto te necesita Mansfield?

—Eso parece.

Lo dice con naturalidad, y se enorgullece de ello. No solo ha desarrollado algunas emociones humanas, sino que también ha aprendido a controlarlas. Solo por dentro siente una extraña mezcla de emoción y sufrimiento. Alguien a quien él ha extrañado también lo ha echado de menos. Nunca volverán a verse; se añorarán el resto de sus días. Esa certeza le inspira… tristeza, pero también alegría. Abel no era consciente de que ambas emociones pudieran coexistir.

«Ojalá pudiera contártelo, padre. Siempre te gustaba que entendiera cosas nuevas sobre la humanidad. De todas formas, habría preferido aprenderlo de otra manera.»

Noemí prosigue.

—Bueno, voy a…

Se señala con un gesto general, como refiriéndose a su aspecto y a los moratones que le cubren buena parte del cuerpo. Sonríe tímidamente y abandona el puente de mando.

Abel la sigue con la mirada. Ella no se gira ni una sola vez; por lo visto, se fía de él. Sabe que no le hará daño.

Ojalá él pudiera decir lo mismo de ella.

No obstante, cuanto más sabe sobre Noemí Vidal, menos le afecta su inminente destrucción. Le duele dejar de existir, no volver a aprender nada nuevo y, sobre todo, saber que nunca volverá a ver a Mansfield. Pero al menos su muerte ya no será en balde.

Noemí está convencida de que su causa es justa. No actúa movida por el odio hacia la Tierra, sino por el amor que siente por su planeta. Está tan dispuesta a entregar su vida como a sacrificar la de Abel. Y tal como ha demostrado al condenar las acciones de la Cura y de Riko Watanabe, para ella la defensa de su planeta tiene unos límites. Quiere paz para los suyos, sin embargo, no está dispuesta a matar a inocentes para conseguirla.

«Pero yo no soy uno de esos inocentes», piensa Abel. Los mecas están diseñados para arriesgar sus vidas en lugar de las de los humanos. De lo contrario, ni siquiera los habrían inventado. Son, por diseño y funcionalidad, desechables.

Por eso no puede culpar a Noemí por lo que está haciendo. Tiene que asumir que fue creado para esto.

Cuando se reúnen de nuevo en el puente, Abel se ha vuelto a poner el traje de seda de Mansfield y Noemí lleva una camiseta sencilla, unos pantalones y un par de botas, todo de color negro. Ha escogido el atuendo por una cuestión práctica, seguro, pero la verdad es que le queda sorprendentemente bien, aunque ahora mismo él tiene otras preocupaciones en la cabeza mucho más urgentes. La esfera de Cray, con su intenso color naranja rojizo, domina toda la pantalla.

—No hay mar —murmura Noemí—. Ni siquiera un triste lago. He estudiado exogeología como todo el mundo; sé que el agua superficial es una excepción y no una regla, pero no sabía que Cray era así.

Los mares y la vegetación del planeta se consumieron hace mucho tiempo, dejando tras de sí un paisaje desértico salpicado de fallas. Las montañas más altas jamás descubiertas arañan el cielo rojo de Cray. Un puñado de nubes doradas acarician las cimas con gesto delicado, ocultando el hecho de que no están hechas de agua, sino de ácido. La colonización de un planeta tan inhóspito como este demuestra la desesperación de la Tierra por encontrar nuevos mundos que habitar, aun a sabiendas de lo dura que será la vida allí.

—¿Cómo supieron que se podría vivir bajo tierra? —pregunta Noemí.

Abel decide usar la subrutina para refranes.

—Ya conoces el dicho: a buen hambre no hay pan duro. Cuando salí de la Tierra, Cray era el planeta en el que más humanos esperaban poder instalarse.

—¿Aquí? —Noemí parece horrorizada—. ¿Tan mal están las cosas en la Tierra?

Ya no le apetece hacer que se sienta culpable por el destino de aquellos a los que Génesis les ha dado la espalda. La decisión la tomaron otros y encima hace mucho tiempo.

—No te dejes engañar por la superficie. Para juzgar a Cray, hay que buscar bajo la superficie, literalmente.

Noemí entorna los ojos, desconcertada. Pero no dice nada, se da la vuelta y observa el planeta.

—¿Pasa algo? —le pregunta.

—¿Cómo vamos a conseguir permiso para aterrizar?

Noemí ha reaccionado enseguida, pero Abel está convencido de que eso no es lo que quería saber. Aun así, es una duda perfectamente válida.

—No parece que haya naves vagabundas en la zona. —Apenas hay unas cuantas en todo el sistema y están todas apiñadas cerca de un anillo de asteroides, seguramente probando suerte con la búsqueda de minerales. La zona orbital de Cray está casi vacía, en contraste con la locura de Kismet—. Los recursos naturales de

Cray son limitados. Si controlan la inmigración como parece, también vigilarán de cerca a los visitantes.

La superficie rojiza del planeta proyecta una luz intensa por todo el puente. Noemí frunce el ceño y Abel vuelve a ver la pequeña arruga que se forma entre sus cejas.

—Entonces ¿cómo…?

Pero no le da tiempo a acabar la frase. En la pantalla acaba de aparecer un hombre joven sobre un fondo blanco. Lleva una ropa demasiado informal para ser un oficial de comunicaciones, pero se nota que está escogida con gusto. Es roja y naranja, de las mismas tonalidades que la superficie del planeta.

«Has llegado a Cray —dice el hombre con tanta amabilidad que, por un momento, Abel se pregunta si han interceptado un mensaje personal por error. Pero el discurso sigue—. Tu nave no está registrada, lo que puede significar tres cosas: uno, eres amigo o familiar de uno de los científicos que viven aquí. Si es así, ya sabes que las visitas civiles tienen que ser cortas, pero estamos convencidos de que te impresionará el estilo de vida de los que residimos en Cray.» La cara del hombre es sustituida por un montaje con escenas de estudiantes jóvenes en una clase reunidos alrededor del holo de una molécula, una mujer trabajando en un ordenador y un grupo de gente riendo y hablando en lo que parece ser una sala de estar muy bien equipada. El joven reaparece. «Dos, eres un comerciante y traes juegos, ropa, holos o algún tipo de diversión para los habitantes de Cray, en cuyo caso ¡no sabes cómo nos alegramos de verte! —Se le borra la sonrisa de los labios y añade—: Tres, eres un vagabundo o alguien que pretende colarse en nuestro planeta. Si es así, has de saber que no se permite la residencia sin autorización bajo ningún concepto. Serás expulsado del planeta… y encarcelado. Así pues, piénsalo dos veces antes de intentarlo. En Cray obedecemos las normas porque queremos que nuestro planeta sea mejor, y el tuyo también.»

La imagen desaparece y en la pantalla vuelve a aparecer la superficie rojiza de Cray.

—Eso ha sido... —empieza Noemí, y se interrumpe para tratar de encontrar la palabra exacta— increíblemente pasivo-agresivo.

Abel piensa en todo lo que se ha dicho y lo que se ha dejado de decir.

—Está prohibido quedarse más tiempo del estrictamente necesario o poner un pie en el planeta sin un objetivo concreto. Aquí solo puede vivir la flor y nata de la comunidad científica y los estudiantes más brillantes.

Aún recuerda la cantidad de veces que profesores y doctores de todo tipo intentaron convencer a Burton Mansfield para que trasladara su laboratorio de cibernética a Cray. Mansfield siempre decía que no querían su compañía, sino quedarse la producción de mecas para ellos. Los líderes de la Tierra no lo habrían permitido, pero eso era lo de menos. Mansfield jamás habría abandonado su casa de Londres.

Noemí guarda silencio como si estuviera pensando en algo y Abel no puede evitar recordar lo joven que es. Ya lo sabía —es incapaz de olvidarlo— y aun así la realidad lo golpea con una fuerza renovada. El viaje le está saliendo muy caro, incluso ha puesto en peligro su vida. La única recompensa que ha recibido tras superar cada reto con éxito ha sido un nuevo desafío. Abel maneja suficientes datos sobre psicología humana para saber que otros mucho más maduros que ella acabarían sucumbiendo ante semejante nivel de presión.

Pero, de repente, Noemí se anima.

—Se preocupan por mantener a los científicos entretenidos. El tío ha hablado de juegos, ¿te has fijado? Seremos eso: gente que ha venido para ayudarles a que se lo pasen bien.

—Creía que estabas en contra de recurrir a la prostitución para pagar el viaje.

—No me refería a... ¿La prostitución es tu respuesta para todo o qué?

Abel decide no responder.

—¿Qué se te ha ocurrido?

—¿Puedes hablar con los ordenadores del puerto? ¿De máquina a máquina?

—Más o menos.

—Podrías averiguar qué comerciantes están a punto de llegar...

—Y ocupar su puesto.

Abel asiente y empieza a teclear algo en la consola de comunicaciones. Si compartieran un objetivo distinto al actual, trabajar con Noemí Vidal sería un placer, la verdad.

El modelo George mira a Abel y luego a Noemí sin demasiada curiosidad.

—No esperábamos el próximo envío de juegos hasta dentro de veinticuatro horas.

Abel ha encontrado el hueco de un vendedor de holojuegos, solo dos pasajeros, prioridad baja, seguridad ídem. Todos los factores indican que es la mejor identidad posible de entre las que pueden asumir.

Pero hasta la mejor coartada de la galaxia puede acabar... complicándose.

—Nos han ofrecido una ventana de lanzamiento antes de la nuestra y, obviamente, la hemos cogido. —Abel intenta parecer natural. Relajado. Tranquilo. No es uno de sus modos de funcionamiento habituales, pero lo ha observado en otros. Recurre al recuerdo de uno de los sobrinos de Mansfield, un muchacho joven y acomodado, e intenta copiar su forma de hablar—. Ya sabes que a veces puede ser una auténtica pesadilla. Se acumulan los retrasos y, cuando te das cuenta, llevas horas esperando, o días...

Noemí abre los ojos más de lo normal, como si intentara decirle algo. «Te estás pasando...» Abel se queda callado. Pero el George, que es demasiado básico para captar sutilezas, asiente.

—Sus habitaciones no estarán abiertas hasta la hora de llegada programada. Tampoco podemos adelantar las presentaciones de productos.

—No pasa nada. —El alivio de Noemí, ahora que sabe que no están en busca y captura es evidente, puede que demasiado, pero es poco probable que un George se percate de un detalle tan sutil—. Podemos descansar a bordo de la nave.

La situación es claramente inmejorable, mucho mejor de lo que cabía esperar. Nadie les ha pedido explicaciones, nadie les ha preguntado por qué no traen la mercancía prometida. Y encima tienen veintiocho horas libres por delante.

Lo complicado será robar la pieza que necesitan en ese tiempo.

El principal puerto de Cray se llama Estación 47, sin más. En la Estación Wayland, las zonas para vagabundos y otros trabajadores eran tan básicas que rayaban con la fealdad. La Estación 47, en cambio, es sencilla, práctica y, aun así, bonita. En la zona donde están las plataformas de aterrizaje reinan el gris oscuro, el blanco nuclear y un naranja sorprendentemente alegre. Están apiladas unas encima de las otras y en paralelo; dentro es como si estuvieran en el interior de una colmena, y desde arriba, piensa Abel, el diseño podría compararse con las alas de una mariposa. La gente va de aquí para allá, pero no hay la sensación de ahogo y desesperación que había en Kismet. Los habitantes de Cray caminan seguros de sí mismos. Se ríen con facilidad. Hablan con sus amigos y gesticulan entusiasmados mientras les explican…

Abel intenta escuchar algún fragmento de sus conversaciones. Su oído no es exponencialmente mejor que el de un humano, pero puede aislar los sonidos del ruido de fondo con mejores resultados. Una conversación sobre la mejor forma de expandir hacia el oeste el sistema de túneles de Cray; alguien describiendo el proceso de identificación de una obra perdida de Leonardo da Vinci a principios del siglo XXI; un acuerdo total sobre la posibilidad de modificar los moldes de las gofreras de la cafetería para estampar obscenidades en los gofres; un debate animado sobre la nueva versión de *Libres: clon contra clon* y cómo ha traicionado la integridad de la serie original...

«Esta es una sociedad que disfruta con sus propias pasiones», piensa Abel. Tiene sentido. La misma creatividad y energía que la Tierra quiere cultivar en sus mejores científicos y estudiantes fluyen hasta cubrir también su tiempo de ocio.

Noemí y Abel avanzan uno al lado del otro, caminando con la misma parsimonia que cualquier otra pareja con unas cuantas horas libres por delante. Llevan el mismo tipo de ropa; prendas negras y funcionales, un tanto austeras para Cray, pero lo suficientemente adecuadas para no llamar la atención.

Noemí no demuestra ni un ápice del miedo que seguro que la atormenta. Lo mira y le hace un gesto con la cabeza hacia un grupo de gente no muy lejos de donde están.

—Parecen salidos de una máquina del tiempo.

Es verdad. Prácticamente todos los científicos más jóvenes de Cray van ataviados con prendas anticuadas como vaqueros azules y deportivas con cordones. Muchos llevan el pelo teñido de colores brillantes y unos cuantos han resucitado la vieja costumbre de agujerearse las orejas.

—Hace treinta años se hizo muy popular una subcultura conocida con el nombre de milenipunk. La gente mezclaba ropa y estilos anticuados con piezas más modernas o de formas más provocativas. Parece que ha pasado de ser una especie de corriente alternativa a una moda muy extendida, al menos en Cray.

—Pelo verde —dice Noemí, disimulando una cierta envidia. Por fin se han alejado del George y pueden hablar sin que los oiga—. Vale, tenemos que encontrar el dispositivo termomagnético. Quiero salir de aquí antes de que la Reina o el Charlie pongan un pie en este sistema.

—Encontrarlo debería ser fácil. Lo complicado será llevárnoslo. —Noemí lo mira de reojo y Abel añade—: Normalmente, se usan más cerca del núcleo del planeta, muy por debajo de las zonas donde se vive o se trabaja. Otro factor a tener en cuenta será la seguridad extra.

Ella suspira.

—Vaya. En ese caso, habrá que averiguar de qué nivel de seguridad estamos hablando.

Salen de la zona de aterrizaje y aparecen en una especie de centro comercial alegre y muy bien iluminado. Del techo cuelgan lámparas con cientos de bombillas doradas tan brillantes que por un momento se olvidan de que están bajo tierra, lejos de los rayos del sol que iluminan la superficie de Cray. Las pequeñas pantallas que hay en las paredes, más o menos cada cinco metros, muestran motivos abstractos llenos de color, citas de famosos o anuncios de los productos que se venden por la zona. Los restaurantes de esta planta impregnan el aire con el olor de las especias; más abajo, hay tiendas que venden ropa, puzles, kits para hologramas… Casi cualquier cosa que pueda considerarse más trivial que práctica.

—¿En esto se gastan el dinero? —pregunta Noemí.

Abel se encoge de hombros.

—Todo lo demás se lo dan. Sus jefes saben que la creatividad está muy relacionada con el juego. Por eso estimulan este tipo de comportamiento.

—Qué suerte tienen, todo el día jugando y diseñando armas de destrucción masiva. —Noemí mira a su alrededor y señala hacia una salida lateral marcada con un cartel de EMERGENCIA—. ¿Crees que eso puede sacarnos de la marabunta?

—Siempre que no esté conectada a una alarma. —Abel la mira—. Ya sabes que te encanta hacerlas saltar.

La cara de Noemí adopta la extraña expresión de antes hasta que, de repente, abre los ojos desmesuradamente y ahoga una exclamación de sorpresa. A Abel no le da tiempo a preguntar: en todas las pantallas, de la primera a la última, hay una foto borrosa de sus caras.

La alerta de Kismet ha llegado a Cray apenas una hora después de su aterrizaje.

Rápidamente, el meca filtra todo el sonido de fondo para poder escuchar las palabras que acompañan a la imagen: «… se les busca por haber aterrizado ilegalmente en Cray. Repetimos: no son sospechosos de haber cometido actos criminales. Si los ve, póngase en contacto cuanto antes con las autoridades».

—A la salida de emergencia —le dice a Noemí—. Ya.

Ella tiene el suficiente sentido común para no salir corriendo y llamar la atención de la gente que los rodea. Abel mira hacia atrás una vez más, cuando están a punto de llegar a la puerta. Parece que nadie se ha percatado de su presencia… de momento.

Por suerte, la salida de emergencia no está conectada a ningún sistema de seguridad. Aparecen en un pasillo de servicio débilmente iluminado. La oscuridad aumenta la sensación de frío que percibe Abel y las paredes de piedra toscamente talladas; aquí no se intenta disimular que están bajo tierra. Se oyen ecos de voces, aunque demasiado confusos para entenderlos ni siquiera con los sistemas más avanzados. Solo los cuadros de mandos y las tomas de corriente clavados en la pared sugieren que están en una estructura creada por el hombre y no en una cueva.

—¿Cómo es posible que el mensaje haya llegado tan rápido?

Noemí baja corriendo un tramo de escaleras, seguida de cerca por Abel.

—Solo hay una opción posible: la Reina y el Charlie que nos estaban siguiendo también han sobrecargado su nave.

—¿Y qué vamos a hacer? —pregunta ella, y se aparta el pelo de la frente—. Podríamos escondernos, pero confiscarán la nave.

—Puede que no. Si la Reina y el Charlie hubieran sabido cuál era nuestra nave en Kismet, se habrían enfrentado a nosotros allí, que era el único sitio al que íbamos a volver sí o sí. En Kismet nos funcionó la identidad falsa; quizá aquí también. He cambiado el nombre de la nave a *Odiseo*. El gran viajero de la mitología. Es un nombre común para una nave, o al menos lo era hace treinta años, y eso debería ayudarnos a pasar desapercibidos.

Noemí respira hondo. En ocasiones puede ser volátil, pero al mismo tiempo es capaz de centrarse en cuestión de segundos y a un nivel increíblemente profundo. Abel se pregunta si es una técnica de meditación que le han enseñado en Génesis.

—Vale, mejor nos quedamos a cubierto —dice por fin—. Encontramos el dispositivo electromagnético y a partir de ahí ya veremos. Por un casual no habrás memorizado los planos de Cray, ¿verdad?

—Por desgracia, no.

—Busquemos un mapa.

Cerca hay un ordenador que les permite proyectar un pequeño mapa holográfico de la zona. Abel centra su atención en las áreas con mayor concentración de tecnología. Son los lugares con más posibilidades de albergar lo que tanto necesitan. Pero están muy cerca de la superficie, lejos de las zonas donde se encuentran los superordenadores…

La salida de emergencia se abre a sus espaldas. Los dos se quedan petrificados al escuchar el sonido de unos pasos.

¿Será un equipo de mantenimiento? ¿O al final resulta que alguien los ha reconocido?

No pueden esperar a descubrirlo. De pronto, echan a correr por los túneles y se adentran en la oscuridad desconocida. El eco de las paredes suena distinto, más extraño a cada segundo, de un susurro a un rugido apagado e indefinido.

—¿Nos siguen? —pregunta Noemí jadeando.

A Abel le cuesta filtrar el sonido ahora que el rugido va cada vez a más.

—No lo sé. Pero puede que sí.

Al oírlo, Noemí le coge la mano y se desvía hacia una pequeña puerta lateral. Él se deja llevar hasta una plataforma metálica bañada por una oscuridad prácticamente total. Aquí el rugido es ensordecedor.

—¿Eres resistente al agua? —grita ella por encima del estruendo.

Abel sabe que se va a arrepentir de contestar que sí.

19

Noemí lo coge de la mano, salta desde el borde de la plataforma… y los dos se sumergen en el río subterráneo que discurre bajo sus pies.

El agua está helada y no es demasiado profunda, lo justo para amortiguar la caída. Ella se impulsa hacia la superficie con los pies y descubre que el río solo le llega a los hombros. Sonríe, echa la cabeza hacia atrás para quitarse el pelo de la cara y se frota los ojos y las mejillas. Abel aparece a su lado, con el pelo rubio aplastado sobre la frente, la ropa empapada y pegada al cuerpo, y una expresión de indignación que le recuerda a la cara que pone el gato de los Gatson cada vez que se moja por culpa de la lluvia. Noemí suelta una carcajada y enseguida se tapa la boca con la mano; el sonido de la corriente debería amortiguar cualquier ruido que pudiera alertar a sus perseguidores, pero tampoco está segura. Lo que no puede contener es el movimiento de sus hombros al ritmo de las carcajadas que tanto le está costando contener. Al meca no le gusta que se rían de él, al menos no más que a un humano.

—¿Sabías que aquí abajo había agua?

—Claro, o no habría saltado. Estaba señalado en el mapa; este río desemboca en la purificadora de agua que hay en este sector.

Abel no responde y Noemí se da cuenta de que está repasando los planos en su cabeza. Con la memoria perfecta que Mansfield le ha dado, puede estudiar el diagrama con más detalle que cuando lo ha visto proyectado delante de él.

—Pues claro —dice, como si hablara consigo mismo—. Me he concentrado en zonas tácticamente importantes. Tú te has fijado en detalles en principio irrelevantes, pero que han resultado ser útiles.

Noemí no quiere restregárselo por la cara, ni siquiera a modo de venganza por haberla tratado con tanta superioridad. Pero no puede evitar enseñarle más información de esa tan «irrelevante» que les acaba de salvar el pellejo.

—También está marcado como refugio de emergencia. Por eso sabía que habría espacio para estar de pie y aire suficiente para respirar. Parece que lleva directamente al centro de operaciones, pero eso ya lo comprobaremos en otro mapa.

—¿Sugieres que avancemos siguiendo el curso del río?

—¿Por qué no? Va directamente a donde queremos ir, o al menos cerca, y es bastante improbable que alguien nos encuentre aquí abajo. —No puede evitar que se le escape una sonrisa pícara—. A menos que no quieras volver a mojarte el pelo.

—Aguantaría más tiempo que tú debajo del agua —replica Abel.

—Te hundirías, ¿verdad?

No le gusta la idea de tener que arrastrarlo hasta la superficie, pero él niega con la cabeza.

—Estoy diseñado para flotar.

—Sí, bueno, yo también. Venga, sigamos.

Empiezan a avanzar por el lecho del río, siguiendo la corriente. Es un trayecto oscuro, iluminado únicamente por las escasas luces de emergencia sobre sus cabezas. Andar por el lecho del río supone un esfuerzo considerable, pero Noemí agradece ese esfuerzo en ese momento. El agua está a la misma temperatura gélida que el aire; si no estuviera haciendo un esfuerzo físico, tendría tanto frío que no podría moverse.

El calor que siente por todo el cuerpo no es solo por el ejercicio, sino también por la rapidez con la que han tenido que pensar una solución, por la emoción de saber que han sido más listos que sus perseguidores y por el peligro que han corrido, y del que parece que de momento se han librado. Por primera vez —excepto por unas décimas de segundo cuando entraron en la Puerta de Kismet—, su periplo por los mundos del Anillo empieza a parecerse a la aventura con la que siempre ha soñado.

El dolor por la muerte de Esther sigue ahí, es como un peso que lleva muy dentro, pero por un momento siente que puede soportarlo. Sabe que será más duro cuando regrese a Génesis, si es que regresa, y vaya a los sitios a los que iban juntas, cuando vea la habitación vacía de su amiga, cuando tenga que contarles a los Gatson lo valiente que fue su hija en la hora de su muerte. Cuando le dé la noticia a Jemuel. Pero ahora sabe que puede seguir avanzando.

Esta misión es lo más importante que hará en toda su vida. También es su única oportunidad de viajar por toda la galaxia. No quiere perder de vista ninguna de las dos cosas.

—Obviamente, el río solo es una solución temporal —dice levantando la voz por encima del ruido de la corriente. Las paredes le devuelven el eco de sus palabras y del goteo continuo de agua—. Pero si hemos encontrado una plataforma es porque hay más. Podríamos refugiarnos en alguna de ellas hasta que sea de noche. Espera. Las ciudades de Cray están todas bajo tierra. ¿Hay noche?

—Una noche artificial, pero más que suficiente para nuestros planes. —Abel camina con los brazos fuera del agua, como si le repugnara la idea de mojarse más de lo que ya lo está—. Los laboratorios cerrarán. Los científicos se irán a dormir. Y eso nos permitirá buscar y robar el dispositivo termomagnético.

—¿Cuánto tiempo crees que podremos escondernos del Charlie y de la Reina?

—Seguro que han ordenado a los modelos George que informen de cualquier llegada fuera de lo normal que se haya producido en las últimas horas. La nuestra será una de ellas.

Noemí siente una presión en el estómago.

—Eso significa que encontrarán la *Dédalo*.

—Quizá no inmediatamente, pero sí —responde él, como si no tuviera importancia—. Tendremos que robar otra nave para escapar.

¿Robar una nave? Eso supondría robarle a alguien el sustento. Puede que incluso su casa. ¿Qué sería de Zayan y Harriet si alguien les robara su nave? Estarían arruinados, para siempre. Se morirían de hambre.

—Podríamos... viajar de polizones o algo así.

—Hay pocas naves lo suficientemente grandes como para que puedas esconderte durante un tiempo, y las que hay son de la flota de la Tierra y tienen una seguridad muy estricta. —Abel la mira de reojo y añade—: Los que vienen a este planeta no son vagabundos. Son científicos brillantes y gente de negocios. Oficiales del gobierno. Representantes de empresas. En otras palabras, gente que puede permitirse una nave nueva.

La ha entendido. Abel ha seguido el hilo de sus pensamientos, ha reconocido su preocupación.

Noemí se siente incómoda como aquella vez que él le dijo que había que buscar bajo la superficie. Como cuando, hace un rato, ha bromeado con su tendencia a hacer saltar las alarmas. Se le hace raro pensar que el meca pueda tener sentido del humor. El sarcasmo del principio podía ser producto de su complejo de superioridad, pero las bromas de ahora... Se supone que los mecas no tienen la capacidad de pensar así.

Y tampoco pueden entender los sentimientos humanos con tanta claridad. No como él acaba de hacerlo.

«Es una ilusión —se dice Noemí—. Una simulación de conciencia, no una de verdad.» Sabe que las inteligencias artificiales se pueden programar para que imiten el pensamiento humano con una exactitud milimétrica. Se supone que la Tierra prohibió esta práctica hace mucho tiempo, como parte de las regulaciones que debían impedir que las inteligencias artificiales evolucionaran hasta el extremo de poner en peligro a la humanidad, en lugar de protegerla. Pero es posible que alguien como Burton Mansfield se considere a sí mismo por encima de las reglas. Puede que haya utilizado el viejo truco de usar cables y electricidad para simular el funcionamiento del cerebro humano.

La idea le pone los pelos de punta. Sin embargo, la otra alternativa es mucho peor: que Abel no esté imitando la conciencia, que esté vivo...

Un ruido metálico la despierta de su ensueño. Abel para en seco.

—¿Qué ha sido eso? —pregunta ella.

Una máquina parece responder desde no muy lejos, ruge con el sonido de los engranajes y las turbinas al empezar a moverse. ¿Tanto se han adentrado en la subestructura de Cray sin que ella se haya dado cuenta? ¿Están pasando por debajo de alguna máquina de vital importancia y que quizá contenga el dispositivo termomagnético que necesita?

Pero el ruido que se oye es demasiado... primitivo.

—No puedo estar seguro sin un audio de control con el que compararlo —responde Abel—, pero parece algún tipo de mecanismo de conducción del agua. Una función automática que seguramente sigue un calendario fijado.

—¿Quieres decir que están a punto de cortar el río?

—Más bien que están a punto de liberarlo.

A sus espaldas, río arriba, un sonido parecido a un rugido va ganando potencia con cada segundo que pasa. Noemí abre los ojos como platos.

—Tenemos que salir de aquí.

«Escaleras de emergencias, balizas de emergencia, sé que hemos visto...»

Pero ya no hay tiempo. El rugido lo borra todo menos la enorme ola negra que se dirige hacia ellos. A su alrededor, el nivel del agua sube un poco y, de repente, la ola está encima de ellos, aplastándolos bajo su peso.

Es como si le hubiera caído encima una pared de hierro puro. La fuerza del agua la deja sin respiración y la hace girar de arriba abajo y la zarandea de un lado a otro. Intenta agarrarse a algo, averiguar qué es arriba y qué es abajo, pero le resulta imposible. La corriente la arrastra contra una superficie de piedra, pero no tiene forma de saber si es el lecho del río, las paredes laterales o el techo.

Es demasiado fuerte para ella. No consigue cogerse a nada, no puede ayudarse de ninguna manera. Le pertenece al río. Lleva tanto rato debajo del agua, sin poder respirar, que le duele el pecho y el mundo se vuelve borroso por momentos.

El miedo está a punto de convertirse en pánico cuando, de repente, un brazo le rodea la cintura y tira de ella hacia la superficie. Noemí por fin respira, mientras Abel la sujeta contra la pared. El río ha crecido tanto que el techo, que antes estaba unos diez metros por encima de sus cabezas, ahora está tan cerca que casi pueden tocarlo con la mano. Y la corriente es aún más violenta, se revuelve y llena de espuma el agua que tienen a su alrededor. Abel se aferra a un puntal de metal con una mano y la agarra por la cintura con la otra; no se mueven lo más mínimo, y sin embargo no parece que el esfuerzo le afecte en absoluto.

Al principio, Noemí no puede hablar. Está herida y le falta el aliento.

—Siempre he… pensado que… —consigue decir por fin— que era buena… nadadora.

—Ningún humano podría soportar una corriente tan fuerte como esta. —Lo dice sin su habitual complejo de superioridad—. Tenemos que encontrar otra plataforma como la de antes.

Si Noemí no recuerda mal, allí el techo del túnel era más alto. Algunas plataformas deberían ser más altas que el propio río en su momento de mayor caudal, no mucho más pero sí lo suficiente para poder salir del agua.

—¿Y cómo lo hacemos?

—Yo voy avanzando por la pared .Tú te sujetas a mí.

Noemí duda un instante antes de deslizar las manos alrededor del cuello de Abel como si lo abrazara. Tiene los hombros más anchos de lo que creía, tanto que puede descansar sus brazos maltrechos en ellos. Aparta la cara de la de él y apoya la cabeza en la curva de su cuello para poder buscar la plataforma o ver cualquier cosa que se les venga encima.

—Sería recomendable que usaras también las piernas —le dice Abel.

Y tiene razón. Noemí le pasa las piernas alrededor de la cintura, vientre contra vientre, avergonzada por su propia vergüenza. Qué ridículo sentirse incómoda por colgarse de él de una forma tan íntima. No es más personal que sentarse en la cabina de su caza.

O no debería serlo. Pero ahora que están tan cerca el uno del otro, recuerda hasta qué punto parece humano el cuerpo de Abel. Está caliente, a pesar del agua fría, y firme, a pesar de la corriente. Le gusta el tacto de sus manos en la espalda. Y su piel desprende un olor nada artificial y tan agradable…

«Por favor, deja de olisquear al robot», se dice Noemí, despertando repentinamente del trance.

Abel no se ha dado cuenta. Está concentrado en cargar con ella, aunque no parece que esté pasando muchas dificultades para avanzar por la pared de la cueva. Sus pálidos dedos encuentran asideros en las rendijas más diminutas y en las protuberancias de la roca. Avanzan a una velocidad exasperante, sin que él flaquee ni una sola vez.

Noemí recuerda que le ha dicho que puede sumergirse bajo el agua.

—Si yo no estuviera aquí, podrías avanzar caminando por el lecho del río, ¿verdad?

—Si tú no estuvieras aquí, es poco probable que yo estuviera aquí.

—Bien visto. —Noemí suspira—. Supongo que al final mi plan no era tan bueno.

Le acaba de servir en bandeja la oportunidad perfecta para restregárselo por la cara, pero Abel no muerde el anzuelo.

—Has demostrado poseer una ingenuidad considerable y una gran capacidad para pensar rápido. No podías saber que el sistema de circulación del agua trabajaría en nuestra contra de esta manera.

Que Abel le salve la vida es de esas cosas que un meca está programado para hacer, pero que sea simpático con ella es otra cosa totalmente distinta. Una vez más, se siente incómoda, pero está demasiado cansada para darle importancia.

Un segundo más tarde, por fin ve lo que tanto necesitan.

—¡Una plataforma! A unos veinte metros de aquí.

Abel no aparta la mirada de la piedra para asegurarse de que cada asidero es seguro.

—¿En este lado del río o en el otro?

—En el otro. ¿Podrás llegar hasta allí?

—Eso creo.

A Noemí no le gusta cómo suena eso.

—¿Estás calculando mentalmente las probabilidades de cruzar el río con éxito y no me las dices para no asustarme?

—Creo que los humanos raramente quieren escuchar resultados matemáticos exactos, al menos no durante una conversación distendida.

—¿Así es como los mecas decís que sí?

—Sí.

—Genial.

—Esto sí puedo contártelo: si las probabilidades no superaran el cincuenta por ciento, no me vería capaz.

«Tampoco estarán muy por encima o me lo diría», piensa Noemí. Pero no puede hacer nada, solo esperar.

Cuando faltan unos cinco metros para la plataforma, Abel aprovecha la pared para coger impulso, sin previo aviso. Noemí está cogida a él con tanta fuerza que apenas se da cuenta, pero no puede reprimir una exclamación de sorpresa al ver que vuelven a estar rodeados por la corriente, a su merced.

Sin embargo, esta vez el río pierde. La fuerza de Abel los ha impulsado más allá de la mitad y patea con tanta energía que se dirigen hacia la otra orilla a la misma velocidad que la corriente los arrastra. Noemí aparta una mano del hombro de él y la estira, lo cual significa que es la primera en tocar la barandilla de la plataforma.

Se encaraman a ella al mismo tiempo. Pero en cuanto salen del agua, Noemí se desploma de espaldas sobre el suelo e intenta recuperar el aliento. Ahora que ya no la alimenta el terror a morir en el río, de pronto se da cuenta de que está agotada. Le duele hasta el último músculo del cuerpo. La tensión había anestesiado los arañazos en los brazos y los moratones por todo el cuerpo; ahora los siente todos. La ropa se le pega al cuerpo; está empapada y pesa una tonelada. Una razón más para pensar que nunca más será capaz de moverse.

Abel está bien, cómo no. Se levanta, se aparta el pelo mojado de la cara y mira hacia el techo. Noemí se da cuenta entonces de que aquí el túnel es mucho más alto, unos cincuenta metros más como mínimo.

—Creo que hay una estación de observación ahí arriba —dice Abel—. Abandonada, a juzgar por la falta de iluminación. Si no encontramos otra forma de entrar, podemos colarnos por una ventana.

Noemí gira la cabeza para poder mirar a Abel desde el suelo. Es verdad, allí hay una escalera metálica. Pero niega con la cabeza.

—Abel, no puedo subir por esa escalera. Imposible, al menos ahora mismo.

Ni siquiera se siente capaz de incorporarse.

—Puedo llevarte a caballito, si eres capaz de sujetarte.

Respira hondo y considera la oferta. No se trata de lo que ella quiera, sino de la fuerza que le queda. Nada consume tanta energía como nadar para salvar la vida. Y tampoco tiene sentido intentar trepar por la escalera si sabe que cuando llegue a la mitad podría caerse y estrellarse contra la plataforma.

Se incorpora lentamente. Primero dobla los brazos, luego las piernas. Después asiente.

—Vamos allá.

Abel la ayuda a levantarse del suelo y luego se coloca en posición delante de la escalera. Noemí se cuelga de él de nuevo, esta vez por la espalda, en lugar de por el pecho. Cuando empiezan a trepar, se da cuenta de que es mucho más difícil fuera del agua; por muy fuerte que fuera la corriente, su propia flotabilidad anulaba buena parte de su peso. De esta forma, los brazos hacen todo el trabajo y no cree que aguanten mucho más.

—Abel —susurra—. ¿Puedes ir más rápido?

Él responde, pero no con palabras, sino acelerando tanto que la coge por sorpresa. Es una velocidad inhumana. El trayecto es más movido, pero no importa porque se plantan en la estación en cuestión de segundos. Es un medio hexágono de metal plateado que sobresale de la pared, con pantallas puestas de cualquier manera en las ventanas, en lugar de cristales. Justo mientras ella se pregunta cómo podrían arrancar la ventana del marco, Abel atraviesa una de las pantallas de un puñetazo, la arranca y la tira al río.

Noemí entra primero y se deja caer en una silla. Él la sigue; tiene mechones de pelo rubio pegados a la frente y la ropa empapada, pero no muestra signo alguno de agotamiento o alarma. Ella es incapaz de imaginarse todo lo que es capaz de hacer. Y todo lo último lo ha hecho por ella, sabiendo que pretende destruirlo.

—Gracias —le susurra.

Él la mira sorprendido y sonríe.

—No es necesario darle las gracias a un meca.

—No te he dado las gracias porque sea necesario. Te las doy porque te lo mereces.

El silencio que sigue a sus palabras se alarga demasiado. Noemí no quiere sentirse en deuda con él, no quiere maravillarse ante todo lo que es capaz de hacer. Está confusa, distraída. Deben concentrarse en la misión.

—Bueno —dice al fin para romper el silencio—, ¿desde aquí podemos averiguar dónde estamos? ¿Y dónde podríamos encontrar el dispositivo termomagnético?

Abel se dirige hacia la consola de la estación.

—Seguramente sí. Tenemos tiempo suficiente para averiguarlo con seguridad y para que tú descanses. —Esto último lo dice con la misma naturalidad de siempre, pero a Noemí no se le escapa la nota de preocupación que tiñe su voz—. Tu plan de huida ha tenido algunos imprevistos, pero al menos aquí no creo que nos encuentre nadie.

De pronto, se abre la puerta. Noemí se asusta; ahí hay alguien, una chica alta más o menos de su edad, quizá un par de años más joven, con la piel oscura, el pelo castaño recogido en una larga coleta con mechas rojas y una sonrisa descarada en los labios. Detrás de ella, tres personas más de su misma edad, todos riéndose a carcajadas.

Mientras los observa en estado de shock, la chica cruza los brazos con un gesto preñado de orgullo.

—¿Veis? Los Destructores siempre encontramos errores en el sistema. Y ahora os hemos encontrado a vosotros.

20

Abel permanece inmóvil y en silencio, evaluando la situación. Tiene varios protocolos que entrarían en funcionamiento si capturaran a Noemí. Pero los recién llegados —los Destructores, como ellos mismos se llaman— no saben qué hacer.

—Si entramos con estos dos, al jefe de seguridad le da un jamacuco.

—Como los de seguridad se enteren de que les llevamos la delantera, nos preguntarán qué hacíamos aquí abajo. ¿Es lo que queremos?

Abel supone que el comentario está relacionado con el olor que impregna la estación, el humo de unas hierbas que son ilegales tanto en Bastión como en Cray.

—No estáis pensando claramente —dice la chica de las mechas rojas, que parece ser la cabecilla del grupo—. Si no los entregamos, ¿qué hacemos con ellos? Aunque tampoco deberíamos entregarlos a cambio de nada. Es cuestión de tiempo que ofrezcan una recompensa.

—Y entonces qué, Virginia, ¿quién se queda el dinero? —pregunta el más alto de todos, un chico fuerte con el pelo rubio—. ¿Lo dividimos en partes iguales? Porque soy yo el que ha revisado los sensores.

—Después de que te lo dijera yo —replica Virginia—. Te recuerdo que fui yo quien dedujo que se habían escondido en los niveles inferiores.

Los Destructores empiezan a discutir otra vez. Noemí mira a Abel, más desconcertada que asustada.

Y no puede culparla. Lo cierto es que sus captores se están comportando como si estuvieran en presencia de criminales en potencia; lo que no se les ha ocurrido es la rapidez con la que podría cambiar la situación, la facilidad con la que podrían resultar heridos.

Y sería tan sencillo... Su programación le sugiere seis métodos distintos para matar o mutilar a los cuatro a la vez en menos de noventa segundos. Si ponen en peligro la vida de Noemí, es exactamente lo que hará. Pero mientras eso no ocurra, y sin una orden directa, sus directrices le impiden acabar con la vida de un humano.

Lo mejor que puede hacer es intentar entenderlos. Por suerte, le basta con lo que sabe de Cray para desarrollar una hipótesis de trabajo.

Aparte de unos cuantos funcionarios, la población de Cray está formada por las mentes científicas más brillantes del universo. Los niños de la Tierra y de las colonias pasan exámenes cuando aún son muy pequeños para saber si poseen las aptitudes necesarias; si es así, se separan de sus padres e ingresan en los exigentes internados de Cray. La mayoría no vuelve a casa. Tal y como decía el mensaje de bienvenida al planeta, las familias pueden visitar a sus hijos, pero no pueden quedarse. Los recursos de Cray, al igual que los de Kismet, están reservados para la élite. La diferencia es que en Kismet son para los ricos y en Cray para los inteligentes.

Los cuatro adolescentes que tienen delante han sido mimados desde pequeños. Creen que colarse por los pasillos de servicio y fumar sustancias controladas son formas de rebelarse. Comparados con Noemí, son ingenuos, incluso malcriados.

Sin embargo, los han descubierto. La única forma de salir de esta sería atacándolos y Abel no puede hacerlo a menos que Noemí esté en peligro. O le dé una orden directa.

Y ahora ya sabe que ella nunca haría algo así.

Virginia juguetea con su coleta de mechas rojas.

—Podríamos pedir una recompensa que no fuera dinero. ¿Procesadores extras para el proyecto de las placas tectónicas? O unas vacaciones en Kismet, ¿no?

Noemí habla por primera vez desde la llegada de los Destructores.

—Kismet está sobrevalorado.

—Eso lo dirás tú. Yo no veo el sol, del tipo que sea, desde hará unos diez años. Kismet tiene sol, ¿verdad? Pues con eso me basta —replica Virginia, sin compadecerse de sí misma. Eso sí, parece que las palabras de Noemí le han picado la curiosidad—. ¿Por qué os buscan? Que no sois criminales, venga ya. Algo habéis hecho.

—Robamos una pieza para la nave —dice Abel.

Los demás se miran entre ellos y se burlan. El más joven de todos, un chico en las primeras fases de la pubertad, se ríe de ellos.

—Nadie activa alertas planetarias por una simple pieza robada.

—Tienes razón, Kalonzo. Venga, va, soltadlo. —Virginia les dedica una sonrisa cómplice—. ¿Estuvo bien? Decidme que fue algo grandioso.

«Noemí me ha robado —piensa Abel—. O yo me he robado a mí mismo.» Las autoridades aún no saben que Noemí viene de Génesis; su única fuente de información son los miembros de la Cura que han conocido en la luna de Kismet, pero es poco probable que hayan informado a las autoridades del origen de la joven. Querrán conservar el vínculo con el que podría ser un aliado potencial. Por eso lo único que explicaría la persecución a la que están siendo sometidos es la intención de Burton Mansfield de recuperar a Abel, cueste lo que cueste.

A pesar de la ropa empapada y el pelo mojado, Noemí transmite mucha seguridad reclinada en su silla.

—¿Sabes qué? Hagamos un trato.

Los Destructores intercambian miradas antes de que Virginia intervenga.

—¿Qué clase de trato?

—Necesitamos escondernos. —Noemí suspira, como si para ella todo esto no fuera más que una gran molestia—. Salta a la vista. Vosotros no les decís a las autoridades que nos habéis encontrado y nos ayudáis a echarle el guante a un dispositivo termomagnético, sin mencionarnos ni siquiera cuando ya nos hayamos marchado del planeta. A cambio, conseguís… no sé, quince horas por ejemplo para estudiar el avance tecnológico más increíble que hayáis visto en vuestras vidas. Os lo prometo, alucinaréis.

Los ojos de los Destructores se iluminan. Noemí ha usado el cebo exacto. Virginia parece interesada, pero no muy convencida.

—La verdad, podríamos esconderos aquí durante un tiempo solo para divertirnos, pero ¿un dispositivo electromagnético? Tendrías que ofrecernos algo muy espectacular y está claro que no lo llevas encima.

—No estés tan segura —replica Noemí—. Es mejor de lo que imaginas.

—Somos todo oídos. —Virginia se cruza de brazos—. ¿Qué es?

Abel ya sabe lo que viene a continuación, pero no puede evitar sentirse halagado cuando Noemí responde:

—El meca más avanzado jamás fabricado. El proyecto personal del mismísimo Burton Mansfield.

No parecen impresionados. Otro miembro del grupo, una chica llamada Fon, que lleva el pelo recogido en un moño, se ríe.

—¿El legendario modelo A? Venga ya. ¿De dónde lo vas a sacar?

Abel da un paso al frente, extiende el brazo izquierdo y se pasa la uña del pulgar derecho por la palma de la mano, a lo largo de una pequeña hendidura demasiado pequeña para el ojo humano. Solo la gente acostumbrada a trabajar con mecas sabe que eso es una costura para reparaciones.

Bajo la atenta mirada de los Destructores, Abel tira de la piel hasta exponer el esqueleto metálico que se esconde en el interior de la mano. La extremidad no es totalmente mecánica, lo cual significa que sangra un poco y el dolor es… considerable. Pero su programación le permite ignorar los impulsos sensoriales, al menos de momento.

Esboza una sonrisa y mira a Virginia a los ojos.

—A de Abel.

La cara de ella se ilumina con una sonrisa de oreja a oreja.

—Bueno, Abel, me llamo Virginia Redbird y te aseguro que nadie se ha alegrado tanto de verte como yo.

Abel solo les pone una condición: sus estudios pueden ser tan extensos como quieran, pero no pueden hacer nada que le cause un daño permanente. Ellos lo juran, dicen que preferirían tirar un Picasso al fuego, que sería la peor metedura de pata de la historia, etcétera. Sus promesas son exageradas, pero él sabe que son sinceras. Los Destructores han aceptado el trato.

«Noemí se ha dado cuenta de que valoran el conocimiento por encima de todas las cosas», piensa Abel mientras Virginia sostiene un espectrómetro sobre sus pies descalzos. Quizá más tarde podría pedirle que le enseñara más acerca de la naturaleza humana.

Claro que tampoco tendrá mucho tiempo para usar nuevos conocimientos. Ahora que parece probable que consigan el dispositivo termomagnético, y de forma inminente, la esperanza de vida de Abel podría medirse en días.

No tiene mucho sentido aprender cosas nuevas.

Se han refugiado en el escondite de los Destructores, una cámara vacía al final de un túnel olvidado tras la cancelación de unas obras. La información que Abel maneja sobre la adolescencia indica que los lugares de encuentro en ese grupo de edad son perfectos para el visionado de audiovisuales, el consumo de intoxicantes, la actividad sexual o una combinación de los tres factores. Sin embargo, la estancia en la que se encuentran es un laboratorio informático hecho a partir de viejas máquinas improvisadas que los Destructores se han ocupado de «personalizar». A pesar de algunos detalles concretos, como la guirnalda que cuelga del techo y la hamaca en una esquina, es evidente que aquí se viene a trabajar.

—Así que después de pasaros el día haciendo experimentos, os relajáis haciendo más experimentos, ¿no? —dice Noemí.

Lleva una camiseta y unas mallas de Virginia, las dos un poco grandes para ella. Las mallas se le arrugan en las rodillas, pero a Abel le fascina la forma en que el cuello ancho de la camiseta le resbala por un hombro. No hay ninguna razón lógica que explique su fascinación, pero por mucho que se lo repita no consigue dejar de mirarla.

—Sí, pero los experimentos que hacemos durante el día son aburridos —explica Virginia sin levantar la vista de las lecturas de la pierna de Abel. Ahora mismo, es la única del grupo que está presente, lo cual supone una muestra de confianza brutal o de que son una panda de imprudentes; Abel se decanta por la segunda opción. Kalonzo ha ido a buscarles algo para comer mientras los otros dos, Ludwig y Fon, investigan sobre los posibles dispositivos termomagnéticos que pueda haber en la zona. Virginia está visiblemente encantada de poder pasar un rato a solas con el meca—. Por nuestra cuenta, hacemos cosas que molan. Como esto. Aunque analizarte es muchísimo más guay de lo que solemos hacer aquí. ¡El modelo A! ¡La leyenda!

A Abel le gusta que se refieran a él como a una leyenda.

—¿Qué habíais oído de mí?

Virginia señala la camiseta mojada y él se la quita.

—Que existía un modelo A. Que Mansfield intentó superar los límites de lo que un organismo cibernético podía hacer y ser. Circularon algunos fragmentos de sus notas y, créeme, se armó un buen revuelo en el mundillo de la robótica. Pero nunca volvió a fabricar otro modelo A. Algunos intentaron hacer algo parecido, pero sin éxito.

Aún no lo han sustituido. Para Mansfield, él es único. Abel recuerda la sonrisa de su padre y siente una presión extraña en la garganta. Hace tiempo que se pregunta si acabará desarrollando la capacidad de llorar. Por lo visto, todavía no, pero empieza a saber qué se siente.

Virginia apoya una cámara sónar sobre su pecho y se dispone a escanear su interior.

—Técnicamente, supongo que podríamos abrirte —le comenta—, pero prefiero no llenar todo esto de sangre. A menos que puedas dejar de sangrar a voluntad.

Abel responde que no con la cabeza.

—Para mí es tan automático como para ti.

Noemí frunce el ceño.

—Abel, lo que has hecho antes en la estación de observación, lo de arrancarte la piel de la mano, ¿te ha dolido?

—Claro. Mis estructuras orgánicas incluyen nervios.

Con el escáner justo encima de lo que debería ser su corazón, Virginia suelta un silbido largo y grave.

—Tienes sistemas de seguridad por si fallan los sistemas de seguridad, ¿lo sabías? Mansfield se superó contigo.

—Sí —dice Abel.

—¿Y por qué no estás con él? ¿Cómo es posible que te perdiera de vista?

—Creyó que… me habían destruido. Nuestra separación fue accidental.

Es lo más parecido a la verdad que puede contarle sin revelar demasiado.

—Pero ¿no quieres volver con él? —pregunta Virginia—. Porque puede que te esté buscando… Es eso de lo que huís, ¿verdad?

—Yo quiero volver a su lado —confiesa Abel—. Y mucho. Pero antes tengo que hacer algo.

Lo dice con mucho cuidado, sin mirar a Noemí ni una sola vez. Y no es que no sienta curiosidad por ver su reacción. Lo que teme es que ella no reaccione de ninguna manera.

Virginia acepta la explicación, a pesar de que casi es como no decir nada.

—Supongo que nadie tiene prisa por volver a la Tierra, ¿eh? En la grabación del mes pasado, mis padres decían que hay tormentas de arena en Manitoba. ¡Tormentas de arena! Mi familia lleva allí desde que el agua cubrió el estrecho de Bering y nunca habían tenido que preocuparse por algo así. Nunca. Tiene que ser horrible.

—¿Tus padres están bien? —pregunta Noemí, y se protege con los brazos, incómoda por la pregunta que acaba de hacer.

Virginia detiene el escáner un momento.

—Les mando lo que puedo. Están bien. Lo bien que se puede estar en una situación así. Normalmente, intento no pensar en ello.

La expresión de Noemí delata su confusión. O su desprecio. La chica que se negó a desprenderse del cuerpo de su mejor amiga hasta que le encontró un sitio digno en el que descansar jamás podría entender que alguien abandone a los suyos, y menos cuando están en peligro. Pero Abel entiende que a veces hay que tomar decisiones difíciles.

Ajena a sus respectivas reacciones, Virginia retoma el trabajo.

—Eh, chicos, si os aburrís, tenemos todos los vids más recientes y una colección genial de clásicos.

—¿Tenéis *Casablanca*? —pregunta Abel.

—Puede ser, tendría que mirarlo. ¿Queréis una copia física para llevárosla de viaje secreto a bordo de vuestra nave secreta y hacer lo que quiera que hagáis en secreto? —ofrece, y le guiña un ojo con un gesto exagerado.

No le gusta esa clase de humor, pero si pudiera volver a ver *Casablanca* después de tanto tiempo…

—Sí, por favor. Me encantaría.

—¿Qué es *Casablanca*? —dice Noemí.

¿Es que en Génesis han prohibido todo lo que vale la pena?

—Es una película de mediados del siglo xx. Las películas fueron un estadio primitivo de lo que ahora conocemos como vids. Constan únicamente de datos visuales y sonoros, pero pueden resultar sorprendentemente estimulantes. —Abel sonríe al recordar los personajes: Rick, Ilsa, Sam, el capitán Renault—. *Casablanca* era mi favorita.

La cara de Noemí vuelve a adoptar la misma mirada de preocupación, pero Virginia sigue de cháchara como si nada.

—Bueno, si alguien de Cray la tiene, podría arreglármelas para conseguírtela. O arreglarte a ti directamente. Veo que por aquí tienes unas lecturas bastante extrañas.

Seguramente se refiere a la sobrecarga de su sistema emocional, en concreto las zonas que controlan la devoción y la lealtad.

—Algunas de mis funciones mentales se han desviado. Sigo procesando a máxima velocidad, pero ahora los resultados son más variables que antes.

Podría decirle qué áreas son las que le dan problemas, pero siente que no le apetece contarle algo tan… personal, a falta de una palabra mejor. Virginia arquea las cejas y sigue escaneando.

—Aquí pasa algo. Sea lo que sea, es básicamente de software, no de hardware. No creo que podamos repararte sin reiniciar la memoria a cero.

Noemí niega con la cabeza.

—Borrar su memoria de esa manera… no estaría bien.

Al principio, Abel se siente halagado, pero enseguida recuerda que su actual comandante necesita sus conocimientos para poder destruir la Puerta de Génesis. Solo le sirve si está intacto.

—Estás de coña, ¿no? —Virginia se ríe de ellos—. No le borraría la memoria ni aunque me lo suplicarais. Este trabajo…, lo que Mansfield hizo aquí… Sé que aún no lo entiendo del todo, pero sé que es demasiado importante como para echarlo a perder. Lo que consiguió contigo va más allá de lo que creía que la cibernética era capaz de hacer.

—¿Qué quieres decir con eso? —pregunta Abel. Su creador nunca le explicó con detalle cuáles eran las diferencias exactas.

A él nunca le han preocupado lo que los humanos consideran crisis existenciales: sabe qué es, quién lo hizo, cuál es su deber en el mundo. Nunca ha tenido que preguntarse por el significado de las cosas como los humanos suelen hacer. Pero si es algo más que un meca, si su existencia tiene otro significado más importante...

—Eres alucinante. Estás muy por encima de cualquier otro meca que jamás haya visto. —La enorme sonrisa que ilumina el rostro de Virginia ya no es tan complaciente como antes. Abel busca la palabra adecuada para describirla y se decide por «atónita»—. Tus procesos mentales son tan complejos que podrían ser humanos.

—¿Cómo? —Noemí se acerca a ellos. Apoya una mano en una de las mesas de trabajo cubiertas de grafitis que ocupan la estancia, como si temiera desmayarse en cualquier momento—. ¿Y eso qué quiere decir?

Abel también quiere oír la respuesta. Entiende perfectamente la importancia objetiva de lo que Virginia acaba de decir, pero sabe que necesitará tiempo para digerir la información, más tarde, cuando no esté tan abrumado por el orgullo.

Cada una de las maravillas que alberga en su interior es otra prueba del amor de su padre.

—Abel, tienes un córtex operacional increíblemente complejo —dice la joven científica, y se encoge de hombros—. Sinceramente, tus capacidades están tan desarrolladas que son contraproducentes. Por ejemplo: apuesto a que puedes dudar de tus propias elecciones, ¿a que sí?

—A veces —responde él.

—¿Lo ves? —continúa Virginia, señalándolo con el dedo—. Los demás mecas no pueden. Las dudas bloquean a la gente. Los mecas están pensados para completar sus tareas, pase lo que pase. Es imposible que Mansfield te diseñara así porque sí, o para demostrar de lo que era capaz. Te diseñaron para algo muy específico. Algo extraordinario. ¿De verdad no sabes qué es?

—No, no lo sé —responde, pero intuye que la chica tiene razón.

Un gran misterio se oculta en su interior, un misterio ideado por Burton Mansfield hace mucho tiempo y que aún espera a que alguien lo resuelva.

21

Si Noemí tuviera que describir Cray con una sola palabra, sería «claustrofóbico».

El muelle y el centro comercial que lo rodea transmitían una sensación de espacio gracias a la iluminación y al diseño que ella no llegó a apreciar cuando estaba allí. Ahora, en cambio, después de haber pasado varias horas entre el río subterráneo y la guarida de los Destructores, se da cuenta de que no le gusta toda esta piedra que la rodea y amenaza con desplomarse sobre su cabeza.

Un recuerdo la golpea de repente: Esther y ella, corriendo por uno de los prados que rodeaban Goshen, la ciudad en la que viven los Gatson. La hierba alta bailando al ritmo de una fuerte brisa, susurrando y dando vueltas a su alrededor como cintas de color verde. Sobre sus cabezas, un cielo libre de nubes, una enorme cúpula azul salpicada únicamente por los pájaros blancos que vuelan hacia las frías montañas del este.

Lo que Noemí daría por poder pasar un solo día más con Esther bajo aquel cielo infinito.

Pero no todo en Cray es malo. Cuando consigue olvidar el peso de la roca que se acumula sobre su cabeza, la guarida de los Destructores se le antoja acogedora y agradable. En Génesis, cualquier decoración que no se pueda hacer a mano es considerada un derroche de recursos, así que nunca ha podido colgar una guirnalda de luces de colores en el techo, ni nunca ha coleccionado banderas de todos los colores para adornar los arcos con ellas. Los Gatson tenían una hamaca en el jardín, pero jamás se le habría ocurrido poner una en su habitación.

Echa una mirada hacia la hamaca en la que Abel yace dormido. («Debería regenerarme», ha anunciado hace un rato con una sonrisa, y se ha instalado en la hamaca sin que esta apenas se moviera. Luego ha cerrado los ojos y se ha quedado dormido al instante.) Le cuesta mirarlo durante mucho tiempo.

Se puso muy nerviosa al verle arrancarse la piel para enseñar la estructura de metal de debajo. Con todos los mecas que ha matado en combate, y ahora resulta que le molesta verlos sangrar.

Los mecas son máquinas. La carne y la sangre consiguen sobrevivir de algún modo alrededor de la estructura de metal, pero en lo más profundo no son más que cosas. O al menos es lo que deberían ser.

Pero Abel... Abel parece distinto. Noemí no se pregunta si es una máquina o un hombre; empieza a creer que es ambas cosas a la vez. Pero ¿hasta qué punto? ¿Es la parte humana solo un truco, una sombra del propio Burton Mansfield, colocada ahí como testamento de su genio y de su ego? ¿O hay más?

Sea lo que sea, Abel fue diseñado con un propósito, algo importante, grande. Algo que ni él ni ella conocen.

Respira hondo e ignora la pregunta. Ya se ocupará de ella más adelante.

En Génesis les enseñaron que Cray era un planeta de gente fría y cerebral que valoraba el análisis por encima de la emoción. Quizá antes era así, hace treinta años. Ahora es el hogar de Virginia y sus amigos, que son... muchas cosas, la mayoría peculiares, pero difícilmente puede calificarlos de fríos o distantes.

—¿Has encontrado algún artículo de Mansfield de los últimos diez años? —pregunta Virginia mientras mastica un trozo de bollo al que le acaba de dar un buen bocado. Está sentada en un cojín de colores con las piernas cruzadas y habla con sus amigos a través de varias pantallas.

Ludwig, el chico rubio que responde desde la comodidad de su cama, dice que no con la cabeza.

—Es como si hubiera desaparecido. Como si se hubiera desintegrado. No sé qué le ha pasado a Burton Mansfield, pero el especialista en cibernética más brillante de toda la galaxia ha dejado de investigar sin ningún motivo aparente.

—O quizá es que ya ha cumplido los ochenta. —La que habla es Fon, la chica atlética con cinco pendientes en cada oreja—. No es suficientemente mayor como para haber tomado ReGen de joven. Eso quiere decir que ahora mismo debe de estar bastante débil.

—¡Se lo habrían dado igualmente! —protesta Kalonzo, el más joven del grupo—. Estamos hablando de Mansfield... Seguro que, siendo quien es, quieren que viva el doble de su esperanza de vida. ¿Qué digo el doble?, ¡el triple!

—Da igual —dice Virginia—. La planta de la que lo extraían se extinguió y no consiguieron sintetizar un sustituto. ¿Cómo quieres que haya tomado ReGen cuando nació diez años después de que dejara de venderse?

Esto enciende un debate a cuatro bandas. Tres de ellos sostienen que el ReGen siguió vendiéndose años después de agotarse, aunque no por las vías legales. Todos tienen teorías esotéricas sobre cuáles eran exactamente esas vías, cuánto duraron las reservas y si todavía queda gente tomando la medicina que ralentizaba el envejecimiento de una forma tan drástica que algunos llegaron a vivir doscientos años.

Noemí estudió el ReGen en clase de historia. En la Tierra se pasaban la vida temiendo a la muerte, negando su inevitabilidad. Llegaron a descubrir la manera de alargar sus años de vida. Y, sin embargo, tuvieron tan poca vista que agotaron la planta de la que sacaban la sustancia principal. Se extinguió, y con ella también desapareció la posibilidad de disfrutar de una inmortalidad relativa.

¿Qué clase de planeta inventa las puertas, los motores de mag o un meca tan avanzado como Abel y luego es tan tonto como para cometer un error como ese?

Noemí suspira. Empieza a entender un poco las colonias, a los vagabundos, el tipo de elecciones a las que se enfrentan todos ellos, pero no se ve capaz de llegar a comprender a la gente de la Tierra.

—A ver, chicos, ya basta —dice Fon desde su pantalla—. Mañana a primera hora tengo a Hernández y ya sabéis cómo se pone si no estás a tope en su clase.

Kalonzo y Ludwig gruñen.

—No me lo recuerdes —interviene Virginia—. Bueno, chicos, yo estaré aquí en la central hasta que vengáis todos mañana, ¿vale?

—Yo, si puedo, haré alguna ronda a medianoche —comenta Ludwig. Noemí no sabe qué significa eso, aún se está acostumbrando a su jerga—. Si eso, os aviso.

—Si lo consigues, ¡te hago capitán para siempre! —exclama Kalonzo, y todos se ríen.

¿Más jerga? Cuando cortan la comunicación, Noemí le echa otra mirada a Abel.

Sigue tumbado en la hamaca, las manos dobladas sobre el pecho. Los humanos raramente parecen tan pulcros mientras duermen; está aún más tieso que en la cápsula de la Estación Wayland, pero no lo suficiente como para delatar su verdadera naturaleza. Seguro que Mansfield lo ha equipado con programas que lo protegen mientras duerme.

«Pero no está durmiendo —se recuerda Noemí—. Aunque él lo llame así. Está en modo regenerativo. Aunque tuviera las reservas de energía por los suelos, no podría sentirse cansado. ¿Verdad?»

Virginia corta la comunicación con los otros, se lame los restos del bollo de los dedos y se reclina en la silla. Con los pantalones informales y la camiseta amarilla que lleva, parece una niña grande. O una artista. No uno de los supuestos genios de Cray.

De pronto, se da cuenta de que la está observando y sonríe.

—¿Qué, no puedes dormir? Creía que caerías rendida después del revolcón en el río.

—Y yo —admite Noemí—. Pero supongo que necesito más tiempo para… relajarme o algo.

—Vaya, pues ven aquí. Encontraremos algo divertido que escuchar o que ver. Es una lástima que te estén buscando; podríamos hacer unas piruetas orbitales con mi nuevo trasto. —Le hace una señal para que se acerque—. No despertaremos a Abel, ¿verdad?

—Creo que puede elegir el tiempo que quiere dormir.

Al menos esa es su teoría. A ver si se acuerda de preguntárselo cuando se despierte. De momento, le apetece hablar con Virginia, conocerla más. Las conversaciones que mantuvo con Harriet y Zayan no duraron lo suficiente como para satisfacer la curiosidad que siente por los habitantes de otros planetas.

Se sientan frente al ordenador que está más lejos de Abel, por si acaso. Virginia lo activa y Noemí cree entrever la imagen que hace las veces de fondo de pantalla.

—Eh, espera. Ese era…

—Han Zhi. El tío más macizo de la galaxia. —Virginia le dedica una sonrisa picarona—. En general, me van más las chicas, pero tengo que admitir que algunos tíos pueden conmigo. Y Han Zhi podría hacer conmigo lo que le diera la real gana.

—Es bastante impresionante —admite Noemí. En Génesis siempre intentan no juzgar a la gente por su apariencia física, pero nadie es inmune a una cara como esa. Es imposible que toda la galaxia lo considere el hombre más guapo, pero al menos Virginia sí está de acuerdo—. ¿Está bien después de lo que pasó en el Festival de la Orquídea?

—¿No te has enterado? Está genial. Su próximo holo saldrá en la fecha prevista.

—Pero con las bombas… ¿Murió alguien?

—Unos diez o doce. Trabajadores casi todos.

Lo dice de una forma tan… superficial, como si los trabajadores no fueran personas.

«¿Es esto lo que pasa cuando tienes mecas que te lo hacen todo? —se pregunta—. ¿Empiezas a pensar que el trabajo te hace menos humano?»

Le debe de haber cambiado la expresión de la cara porque Virginia se yergue en su silla, sorprendida.

—Espera —dice, y Noemí cree percibir una nota nueva en su voz. Suena más seria que hasta ahora. Más dura—. No habréis tenido nada que ver con el atentado, ¿verdad? ¿Estáis huyendo por eso?

—¡No! Jamás se nos ocurriría hacer algo así. Nunca.

Virginia levanta las manos en alto, como si se rindiera.

—Vale, vale. Puede que me haya embalado tipo nivel final de los cien metros de los Juegos Galactolímpicos. Aquí solo os buscan como «personas de interés». Si estuvierais involucrados en lo de Kismet, estaríamos hablando de alerta roja y hasta el último meca del planeta estaría pisándoos los talones. Además, Abel es un meca; ni siquiera creo que sea capaz de poner una bomba…

Seguramente tiene razón. Es raro pensar que Abel no puede ser tan cruel como algunos humanos. Literalmente.

—¿Y tú tienes…, cuántos?, ¿dieciséis años? ¿Diecisiete? No has tenido tiempo de mezclarte con los de la Cura.

—La Cura. Oí hablar de ellos en la luna de Kismet. —Noemí se acerca a Virginia; está pensando en Riko Watanabe y en el resto de los compañeros que conoció en sus últimos minutos en la Estación Wayland—. ¿Quiénes son?

—Una pandilla de chalados anti-Tierra —se burla Virginia—. No todos son terroristas, lo cual es parte del problema. La Cura no tiene un único líder, así que algunas células no son más que grupos de protesta. Ilegales, sí, pero tampoco creo que haya para tanto. De ahí es donde vienen buena parte de los médicos…

—¿Los médicos?

Noemí piensa en el personal que se ocupaba de las revisiones en busca de telarañas. Estaba convencida de que habían fingido ser médicos para poder entrar en la Estación Wayland, pero parece que no fue así.

—No sé exactamente por qué —continúa Virginia, encogiéndose de hombros—, pero la Cura fue fundada por un grupo de médicos. Los primeros mensajes eran bastante razonables. Tipo teoría de la conspiración, «hay que desenmascarar la verdad» y todas esas patrañas, pero no eran violentos. Pero en cuanto la organización se extendió más allá del primer grupo y empezó a incorporarse otro tipo de gente, se desató la violencia. —Mira de nuevo a Noemí y se ríe—. Y si ni siquiera sabes de dónde ha salido esa gentuza, está claro que no eres una de ellos.

—Está claro —repite Noemí.

«Gentuza.» La palabra le pesa en la cabeza como un cúmulo de nubes que se niega a dispersarse. El atentado le pareció algo horroroso y, aun así, no ha olvidado el escalofrío involuntario que le recorrió el cuerpo cuando vio aquellas palabras desafiantes brillando sobre Kismet: NUESTROS MUNDOS NOS PERTENECEN. No entiende la acción en sí, pero estaría dispuesta a dar la vida por la emoción que se esconde tras las bombas.

¿Y Riko Watanabe? Noemí es incapaz de olvidar las últimas palabras que cruzaron, ella con la cara manchada de hollín y un bláster en la mano. Tenía delante a una fanática homicida y a una aliada potencial. ¿Acaso pueden estar ambas cosas separadas? ¿Deberían?

—Bueno —dice Virginia—, ya que las dos somos fans de Han Zhi, deberíamos ver unos vids suyos, ¿no? Tengo mi favorito en la cola de reproducción.

Es entonces cuando Noemí se da cuenta de que Virginia no es tan frívola como aparenta. Se limita a hablar de lo fácil, de lo evidente, porque necesita un tema del que hablar. Sin duda se siente unida a los Destructores, pero no le basta con ellos. Necesita más.

Una vez, Esther le dijo algo, hace muchos años, al verla enfadada con una vecina que no paraba de hablar de su jardín, escupiendo las palabras sin cesar, cada frase sin apenas conexión con la anterior. «¿No lo entiendes? —le comentó Esther más tarde, con tanta dulzura que Noemí se avergonzó de sí misma—. La gente solo habla así cuando se siente sola.»

Virginia puede fingir que no piensa en la familia que ha dejado atrás, pero tiene un agujero enorme en el centro de su ser, un espacio vacío donde debería estar su familia.

—Claro —asiente, y le sonríe con la esperanza de inspirarle la mitad de la dulzura que Esther le transmitió a ella aquel día—. Veamos su último vid.

La primera imagen tridimensional está empezando a tomar forma a su alrededor cuando, de repente, los colores se detienen y un pequeño texto de letras doradas flota al nivel de sus ojos: ¡RONDA DE MEDIANOCHE FINALIZADA!

—Ludwig —susurra Virginia genuinamente sorprendida—. Eres un hacha.

—¿Qué ha pasado? —pregunta Noemí—. ¿Qué ha hecho?

—Algo increíble.

Virginia la mira, sonríe, para el holograma y corre hacia la puerta de puntillas para no despertar a Abel, pero Noemí lo ve abrir un poco los ojos. No está despierto, pero sí alerta. Preparado para responder a cualquier cambio en su situación.

Eso debería ponerla nerviosa. Y en cierto modo así es. Pero no puede negar que también se siente reconfortada.

La puerta se abre y aparece Ludwig, vestido con la misma ropa extraña y anticuada que llevaba hace unas horas. Sonríe mientras le da algo a Virginia, una mochila naranja con las correas al límite del peso que puede soportar...

«El dispositivo termomagnético. —La certeza de que eso es lo que hay dentro de la mochila arrolla a Noemí con la fuerza de una avalancha—. Lo tenemos. ¡Lo tenemos!»

Sale disparada hacia la puerta, decidida a abrazarlos a los dos, pero Ludwig se lleva un dedo a los labios.

—Guardias —susurra—. No pueden verte. Bueno, mañana a primera hora pasaremos al siguiente nivel de experimentos cibernéticos, ¿vale?

—Y que lo digas. —Virginia le sonríe—. Y tú serás el capitán para los restos.

—El mismo.

Ludwig se despide de Noemí con la mano y un gesto extrañamente tímido. La puerta se cierra a sus espaldas.

—Déjame verlo.

Noemí abre la cremallera de la mochila y revisa el interior. El dispositivo tiene forma cilíndrica y se parece en tamaño y grosor a su antebrazo, desde el codo hasta la muñeca. La guirnalda que cuelga del techo se refleja sobre la superficie de cobre batido. Su apariencia no da pistas de su poder, pero su peso sí. Sabía que sería pesado, pero le sorprende hasta qué punto. Cuando lo coge, tiene que dar un paso atrás para recuperar el equilibrio.

—Este sirve para canalizar la energía desde el procesador del núcleo… Núcleo de núcleo del planeta, ya sabes. —Virginia observa el dispositivo termomagnético y sonríe como si lo que tuviera delante fuera un cachorro—. Pero es un sistema de seguridad de otro sistema de seguridad que ni siquiera está conectado en esta época del año. Nadie lo va a echar de menos.

—Gracias —susurra Noemí—. No te imaginas cuánto significa esto para mí.

La chica se inclina hacia delante y la coleta con mechas rojas le cae por encima del hombro.

—¿Existe la posibilidad de que me digas para qué lo quieres?

Noemí cierra la mochila. Siente que debe esconderlo, incluso aquí, donde nadie más puede verlo.

—Nada que vaya a hacer daño a nadie.

Mientras habla, mira a Abel, que sigue dormido en la hamaca, y se pregunta si lo que acaba de decir es verdad.

El tiempo y el espacio son relativos; es lo que la humanidad aprendió de Einstein. No puedes estar seguro de que el tiempo que pasas en un planeta equivaldrá al que pases en otro. Por suerte, gracias a las puertas y su capacidad para doblar el espacio-tiempo, los lapsos de tiempo no acaban siendo tan exagerados —la gente puede viajar de un mundo a otro y seguir más o menos sincronizados—, pero esas pequeñas variaciones siguen sumando.

Ahora que la Ofensiva Masada se acerca, equivocarse de un solo día podría resultar fatídico.

«Veinte días —piensa Noemí—. Cuando la Damocles atacó, faltaban veinte días para la Ofensiva Masada. Un día para encontrar la *Dédalo*, otro para atravesar la Puerta de Kismet, uno aquí... ¿Me estaré equivocando? El tiempo no pasa igual en Génesis que aquí. El día y la noche apenas tienen sentido.»

Se frota los ojos, se tapa la cara con las manos e intenta relajarse. Virginia le ha hecho una cama con mantas y cojines en el suelo antes de irse a dormir; la oye roncar desde su propia cama improvisada al otro lado de la habitación. Este sitio es cómodo, se siente bastante segura, tiene el dispositivo termomagnético en su poder y ha forzado la máquina como nunca. A estas alturas, ya debería haberse dormido, aunque intentara resistirse con todas sus fuerzas.

Y, sin embargo, aquí está, tumbada en la penumbra, con una manta enroscada alrededor de su cuerpo, intentando contar los días que les quedan a sus amigos, los días que le quedan a ella para salvar su planeta.

Con el rabillo del ojo, ve que algo se mueve. Gira la cabeza y ve que Abel se incorpora y luego se pone pie. Su increíble sentido del equilibrio se traduce en que la hamaca apenas se mueve.

Se agacha a su lado, extrañamente informal con la camiseta y los pantalones que Ludwig le ha prestado y con el pelo rubio cayéndole sobre los ojos. Noemí no se incorpora. Señala la mochila naranja que descansa junto a su cama.

—Tenemos el dispositivo termomagnético.

—Eso dice mi registro auditivo.

—¿Escuchas todo lo que decimos mientras duermes?

—No conscientemente, pero puedo revisarlo al despertar. —Ladea la cabeza, como si la estudiara—. Si lo prefieres, puedo desconectar esa funcionalidad.

Noemí se encoge de hombros. Le tranquiliza pensar que no es algo que Abel haya escogido conscientemente. No puede evitar oírlo, eso es todo.

—Llevas despierta más tiempo del médicamente recomendable. ¿Hay algo que pueda hacer para ayudarte? ¿Quieres calmantes o…?

—No es eso. No puedo dejar de darle vueltas a todo. ¿Cuántos días han pasado desde que salí de Génesis? Me refiero a días de Génesis.

—Aproximadamente seis.

Noemí asiente. Aún le quedan catorce días por delante. Tienen tiempo de devolver el favor y volver atravesando el sistema de Kismet. Todo el mundo estará en guardia después de los atentados en el Festival de la Orquídea, pero ellos solo necesitan llegar a la otra puerta. Únicamente Abel es capaz de atravesar el campo de minas, así que nadie podrá seguirlos. Volverán a su sistema, a la Puerta de Génesis, y luego…

Levanta la cabeza y lo mira. Los ojos azules de Abel la miran fijamente, sin el menor rastro de duda o de dolor. Donde ella vaya irá él.

No tiene otra elección.

¿Es la prueba definitiva de que en realidad no está vivo? Si tuviera el mismo nivel de conciencia que una persona, si tuviera alma, no renunciaría a su propia vida tan fácilmente.

Todas sus plegarias en busca de consejo sobre el tema no han tenido éxito, como tantas otras veces.

—Me preguntaba —dice Abel— si te ha molestado lo que Virginia ha dicho antes.

—¿A qué te refieres?

—Cuando ha llamado a los responsables de las bombas «terroristas». Sé que no estás de acuerdo con sus métodos, pero sí con su causa. —Parece que no se le escapa la expresión de preocupación de su cara mientras mira hacia la esquina opuesta de la habitación, porque añade—: Virginia se ha quedado dormida con unos aparatos en las orejas que reproducen música. Es poco probable que la despertemos.

—Está bien. —Noemí se esfuerza en encontrar las palabras—. Lo que he visto desde que salí de Génesis…, los cambios de los últimos treinta años… Ya no sé ni qué pensar. Es decir, que aún creo en la Guerra de la Libertad. Nuestros líderes hicieron lo correcto. No podíamos confiar en que la Tierra no tratara a nuestro planeta como al resto de las colonias.

—Es una suposición razonable, teniendo en cuenta los datos históricos —admite Abel.

Noemí se incorpora sobre los codos.

—Pero la gente está sufriendo. Se mueren de hambre. Deambulan por el universo sin un lugar al que llamar hogar. Y en Génesis tenemos tanto… Vale, no podemos entregar el planeta al gobierno para que lo destroce, pero seguro que algo podemos hacer para ayudar a toda esa gente.

Abel piensa en lo que acaba de escuchar. Noemí se pregunta qué estará pasando por su mente cibernética, la misma que fue diseñada con un objetivo que ninguno de los dos conoce.

—¿Qué te dice tu Iglesia que hagas? —pregunta finalmente.

Ella suspira, tan agotada que le pesan los huesos bajo la piel.

—Como todas las confesiones de Génesis, me dice que busque la respuesta dentro de mí. —¿Cómo expresarlo? El momento es tan extrañamente íntimo, los dos con ropa que no les pertenece, hablando entre susurros, escondidos en una cueva, juntos. Puede que el entorno esté obrando su magia en ella, que le esté haciendo creer que Abel realmente puede entenderla—. Se supone que tenemos que buscar una luz en nuestro interior. Llevo toda la vida esperando a experimentar la gracia divina.

—¿La gracia divina?

—El momento en el que la fe se transforma en algo más que una serie de normas que te han enseñado a seguir —responde Noemí—. Cuando se convierte en una fuerza viva en tu interior que te guía. Cuando estás abierto al amor de Dios y por fin eres capaz de compartir ese mismo amor con los demás. Yo voy a la iglesia como todo el mundo, rezo, tengo esperanza…, pero nunca he sentido la gracia divina. Y a veces creo que nunca la sentiré. —Pero no puede mortificarse con eso. Mira a Abel y le sonríe de medio lado—. Tú no crees en Dios, claro.

—Tengo un creador —replica él—. Pero el mío es de carne y hueso.

—Supongo que eso lo cambia todo.

Noemí piensa que la parte teológica de la conversación ha terminado, pero él la sorprende.

—No creo como tú. No puedo; no está en mi naturaleza. Pero sé que la religión cumple un propósito más allá de la mera mitología. Te ha enseñado a mirar hacia tu interior, a cuestionarte profundamente. Si buscas conocimiento interior, al final lo encontrarás.

Ella se incorpora para mirarlo mejor a los ojos.

—¿Me estás diciendo que no crees en Dios, pero que sí crees que Dios me hablará al corazón?

Él se encoge de hombros, un gesto más natural, más humano, que cualquiera de los que le ha visto hacer.

—Probablemente, no estaríamos de acuerdo en la fuente de esa sabiduría. Pero tú nunca huyes de un reto. Sigues adelante, pase lo que pase, hasta que consigues una respuesta. Eso te convierte en alguien capaz de trascender tus limitaciones.

Durante toda su vida Noemí ha creído que la única que podía entenderla de verdad era Esther. Que siempre estaba demasiado enfadada, demasiado arisca para que alguien pudiera ver en su interior. Quizá una parte de todo eso la sacó de los Gatson, aunque creer algo no lo convierte en realidad. Y, aun así, parece que Abel sí ve en su interior y que lo que ve es precisamente lo que tanto ha temido que nadie encontrara, ni los demás ni ella misma.

—¿De verdad lo crees?

Abel lo piensa.

—Generalmente, no creo las cosas. Conozco los datos o no los conozco. —Le sonríe—. Pero sí. Creo en ti.

«Es un meca. Es solo un meca. Pero si él puede creer…»

De repente, la puerta explota. Noemí grita, aunque el sonido de su voz se pierde entre el rugido ensordecedor de la explosión y los cascotes rebotando contra las paredes y el suelo. Abel se levanta de un salto y Virginia hace lo mismo, confundida y desorientada. Noemí se coge a su manta y dirige la mirada hacia la puerta.

Y la Reina se abre paso entre el humo, bláster en ristre.

22

Es la última vez que Abel permite que los humanos se ocupen de los planes.

Sabe que debería haber comprobado las medidas de seguridad de los Destructores. Le juraron una y mil veces que habían bloqueado los datos de todos los sensores de seguridad del camino que lleva hasta su «guarida», que nadie más sabía de la existencia de este lugar. Y, sin embargo, ahí está la Reina, empuñando su bláster y con una sonrisa en los labios.

—¿Qué estás haciendo? —protesta Virginia. Abel se da cuenta de que seguramente es la primera vez que ve a una Reina en persona. De lo contrario, no se mostraría tan beligerante ni tan impertérrita. La joven genio gesticula hacia el montón de escombros que es ahora la guarida de su grupo—. No tienes autorización para estar aquí. No puedes, es propiedad privada y…

Con una sola mano, la Reina la aparta dándole un empujón tan fuerte en el pecho que sale disparada hasta el centro de la estancia, choca contra una de las mesas y arrasa con todo el material de trabajo. Un cubo negro y pesado aterriza sobre su brazo y le arranca un grito de dolor. Noemí corre a su lado para ayudarla.

No puede prestarles más atención. Abel tiene que defender a los demás de la Reina, pero no sabe exactamente de qué.

Porque esta Reina no actúa como lo haría un meca normal.

Es la misma de la luna de Kismet (enseguida reconoce una pequeña muesca en la oreja, los restos de unos daños recientes que no han sido reparados), pero no se comporta como lo hizo allí. A los mecas de combate también se les programan ciertas limitaciones. Los humanos no quieren que sean demasiado listos, demasiado mortíferos, demasiado independientes. Un Charlie o una Reina no deberían poder causar daños a una persona que no suponga un obstáculo real para el cumplimiento de su cometido. En cambio, esta Reina ha empujado a Virginia con tanta fuerza que podría haberla matado.

Y ningún meca que Abel haya observado hasta ahora podría observar la escena que tiene delante como lo está haciendo la Reina: con un destello de satisfacción en unos ojos que parecen demasiado alerta, demasiado reales.

Tiene que valorar a su contrincante cuanto antes. Empieza preguntándole.

—¿Cómo nos has encontrado?

—Empecé por tu última localización y a partir de ahí tuve en cuenta todas las escapatorias posibles. —La Reina camina alrededor de Abel, con la cabeza ladeada, estudiándolo. ¿Cómo es posible que sienta la misma curiosidad por él que él siente por ella?—. Solo una te permitía viajar sin ser detectado por las cámaras de seguridad: el río subterráneo.

Imposible. El río subterráneo no es una ruta normal. Fue una elección tan intuitiva que a él ni siquiera se le había ocurrido. ¿Cómo puede ser que a la Reina sí?

Solo hay una respuesta posible.

—Una actualización —murmura. La sorpresa que lo invade debe de parecerse mucho a la sensación humana fruto del asombro—. Te han actualizado. Tu inteligencia… Ahora te pareces más a mí.

—No soy como tú —le espeta la Reina—. Solo tengo la inteligencia necesaria para atraparte.

—Pero ¿cómo…?

—Mansfield ha enviado todas las subrutinas necesarias.

La Reina levanta una mano y se toca con los dedos detrás de la oreja, justo donde se encuentra uno de los procesadores más sofisticados que llevan todos los mecas.

Mansfield no solo está vivo, sino que sabe que Abel está libre, y no le importa saltarse las leyes de la cibernética con tal de recuperarlo. Experimenta una sensación de vindicación tan dulce como la que sintió cuando supo que por fin iba a escapar del compartimento de carga.

Y, sin embargo, ahora mismo la posibilidad de regresar al lado de su creador no está en lo alto de su lista de prioridades. Le fascina la idea de que en el mundo haya otro meca como él... o al menos bastante parecido.

Hasta ahora no se había dado cuenta de que la sensación que lo invade cada vez que piensa en sí mismo como en un ente singular, el único de su clase, es soledad.

La Reina se acerca unos pasos más, orgullosa de sí misma por su habilidad para localizar al único meca de la galaxia más sofisticado que ella.

—Te voy a liberar —le dice—. Para que puedas volver a casa.

Y sin más, apunta el bláster hacia Noemí.

Abel coge a la Reina por el antebrazo y se lo retuerce detrás de la espalda con tanta fuerza que si fuera un humano se lo habría arrancado. La mano de la meca se contrae y el arma cae al suelo con un ruido metálico.

Pero las Reinas están diseñadas para soportar el castigo físico. Le propina una patada en el vientre, que Abel nota, pero que no hace más que demostrar las limitaciones de la actualización. Un golpe así sería efectivo contra un humano, pero a él apenas le hace daño.

No como lo que está a punto de hacerle a ella.

Sin previo aviso, le propina un golpe seco debajo de la barbilla con la base de la mano que hace que la cabeza de la Reina salga disparada hacia atrás. Eso debería hacerla entrar en modo crisis, del que los circuitos solo salen si se disminuye la actividad.

Ella retrocede, pero no se detiene. El pelo, abundante y de color castaño, le enmarca la cara como la melena de un león.

—Mansfield nos dio un mensaje para ti —dice.

Su boca se vuelve a mover, pero esta vez la que suena no es su voz. Es la de Mansfield.

—Abel. Mi querido muchacho. —Su voz ha cambiado con la edad, se ha vuelto áspera y frágil, pero el temblor es por la emoción—. Instalé los protocolos para encontrarte hace décadas y ya había perdido la esperanza, pero tú siempre fuiste la respuesta a todas mis plegarias. Lo sabes, ¿verdad?

Es evidente que ningún padre humano podría expresar más afecto hacia su hijo. Abel vuelve a sentir esa especie de tensión en la garganta, indicio de que algún día podría llegar a verter lágrimas. Mansfield continúa.

—He oído que un error en la programación te mantiene atado a la persona que te encontró. Culpa mía, por supuesto. Así que a partir de este momento, Abel, te eximo de la obligación de obedecer a tu comandante. Eres libre. —La voz del anciano se rompe por la emoción—. Y ahora una orden directa: vuelve a casa.

Una sensación cálida cubre a Abel por completo, la evidencia física de su liberación.

—Ya está. —La Reina sonríe—. Eres libre de cualquier autoridad que no sea la de Burton Mansfield. Puedes venir conmigo, volver a la Tierra.

No tiene que seguir con la misión. No tiene que permitir su propia destrucción. Puede volver con su padre y cumplir el sueño al que se aferró todos los días durante los treinta años que ha pasado solo en el gélido espacio.

Debería estar pletórico. Esto lo cambia todo.

Pero no se mueve ni un milímetro.

No sabe cómo resistirse a las órdenes de Mansfield. De lo único que está seguro es de que aún siente la necesidad de proteger a Noemí Vidal.

Sin delatar el movimiento demasiado pronto, junta las manos y golpea a la Reina en el costado con tanta fuerza que ella gira sobre sí misma. Cuando recupera el equilibrio, se sujeta a la pared y lo mira.

—¿Qué estás haciendo?

—Lo mismo que antes.

—El mensaje debería haberte liberado. —La Reina aprieta los puños en un gesto de frustración muy humano, otra señal de la actualización a la que ha sido sometida—. Debes de estar estropeado.

—Sin duda.

—En ese caso, la única forma de liberarte sigue siendo matar a la chica.

Abel no se molesta en contestar. La ataca.

Forcejean el uno con el otro sin sutileza, sin un orden definido. Comparten las mismas técnicas de lucha, lo que significa que ambos son capaces de predecir los movimientos del otro y bloquearlos. Si luchan según las normas, la pelea podría durar eternamente sin que ninguno tuviera ventaja sobre el otro. Por eso Abel intenta jugar sucio, usar lo que tenga en su interior que pueda calificarse de instinto.

—Te repararemos —le promete la Reina un segundo antes de que el puño de Abel impacte contra su cara. Recupera la posición inicial de la cabeza y continúa como si no hubiera pasado nada—. Volverás a ser el de antes. Estarás con Mansfield.

Abel daría cualquier cosa por volver a ver a su creador. ¡Lo desea tanto! Mansfield debe creer que su existencia corre un peligro inminente o no habría dado órdenes que podrían provocar la muerte de un humano. Ha roto todas las normas para llevarlo de vuelta a casa, y con ello ha confirmado lo que durante tantos años el meca A se repitió a sí mismo: que Mansfield volvería a buscarlo en cuanto pudiera.

Y, sin embargo, sigue luchando. Quiere volver con su padre, pero hay algo que quiere aún más.

La Reina lo ataca; Abel bloquea el golpe. Le da un puñetazo y ella aprovecha para cogerle el brazo y empujarlo contra la pared. Forcejea, incapaz de librarse de ella, mientras se pregunta si alguno de los dos será capaz de superar al otro…

Justo en ese momento, un objeto negro y pesado impacta contra la cabeza de la Reina.

Se le entornan los ojos hasta que, por fin, entra en modo de regeneración y se desploma en el suelo, inconsciente. Noemí está junto a ella con una manta entre las manos, la misma que ha usado para envolver el cubo negro que Abel había visto encima de una de las mesas.

Dicho de otra manera, se ha inventado una especie de tirachinas con el que ha conseguido tumbar a la Reina antes que él.

Se la queda mirando. Ella se encoge de hombros y suelta el cubo, que cae al suelo con un sonido seco.

—Estabais tan impresionados el uno con el otro que os habíais olvidado de mí.

—De nada —replica Abel. ¿Acaba de ser sarcástico? Ya pensará en ello más adelante—. El daño que le has hecho es temporal, se regenerará como mucho en media hora, y el Charlie seguramente está en camino.

—Pues vamos.

Noemí corre a recoger la mochila, que Abel le quita de las manos para a continuación colgársela de los hombros. Los dos miran a Virginia, que se ha incorporado y se tapa una herida en la sien con un trapo lleno de sangre. Parece que su mente no estaba preparada para enfrentarse al peligro real.

—Habla con las autoridades y cuéntales todo lo que sabes —le advierte Abel—. Pero que eso sea lo único que hagas que nos afecte negativamente. No intentes impedir nuestra marcha.

Ella mira a su alrededor y señala los restos humeantes que hace apenas diez minutos eran su escondite.

—¿Me tomas el pelo? ¿Y cómo quieres que lo haga?

Abel la mira y asiente.

—Tienes razón.

Noemí se detiene junto a Virginia el tiempo suficiente para apoyar una mano en su hombro.

—Gracias por todo. Siento haberte causado tantos problemas.

Durante un instante, la chica esboza una sonrisa y vuelve a ser la de antes.

—Eh, al menos no ha sido aburrido.

Abel extiende un brazo hacia Noemí.

—Tenemos que irnos.

Ella responde cogiéndose a su mano.

Volver por el mismo camino por el que han venido no solo sería complicado —esta vez avanzarían contracorriente—, sino también absurdo, teniendo en cuenta que la Reina los ha descubierto y seguramente le ha enviado la información al Charlie. Por suerte, durante las pruebas a las que Virginia lo ha sometido, Abel ha podido descargar un esquema detallado de todo el sector. Por eso ahora es capaz de seguir el camino más directo que atraviesa este laberinto de piedra y corre a toda prisa sin dejar a Noemí atrás.

De vez en cuando, al girar la esquina se encuentran con algún habitante, aún despierto, a pesar de la noche artificial de Cray; los apartan a un lado o los obligan a retroceder contra las paredes para no llevárselos por delante. Ya no importa que los vean el resto de los habitantes, las cámaras de seguridad, los modelos George. Han sido descubiertos. Los persiguen. Llegados a este punto, lo único importante es salir del planeta lo antes posible.

Después… Abel ya tiene otro plan.

—La nave —dice Noemí entre jadeos—. Seguro que el Charlie ya la ha encontrado.

—Sin duda.

Ya se ocuparán de eso cuando lleguen a la nave…, si es que llegan.

Por fin entran corriendo en el puerto, donde reina una luz engañosa, a pesar de que está desierto. Su nave sigue allí, plateada y silenciosa, y es imposible saber si está anclada o no. Peor aún: oyen pasos detrás de ellos de alguien que corre y, cuando Abel vuelve la vista hacia atrás, ve que el Charlie se les echa encima. Una de sus manos es solo la estructura metálica, asomando extrañamente de la manga gris de su camisa.

La puerta se abre y Noemí es la primera en entrar. Se da la vuelta y pulsa el cierre de emergencia tan rápido que Abel por poco se queda fuera. En apenas un segundo ven la cara del Charlie, muy cerca, antes de que se cierre la puerta.

Noemí ya no está, ha desaparecido pasillo arriba. Abel la sigue a la carrera y esta vez se emplea a fondo.

Llegan al puente de mando al mismo tiempo. Él se quita la mochila y ocupa el puesto del piloto, mientras que ella corre a una de los paneles auxiliares.

—Balizas de emergencia —exclama—. Tiene que haberlas, ¿verdad? ¿Puedo activarlas desde aquí?

—Sí —contesta él mientras prepara la nave para el despegue.

Pero ¿quién se supone que va a responder a la señal de emergencia? ¿De qué van a servir si resulta que la nave está anclada? De nada.

Los humanos actúan de forma irracional en situaciones de estrés máximo. El trabajo de Abel es permanecer tranquilo para que Noemí y él puedan salir de esta.

Todos los sistemas están listos. Abel prepara los motores para despegar, la nave se eleva de la plataforma... unos veinte metros, no más. Al final resulta que sí estaban anclados.

Mira a Noemí y se pregunta si tendrá que explicarle que están atrapados o ella se dará cuenta por sí misma. Está trabajando a toda prisa en su consola, lo cual sugiere la segunda opción. Pero cuando Abel abre la boca y se dispone a hablar, ella aprieta un botón y dice:

—Lanzando baliza de emergencia.

A su señal, la *Dédalo* escupe una baliza de un metro de ancho y unos cuarenta kilos de peso justo debajo de ellos. La baliza explota, al igual que la plataforma de la que acaban de despegar y el ancla magnética que se oculta en su interior. Los restos de la deflagración se extienden por todo el hangar y ellos salen disparados hacia arriba, libres de nuevo.

«La ingenuidad humana», piensa Abel mientras comanda la nave hacia el cielo rojo de Cray, y se da cuenta de que está sonriendo. Noemí se dirige a toda prisa hacia la consola de operaciones.

—¿Y ahora qué hacemos? Nos estarán buscando en Kismet, puede que también en Bastión…

—Ninguna de las dos opciones son óptimas —informa él mientras abandonan la atmósfera de Cray y las nubes rojas dan paso a la bóveda celeste. Los motores de mag funcionan a toda potencia y la nave deja tras de sí una cola de fuego—. Por eso debemos optar por la tercera.

—¿Y cuál es la tercera?

—¿Tus profesores de Génesis te hablaron alguna vez de la Puerta Ciega?

Noemí frunce el ceño.

—Espera, espera. ¿La que no lleva a ninguna parte?

—La misma. —Los científicos de la Tierra creyeron haber encontrado otro planeta habitable y construyeron otro portal a un precio desorbitado, pero resultó que ese planeta no era válido para la vida humana—. Si no me equivoco, aún existe.

—Pero ¡no hay puerta al otro lado! Por eso, el final del agujero de gusano no es estable.

—Estable, en esos términos, significa que es «improbable que cambie de posición en el próximo milenio» —señala Abel—. Los agujeros de gusano suelen ser longevos. Aunque este no nos lleve al mismo punto que antes, es poco probable que haya cambiado tanto como para que acabemos perdidos.

Noemí se coge al borde de la consola como si estuviera a punto de desplomarse en el suelo.

—¿Me estás diciendo que es nuestra mejor opción?

—No. Te estoy diciendo que es la única.

Ella duda y, por un momento, Abel cree que le ordenará que cambie de planes, en cuyo caso la atraparán… y él será devuelto a Burton Mansfield. ¿No sería la mejor opción? Seguramente sí. Pero no es lo que él quiere. Lo que él desea de verdad es huir de allí con ella.

—Hazlo —ordena Noemí.

Abel introduce las coordenadas y parten a toda velocidad hacia la Puerta Ciega. Parece que ella necesita un tiempo para recobrar la compostura; él no, pero entiende el impulso. El silencio, aunque breve, después de un esfuerzo físico intenso es… agradable, decide.

—Abel —dice Noemí, pasados unos minutos.

—¿Sí?

—¿Por qué no… ha funcionado el intento de la Reina de liberarte?

Abel no responde enseguida. La puerta aparece frente a ellos, un anillo plateado que no saben adónde los conducirá. Quizá a ningún sitio. Lo atravesarán juntos.

—No estoy seguro.

La joven lo observa con sus ojos oscuros como si pudiera encontrar la respuesta escrita en su piel.

—¿Estás estropeado? ¿Por eso me estás ayudando?

—Debe de ser eso —replica él.

Ninguna otra explicación tiene sentido.

23

La Puerta Ciega flota en el espacio frente a ellos como un espejo borroso que se abre a ninguna parte. Noemí sabe que Abel no se equivoca con los cálculos, pero las probabilidades no son siempre una cuestión matemática. Están a punto de dirigir la nave hacia lo desconocido.

Claro que si no lo hacen, saben que acabarán atrapándolos. Es la única posibilidad que tienen.

Al menos la Reina y el Charlie no han podido atraparlos; sus respectivas naves no podrían soportar otra sobrecarga. Aún sabiéndolo, Noemí se ha pasado todo el viaje escaneando la zona, una y otra vez, esperando ver una nave enemiga en cualquier momento.

Ahora se coge con ambas manos a la consola mientras la *Dédalo* se aproxima al horizonte de la puerta y, en cuanto siente la extraña atracción de la gravedad, cierra los ojos bien fuerte.

«Puede que lo consigamos o puede que no…», piensa mientras las fuerzas de la puerta empiezan a tirar de ella. Intenta dejarse llevar. Aceptar lo que venga.

Cuando la sensación empieza a desaparecer, suspira aliviada, abre los ojos y se le escapa un grito de terror.

Están rodeados de asteroides y detritos varios más densos que en el campo de minas. Y en lugar del negro del espacio, a su alrededor todo es de un color brillante como las nubes, una especie de neblina alucinógena. Hay demasiada luz y poco espacio para moverse. La nave podría acabar aplastada en cualquier momento.

—Escudos —dice Abel, pero las manos de Noemí ya vuelan sobre los controles.

Ya están activados, pero va a tener que cambiarlos de una zona a otra para asegurarse de que la protección ante cualquier posible colisión sea máxima. Para eso hacen falta cálculos demasiado rápidos para el cerebro humano.

Sabe que ella puede hacerlo, pero necesita bromear sobre ello o el miedo hará que le tiemblen las manos y el mismo temblor podría significar su muerte.

—La otra vez no se te dio del todo mal.

Las manos de Abel se mueven por la consola del piloto a velocidad de meca, visto y no visto.

—Las minas eran predecibles. Los asteroides, no. Por eso pilotar aquí es más difícil.

En la pantalla, cientos de objetos rotan a su alrededor en ángulos y vectores absurdos, cambiando de tamaño y velocidad, todos ellos capaces de reducir la *Dédalo* a un montón de polvo espacial.

—Creía que tu cerebro superior podía con unas operaciones más —dice Noemí, tratando de que su voz no suene tensa.

—Sí. Por desgracia, solo tengo dos manos. Un pequeño error de diseño.

Ella se ríe. En algún lugar de su mente detecta el sarcasmo, la broma, todo lo que Abel ha dicho y hecho en la última hora y que ningún otro meca sería capaz de hacer, pero ahora no tiene tiempo para pensar en ello, para concentrarse en nada que no sea cambiar la potencia del escudo tantas veces y tan rápido que se deja guiar por los cálculos tanto como por el instinto.

Mientras él dirige la nave hacia una zona menos atestada, ella se atreve a respirar hondo… hasta que se da cuenta de que están atrapados en un vector y que tres asteroides de un tamaño considerable se dirigen hacia ellos. Da igual hacia dónde se muevan, están a punto de recibir un impacto.

Él también lo ve, obviamente.

—Voy a dirigir la nave hacia el más pequeño. Cuando te avise, sube la potencia del escudo al máximo.

Noemí hace lo que le dice, pero ni siquiera el mejor escudo es capaz de detener un proyectil de semejante tamaño. El impacto por poco no la tira de la silla. La nave entera tiembla y los paneles de control se llenan de luces rojas.

Siguen de una sola pieza. Pero ¿por cuánto tiempo?

—Voy a hacer aterrizar la nave —anuncia Abel—. Hay un asteroide al borde del campo de residuos suficientemente grande.

Ella suspira y cierra los ojos. Están salvados... de momento.

Por suerte, el sistema de aterrizaje de la *Dédalo* está intacto. A medida que el asteroide en cuestión va creciendo en la pantalla, Noemí siente la atracción que ejerce sobre la nave. Encuentran una proyección del terreno bajo la que refugiarse para darles un descanso a los escudos y Abel posa la nave con cuidado sobre el terreno más o menos sólido.

—Buen trabajo —lo felicita ella.

Abel la mira. Por lo visto, sigue sin acostumbrarse a que le den las gracias, pero lo único que dice es:

—Revisemos la nave.

La buena noticia es que la *Dédalo* todavía puede despegar y aterrizar sin problemas y cruzar las puertas. Es lo más importante. Por otro lado, los escudos están destrozados.

—Los necesitamos —afirma Noemí mientras trabaja con Abel en la ingeniería. Está sentada en el suelo con las piernas cruzadas, la camiseta rosa y las mallas que le prestó Virginia y que no cree que pueda devolverle, al menos no de momento—. Sin ellos, no creo ni que podamos volver a la Puerta Ciega de una sola pieza.

—Estoy de acuerdo.

Abel no aparta la mirada de su hombro desnudo, aunque Noemí no sabe por qué. Está tan ridículo como ella, con la enorme ropa de deporte de Ludwig. Los dos van descalzos.

Los análisis del sistema indican que la Puerta Ciega sí lleva a un planeta en el que hay agua y una atmósfera respirable. No es de extrañar que los científicos lo consideraran perfecto para la colonización. Su sistema estelar se encuentra entre las últimas volutas de una nebulosa, donde hasta el espacio está salpicado de arcoíris. Sin embargo, en algún momento entre los primeros análisis y la construcción de la puerta sus dos lunas chocaron y crearon un campo de escombros demasiado peligroso para las naves. Aunque pudieran colonizarlo, sufrirían el impacto de meteoritos durante milenios.

Al menos aquí la *Dédalo* está a salvo. Aunque la Reina y el Charlie vengan en su busca, creerán que se ha desintegrado en cuestión de segundos. A Noemí aún le cuesta entender que no haya sido así.

«Todo gracias a Abel», piensa.

Él se mantiene ajeno a su confusión interior.

—Por suerte, tenemos todo lo necesario para llevar a cabo las reparaciones que debemos hacer. Nos llevará tiempo, pero es perfectamente factible.

—¿Cuánto tiempo?

Abel se encoge de hombros.

—El trabajo en sí solo nos llevará unas horas, pero después de reparar la superficie de cada zona tendremos que dejar que el sistema se resetee antes de seguir adelante.

Noemí intentó contar los días mientras estaban en Cray. Parecía que tuvieran tanto tiempo por delante, pero ahora…

—¿Cuánto tiempo? —repite—. Desde el inicio de las reparaciones hasta que volvamos a cruzar la puerta. En tiempo de Génesis, si no te importa hacer el cálculo.

—Dos días más. —Abel ladea la cabeza—. ¿Por qué te preocupa tanto?

—¿Se te ha olvidado que estoy intentando salvar mi planeta?

No debería arremeter contra él, sobre todo sabiendo cuál es su función en el plan que ha trazado, pero la pesadilla que han vivido en estas últimas horas le ha puesto los nervios de punta.

Abel junta las manos detrás de la espalda, retomando la formalidad que apenas ha vuelto a ver a partir del segundo día.

—Tu nerviosismo sugiere la creencia de que Génesis solo puede ser salvado dentro de un espacio corto de tiempo, aunque eso no tenga sentido. También has mencionado algo que ocurrirá en un plazo de veinte días. ¿A qué te refieres?

Hace un par de días la posibilidad de contárselo se le habría antojado inimaginable. Ahora, en cambio, sabe que debe contarle la verdad.

—La Ofensiva Masada.

—Masada. —La cara de Abel adopta la misma expresión reflexiva que cuando busca en sus bancos de memoria—. ¿Tiene relación con el suicidio masivo de los judíos ante el asedio del Imperio romano en el 73 d.C.?

Ella asiente. Ha bastado con decir las palabras en voz alta para que se le seque la boca.

—Si queremos ganar la guerra, tenemos que desactivar la puerta. Necesitamos tiempo para rearmarnos, para reconstruir nuestra tecnología. Pero todo el mundo creía que era imposible destruirla, por eso los generales planearon la Ofensiva Masada. Ciento cincuenta pilotos, todos a bordo de naves demasiado viejas o dañadas para entrar en combate. —Noemí recuerda las explicaciones de la capitana Baz, el nudo en el estómago cuando levantó la mano para presentarse voluntaria—. Si consiguiéramos chocar contra la puerta al mismo tiempo y a máxima velocidad, no la destruiríamos, pero sí la desactivaríamos durante una buena temporada. Meses, con un poco de suerte uno o dos años. Con eso nos bastaría para rearmarnos.

Abel abre los ojos como platos, como lo haría un humano.

—¿Tu planeta ordenó a sus habitantes que se suicidaran?

—Pidieron voluntarios. Yo me presenté. Es lo que estábamos haciendo el día que te encontré, una misión de reconocimiento para la Ofensiva Masada. Estábamos a T menos veinte días, era una de las últimas salidas que íbamos a hacer. De pronto, la Damocles apareció por la puerta y... —Apoya la cabeza contra la pared—. Me presenté voluntaria para que Esther no lo hiciera, ¿sabes? Solo aceptaban un piloto de cada familia. Ella es la que debería haber sobrevivido.

—¿Pensaste que su vida valía más que la tuya?

Abel niega con la cabeza, incapaz de entenderla. La voz de Noemí empieza a temblar.

—Esther tenía unos padres que la querían mucho y a Jemuel, y, al contrario que yo, era capaz de creer...

—Eso no significa que tú merezcas vivir menos que ella —dice Abel.

Noemí le da la espalda y se muerde el labio. ¿Tiene ganas de llorar porque no le cree o por todo lo contrario? Es imposible saberlo y en realidad da igual.

—Bueno, es mi vida. Estoy dispuesta a sacrificarla si con ello consigo salvar mi planeta. Y cualquiera con un poco de dignidad haría lo mismo.

Al principio cree que Abel le va a llevar la contraria, pero en vez de eso replica:

—Te entiendo. Si no completamos la misión en un máximo de veinte días desde que encontraste la *Dédalo*, la flota de Génesis llevará a cabo la Ofensiva Masada. No solo morirán ciento cincuenta de tus amigos de forma totalmente innecesaria, sino que la puerta quedará inoperativa durante un tiempo considerable, lo cual, ironías de la vida, nos impedirá destruirla para siempre. Ahora que el profesor Mansfield me está buscando, es posible que suframos retrasos inesperados en el futuro. Aun así, estoy convencido de que nos da tiempo a volver a la puerta. Ya tenemos el dispositivo termomagnético. No tienes de qué preocuparte.

La está consolando asegurándole que tendrá su oportunidad de destruirlo. Noemí se siente tan culpable que nota una intensa presión en el corazón y en los pulmones que le hace difícil respirar. Ni siquiera sabe si debe sentirse así de culpable, y esa duda no hace más que empeorarlo todo.

Intenta concentrarse en otra cosa, por ejemplo, un elemento de la explicación de Abel que le ha parecido que no tenía sentido.

—Has dicho que Mansfield te está buscando. El modelo Reina también. Pero ¿quieres decir que las autoridades no nos persiguen?

Él responde que no con la cabeza.

—Hasta ahora, las alertas de seguridad solo han sido avisos. Somos «personas de interés», no criminales o sospechosos. Mansfield tiene suficiente influencia para organizar una búsqueda intensiva a través de los canales no oficiales, por llamarlos de alguna manera.

—Y, si tiene tanto poder, ¿por qué no pide a las autoridades que nos busquen? Podría decir que le hemos robado la nave.

—Y técnicamente es verdad, pero no cree que a Mansfield le preocupe más que a ella misma—. Si lo hiciera así, no tardarían en atraparnos.

—Sí, tienes razón, pero él no quiere que nos detengan. —Agacha la cabeza como lo haría un humano en un gesto de timidez—. Solo quiere que yo regrese a su lado.

Noemí se lleva las rodillas al pecho.

—¿Por qué está tan obsesionado contigo?

—Soy su creación definitiva.

Hace un par de días, ella lo habría considerado arrogante por afirmar algo así. Ahora, en cambio, recuerda una frase que Jemuel dice a veces: «No es fanfarroneo si puedes demostrarlo con pruebas».

—¿Crees que no ha hecho nada más en los últimos treinta años?

—No lo creo, lo sé. Si hubiera hecho algo más, ya lo sabríamos. Si hasta el modelo Reina actualizado es solo una mínima variación del estándar.

—¿La robótica no debería haber evolucionado después de tanto tiempo al menos un poco?

—Estás dando por sentado que los humanos quieren que los mecas evolucionen. —Abel se sienta en el suelo cerca de ella, con el escáner aún en la mano. Su pelo es de un rubio tan puro que brilla bajo la luz—. No quieren que seamos tan fuertes e inteligentes como podríamos llegar a ser. Solo lo justo para resultarles útiles. Si evolucionáramos demasiado, se sentirían inferiores. Con uno más listo que ellos tienen más que suficiente. —Hace una pausa y luego añade—: No te ofendas.

Noemí lo fulmina con la mirada, aunque en realidad está pensando en lo que acaba de decir y en las palabras de Virginia. Abel fue creado con un propósito increíble. Es único en su especie.

Y a pesar de lo orgulloso que está de su singularidad, seguro que se siente muy solo.

Otra vez está pensando en cómo se siente, dando por sentado que tiene la capacidad de sentir, que sus emociones son iguales que las suyas. No puede permitirse pensar así.

Pero es lo que piensa.

Abel insiste en que descanse un poco. Noemí protesta, responde que está demasiado tensa para dormir, hasta que se tapa con una manta y en cuestión de segundos se hunde en un profundo sueño. Cuando se despierta, varias horas más tarde, se lava, encuentra una muda y un par de botas de su talla y regresa a la sala de máquinas, donde encuentra a Abel vestido nuevamente según su estilo.

—Bien. Has recargado las baterías. Voy por el tercer sector.

—Genial. Pásame el escáner para que pueda ayudarte.

Abel frunce el ceño.

—El trabajo no irá mucho más rápido. Lo que lleva más tiempo es reiniciar.

—No se trata en absoluto de ir más rápido, sino de darme algo que hacer.

Él lo piensa durante tanto rato que Noemí se da cuenta de que lo ha descolocado. Quizá es la primera vez que alguien se ofrece a echarle una mano, la primera vez que alguien no lo trata como un aparato o un criado. Bueno, aparte de Mansfield, claro. Justo cuando ella cree que va a tener que insistir, Abel le pasa las herramientas.

Mientras trabajan, también ella controla los escáneres por si aparecen la Reina o el Charlie, pero no hay rastro de ellos. Si han atravesado la puerta, lo más probable es que hayan dado la vuelta al instante. Y no los culpa por ello.

No pasan mucho tiempo en silencio; enseguida empiezan a hablar, aunque de nada en particular, solo por el placer de la conversación.

—¿Recuerdas cómo te fabricaron? —pregunta Noemí.

—No me fabricaron, me hicieron crecer —responde sin levantar la mirada de la matriz repulsora que está arreglando—. No, nada. Sí recuerdo despertar en el tanque después de que me activaran, incorporarme y ver a Mansfield. Antes de eso no hay nada.

—¿No es un poco raro? No sé, encenderse así y recordarlo todo a partir de ese momento.

—Para mí, la memoria humana es mucho más extraña. Si no me equivoco, se activa por partes, ¿verdad?

Los primeros recuerdos de Noemí están borrosos y ni siquiera está segura del orden en el que se dieron. ¿Cómo podría describirlo?

—Supongo que sí.

—Siento no haber tenido más tiempo para despedirme de Virginia y del resto de los Destructores —dice Abel al cabo de un rato.

—Yo también. Puede que nos ayudaran solo para pasar el rato, pero me da igual. Si no fuera por ellos, la Reina y el Charlie ya nos habrían atrapado.

—No me refería a darles las gracias, aunque quizá debería haberlo hecho. La cortesía entre humanos y mecas es un tema peliagudo.

Noemí frunce el ceño y lo mira.

—Si no querías darles las gracias, ¿por qué te preocupa tanto no haberte despedido de ellos?

—Vaya. —Parece que se ha quedado sin palabras, seguramente por primera vez en su vida. ¿Está avergonzado?—. Ya sé que no tiene importancia, pero me habría gustado volver a ver *Casablanca*.

Ella se sorprende.

—¡Eh! ¡La tengo yo!

A Abel no se le ocurre otra palabra para describir su sonrisa que no sea «dicha».

—¿En serio? Pero ¿cómo?

—La metí en la mochila con el dispositivo termomagnético antes de irme a dormir. Para que no nos la olvidáramos, aunque supongo que al final me olvidé de ella. Pero vaya, que debería estar en la mochila.

—Podré volverla a ver.

Abel transmite un placer tan inocente que Noemí casi consigue olvidarse de que tendrán que buscar un rato libre para que pueda verla antes de su destrucción.

Al final, después de un nuevo ciclo de reinicio, se da cuenta de que no es más que una humana más, débil y frágil, y que necesita echarse unas horas para descansar. Sin embargo, hay algo en la logística que la desconcierta.

—Si yo estoy en la habitación de la capitana Gee, tú en la de Mansfield y la otra la compartía el resto de la tripulación, ¿dónde dormías tú antes?

—Puedo regenerarme sentado o de pie, según las necesidades. Es lo que solía hacer en el compartimento de carga. —La expresión de su rostro se oscurece—. Después de pasar treinta años allí, no necesito volver allí. La cama de mi pa… de mi creador es más que suficiente.

—Supongo que para ti dormir es lo mismo que entrar en reposo.

—No exactamente. El reposo supone un cese casi total de las operaciones. El sueño en más moderado. Me permite procesar la memoria, conservar un cierto grado de conexión con el entorno, soñar…

—Espera. —Noemí para en seco—. ¿Qué acabas de decir?

—Que el sueño es más…

—¿Has dicho que sueñas? —Su voz sube una octava, pero le da igual parecer una histérica. El corazón le late desbocado mientras mira a Abel como si fuera la primera vez que lo ve. Él asiente y ella le pregunta—: ¿Todos los mecas sueñan?

—No, creo que soy el único. Pero eso es ahora, durante los primeros diez años de mi existencia no podía. En algún momento, mis conectores neuronales crearon nuevas conexiones y se volvieron más complejos.

—¿Sobre qué sueñas? —Por favor, que sean ecuaciones. Números. Hechos puros y duros. Algo que pueda explicarse como datos matemáticos escupidos por una máquina—. Cuéntame tu último sueño.

Abel parece desconcertado, pero aun así responde.

—Estábamos en la Estación Wayland. En el sueño, yo iba a bordo de la *Dédalo* y Mansfield estaba conmigo, y también Harriet y Zayan. Se conocían entre ellos. Queríamos visitar Kismet, creo que para hacer surf, pero la pantalla no dejaba de avisarnos de la presencia de monstruos marinos. La imagen era de una antigua película del siglo XX que se llama *El monstruo de la laguna negra*. En la película, se nota que el monstruo es un hombre con un traje de goma, pero en el sueño parecía muy real. Mansfield me decía que no me adentrara en el mar, pero surfear me parecía extrañamente importante…

—Basta. —Noemí da un paso atrás—. Ya basta.

—¿He hecho algo malo?

Tiene miedos y esperanzas. Le gustan o le disgustan las cosas. Se preocupa por la gente. Tiene sentido del humor. Sueña.

«Abel tiene alma.»

24

Abel mira fijamente a Noemí, incapaz de interpretar sus reacciones. Está pálida, le cuesta respirar y parece tan alterada que su primera reacción es preguntarle si le duele algo.

Pero no se trata de eso. Le ha sorprendido lo que le ha contado sobre su sueño; no se lo esperaba. Normalmente se recupera muy rápido, más de lo normal para una humana. Pero esta vez es diferente. Quizá está descolocada y enferma al mismo tiempo.

—Noemí, ¿te encuentras bien? —se atreve a preguntar finalmente.

—No.

—¿Quieres que vayamos a la enfermería?

—No, no es eso. —Se aparta el pelo negro de la cara y su mirada se congela hasta que él también nota el frío—. Me... me he dado cuenta de que eres algo más, no... no solo... una máquina.

—Te lo agradezco.

—¿De veras? —Retrocede otro paso y cierra los puños con fuerza. No solo está sorprendida; está enfadada. Furiosa—. ¿Lo entiendes? No, claro que no.

Abel no permite que se note la pena que siente. Es una reacción inexplicable por su parte, teniendo en cuenta que la rabia de Noemí debería serle indiferente. La devoción mal entendida provoca impulsos enfrentados. Debe esforzarse más, eliminar el error.

—Por favor, explícate.

—La primera vez que subí a bordo de esta nave, intentaste matarme. Me miraste a los ojos, sabías que estaba sola y asustada, que estaba intentando salvar la vida de alguien y aun así intentaste matarme.

—Noemí, mi programación... —pretende justificarse.

—¡Tu programación no te controla por completo! Ahora lo sé. Por eso sé que has decidido buscar a Mansfield por una simple cuestión de orgullo. Todo por arrogancia y orgullo, porque hace que te sientas especial.

Abel quiere protestar —no sabía que podía desobedecer las directrices hasta que lo intentó—, pero sospecha que solo serviría para alimentar su ira. Y en el fondo entiende que una parte de lo que siente por Mansfield —no todo, ni siquiera la mayoría, pero sí una parte— tiene que ver con el orgullo de ser su mejor creación, su creación preferida. Noemí no se equivoca del todo. Pero su silencio la enfurece tanto como lo habría hecho una respuesta.

—Vale, respóndeme a esto: aquel día mientras me disparabas, cuando me viste encogida en el suelo, a tu merced, convencida de que estaba a punto de morir, ¿te sentiste orgulloso de ti mismo? ¿De lo que eres?

Abel piensa un instante antes de responder.

—Sí.

Ella niega con la cabeza, la boca abierta, los ojos llenos de lágrimas. Le da la espalda, como si no pudiera mirarle a la cara ni un segundo más, y se marcha. Abel sabe que no debe seguirla. Se queda donde está, sosteniendo la misma herramienta con la mano, dando vueltas a las implicaciones de lo que le ha dicho.

¿Podría haber desafiado las directrices que le obligan a defender a Mansfield defendiendo la nave? No. Sin embargo, si se lo dijera estaría reconociendo implícitamente que no es más que una cosa.

Prefiere que Noemí lo odie a que no sienta nada por él.

Su propia reacción se le antoja irracional, emocional, y aun así sabe que es real. O puede que tenga un error en el sistema bastante más grave de lo que creía.

Abel decide realizar un diagnóstico completo en toda la nave mientras sigue trabajando en la sala de máquinas. Allí el silencio es demasiado intenso, casi abrumador.

Su reacción no es lógica. Durante treinta años, no escuchó un solo sonido que no hubiera hecho él mismo. ¿Tan acostumbrado está a la presencia humana que no puede pasar un solo día sin ella?

Pero Noemí no solo ha salido de la sala. Lo está evitando. Lo rechaza por completo. Abel no entiende por qué su actitud le duele tanto, sobre todo teniendo en cuenta que pronto se convertirá en la artífice de su destrucción.

El resentimiento por su desaparición inminente parece haberse mitigado. Sigue queriendo vivir desesperadamente, pero ha conseguido aceptar el plan de Noemí. Ha aprendido a entenderla y respetarla. Al principio, pensó que era infantil e insensata. Ahora sabe que es valiente y muy capaz. Una y otra vez ha dado un salto intuitivo que les ha permitido escapar, sobrevivir.

No le queda más remedio que admirarla, aunque la supervivencia de su mundo implique su propia muerte.

Eso es lo que más lo confunde. Admira tanto a Noemí, pero no debería ser así. Su programación lo impulsa a priorizar la salud y la felicidad de Burton Mansfield, a necesitar su aprobación y a valorarlo por encima de todas las cosas.

Sin embargo, ahora se centra en Noemí Vidal. Debe de tener algún circuito importante estropeado después de haber pasado tanto tiempo sin recibir ningún tipo de mantenimiento; no se le ocurre otra teoría que explique esta reciente devoción a la persona equivocada.

Está claro que Noemí merece toda la admiración del mundo y de una forma objetiva. Su afán por salvar Génesis, por seguir adelante tras la muerte de su amiga, es constante. La decisión de adentrarse en un cosmos que le es hostil, a bordo de una nave extraña y con la única compañía de un meca es, cuando menos, atrevida. Y su predisposición a morir en el intento es altruista y generosa.

Burton Mansfield también posee muchas cualidades, pero Abel sabe que su creador jamás se decantaría por una elección tan considerada.

¿Cuándo ha desarrollado la capacidad para criticar a Mansfield?

De pronto, se enciende un sensor, una luz amarilla intermitente: la alerta de proximidad. Se vuelve roja y Abel se da cuenta de que algo se acerca a toda velocidad. Redirige la imagen hacia las cámaras exteriores justo a tiempo para ver un meteorito que se dirige hacia ellos en un ángulo que la cavidad en la que se han refugiado no podrá bloquear. Están a punto de recibir un impacto directo.

Aprieta el control de las comunicaciones internas.

—¡Preparados para el impacto! —grita, y se dispone a seguir su propio consejo.

Si el meteorito es demasiado grande, nada de lo que haga servirá; atravesará el casco y despresurizará la nave tan rápido, en cuestión de segundos, que Abel entrará en modo inactivo y Noemí… Noemí morirá.

El impacto sacude la *Dédalo* con tanta violencia que apenas consigue mantenerse en pie. Las herramientas se desperdigan, caen al suelo y rebotan. Las luces rojas se encienden de nuevo, aunque ninguna para avisar de la despresurización de la nave… aún. Pero el cono superior, la punta de la gota, ha recibido daños importantes. Si no consigue reparar el campo de integridad en menos de nueve minutos, perderán integridad estructural. El aire se escapará del interior del habitáculo y Noemí y él se congelarán en cuestión de segundos.

Según el protocolo de reparaciones, debería ponerse un traje espacial y reparar el casco desde fuera. Hacerlo por dentro le llevaría más tiempo del que tienen. Además, una reparación externa duraría varios días; así podrían aprovechar ese margen de tiempo para llevar a cabo una reparación más completa.

Sin embargo, cuando hace treinta años la tripulación de la *Dédalo* abandonó la nave se llevó consigo buena parte de los trajes. El que tiene más a mano, y que además es de su talla, está cerca de la enfermería. Correr hasta allí, ponérselo, salir a través de una esclusa y llegar al lugar de la reparación le llevaría unos diez minutos a máxima velocidad.

Por tanto, solo puede hacer una cosa.

Recoge del suelo las herramientas que necesita y corre hacia la esclusa más cercana. Se coloca la mochila y calcula rápidamente cuántos minutos permanecerá operativo en el cero absoluto del espacio sin el traje adecuado. La temperatura destruye cualquier elemento orgánico que sea expuesto. Y los parcialmente orgánicos como Abel también.

Pero la destrucción no es inmediata. El frío le permitirá trabajar durante… 6,92 minutos.

En los dos o tres minutos siguientes seguirá vivo, si es que en su caso se puede decir eso, aunque no podrá moverse ni actuar de ninguna manera, ni siquiera podrá regresar al interior de la nave. Después de eso, las estructuras biológicas estarán demasiado dañadas para regenerarse y a continuación serán las mecánicas las que queden afectadas. Estará tan muerto como un humano, para siempre.

Eso significa que Noemí no tendrá su meca con el que salvar Génesis. Lo siente por ella, pero al mismo tiempo lo hace por ella. Le bastará con los 6,92 minutos para hacer las reparaciones necesarias y salvar a su compañera. Con eso debería bastarles a los dos.

Llega a la esclusa del muelle y lo sella tras él. Luego aprieta los controles que regulan la presión del aire y que le permitirán salir al vacío del espacio. Mientras la atmósfera de la esclusa se escapa con un silbido, se pone un par de brazales magnéticos que lo mantendrán pegado al casco de la *Dédalo*. La gravedad del asteroide es tan nimia que, sin ellos, se alejaría volando hacia el espacio infinito. Se hace también con un generador de campos de fuerza portátil —no tiene la potencia suficiente para protegerlo del frío, pero evitará que los tejidos orgánicos hiervan al estar expuesto al espacio—. Se lo coloca con facilidad en el cinturón.

Por los altavoces se oye la voz de Noemí.

—¡Abel! ¿Qué estás haciendo?

—Las reparaciones necesarias.

Se pone unos guantes de trabajo acolchados. Podrían suponerle cinco o diez segundos extras de maniobrabilidad.

—¿Vas a salir ahí afuera? —Sus palabras se oyen cada vez menos, ahogadas por el silbido que emite la cámara. Ya no queda mucho aire y la propagación del sonido resulta más dificultosa. Lo último que Abel le oye decir es—: ¡Ni se te ocurra! ¡Te matarás!

No lo odia tanto como para quererlo muerto. El meca se consuela con eso.

Está programado para defender la vida humana a cualquier precio, aunque le cueste su propia existencia, pero sabe que no lo hace únicamente porque es lo que le ordena su programación. Parece apropiado que su última acción sea la más humana.

Las puertas de la esclusa se abren dibujando una espiral. Abel nota el frío a su alrededor y se lanza hacia el vacío.

25

«No, no, no, por favor, no…»

Noemí está sola en el puente, con la mirada clavada en los controles que indican que Abel acaba de abrir la esclusa principal… con él dentro.

Horrorizada, envía la imagen a la pantalla central para saber qué está pasando. El campo de asteroides con sus luces nebulosas desaparece de la enorme superficie curva de la pantalla y es sustituido por un plano de la nave, cuya superficie refleja levemente los colores tornasolados del espacio que tienen alrededor. No tarda en localizar a Abel; agranda la imagen y lo ve avanzar por un costado de la nave, con los brazos y las piernas en ángulos casi antinaturales, escalando como una araña o un ser inhumano. En cuestión de segundos, llega a la punta de la *Dédalo* y se pone manos a la obra.

Ni siquiera lleva un traje espacial.

Se congelará. Morirá en pocos minutos. Y lo sabe, claro.

Si tiene suficiente alma para hacerle daño, también la tiene para valorar su propia existencia. Y, sin embargo, ha optado por renunciar a ella.

Noemí decide intervenir. No cree que le dé tiempo a hacer mucho antes de que Abel acabe con las reparaciones y, aunque así fuera, sería perjudicial para ambos porque morirían en cuestión de minutos. Ponerse el traje espacial tampoco es una opción; tardaría más que Abel. Entonces ¿cómo salvarlo?

—Esto es una nave científica —murmura para sus adentros, buscando desesperada entre los controles del puente—. Las naves científicas ponen en órbita satélites de investigación. Si son capaces de ponerlos en órbita, tienen que ser capaces de recuperarlos.

¡Aquí está! Junto al compartimento para el material hay un brazo articulado capaz de manipular satélites, cápsulas y puede que mecas, aunque solo mide nueve metros. ¿Bastará para llegar hasta Abel?

Se sienta en la consola correspondiente y coloca una mano suspendida sobre la pantalla, que emite unos rayos verdes que le iluminan el brazo hasta el codo. La pantalla cambia y aparece la imagen del brazo extendido sobre la superficie de la *Dédalo* y, al fondo, Abel. Sigue trabajando, pero sus movimientos se han vuelto rígidos e inestables. El frío empieza a hacer efecto.

Noemí extiende el brazo y lo levanta con una leve inclinación hacia un lado. El ordenador lee el movimiento y lo imita con el brazo articulado.

Abel está prácticamente inmovilizado. No puede mover la mano para hacer fuerza, así que se inclina hacia delante y utiliza el peso del hombro. Las luces rojas del puente se vuelven amarillas y Noemí se da cuenta de que estaba aguantando la respiración. Lo ha conseguido. El meca ha reparado la fisura. La ha salvado.

Ha llegado la hora de devolverle el favor.

Está temblando, pero eso no importa. El temblor no afecta a los sensores de la mano y el brazo articulado avanza hacia Abel. «Poco a poco», piensa Noemí, como si él fuera un animal herido al que solo puede acercarse con mucha ternura. Cierra los dedos centímetro a centímetro, sin parpadear y con la vista clavada en la pantalla. Es como si la silueta pálida de Abel, que contrasta con la oscuridad del firmamento, se le quedara grabada en la retina.

Ya está tan mal que no puede cogerse al brazo articulado, seguramente ni siquiera lo ve. Noemí se imagina capturándolo en la calidez de la palma de su mano; sigue cerrando los dedos hasta que por fin lo coge con cuidado. Retrocede a toda prisa, lo deja en el compartimento de las herramientas, activa la esclusa y sale corriendo.

«Más rápido —se dice mientras recorre a la carrera la espiral del pasillo central de la nave—. Tienes que ir más rápido.» Llegados a este punto, importa poco cuánto tarde en llegar junto a él. Ya sea en un par de segundos o en dos años, podrá arreglarlo o será demasiado tarde. Aun así, corre al límite de sus fuerzas.

Las puertas del compartimento se abren antes de que llegue a ellas. Atraviesa el umbral de un salto y lo ve estirado en el suelo, con la mirada clavada en el techo. Tiene los brazos extendidos a ambos lados del cuerpo, inmóviles.

—¿Abel? —Se arrodilla junto a él—. ¿Me oyes?

No responde. No tiene la piel pálida o morada como la tendría un humano, pero las gotas que le salpican los ojos se han transformado en pequeños cristales de hielo. Cuando se acerca a él, siente la quemadura eléctrica de un campo de fuerza, pero tan débil que puede abrirse paso lentamente a través de él. Con mucho esfuerzo, consigue desactivar el dispositivo que lleva en el cinturón y el campo de fuerza desaparece. Le quita los guantes con la esperanza de que le apriete los dedos, que le haga una señal, pero sigue tieso, inmóvil. Le pone una mano en el pecho, busca el latido del corazón, aunque sabe que eso es imposible.

Sabe tanto de destruir mecas y tan poco de repararlos...

Al final, decide actuar como lo haría con una víctima de hipotermia y hace lo que le habría gustado hacer con sus padres y su hermanito: se tumba a su lado, apoya la cabeza sobre su hombro y lo abraza con fuerza. Así es como se reanima a alguien que está a punto de morir de frío. Lo calientas con el calor de tu propio cuerpo. Es ese mismo calor el que lo salvará o, por el contrario, no servirá para nada.

Lo trata como a una persona porque no sabe qué más hacer.

Los minutos pasan, las lágrimas ruedan por sus mejillas. Abel está tan frío que el contacto con su cuerpo es doloroso, pero aun así no se separa de él.

Finalmente, cuando está a punto de perder la esperanza, él mueve los dedos.

—¿Abel? —Noemí se incorpora y le sujeta la cara entre las manos. Su mirada sigue vacía y ella se pregunta si el movimiento de los dedos ha sido fruto de su imaginación. Pero entonces parpadea y a ella se le escapa la risa—. Estás bien. Te pondrás bien.

No es tan sencillo. Pasa más de una hora hasta que Abel es capaz de incorporarse; ha sufrido daños. Pero al menos sigue aquí.

—Continúa operativo, ¿verdad? —Intenta apartarle el pelo de la cara, pero aún lo tiene congelado, así que le acaricia la mejilla—. Si necesitas alguna reparación, puedes guiarme y te la hago yo.

—Innecesario. —La voz de Abel suena ronca, casi metálica—. En breve recuperaré todas las funciones primarias.

—Gracias a Dios.

Durante dos horas, trabajan codo con codo. Comprueban el alcance de sus movimientos, la memoria. Abel siempre contesta, a veces un poco más lento de lo normal, pero siempre tiene una respuesta.

—¿Cómo rebautizaste la nave?

—Primero *Medusa*, luego *Odiseo*.

—¿Cuál es la raíz cuadrada de… —Noemí piensa en un número al azar— 8.218?

—Hasta el tercer decimal, 90,653. Puedo recitarte todo el número si quieres.

—Me basta con tres decimales —dice ella mientras le frota las manos entre las suyas para calentarlas, aunque la verdad es que apenas hay fricción: las manos de Abel son sorprendentemente suaves—. ¿Qué fue lo primero que te dije?

Abel ladea la cabeza y por fin parece que vuelve a ser él mismo.

—Lo recuerdo a la perfección, pero tú seguro que no. Por tanto, aunque te recitara las palabras exactas, no sería una prueba fiable.

—Si eres capaz de hacerte el listillo, es que estás mejor. —Noemí no puede dejar de sonreír—. ¿Notas algo roto? ¿O que no funcione bien?

Abel hace una pausa antes de responder.

—Tengo unos circuitos que ya daban problemas y que ahora parece que están aún más dañados, pero mi capacidad operativa no ha sufrido ninguna alteración significativa.

¿Qué significa eso? Noemí no está segura, pero Abel no le da mayor importancia. Abre y cierra las manos, un gesto que afirma su recién recuperada agilidad. No debe ser nada por lo que valga la pena preocuparse.

Cuando se siente preparado, ella se pasa uno de sus brazos alrededor de los hombros y lo acompaña hasta su habitación, la que antes era la habitación de Mansfield y que ahora cobija a su mayor creación. Es la primera vez que la pisa y no sabe si admirar su belleza o sorprenderse ante su extravagancia. En el centro de la estancia se levanta una cama con dosel de madera pulida, cubierta con una colcha de seda de color esmeralda. De la pared cuelga un cuadro de nenúfares un tanto borrosos y de contornos suaves, en tonos azules y con un marco recargado del color del oro. El armario, que parece sacado de la época victoriana, ocupa toda una esquina; cuando mira en su interior, encuentra un grueso batín de terciopelo de color burdeos. Se lo pone a Abel por encima de la ropa antes de meterlo en la cama.

—Cuantas más capas, mejor —le dice.

—No te preocupes. —Abel esboza una sonrisa de medio lado; aún se está descongelando—. Pronto estaré recuperado del todo y podré ocuparme.

—Ocuparte ¿de qué?

Él la mira extrañado.

—De llevar el dispositivo termomagnético hasta la puerta para destruirla.

Noemí siente como si le hubieran arrancado el suelo de debajo de los pies, horrorizada y hasta un poco mareada.

—Espera. ¿Crees que por eso te he salvado?

—Si racionalizamos lo ocurrido, supondría una motivación importante.

—Abel, no. No lo entiendes. —Se sienta en el borde de la cama mientras intenta encontrar las palabras—. ¿Recuerdas lo que te he dicho antes?

—Que soy responsable de mis acciones y, por tanto, de mis errores.

—Eso no. O al menos no solo eso. —Respira hondo y aprieta sus manos entre las de ella—. Si eres responsable de haberme atacado cuando subí a bordo, también lo eres de haberme protegido en la Estación Wayland y de salvarme en el río subterráneo de Cray. De intentar salvar a Esther. De entender que necesitaba un sitio en el que enterrarla. Todas esas cosas las hiciste por mí.

—Es una cuestión de programación.

—Una programación que eres capaz de ignorar cuando quieres.

—Eso parece. —Cuando lo dice, da la sensación de estar perdido. Quizá él también lo acaba de descubrir, aunque en realidad eso es lo de menos. Lo importante es que es verdad—. Me he dado cuenta de que ya no obedezco tus órdenes porque me sienta obligado. Lo… lo hago porque quiero.

¿Cómo es posible? ¿Cómo puede ser que quiera seguirla, aunque eso suponga la muerte? Cuando Noemí habla, lo hace con voz temblorosa.

—Abel, tienes alma. O algo tan parecido al alma que no noto la diferencia, y creo que eso es lo importante. Y si tienes alma, no puedo ordenarte que te inmoles en la puerta. No puedo hacerte daño y no lo voy a hacer. Pase lo que pase.

En cualquier otro momento, la sorpresa con la que Abel reacciona ante sus palabras le habría arrancado una carcajada. Ahora, en cambio, casi le duele ver la extrañeza con la que recibe la posibilidad de que alguien crea que su vida es valiosa. Y que esa persona sea ella.

—Pero si intenté matarte.

—Atacaste a un soldado enemigo que había abordado tu nave —admite Noemí—. Cualquiera habría reaccionado como tú, ya fuera humano o meca. De eso, y de lo de Esther, creo que… que te culpé a ti porque eras la opción que tenía más a mano. Pero ya no te culpo.

A pesar de que aún no se ha recuperado del todo, Abel consigue tumbarse de lado para mirarla directamente a la cara.

—Si tengo alma o no, es una mera cuestión de opinión.

Ella niega con la cabeza.

—De eso nada. Es una cuestión de fe.

—Seguro que aún tienes dudas.

—Lo contrario de la fe no es la duda. Lo contrario de la fe es la certeza.

Es lo que siempre dicen los del Consejo de Ancianos: que eviten los lugares comunes del dogma, que confíen en una visión más profunda. Puede que sea una creyente patética en muchos otros aspectos, pero este por fin lo domina.

—Pero Génesis, la puerta, la Ofensiva Masada… ¿Piensas rendirte así, sin más?

—¿Quién ha hablado de rendirse? —Noemí empezó a trazar un nuevo plan apenas media hora después de su discusión con Abel—. Según tú, solo un meca superior puede pilotar una nave que se dirija hacia la puerta con el dispositivo a bordo. Un humano moriría por culpa del calor y un meca menos sofisticado se apagaría. ¿Cierto?

—Correcto.

Ella enumera todos los puntos de su lista con los dedos de una mano.

—Necesitamos un meca sofisticado como tú, pero lo cierto es que tú no eres el único capaz de llevar a cabo esta operación. Hay otros modelos que también podrían hacerlo, ¿verdad? ¿Cuáles?

Abel asiente, aunque le responde como si estuviera aturdido.

241

—Cualquiera de los modelos médicos, una Tara o un Mike. Un Charlie o una Reina. Puede que los modelos asistenciales también: una Nona o un Unión…

—¿Lo ves? Tenemos un montón de posibilidades a nuestro alcance. —Su voz suena mucho más animada, incluso para sí misma. Noemí lleva horas dándole vueltas al tema, tratando de calmarse, pero con cada segundo que pasa espera que Abel señale una nueva complicación, un nuevo fallo, algo que pueda aplastar todas sus esperanzas—. Te lo repito: ya no hace falta que lleves el dispositivo hasta el centro de la puerta. Lo que sí necesito es que me ayudes a capturar un meca que sí pueda. Cualquiera que no sea más que una máquina. No como tú. Tú no…, se acabó.

De algún modo, Abel parece más joven que ella, casi infantil con su capacidad para el asombro.

—¿De verdad lo crees?

—Sí, te lo aseguro.

Él no responde, se limita a taparse mejor con la colcha. Tiene tanto frío que cualquier rescoldo de calor es más que bienvenido; está tan agotado que apenas puede moverse. Noemí conoce la sensación. Desde que partieron de Kismet siempre está agotada. Es como si dormir solo empeorara aún más las cosas. Pero ya tendrá tiempo de descansar cuando todo esto termine. Océanos de tiempo para poder estar a salvo, en Génesis.

—Eres consciente de que capturar un meca no es tarea sencilla. —Abel no puede dejar de hablar de su muerte—. Los de los niveles más bajos tienen la fuerza y la voluntad necesarias para resistirse. Y los modelos más listos son todavía peor.

—Ahí es donde entras tú.

—No digas tonterías —replica él—. Tienes en tus manos el destino de todo un planeta.

—Y te recuerdo que el tuyo también. Pienso cuidar de Génesis y de ti. Me da igual lo duro que sea. Lo conseguiremos.

—Y luego… —Abel deja la pregunta a medias—. ¿Luego qué? Cuando todo haya terminado, ¿qué pasará entonces?

Noemí aún no lo ha pensado al detalle porque tampoco le toca decidir a ella.

—Me llevas de vuelta a Génesis y luego vas a donde quieras.

—¿Decidiría yo?

—Claro. Coges la *Dédalo* y te vas.

Imita el vuelo de una nave surcando el cielo con la mano y enseguida se siente ridícula por haber hecho un gesto tan infantil. Pero él apenas se da cuenta. Sigue impresionado por lo que acaba de oír.

—¿De verdad me dejarías decidir a mí?

—Sí, claro. —De pronto, percibe su confusión y el corazón le da un vuelco. Es como si, a pesar de su cerebro de supergenio, fuera incapaz de comprender algo tan sencillo como el libre albedrío—. Supongo que es un regalo que Mansfield nunca quiso que fuera tuyo: la posibilidad de decidir tu propio futuro.

—Lo culpas demasiado rápido. —La respuesta le sale tan automática que Noemí supone que son sus directrices las que hablan por él, pero por la sombra de duda que le oscurece la mirada comprende que él tampoco se fía de su propia respuesta—. Te han enseñado que es malvado y mezquino, y todo por haber inventado los mecas…

—¿No lo entiendes, Abel? ¿De verdad que no lo entiendes? —Espera que escuche esta verdad fundamental, la misma que ha afectado a sus planes y a su corazón—. Nos han enseñado que Mansfield es malvado porque construye máquinas sin alma, pero con forma humana. Pero a ti te ha hecho algo peor, mucho peor. —Se le rompe la voz—. El mayor pecado de Burton Mansfield ha sido crear un alma y encerrarla en una máquina.

Abel no dice nada. Es evidente que no está de acuerdo. Pero por fin parece que la entiende.

Tras un largo silencio, aparta la mirada. Noemí tampoco se atreve a mirarle a los ojos. Los dos han cruzado una puerta y no saben qué hay al otro lado.

—Duerme —le dice Noemí—. Debes de estar agotado.

—Y tú. Tienes que priorizar tu propio bienestar y tu salud.

Es una súplica, no una invitación, pero eso a ella le da igual. Se tumba en la otra mitad de la cama, encima de la colcha de seda. Abel duda un instante, sin saber qué más podría hacer ella; cuando ve que no se mueve, cierra los ojos y enseguida se queda dormido.

Noemí se acurruca contra él y apoya la cabeza sobre su hombro. Todavía tiene que mantenerlo caliente.

Y por primera vez desde la muerte de Esther —o quizá desde mucho antes—, ya no se siente sola.

26

En menos de ocho horas, Abel ha recuperado todas sus funciones primarias. Algunas de sus estructuras orgánicas aún tienen que seguir regenerándose, pero al menos ya se mueve con normalidad y no siente dolor.

Debería sentirse feliz, una emoción que, según ha descubierto, entra en los parámetros de su capacidad para sentir. Noemí lo ha salvado de una muerte segura y ha decidido no sacrificarlo. Lo considera su igual. Y ha hecho algo que ningún otro humano había hecho hasta ahora: lo ha liberado.

Pero él no fue diseñado para ser libre.

Nunca ha soñado con ello. Nunca lo ha buscado. Los mecas son creados para algo o para alguien, no para... existir. Incluso él, que fue creado partiendo de la curiosidad y la esperanza de Mansfield, no debería haberse movido de su lado.

Pero cuando le explica esto mismo a Noemí, ella se muestra en desacuerdo.

—Espera un momento —le dice al día siguiente por la tarde, mientras se dirigen a la cantina de la tripulación para coger una bolsa de raciones de emergencia antes de volver al trabajo—. Cuando termine esto, podrías ir a cualquier punto de la galaxia, hacer lo que te diera la gana, ¿y me estás diciendo que piensas volver con Burton Mansfield? No sé por qué sigues creyendo que es tan genial después de todo lo que te ha hecho.

—Todo lo que me ha hecho, como tú dices, lo ha hecho por mí.

—Encerró tu alma dentro de una máquina…

—No. Creó mi alma. La hizo posible. Me hizo ese regalo.
—Abel se da cuenta de que está sonriendo—. No podía saber que llegaría hasta aquí, pero seguro que era lo que quería. Si no, no me habría creado con las capacidades necesarias.

Tras una larga pausa, Noemí cruza los brazos y le da la razón, aunque a regañadientes.

—Supongo que tienes razón.

—Eso lo convierte no tanto en mi creador como en mi padre.
—«Padre», piensa. Seguro que Mansfield sabía lo que hacía cuando lo animó a llamarlo de esa manera—. Los hijos no abandonan a sus padres, ¿verdad?

—Normalmente, no; pero tampoco se quedan toda la vida a su lado. Al final, tienes que escoger tu propia vida.

—Al final —repite Abel—. Aún no he llegado tan lejos.

Después de treinta años perdido en el espacio, más unos cuantos días creyendo que su destrucción era inminente, le parece increíble poder decir algo así sabiendo que es cierto.

Sin embargo, hablar del «final» le ha hecho recordar que Burton Mansfield es un hombre muy mayor. ¿Qué pasará cuando muera?

Los mecas no envejecen, al menos no a simple vista, pero sí mueren. Con el paso de los años, tanto los sistemas orgánicos como los mecánicos acaban por desintegrarse. Sin daños externos, la esperanza de vida puede llegar a los doscientos años.

Si Abel vive ciento cincuenta años más, habrá pasado casi toda su vida sin Burton Mansfield. Las directrices, la programación, ¿qué sentido tendrán entonces? Solo uno: asegurarse de que se sienta tan solo como cuando estaba encerrado en el compartimento de carga de la *Dédalo*.

No le gusta esta conclusión, no solo porque predice su futura infelicidad, sino porque si al final resulta que ha sido diseñado para sufrir tanto y durante tanto tiempo, Noemí tendrá razón: Mansfield habrá cometido un error imperdonable.

No quiere culparlo. Aún no. Pero ahora es consciente de las implicaciones que podría traer consigo el error de su creador.

«He cambiado —piensa—. Estoy cambiando.»

—¿Estás bien? —le pregunta Noemí con una sonrisa vacilante—. Por un momento me ha parecido que tenías mala cara.

—Estoy mucho mejor —responde, pero lo cierto es que se siente raro, como si le costara concentrarse; seguro que es otra señal más de que se está regenerando por dentro—. Deberíamos ponernos manos a la obra.

—Ya lo sé. Solo nos quedan… ¿cuántos días?

Se refiere a la Ofensiva Masada.

—Nueve.

Noemí palidece.

—Creía que nos quedaban un par de días más…

—Aquí estamos mucho más lejos de Kismet, al otro lado de la Puerta Ciega. En tu planeta habrá pasado más tiempo. Los cálculos einstenianos son complicados. —No hace mucho, Abel habría añadido que un cerebro humano no puede aspirar a realizar una tarea tan compleja, pero poco a poco va aprendiendo—. Tenemos tiempo de sobra.

Ella sacude la cabeza mientras se arrodilla para abrir uno de los paneles inferiores.

—No el suficiente.

Abel siente la tentación de presionarla como si fuera su planeta el que necesita que lo salven. Suponiendo que hubiera algún planeta con el que pudiera identificarse, claro.

Vuelven al trabajo en la sala de máquinas de la *Dédalo*, un espacio pequeño, brillante y con forma de cubo. En el resto de la nave dominan las líneas curvas. Todos los paneles, todas las sillas están colocados siguiendo un criterio basado en la belleza y la simetría. En cambio, la sala de máquinas es un espacio básico, gris y triste, no mucho mejor que una cárcel. Es un sitio pensado para

247

instalar y reparar, nada más. Sin embargo, Abel descubre que le gusta la sala porque es donde Noemí y él trabajan codo con codo. Ya no son enemigos o humana y meca: son iguales. Hasta ahora nadie lo había aceptado de esa manera y la experiencia se le antoja… embriagadora.

Trabajan casi en silencio, hablando solo de los elementos mecánicos que deben reparar. La desesperación de Noemí se extiende por la sala con la misma intensidad que el calor o que un perfume. Abel trabaja tan rápido como puede sin dejarla atrás; les queda un margen de tiempo que, aunque más ajustado que antes, sigue siendo perfectamente factible, y sabe que ella necesita ser parte de la solución.

Pero no todo puede hacerse con prisas. Tras varias horas de duro trabajo, llega un momento en que los escudos tienen que someterse a una larga ronda de autodiagnósticos, lo cual los deja sin nada que hacer durante unas cuantas horas.

—Te da tiempo a dormir ocho horas seguidas —le dice mientras recogen las herramientas—. Y a hacer ejercicio, si te apetece.

—Me vendría bien, pero no puedo. —Noemí se frota las sienes y no puede reprimir una mueca—. Ahora mismo no soy capaz ni de pensar. Estoy agotada, pero sería incapaz de dormir. Cada vez que cierro los ojos, me pongo a pensar en la Ofensiva Masada y…

—Si te obsesionas con cosas que no puedes controlar, acabarás sucumbiendo al desánimo. —Abel considera las posibilidades que tiene a su alcance—. Te vendría bien algún tipo de distracción.

—¿Cómo qué? —pregunta ella, apoyando el hombro contra la pared.

Él no estaba pensando en nada en concreto, pero de pronto se le ocurre el plan perfecto.

—¿Te apetece ver una película?

«Si ese avión despega y no estás con él, te arrepentirás. Tal vez no ahora, tal vez ni hoy ni mañana, pero más tarde, toda la vida.»

Abel está emocionado, por fin está viendo *Casablanca* otra vez, en la vida real, pero no puede parar de mirar a Noemí para calibrar sus reacciones. Son casi tan buenas como la película. Está entregada desde los primeros minutos, se ríe de los chistes en cuanto él le aclara algunas referencias demasiado antiguas para que las conozca. Ahora totalmente entregada al final agridulce. Todos sus problemas han pasado temporalmente a un segundo plano; ahora mismo es feliz y, en parte, es gracias a él.

Han convertido el dormitorio colectivo de la tripulación en un cine improvisado, acurrucados cada uno en una cama, colocadas las dos en paralelo, mientras siguen la película en la gran pantalla que domina la estancia. Este tipo de películas eran conocidas por ser «en blanco y negro», pero lo cierto es que las imágenes relucen en mil tonalidades distintas y plateadas.

Rick acaricia suavemente la barbilla de Ilsa y le hace levantar la mirada. «Ve con él, Ilsa.» A Abel siempre le ha gustado esa parte. Se pregunta qué se debe sentir al tocar la cara de alguien de esa manera.

—No puede acabar así —protesta Noemí, mientras Ilsa y Victor Laszlo se dirigen hacia el avión y dejan atrás a Rick—. ¿Por eso se va?

—¿No crees que hace bien al quedarse con Laszlo?

—Claro que tiene que ir a luchar contra los nazis, pero… ¿cuándo lo decide por sí misma? Es Rick quien toma la decisión por ella.

Abel no se había fijado en eso.

—Parece que lo decide mientras Rick habla con ella.

La joven frunce el ceño y se acurruca aún más en su cama.

—Me habría gustado que la decisión la tomara ella.

—Preferirías que mostrara una mayor autonomía, pero si lo hiciera podría parecer que nunca ha querido a Rick de verdad. Que solo lo fingía para beneficiar a Laszlo.

—Bien visto —dice ella, un tanto ausente; ya está absorta por el camino que tomará el personaje del capitán Renault.

Cuando termina la película, aplaude emocionada, una reacción tan auténtica que coge a Abel por sorpresa.

—¿Te ha gustado?

—¿Qué? Pues claro. Ha sido increíble. —Su sonrisa transmite más calidez de la que la creía capaz—. Las películas en 2D tienen algo especial. Solo recibes las imágenes y el sonido, pero eso hace que la imaginación se esfuerce más, ¿verdad? Acabas dejándote envolver por la historia. Y la posibilidad de que esté enamorada de Rick, pero no quiera hacerle daño a Victor porque es un hombre importante, un héroe… es bastante romántica.

Para Abel es un tema especialmente fascinante.

—¿Has estado enamorada alguna vez?

Noemí lo mira como si acabara de despertar de un sueño.

—¿Por qué lo preguntas?

—Siento curiosidad por el desarrollo y la respuesta emocional en los humanos. —No sabe por qué, pero Noemí se ríe—. ¿He dicho algo malo? ¿Es una pregunta demasiado personal?

—Más o menos, pero… —Se deja caer de nuevo sobre el colchón—. No, nunca he estado enamorada. Una vez pensé que lo estaba, pero me equivocaba.

—¿Cómo puedes equivocarte con tus propias emociones?

A Abel sus sentimientos le parecen poco claros, pero siempre ha creído que esa extrañeza era consecuencia de la relativa novedad.

—Parecía amor, a veces. Yo estaba loca por él, quería estar a su lado, deseaba que el sentimiento fuera mutuo; todo eso. Pero al final resultó que solo estaba enamorada de la idea de Jemuel, de los momentos románticos que yo imaginaba que podríamos compartir siempre en teoría, nunca en la práctica.

—¿Él no te correspondía?

La sola posibilidad se le antoja improbable. Noemí es valiente, sincera, inteligente y amable, cualidades sin duda deseables en una pareja.

—No. A veces tonteábamos. Una vez incluso llegó a besarme, pero nada más. —Sus dedos acarician con gesto ausente la curva de su labio inferior, contradiciendo el tono despreocupado de su voz—. De hecho, al final se enamoró de Esther. Estaban hechos el uno para el otro, no como él y yo.

—Nada de esto guarda relación con lo que conozco del comportamiento humano en esas situaciones. ¿No sentiste celos o rabia?

La expresión de Noemí se enturbia.

—Al principio sí. Creí que me moría, que... en cualquier momento me caería redonda, tal cual, pero nunca dejé que Esther lo supiera. Se habría hundido y habría roto con Jemuel, y eso habría sido una estupidez, porque él no la hubiera cambiado por mí. ¿Para qué? Mantuve la boca cerrada y fingí estar bien hasta que realmente lo estuve. Ahora, cuando hablo con Jemuel, me parece increíble que me gustara tanto. A veces es un poco estirado, la verdad.

—Pero cuando has hablado de él me ha parecido que lo hacías con nostalgia.

Abel se da cuenta de que está rememorando el momento, los ojos oscuros de Noemí perdidos en la distancia, los dedos rozándole el labio.

—Supongo que lo que echo de menos es la idea del amor —dice ella—. Y, bueno, fue un beso muy bonito. —Su sonrisa se vuelve triste—. Al menos pude practicar un poco.

De pronto, a Abel se le ocurre una idea estupenda.

—¿Quieres seguir practicando?

—¿Qué?

—Si quieres, podríamos practicar tú y yo. —Sonríe y se dispone a explicarse—. ¿Recuerdas lo que te dije en Kismet? Estoy programado con una amplia selección de técnicas pensadas para el placer físico, desde besos hasta las posturas más secretas del coito. Nunca he tenido oportunidad de ponerlas en práctica, pero estoy seguro de que podría aplicarlas con mucha destreza.

Noemí lo mira con los ojos abiertos como platos. Siempre es muy rápida cuando se trata de expresar objeciones, así que Abel interpreta su silencio como un signo favorable. Se incorpora en la cama para explicarle todos los aspectos positivos de su propuesta.

—Los humanos necesitan un cierto nivel de liberación física y de consuelo para mantenerse psicológicamente sanos. Llevas bastante tiempo separada de tu familia y amigos y has sufrido un trauma considerable, lo que sugiere que estás en una situación más vulnerable de lo normal. Poseo toda la información y las técnicas necesarias para ser una pareja excelente, mi cuerpo está diseñado para resultar atractivo y, obviamente, no soy portador de enfermedades ni puedo preñarte. Tenemos privacidad absoluta y muchas horas por delante. Las condiciones para el coito son inmejorables.

Noemí lo escucha completamente paralizada hasta que, de repente, se le escapa la risa, una risa cómplice, no desagradable. Cuando por fin lo mira, tiene las mejillas coloradas.

—Abel, pues… no sé, te agradezco el ofrecimiento, supongo. —Se pasa un mechón de pelo negro por detrás de la oreja y se muerde el labio inferior antes de añadir—: Pero no puedo.

No puede negarlo: Abel se siente decepcionado.

—¿Por qué no?

—Entre la gente que profesa la misma religión que yo, el sexo es algo que se reserva para las relaciones estables, para la persona por la que sientes algo muy profundo.

—Creí que habías dicho que tu cultura no es tan puritana como dice la Tierra.

—Y es verdad. El sexo forma parte de la vida, es algo maravilloso. Todos lo entendemos así. Algunas fes son mucho más permisivas que la Segunda Iglesia Católica. Pero para mí el sexo debería ser algo que compartes con la persona a la que quieres.

—Lo entiendo —dice él, deseando que fuera así.

Noemí se coloca de medio lado, de cara a él, pero evita mirarlo directamente.

—De todas formas, es verdad que no podrías dejarme embarazada. Nadie puede. La explosión que mató a mi familia… me expuso a unas toxinas bastante peligrosas.

Lo dice como si tal cosa, pero es evidente que es un tema doloroso, o al menos lo era. ¿Cómo podría consolarla por una pérdida así? Al final se decide.

—Sé que tu material genético habría sido de la más alta calidad.

Ella se vuelve a reír, aunque esta vez parece menos convencida. Seguro que ha metido la pata.

—Te pido disculpas si te he ofendido. Se suponía que era un cumplido…

—Tranquilo, no pasa nada. Te he entendido perfectamente. —Noemí lo mira desde su cama con timidez y una media sonrisa, y él siente un desequilibrio extraño, pero fascinante, como si le bastara con mirarla para perder el oremus. Un segundo más tarde, ella rompe el hechizo al incorporarse y levantar los brazos para desperezarse.

—Sigo absolutamente agotada y encima me empieza a doler la cabeza. ¿Cuánto le queda al próximo ciclo de diagnóstico?

—Siete horas. —Por lo visto, Noemí prefiere un ambiente menos íntimo que el actual, así que Abel se levanta de la cama—. Puedes dormir toda la noche y reunirte conmigo por la mañana.

—¿Tú no deberías dormir también? Aún te estás recuperando.

Él responde que no con la cabeza.

—Todos mis sistemas vuelven a funcionar correctamente. Y tú no deberías volver hasta que puedas decir lo mismo.

—Y yo que creía que las órdenes las daba yo. —Lo dice de broma, la vergüenza de antes empieza a disiparse. Se dirige hacia la puerta con paso lento y cansado, pero antes de llegar mira por encima del hombro y se despide—: Buenas noches.

—Buenas noches —repite Abel.

Su partida lo deja preocupado. Sabe que ella ha disfrutado viendo *Casablanca*. Los esfuerzos para actuar como iguales, incluso como amigos, empiezan a dar sus frutos. Las reparaciones de la *Dédalo* progresan a buen ritmo; si todo va bien, podrán partir dentro de diez o doce horas. Por todo ello, su estado de ánimo debería ir de neutral a positivo.

En lugar de eso, no puede dejar de revivir el momento en el que se ha ofrecido a tener sexo con Noemí, solo que en su cabeza cada vez lo dice de una manera distinta —un poco mejor— y se pregunta si eso la habría animado a decir que sí.

Abel no siente el deseo de la misma manera que los humanos; Mansfield le dijo que ningún hombre debería ser esclavo de su entrepierna. Pero sí siente el placer físico, que es lo que esperaría del sexo. En los humanos, el deseo es anterior a la acción; en su caso, sería al revés. Eso no quita que sienta curiosidad por el deseo.

Su programación le anima a buscar nuevas experiencias. En ese sentido, esta noche ha fracasado. Eso explica la decepción.

Seguro.

A la mañana siguiente, Abel sigue trabajando en la sala de máquinas mientras cuenta las horas que faltan para que aparezca Noemí. No lo hace temprano ni tampoco un poco más tarde, cuando las probabilidades eran más altas. Al final, los cálculos de Abel yerran estrepitosamente: no hay ni rastro de Noemí.

Solo quedan ocho días para la Ofensiva Masada. Ella lo sabe. No permitiría que el agotamiento de anoche le hiciera perder ni una hora que podría invertir en ayudar a la gente de Génesis. Por eso, al final decide contactar con ella por el intercomunicador de la nave.

—¿Noemí? Soy Abel. —Totalmente innecesario, teniendo en cuenta que no hay nadie más a bordo, pero parece que a los humanos les gusta la repetición de lo evidente—. ¿Estás despierta?

—Sí —responde ella tras una larga pausa—. No me… no me encuentro bien.

—¿Estás enferma? —Podría ser que alguna ración de emergencia estuviera en mal estado. Una intoxicación alimentaria no es mortal, pero podría provocarle vómitos y fiebre—. ¿Puedo ayudarte de alguna manera? ¿Quieres que te lleve agua?

—Pues… sí, gracias.

Tiene la voz ronca. Peor aún, parece dispersa, aturdida. Los humanos a veces hablan así cuando están ebrios, aunque no hay ninguna sustancia embriagante a bordo y, aunque la hubiera, es poco probable que Noemí abusara de ella.

Por todo ello, la única conclusión lógica es que está muy enferma.

—Ahora mismo voy —le dice por el intercomunicador.

Abandona la sala de máquinas y sube a toda prisa por el corredor en forma de espiral. La habitación de Noemí se encuentra en la segunda rotación, pero ella no está dentro. La localiza en el pasillo, un poco más adelante, justo en el siguiente giro, sentada en el suelo con la camiseta rosa y las mallas, la cabeza apoyada contra la pared. Rápidamente se arrodilla junto a ella.

—Noemí, ¿qué te pasa?

Ella lo mira. Tiene los ojos secos y enrojecidos.

—Quería subir a la enfermería… para buscar algo para la fiebre.

Le pone la mano en la frente. Está a 38 grados.

—Explícame cómo te sientes.

—Muy cansada… Abel, estoy muy cansada…

La coge en brazos y la lleva hasta la enfermería. Por el camino, la camiseta se vuelve a deslizar por el movimiento y le deja al descubierto la clavícula y parte del hombro. Tiene la piel, naturalmente bronceada, cubierta de finas líneas de color blanco. Es la primera vez que Abel ve algo así, pero enseguida sabe de qué se trata: telarañas.

27

Noemí se debate entre la realidad y el delirio. Intenta por todos los medios concentrar sus pensamientos en lo más importante, pero le cuesta demasiado, solo es capaz de estar ahí tumbada, cociéndose por el efecto de su propia fiebre.

—Me podrías haber llamado para que te ayudara —le dice él.

La ha llevado a un sitio fresco y luminoso: la enfermería. Esto es la enfermería. Está tumbada en la misma camilla en la que murió Esther.

—No me pareció que hiciera falta. —Tiene los pies fríos. Odia que se le enfríen los pies—. Al menos al principio. Luego me pareció que ya era demasiado tarde.

—No era demasiado tarde. —Abel le rodea la muñeca con una mano y aprieta el pulgar justo donde el entramado de venas discurre más cerca de la piel. Lo nota frío en comparación con ella, no porque sea un meca, sino porque ella está ardiendo—. Te noto el pulso débil. ¿Has podido comer o beber algo?

¿Ha comido? Noemí responde que no con la cabeza, pero se detiene en cuanto el suelo empieza a girar a su alrededor.

—Hace rato que no lo intento.

—Necesitas hidratarte inmediatamente.

En cuestión de segundos, una pajita de plástico se abre paso entre sus labios. Noemí bebe un par de veces y entreabre los ojos para ver a Abel sujetando una bolsa de... lo que sea. Un líquido azul. Está dulce, demasiado, como si con su sabor intentara animarte a que te lo bebieras.

—El escáner ha detectado un virus que no aparece en su base de datos. Las marcas de la piel indican, con un nivel de probabilidad muy alto, que sufres un caso agudo de telarañas.

La gente muere de eso, se lo dijo Harriet. Pero no tiene por qué ser mortal, no necesariamente.

—Me voy a poner bien —murmura Noemí—. Solo necesito descansar.

—Las lecturas del bioescáner son… —Deja la frase a medias, pero enseguida se recupera—. No son buenas. Emites unos niveles muy altos de radiactividad.

Ella tiene un momento de claridad.

—¿Radiactividad?

Abel le toca el hombro para tranquilizarla.

—Todos los humanos emitís un nivel muy bajo de radiación. El tuyo es considerablemente superior a lo normal. No lo suficiente para ser peligroso para ti o los que te rodean, pero es señal de que las telarañas han alterado drásticamente tu condición física. Es una manifestación muy extraña para un virus, la verdad.

Noemí intenta forzar su pobre cerebro para que piense.

—Puede que la radiación no sea un síntoma, sino algo que cogí en Cray.

—Si fuera así, mi nivel de radiación también habría subido y no lo ha hecho. Esta enfermedad… no la conozco. Noemí, no sé cómo ayudarte y no podemos esperar que te recuperes por tus propios medios. Tiene que verte un médico.

—Creía que… que tenías los conocimientos de todos los modelos, también de los médicos.

—Y así es, pero de hace treinta años, de cuando me quedé encerrado en esta nave. Por aquel entonces, las telarañas aún no habían aparecido. Por eso no tengo información sobre posibles tratamientos o un posible diagnóstico.

Lo dice como si estuviera enfadado con toda la galaxia por conocer una información muy concreta de la que él carece.

—Tú hazlo lo mejor que puedas.

Él sacude la cabeza.

—Con eso no basta.

¿Acaba de admitir que él no es lo suficientemente bueno? En cualquier otro momento, Noemí habría aprovechado para burlarse de él: el arrogante modelo A de Cibernética Mansfield reconociendo que tiene límites. Ahora, en cambio, debe evitar que haga algo tan lógico que resulta absurdo.

—¿Qué otra cosa podemos hacer? En Cray o en Kismet…, el Charlie y la Reina nos encontrarán. Y en Génesis tampoco hay nadie que pueda ayudarme.

Allí nadie ha tratado una infección por telarañas y, además, corre el riesgo de introducir una plaga horrible en su planeta.

—Exacto. Por eso atravesaremos el sistema de Cray de camino a Bastión.

¿Bastión? Es el planeta más poblado del Anillo sin contar la Tierra; una roca fría e inhóspita cargada de minerales. No podría parecerse menos a Génesis. Y peor aún, todavía está ligado a la Tierra, le es completamente fiel, al menos hasta donde ella sabe, que no es poco.

—Abel, no. Nos retrasaríamos demasiado.

—Aún faltan ocho días. Nos da tiempo de ir a Bastión.

—Lo veo muy justo. Y podrían cogernos. Es demasiado peligroso.

—Puedo camuflar la nave, comprobar con los ordenadores de Bastión si les han llegado nuestras fotos. De ser así, seguramente podría borrarlas del sistema.

—«Seguramente» es una garantía un tanto pobre.

Abel se queda callado unos segundos, tiempo suficiente para que Noemí crea que la conversación ha terminado. Pero justo cuando decide dejarse arrastrar por la fiebre, él le dice:

—Dijiste que me aceptabas como a un igual. Ya no estoy

sometido a tu autoridad, así que tengo derecho a voto, ¿verdad? Y voto por llevarte a un médico cuanto antes.

Obviamente, la votación acaba en empate y nadie gana. Justo cuando se dispone a decirlo en voz alta, un escalofrío le sube por todo el cuerpo. Le duelen los huesos como si la estuvieran retorciendo como un trapo. Espera no volver a sentir nunca más un frío tan intenso.

Está dispuesta a morir para salvar Génesis, pero su intención no era malgastar su vida para nada. Si muere aquí, por culpa de una maldita enfermedad, todo habrá sido en balde.

Traga saliva y asiente.

—De acuerdo, vayamos a Bastión.

Noemí apenas recuerda el viaje a través de la Puerta Ciega, no es más que una imagen borrosa, una estampa compuesta de asteroides que giran lentamente alrededor de las coloridas volutas de la nebulosa. Cuando la luz empieza a hacer eso tan extraño de doblarse, ella cierra los ojos.

Está tumbada en la enfermería, cubierta con mantas térmicas. Antes de volver al puente de mando, Abel ha apagado las luces para que pueda descansar un rato más. Consigue echarse una siesta, pero luego se queda tumbada en la cama medicalizada, mirando a su alrededor con una expresión de puro agotamiento en la cara. ¿Cómo es posible que esté tan lejos de casa? ¿Cómo es posible que le esté pasando esto? Podría ser que el virus estuviera jugando con ella y, en realidad, estuviera en Génesis sufriendo por una enfermedad perfectamente curable.

Pero no consigue convencerse de que todo esto no es más que una pesadilla porque su cuerpo, débil y dolorido, le recuerda cuál es la realidad. Y a través de las ventanas ovaladas de la enfermería ve estrellas y constelaciones desconocidas.

—¿Noemí?

Abel aparece en la penumbra de la enfermería, la cara iluminada por las lecturas de la biocamilla. ¿Cuánto tiempo ha pasado desde que han atravesado la Puerta Ciega? Se ha quedado dormida, pero no sabe si durante cinco minutos o un día entero.

—Llegaremos a la órbita de Bastión en menos de una hora.

Más bien debe de hacer casi un día que duerme, porque se ha perdido el salto entero a través de la puerta.

—Vale.

¿Será capaz de bajar de la nave por su propio pie o tendrá que llevarla Abel en brazos?

—¿Noemí? —Está inclinado encima de ella y le aparta el pelo sudado de la frente con el pulgar. ¿Se ha vuelto a dormir?—. Te he dado una medicación que debería bajarte la fiebre. No sé si está contraindicada para las telarañas, pero… tenía que hacer algo.

—No pasa nada.

Puede que sí, puede que no; ahora mismo le importa bastante poco. Es imposible que la medicación la haga sentirse peor de lo que ya se siente. Todo lo demás es irrelevante.

—Estamos aterrizando en Bastión.

Hay algo raro en sus palabras.

—Pero… ¿por qué no estás pilotando la nave?

—Bastión recibe a casi todas las naves entrantes con el rayo tractor, también durante las migraciones masivas.

—¿Las migraciones masivas? —Parece que la fiebre empieza a remitir; de pronto, le cuesta menos concentrarse—. ¿Qué quieres decir?

Abel responde activando una pequeña pantalla que hay en la pared y que muestra una versión en pequeño de lo que habrían visto desde el puente de mando: el planeta Bastión.

La superficie, gris y cubierta de cráteres, se parece más a la de una luna yerma que a la de un planeta habitable. La fina atmósfera es respirable, pero solo lo justo, y las manchas negras que salpican la superficie son el equivalente a los océanos. Dos casquetes gruesos y plateados cubren los polos hasta lo que en un planeta más cálido serían los trópicos. Fábricas y minas salpican todo el ecuador de metal como si fueran las partes de una armadura. Incluso desde el espacio se ve la cantidad de humo industrial que escupen sus fábricas.

—También están agotando este planeta —murmura Noemí, incorporándose sobre los codos—. Lo están envenenando.

—En este caso no. —Abel agranda la imagen para poder ver mejor las fábricas—. El planeta tiene que ser más cálido si quieren que albergue a más de trescientos millones de seres humanos, una cifra cercana a su población actual. Por eso están liberando gases de efecto invernadero a propósito, para transformarlo en un planeta más habitable.

A Noemí nunca se le había ocurrido la posibilidad de que lo que envenena un planeta puede suponer la salvación para otro.

Bastión parece tan aterrador como cualquiera de los otros planetas y, al mismo tiempo, es su única oportunidad de curarse, de seguir con la misión. De salvar Génesis.

«Siete días.» La fiebre no le ha robado ese dato, la fecha límite que no se quita de la cabeza ni un segundo. «Siete días.»

Al principio, el anillo que rodea el planeta la confunde. En el colegio nadie les enseñó que Bastión tuviera un anillo. De pronto, se da cuenta de lo que tiene delante y los ojos se le abren como platos: un enjambre gigantesco de naves, la mayoría grandes cargueros industriales, reunidos como las gallinas alrededor de la comida y cargados todos ellos con decenas, si no cientos, de humanos. A su lado, la flota que vieron en Kismet parecería una broma. Por desgracia, los cascos de estas naves no muestran la imaginación y la alegría de los vagabundos. En los de estas naves cuadradas nadie ha pintado diseños en colores brillantes. Flotan en formación con la rigidez y la regularidad de un panal de abejas, a la espera de una decisión que suponga una diferencia entre la vida y la muerte para los que van a bordo.

De pronto, en la pantalla se materializa el mensaje de bienvenida al planeta. Suena una música triunfal y la imagen pregrabada se superpone ante el firmamento: dos banderas negras, cada una con una raya plateada en el centro, ondean a lado y lado de un gran edificio de granito con enormes columnas en la entrada.

«Esto es Bastión —anuncia una voz profunda—. Aquí extraemos los metales y minerales que la Tierra y el resto de las colonias necesitan para sobrevivir. Adiestramos a los futuros soldados para que sirvan en los ejércitos de la Tierra con dignidad y valentía. Y trabajamos para convertir nuestro planeta en el próximo hogar del ser humano. Algún día nuestro planeta estará en el centro del universo. ¿Tienes lo que hace falta para quedarte con nosotros?»

—Desde luego no es el mejor discurso de bienvenida, sobre todo si no tienes otro sitio al que ir —dice Noemí mientras suena la música y aparecen imágenes de mineros fornidos y extrañamente limpios, seguidos de reclutas corriendo montaña arriba.

—No creo que esté pensado para convencer al que lo ve de que se quede —replica Abel—. Diría que es una advertencia, una forma de avisar a la gente de que algunos serán rechazados.

En todo el mensaje de bienvenida no aparece ni un solo niño. Tampoco ancianos ni personas con movilidad o visión reducida. Puede que solo sea la pátina brillante de la propaganda, pero Noemí intuye que no.

Bastión parece un planeta sin lugar para la bondad y la compasión, con una sola forma de ser, rígida y estrecha de miras. ¿De verdad es la última opción que les queda a los habitantes de la Tierra?

La joven disfruta de casi media hora de lucidez gracias al antitérmico que Abel le ha dado y la aprovecha para darse una ducha sónica y ponerse un sencillo chándal de color verde oliva. El pijama está sudado, no cree que pueda volver a ponérselo; la sola idea le parece repugnante.

La nave tiembla a su alrededor mientras el rayo tractor los arrastra hacia la atmósfera planetaria, hacia la superficie rocosa e inhóspita de Bastión. Mientras se dirigen hacia la base donde aterrizarán, ve decenas de naves a su alrededor, todas a punto de aterrizar como ellos.

—Esta gente querrá comprobar al detalle la información que les demos —se lamenta mientras se deja caer en una de las sillas de la enfermería. Dentro de poco volverá a la cama, esta vez de un hospital—. No parecen muy de dejar pasar las cosas.

—La identificación de la nave ha aguantado hasta ahora.

Abel intenta que no se le note lo orgulloso que está de sus habilidades como falsificador, pero fracasa estrepitosamente.

—¿Esta vez quiénes somos?

—La *Apolo*. Por el dios griego de la curación, entre otras cosas.

Ha bautizado la nave con el nombre de una divinidad con poder para sanarla. De pronto, Noemí siente que tiene ganas de llorar…, aunque seguro que es la fiebre que le está subiendo otra vez. Siempre se pone muy sensible cuando está enferma.

—Deberíamos haberles avisado de que tengo telarañas —dice finalmente, incómoda con su propia reacción—. Antes de aterrizar, quiero decir. Se pondrán furiosos cuando se den cuenta de que les hemos mentido. No puedo bajar de la nave y poner en peligro a toda esa…

—No pasa nada. —Abel le habla como lo haría a una niña asustada. ¿Por qué le ha tenido que temblar la voz? Noemí odia parecer débil casi tanto como sentirse débil—. Les he informado de tu estado. Cuando toquemos tierra, habrá un equipo médico esperándonos.

—¿Lo saben? Y, entonces ¿por qué nos dejan aterrizar?

Bastión no parece ser un oasis de compasión.

—Quieren gente joven. —Abel hace una pausa—. Les he dicho que tengo diecinueve años, aprovechando que es la edad que aparento actualmente. Todo aquel que llega hasta aquí por sus propios medios y recursos recibe un trato preferente. Ah, y parecen muy interesados en parejas jóvenes en condiciones de tener hijos.

—Espera, ¿qué?

Ni siquiera intenta disimularlo, se nota que está avergonzado.

—En cuanto supe cuáles son los perfiles con más posibilidades de obtener el permiso para aterrizar, decidí presentarnos como marido y mujer. ¿He hecho algo malo?

—Pero si los médicos descubren que no puedo...

—Lo que me contaste no creo que aparezca en una revisión rutinaria. Y estarás en el hospital. Te ayudarán. Lo demás no importa.

Noemí se imagina a los médicos juzgándola y sopesando el valor de su vida, pero sabe que no tienen otro sitio al que ir.

Cuando la *Dédalo* se posa en el suelo con un suave temblor, ella se levanta o al menos lo intenta; es como si el suelo se moviera bajo sus pies. Se tambalea y Abel se acerca y le pasa un brazo alrededor de los hombros. Noemí recuerda la propuesta que le hizo después de ver *Casablanca* —la mirada amable y llena de esperanza mientras le pedía que se metiera en la cama con él— y, de pronto, le da vergüenza estar tan cerca de él...

No, no es verdad. Siente que debería darle vergüenza, pero la sensación no se corresponde con la realidad. Tocarlo es algo absolutamente natural.

—Túmbate —le dice él, y la ayuda a estirarse en la biocamilla—. El equipo médico subirá a bordo. Así es más seguro.

—Necesito verlo. Bastión. Tengo que ver lo que está pasando.

No sabe por qué, solo sabe que se siente confusa, que tiene miedo, y no puede soportar la idea de no saber dónde están exactamente.

Abel no le responde que se está comportando de una forma irracional. En vez de eso, se dirige hacia la pequeña pantalla que hay en la pared. El gris da paso de nuevo a la luz y el movimiento que rodea la nave.

Bastión ya parece un sitio aterrador desde el espacio, pero es que su superficie es aún peor.

El cielo cuelga muy bajo y sin nubes, del mismo color que las rocas. Los pasajeros se apean de sus respectivas naves, pero nadie los saluda ni los recibe con música como con los vagabundos. No les dan la bienvenida. Los guían como a un rebaño hacia el edificio que aparecía en el mensaje de bienvenida, o al menos a uno que se le parece mucho. La mayoría van vestidos con colores oscuros como Abel y ella misma, y sus rostros son duros e impasibles. Hay algunos niños, pero ninguno especialmente pequeño; nadie los lleva en brazos ni les susurra palabras de consuelo al oído. Se nota que los han educado para que se porten bien y para que caminen bien rectos. Uno de ellos, un niño vestido con una especie de bata del color de la masilla, saca pecho para parecer tan grande y fuerte como los mayores. En otro lugar, la escena hasta tendría gracia; aquí el miedo que se esconde tras el gesto del niño le atraviesa el corazón como una flecha. Le vuelven a entrar ganas de llorar.

—Noemí. —Abel le aparta el pelo de la frente—. El equipo médico está aquí. Tengo que dejarlos entrar.

—La placa de la nave —susurra ella—. Que no la vean. No deben saber quiénes somos en realidad.

—No pasa nada, la esconderé. Chisss. Descansa.

Cierra los ojos, lo intenta, pero nota la ausencia de Abel en cuanto él sale por la puerta de la enfermería. Todo parece tan vacío, tan frío, que tiene miedo.

Un par de minutos después oye pasos acercándose por el pasillo.

Los recién llegados entran en la enfermería: un médico, o eso cree ella, y un meca modelo George, seguido de cerca por Abel.

Un hombre de unos veinticinco años y con bata blanca se acerca a ella. Tiene la piel y los ojos oscuros, y la voz dulce.

—Le voy a tocar el cuello para tomarle el pulso, ¿de acuerdo?

Noemí asiente y enseguida nota sus dedos sobre la yugular. El rostro del médico pasa de concentrado a muy preocupado. Se gira hacia el George y le dice:

—Hay que llevarla al Medstation Central. Necesitamos un aerodeslizador urgentemente.

El George lo mira extrañado.

—Los casos individuales a menudo pueden tratarse a bordo de sus respectivas naves.

—Este no. Diles que el deslizador es para el doctor Ephraim Dunaway, vamos. —En cuanto el George desaparece por la puerta, Dunaway se da la vuelta y habla con Abel, no con ella—. No se preocupe. Voy a cuidar de su mujer.

«¿Su mujer? ¿Soy la mujer de alguien...? Ah, es verdad.» Noemí es consciente de que le pasa algo, le cuesta pensar con claridad y le preocupa la posibilidad de perder el oremus por completo. Si le sigue subiendo la fiebre, es posible que empiece a ver cosas, que tenga alucinaciones, que pierda el control.

La voz de Abel le llega desde muy lejos.

—Parece que se está desviando de los protocolos médicos estandarizados.

La de Ephraim Dunaway parece aún más lejana.

—Sí, porque lo que tenemos aquí es una situación de emergencia. ¿Le preocupa el dinero? Aquí no es como en la Tierra, recibirá el tratamiento que necesita.

—Simplemente me parece extraño que tome una decisión que podría propagar las telarañas.

—Sé lo que hago, ¿de acuerdo? —Dunaway es una sombra junto a la biocamilla, nada más. Se centra de nuevo en ella y le susurra—: Relájese. Les vamos a hacer una revisión completa a los dos, de arriba abajo.

Noemí tira de la camiseta de Abel, lo más parecido a protestar sin decir una sola palabra. Lo que les van a hacer no es una revisión por encima como en la Estación Wayland; las pruebas revelarán que Abel es un meca. Y, cuando eso pase, los arrestarán...

Quizá el vehículo de emergencia no los llevará al hospital, sino a la cárcel.

¿Se lo está imaginando todo? ¿Está paranoica por culpa de la fiebre? No lo sabe.

Abel la levanta en brazos y ella no protesta. Tampoco se resiste cuando Dunaway le tapa la nariz y la boca con una máscara de papel. El trayecto hasta la salida es largo y lento, y cuando por fin pisan la superficie de Bastión por primera vez, a Noemí le sorprende la escasez de aire, que en cuestión de segundos la deja jadeando como si hubiera escalado una montaña. ¿O son las telarañas las que le cortan la respiración? Abel la aprieta contra su pecho y ella apoya la cabeza, pesada y dolorida, sobre su hombro.

«No pienses más —se dice, como si ignorando la enfermedad pudiera eliminar sus síntomas—. Piensa en otra cosa. Lo que sea.»

Pero no hay escapatoria posible ante la certeza de que su cuerpo, antes fuerte y poderoso, se debilita por momentos.

—Me siento como si no pudiera moverme —susurra.

—Podría ser por la gravedad del planeta. Es un poco mayor que en la Tierra o en Génesis.

—No es eso.

Abel no pierde el tiempo intentando calmarla y la coloca sobre la camilla como si no pesara nada.

Si fuera humano, ella se sentiría culpable por hacerle cargar con su peso, pero sabe que no hace falta. No hace falta que se sienta mal por causarle problemas, por necesitar demasiado su atención. Abel podría llevarla en brazos el resto de su vida.

La fiebre se cierne de nuevo sobre ella como una venus atrapamoscas con las hojas dentadas. Sin embargo, esta vez es más fuerte, como si estuviera enfadada porque la medicación le ha robado una hora de su tiempo.

Se siente como si estuviera a punto de perder el conocimiento. Y sabe que si se duerme ahora, quizá no vuelva a despertarse.

28

Durante el breve trayecto por la yerma superficie de Bastión, con las sombras de lejanas ciudades de piedra y metal recortadas en el horizonte, Abel ha calculado que la probabilidad de que el doctor Ephraim Dunaway esté actuando únicamente por el bien de su paciente no supera el 32,4 por ciento.

Ya han llegado al centro médico, una cúpula aislada de hormigón. Noemí va camino de la sala de reconocimiento con Abel a su lado. Un modelo Tara los espera con un escáner médico en la mano.

Abel ha calibrado sus estimaciones. Ahora cree que solo hay un 27,1 por ciento de posibilidades de que el doctor Dunaway esté actuando por necesidad.

Se muestra preocupado, sí, pero quizá demasiado, como si tuviera que obtener todas las lecturas y resultados a bordo del medtram, flotando sobre la superficie rocosa del planeta. También se percata de que Dunaway introduce todos los datos dos veces: una en lo que parece ser el equipo estándar y otra en un dispositivo personal. No se le ocurre ninguna explicación racional que lo justifique, a menos que el comportamiento del doctor responda a intereses ocultos.

Sin embargo, Noemí está recibiendo los cuidados que necesita, al menos de momento, y eso es lo que importa.

Una vez en la cama del hospital, la tapan con unas mantas

plateadas y le colocan unos sensores de temperatura en el interior de las muñecas. La Tara se acerca a ella y frunce el ceño.

—Habría preferido hacerle el primer escáner detallado yo misma, doctor Dunaway. Sus lecturas a bordo del medtram podrían estar equivocadas.

—Pero no lo están. —Ephraim Dunaway permanece junto a la cama de Noemí, observando detenidamente las finas líneas blancas que se extienden por el hombro y la garganta—. La paciente está muy enferma. No quería perder más tiempo.

—Seguir el protocolo establecido para cada situación no es perder el tiempo —replica la Tara, pero sus palabras no transmiten emoción alguna. De pronto, se dirige hacia Abel, que está al otro lado del cubo blanco y estéril que es la sala de reconocimiento—. Usted se encuentra bien, según dice, pero las telarañas son contagiosas horas o días antes de que los síntomas sean evidentes. Habrá que hacerle un examen completo.

Desde la cama, Noemí protesta.

—No… Abel, no…

—No pasa nada —la tranquiliza él. Pero se supone que es su mujer, debería usar algún apodo cariñoso, así que se decide por uno de los favoritos de Humphrey Bogart—. Cariño.

Con un gesto, el modelo Tara insta a Abel a que se siente en la otra cama que hay en la sala.

—Será mejor que empecemos —dice.

Él obedece y, cuando la Tara saca una linterna pequeña, abre mucho los ojos como lo haría cualquier otro paciente. Sin embargo, configura los componentes de sus ojos para proyectar lo que la Tara espera encontrar en el ojo de un humano sin problemas de salud. Tiene pulso, aunque normalmente es indetectable al tacto, así que echa mano de un rápido incremento de la presión sanguínea cuando la meca le pone los dedos en el cuello. Luego se dispone a medir la presión sanguínea y él la baja más o menos hasta el valor que ella espera encontrar. Para facilitar el diagnóstico, las venas de los mecas se encuentran en la zona interior del brazo, donde se suele extraer la sangre en los humanos. La sangre de Abel parecerá normal y dará negativo en virus; su piel está más dura, pero no lo suficiente como para llamar la atención de la Tara, que le acaba de sacar una muestra.

Con las orejas no hace falta que haga nada. Son iguales que las de los humanos.

Si le realizara alguna prueba más completa, la farsa se desmoronaría en cuestión de segundos, pero los modelos Tara, a pesar de lo inteligentes que son, han sido programados para la eficiencia y el triaje. No perderá el tiempo haciéndole pruebas detalladas a lo que parece ser un humano perfectamente sano.

—Abra la boca —le dice la Tara mientras se acerca con un frotis en la mano.

Abel obedece, aunque sabe que esta es la única prueba que no pasará. Su ADN es parcialmente artificial, lo que significa que no podrán hacer un cultivo con él, aunque lo más probable es que lo descarten como un error de almacenamiento. Aparecerán anomalías genéticas, eso seguro, pero la Tara es tan cuadriculada que las considerará irrelevantes y no seguirá investigando.

Noemí lo mira con los ojos como platos, tan sorprendida que casi resulta cómico. Luego ya le contará cómo lo ha hecho. Quizá se ría, aunque de momento se hunde en la almohada con un suspiro de alivio. Abel se da cuenta de que estaba asustada por él; bueno, por los dos, ya que, si lo descubren a él, ella también estará en peligro. En cualquier caso, le gusta ver que se preocupa por él. Hace mucho tiempo que nadie lo hace.

Desde Mansfield…, que invirtió una energía considerable en asegurarse de que nadie pudiera detectar su condición de meca a menos que él lo quisiera así. Es una habilidad extraña que no posee ningún otro meca. Quizá su creador solo quería saber si era factible.

—Tendrá que quedarse aquí, en observación —le dice la Tara, y se dispone a preparar las pruebas de Noemí cuando se da cuenta de que alguien se le ha adelantado. Frunce el ceño y mira al joven doctor Dunaway, que ha vuelto a ignorar el procedimiento—. Dentro de veinticinco horas, si el cultivo da negativo y no presenta ningún síntoma, la enviaremos a I y E.

—¿Qué es eso? —inquiere Noemí con la voz ronca.

—Instrucción y Evaluación. —Ephraim Dunaway retrocede y por fin permite que la Tara se ocupe del reconocimiento—. Todo el mundo pasa por ello cuando pisa Bastión por primera vez. Averiguan qué se le da bien y le dicen qué tipo de trabajo puede desempeñar.

—¿Qué pasa con los niños que vimos en la pista? —pregunta Noemí—. ¿Qué pasa con ellos?

Sorprendentemente, es la Tara quien responde.

—Si están preparados físicamente para vivir en Bastión, se pueden quedar. Se les asignan tareas sencillas y más llevaderas hasta que están preparados para trabajar como adultos.

Abel duda que haya muchas tareas sencillas o llevaderas en este planeta.

—Cuando tengamos la confirmación de que Abel está limpio —añade Dunaway—, lo enviaremos a I y E. Podrá reunirse con él en cuanto se recupere.

¿La seguridad con la que habla Dunaway se basa en el estado de Noemí o la está fingiendo para animar a su paciente? «Lo segundo, seguro», piensa Abel.

La Tara termina el examen y asiente.

—Telarañas, fase terciaria, no irreversible pero sí grave. Se recomienda el tratamiento antivírico estándar como única medida posible.

Ephraim Dunaway asiente mientras prepara varias ampollas de lo que parecen ser medicamentos antivíricos. Abel se consuela con el hecho de que Noemí por fin esté recibiendo la ayuda que necesita.

—Debería declarar esta sala en cuarentena para la paciente y el acompañante que ha estado expuesto a la enfermedad —dice la Tara, pero Dunaway interviene.

—Tienes otros pacientes esperándote. Yo me ocupo de clausurar la sala.

La Tara frunce el ceño, claramente confusa ante otro cambio más en el procedimiento estándar. Abel decide que un esposo humano haría más preguntas.

—No me han dicho cuánto tiempo necesitará Noemí para recuperarse. ¿Cuál es el diagnóstico?

—No podemos garantizar que se recupere de las telarañas —informa la Tara, con tanta naturalidad que parece que acabe de anunciar el grupo sanguíneo de la paciente.

—Eh —interviene Ephraim—, la paciente es fuerte y joven, y su caso no es tan grave como otros que hemos visto antes. No tiene sentido preocuparse por lo que pueda pasar, ¿vale? —Sonríe primero a Noemí y luego a Abel—. Pienso cuidar de ella personalmente. Lo prometo.

Abel lo cree, pero le vuelve a parecer que Dunaway tiene intenciones… ocultas.

La Tara ladea la cabeza y Abel nota un cierto tira y afloja entre la meca y el humano. Quizá debería ponerse de parte de ella, pero Ephraim Dunaway —aparte de las intenciones que pueda tener— sigue estando al cargo de la vida de Noemí.

Si algún día tiene la oportunidad de volver a hablar con Burton Mansfield, le preguntará si a los modelos Tara les vendría bien una actualización que contuviera parámetros relacionados con la compasión. Les vendría bien una mejora que los dotara de más tacto.

Noemí busca su mano. Está haciendo el papel de esposa amantísima, a pesar de la fiebre, la piel pálida y la mirada desenfocada.

—¿Te quedas aquí?

—Tranquila, no me voy —le promete Abel—. No pienso moverme de tu lado.

Y la verdad es que es a su lado donde quiere estar. Después de pasarse los últimos treinta años completamente solo, estos días ha compartido hasta el último minuto del día con Noemí. Incluso cuando no se llevaban bien, cuando ella lo trataba con una hostilidad manifiesta, él ha disfrutado de la experiencia que supone estar con alguien, oírle pronunciar palabras nuevas, verle hacer cosas que nunca había visto. Eso en sí mismo ya ha sido todo un lujo que jamás volvería a dar por supuesto. Ella lo ha liberado.

Pero es que ella no es solo la humana que, casi por casualidad, le abrió las puertas del compartimento de carga, Noemí es la única persona a la que se ha sentido ligado, además de a Mansfield. Nunca pensó que podría sentirse tan unido a alguien. Sabe que en parte es un recurso de su programación: ha encontrado una fuente en la que verter toda la devoción que no puede profesarle a su creador.

Pero solo en parte.

—Necesita descansar —le explica Ephraim a Noemí—. Le voy a dar un tranquilizante, ¿de acuerdo? Cuanto más duerma, menos tardará su cuerpo en recuperarse.

A ella no le gusta la idea de medicarse, se nota, pero asiente. Debe encontrarse peor de lo que aparenta. Mientras el médico prepara el tranquilizante, le dice al meca:

—Abel..., lo que hablamos al principio del viaje... —Sus ojos marrón oscuro buscan los suyos—. Sabes cómo acabar sin mí. Lo harás, ¿verdad?

No hace mucho le ordenó que, si fuera necesario, destruyera la Puerta de Génesis tras su muerte. Ahora se lo está pidiendo de igual a igual.

—Claro —asiente él, y le aprieta la mano—. Pero no hará falta. Te pondrás bien enseguida.

¿Un marido besaría a su esposa antes de que esta se durmiera? Justo cuando decide que sí, a Noemí se le cierran los párpados y la cabeza le rueda hacia un lado. Ephraim lo coge del brazo.

—Venga. Usted también tiene que descansar. Sé que está preocupado por ella, pero también ha estado expuesto a las telarañas. No es momento de malgastar las energías.

—Sí, claro —responde, pero mientras el doctor le ayuda a meterse en la cama, no puede evitar mirar a Noemí por encima del hombro.

—Todo va a salir bien. —Ahora que el modelo Tara ha abandonado la sala, Ephraim se mueve de otra manera: sus pasos son más largos; la voz, más firme. Hasta la postura ha cambiado; ahora parece más alto—. Los modelos Tara no son los más empáticos, pero saben lo que hacen. Además, yo también llevo el caso. Noemí va a recibir los mejores cuidados que podamos darle.

Abel no sabe por qué un médico joven como el doctor Ephraim parece tan preocupado por el bienestar de Noemí apenas unos minutos después de conocerla, pero no sería la primera vez que un humano hace algo irracional. Al final, decide que las motivaciones son lo de menos, que lo importante es que alguien con los conocimientos y los medios adecuados va a hacer todo lo posible para que ella se recupere.

Sin embargo, sabe que tarde o temprano descubrirá los motivos que se esconden tras su extraño comportamiento. Si la recuperación de Noemí se estanca, si algún medicamento no le parece el adecuado, Ephraim Dunaway y todos los demás sabrán de qué es capaz.

—Ya sé que esto es muy aburrido. —El doctor mira a su alrededor y se encoge de hombros—. No hay vids ni libros, pero, eh, al menos podrá dormir. Si lo necesita, en esta caja tiene algunos artículos de aseo, y esto de aquí es el tablero de asistencia. No dude en llamar si en algún momento se encuentra mal. —Esto lo dice mientras señala el panel cuadrado que hay al lado de la cama—. Preferimos atender una falsa alarma que perder la oportunidad de intervenir un caso de telarañas lo antes posible, ¿vale?

—Entendido.

Ephraim asiente. De pronto, parece que tiene otras cosas en la cabeza, como si le esperara una tarea importante.

—Muy bien. Luego me pasaré a ver a su compañera.

—Gracias —responde Abel, sin sentirlo realmente.

No lo necesita para interpretar los cambios en la salud de Noemí. Ephraim Dunaway apaga las luces de la sala y sale por la puerta. Vuelven a estar solos, iluminados por el suave brillo verdoso de la pantalla que Noemí tiene encima de la cabeza. Su respiración es regular y profunda; Abel se consuela con eso.

Si no cae en una espiral de preocupación por su compañera, puede utilizar sus funciones mentales primarias para algo más útil, como pensar un plan de acción para cuando ella se recupere. Si mejora en los próximos días, aún tendrán tiempo de cumplir los plazos, evitar la Ofensiva Masada y destruir la puerta. Pero el margen de seguridad se consume con el paso de los días. Debería trazar un plan y estar preparado lo antes posible para ponerse manos a la obra en cuanto Noemí se recupere.

Cierra los ojos y visualiza el plano de la zona de aterrizaje, el puerto y la ruta del medtram hasta el hospital. Es un mapa parcial, pero suficiente para llevar a Noemí de vuelta a la *Dédalo*, que ahora mismo es lo más importante.

Luego ya pensará cómo capturar a un meca.

Esto último no le provoca ningún conflicto interior. Sabe que hay una diferencia enorme entre su complejidad mental y los circuitos más anodinos del resto de los mecas; Mansfield se lo explicó largo y tendido y los intentos de Abel por hablar con otros mecas no hicieron más que demostrarlo. Debe conseguir un meca de los más avanzados y lo conseguirá. Las Reinas y los Charlies que ha visto hasta ahora en Bastión está claro que hacen las veces de policía militar. Se desplazan en grupo y llevan blásteres como armas de mano. En cambio, el modelo Tara, es más inteligente, sin capacidad para el combate, con una capacidad física comparable con la del ser humano...

Abel se sorprende a sí mismo. No está pensando en las órdenes que ha recibido para hacer luego lo que le plazca a Noemí. Lo cierto es que él también quiere destruir la Puerta de Génesis.

El motivo principal por el que quiere ayudarla es porque cree que tiene razón.

Mansfield no estaría de acuerdo, pero —se le escapa una sonrisa cuando se da cuenta— él no estaría de acuerdo con Mansfield. Puede ser completamente leal a su creador y tener opiniones distintas. ¿Esto es tener alma? ¿Ser una persona y no una cosa? Quizá sí.

Abel está en el hangar de la Dédalo *con el dispositivo termomagnético en las manos. Tiene la mirada clavada en el pequeño caza plateado que está a punto de partir rumbo a la Puerta de Génesis.*

—Esto no tendría que estar pasando —dice Mansfield. Está sentado a los mandos del caza, no hace nada para bajarse, pero es evidente que quiere salir de allí—. Yo ni siquiera debería estar aquí.

—Puedes hacer lo que te propongas. —Abel le entrega el dispositivo termomagnético—. Lo conseguirás, ya lo verás. Destruirás la puerta.

—Pero si la destruyo, ¿cómo volveremos a casa?

Mansfield extiende una mano hacia él con un gesto tan lastimero que Abel duda un instante. Quizá otra persona podría ocuparse de pilotar el caza.

—No hay nadie más —interviene la Reina.

Está delante de la puerta; tras ella, Abel oye los gritos de Noemí, los golpes para que la dejen entrar. La esclusa se abre como una espiral y revela el espacio que se extiende al otro lado. Pero no están junto a la puerta, sino delante del sol azul de Kismet. Abel se pregunta por un momento si debería buscar a Esther. Si la encontrara, podría llevarla de vuelta a casa, con Noemí.

De pronto, se da cuenta de que tiene las manos cubiertas de sangre como cuando la llevó en brazos a la enfermería, lo cual le recuerda que Esther está muerta...

Y entonces se despierta.

Siempre le han sorprendido sus sueños; son un tipo de estímulo que no está diseñado para procesar. Su lógica se parece poco a la de la realidad, eso ya lo sabe. Pero ¿qué opinaría el análisis freudiano de los sueños de un meca?

Se queda un buen rato tumbado en el catre. No puede quitarse de la cabeza la cara de Mansfield, la expresión de dolor, y su propia crueldad por enviarlo a la puerta. ¿Cómo ha podido volverse contra su creador, aunque solo haya sido en sueños?

29

Noemí está en el puesto de mando de la Dédalo, gritando. De miedo, de rabia, de dolor. Todos los motivos por los que un humano puede gritar confinados en su interior y expulsados de repente en forma de aullido desgarrador.

En la pantalla está Génesis, o lo que queda de él.

El bombardeo ha teñido de gris los continentes antes verdes. Han desaparecido todas las ciudades, las iglesias, las personas. La Tierra ha destruido su planeta y ahora lo único que les espera es la muerte.

—Aún no es demasiado tarde —dice Abel—. Volveremos al pasado y detendremos esta locura.

—No podemos viajar en el tiempo.

—Yo sí. Mansfield me dio ese poder.

—¿En serio?

Noemí se anima. Pueden viajar al pasado y salvar Génesis. O, mejor aún, antes de que su familia muriera... no, mucho antes. Salvarán la Tierra, volverán atrás en el tiempo y arreglarán todos sus problemas. Salvarán a la humanidad.

Abel se abre el pecho como si fuera el panel de un ordenador y de su interior saca un trozo de cristal rojo, liso y asimétrico. No sabe muy bien cómo, pero Noemí está convencida de que el cristal los hará viajar en el tiempo. Pero él se pone tieso de repente y se desploma contra la pared. Solo entonces se da cuenta de que eso es su corazón, o su fuente de energía, imprescindible para vivir. Se ha roto a sí mismo y lo ha hecho por ella.

—No, Abel, no hagas eso.

Intenta despertarlo, pero él tiene los ojos cerrados, puede que esté muerto. Ahora tendrá que enterrarlo en una estrella...

—¿Noemí?

Se despierta justo en el momento en que el sueño está a punto de convertirse en una pesadilla. Respira hondo y deja que las imágenes se borren de su mente. Si se niega a pensar en ellas, hasta el sueño más horrible se desvanece rápidamente.

—¿Estás bien? —Es Abel, tumbado en una cama de hospital a unos metros de ella, aunque él no está conectado a ningún monitor—. Parece que estabas experimentando una fase REM desagradable.

—Y así era. —Necesita mirarlo fijamente para volver a verlo por completo—. Estoy bien.

—Se te ve muy mejorada.

Los sensores médicos pitan y parpadean sobre su cabeza; normal que haya tenido pesadillas. No entiende los datos que aparecen en la pantalla, pero tampoco le hace falta porque es evidente que se encuentra mejor. Mucho mejor, la verdad. Ya no tiene fiebre y las líneas blancas de la piel casi han desaparecido por completo. Los científicos de la Tierra han avanzado en el tratamiento de las telarañas mucho más de lo que creía. Harriet la describió como una enfermedad muy peligrosa, pero es probable que los vagabundos no estén al día de los últimos avances médicos.

—Me siento casi recuperada del todo. —Sonríe, y Abel le devuelve el gesto. Le resulta raro despertarse junto a él con esta normalidad, cuando en la Estación Wayland le pareció lo más extraño del mundo—. Un poco cansada, eso es todo. Y tengo hambre.

—¿Quieres que llame para que nos traigan la comida? —Se incorpora, ansioso por tener algo que hacer. Parece más servicial ahora que cuando se sentía obligado a ello—. O quizá haya algo por aquí. Un zumo o una barrita energética...

El cierre hermético de la puerta se abre con un siseo y aparecen el modelo Tara y el doctor Dunaway, los dos ataviados con sendas batas blancas. Noemí solo conserva imágenes borrosas de Ephraim Dunaway, pero sí recuerda la amabilidad de sus ojos castaños y la seguridad con la que mueve las manos.

—Buenos días —anuncia la Tara, y enciende las luces. La joven entorna los ojos; Abel, más previsor, se protege con la mano—. Su estado ha mejorado considerablemente.

—Lo noto.

Noemí se incorpora sobre los codos. ¿Cuánto tiempo más tendrán que pasar en Bastión? Deben estar en cuarentena veinticinco horas y diría que al menos ya han pasado diez. Así que podrán retomar la misión enseguida.

O no. ¿Estará la nave también en cuarentena? El aterrizaje en Bastión está muy controlado; seguro que los despegues también.

«Nosotros podemos con esto y con lo que haga falta», se dice a sí misma, y mira a Abel. Le parece tan normal utilizar el «nosotros». Están juntos en esto. Recuerda la delicadeza con que la ha tratado mientras estaba enferma y se maravilla de lo raro y a la vez lo maravilloso que es confiar tanto en alguien. Pero, de momento, ni siquiera han salido del hospital.

—La velocidad de su recuperación es anormal. —La Tara frunce el ceño, como si una buena noticia que no se corresponde con los datos esperados fuera más una molestia que un motivo de alegría—. Deberíamos hacerle algunas pruebas más para determinar las razones por las que su organismo ha respondido tan rápido a la medicación.

Así que no es que las telarañas no sean peligrosas, es que ella se ha recuperado antes de lo previsto. Al final, el motivo es lo de menos. Lo importante es que pronto estarán lejos de aquí.

—¿Y Abel? Eh, ¿mi marido?

«Por favor, que no se hayan dado cuenta de nada.» Lo mira y ve el momento exacto en el que él se percata de que debe parecer más preocupado por su propia salud. Lo finge tan bien que por poco se le escapa la risa.

La Tara no aparta la mirada de las lecturas, no les mira a los ojos ni una sola vez.

—El cultivo ha salido normal y no muestra síntomas de estar infectado. Suponiendo que su estado no cambie, los dos superarán la cuarentena dentro de quince horas. Nos ocuparemos del resto de las pruebas en cuanto sea posible. Cuanto antes completen el proceso, mejor.

—Gracias.

Noemí no entiende cómo puede ser que el cultivo de Abel haya salido normal, y él tampoco, a juzgar por la forma en que frunce el ceño. ¿Las muestras de tejido de los mecas no son estériles? ¿No son incapaces de crear vida? Quizá la muestra estuviera contaminada.

La Tara se dirige a Ephraim.

—Doctor Dunaway, si le parece bien, mientras usted termina la ronda yo me ocupo de los análisis que queden pendientes en el laboratorio.

—No, no. Acabe usted la ronda. Yo me ocupo de esto.

Ephraim se entretiene con los sensores médicos de Noemí y sonríe hasta que la Tara sale de la habitación. De pronto, empieza a arrancárselos tan rápido que le hace daño.

—¡Ah! —protesta Noemí—. ¿Qué está haciendo?

—Esto no es el procedimiento rutinario. —Abel se levanta de la cama de un salto, cruza la estancia en dos o tres pasos y se coloca al otro lado de Noemí, como si quisiera apartarla del médico—. Su comportamiento ha sido anormal desde el principio…

—Sí, claro, y vosotros me llamáis anormal a mí. —Ephraim no para hasta que le quita el último sensor. Solo entonces la mira con tanta intensidad que le recuerda a la capitana Baz—. Tenéis que salir del planeta lo antes posible. Tú y tu marido. Ahora mismo os saco del hospital.

—¿Qué quiere decir? —pregunta Noemí mientras se incorpora. Aún está un poco atontada, pero no es nada comparado con la fiebre del día anterior—. ¿Adónde nos lleva?

—A vuestra nave. —El petate que traía en la mano cuando ha entrado parecía una bolsa normal, pero cuando lo abre resulta que contiene unas chaquetas negras de tejido fino pero muy cálido. Les tira un par y se pone la tercera—. He traído los sedantes más potentes que he encontrado. Cuando hayáis abandonado el planeta, me pondré uno y les diré que ha sido culpa mía.

—¡Basta! —Noemí baja de la cama de un salto—. ¿Quieres hacer el favor de explicarnos por qué pretendes culparnos de un delito que no hemos cometido?

Abel entorna los ojos y la ira que tiñe su voz suena intensamente humana.

—No podemos involucrarnos en una actividad criminal basándonos en los consejos de alguien que no ha sido sincero desde el primer momento.

—Y encima tienes la cara de decirme que no he sido sincero. Increíble.

Está ofendido, se le nota, pero sigue con los preparativos para sacarlos del hospital. Noemí intuye que lo hace por su bien o, al menos, por lo que él cree que es su bien, así que decide arriesgarse.

—¿Es por… Abel?

Si las autoridades de Bastión descubrieran lo que es, ¿querrían quedárselo? ¿Es lo que Ephraim intenta evitar? Pero el médico responde que no con la cabeza.

—También sería por él, eso seguro, si las analíticas no hubieran dado resultados tan raros. De momento, es por ti.

—Eso no es una explicación —interviene Abel, la voz firme, casi desafiante.

Ephraim parece tan molesto como Noemí.

—Sabéis perfectamente por qué lo hago. ¿Por qué fingís que no?

—¿Podrías decirnos, con palabras sencillas, qué…? —pregunta Noemí, pero se calla en cuanto Ephraim se acerca a ella y la señala como para enfatizar cada palabra.

—Eres de Génesis.

De repente, siente que se marea, pero se coge al borde de la cama para no caerse; la mano de Abel se cierra sobre su brazo y la mantiene de pie hasta que consigue recuperar el equilibrio. No es el mejor momento para perder el control. Ambos se miran.

—¿Cómo lo has sabido? —consigue preguntar ella al fin.

—Los resultados de las analíticas. —Ephraim se sube la cremallera de la chaqueta—. Tus pulmones están prácticamente limpios de contaminantes. Igual que la sangre. No es algo que veamos muy a menudo, y solo puede significar dos cosas: o te han clonado en un laboratorio o eres genesiana, pero tus estructuras genéticas son demasiado estables para un clon. Además, has respondido a la medicación tan rápido que es evidente que no has desarrollado resistencia a los antivirales. La mayoría de la gente ha pasado por toda la gama que tenemos antes de llegar a la edad adulta. Otra vez Génesis.

Noemí tiene un nudo en el estómago.

—No me ibais a hacer más pruebas, ¿verdad? La Tara pretendía mandarme a… que me interrogaran, a la cárcel o…

—Las pruebas eran de verdad. Aún no se han dado cuenta. —Ephraim se acerca a un monitor y ella se percata de que está comprobando el pasillo para asegurarse de que no se acerca nadie—. Los modelos Tara están programados para trabajar con enfermedades o heridas. Jamás se les ocurriría la posibilidad de que alguien esté demasiado sano.

—Claro —dice Abel; tiene la misma expresión entre la confusión y el asombro que Noemí ya le ha visto en otras ocasiones, cada vez que un humano es capaz de ver algo que a un meca se le habría escapado.

—Pero si pasáramos a la siguiente ronda de pruebas —continúa Ephraim—, los resultados le llegarían directamente a la supervisora de planta, que es humana. Seguramente, no tardaría en sumar dos más dos, como yo, y luego pediría más analíticas para tu maridito. Si sus muestras no se hubieran contaminado, los resultados serían los mismos, ¿verdad?

—No estés tan seguro —responde Abel.

Ephraim se pasa la mano por el pelo, rapado casi al cero, y respira hondo. Solo cuando lo ve así, intentando tranquilizarse, Noemí es consciente de que su preocupación es real.

—No podéis pasar más pruebas. Tenéis que abandonar el planeta antes de que las autoridades se den cuenta de la presencia de traidores.

La palabra «traidores» duele.

—Si eso es lo que crees que somos, ¿por qué nos ayudas? —pregunta ella.

—¿Quieres que te cuente la historia de mi vida?

Ella se cruza de brazos.

—Si pretendes que te haga caso y me deje culpar por un delito que no voy a cometer, sí, será mejor que empieces a hablar.

Ephraim levanta las manos, visiblemente sorprendido.

—Eh, que no os estoy tendiendo una trampa ni nada de eso.

Abel arquea una ceja.

—Convéncenos.

—¡No tenemos tanto tiempo! —protesta el médico.

Noemí cree que está siendo sincero, pero no puede dejarse guiar solo por el instinto.

—Pues será mejor que hables rápido.

Ephraim permanece inmóvil unos segundos, el tiempo suficiente para que Noemí sospeche que está a punto de confesarles su plan o llamar a seguridad. Cuando por fin habla, su voz suena grave y profunda.

—Hace treinta años, mi madre estaba sirviendo a bordo de una nave hospital de la flota de la Tierra cuando, durante una de las peores batallas de toda la guerra, los derribaron. Ella fue la única superviviente; estaba embarazada de seis meses de mi hermano mayor. La nave cayó en Génesis y mi madre se supo abandonada, indefensa, asustada ante la posibilidad de perder a mi hermano por culpa del impacto o acabar en la cárcel. Pero un grupo de genesianos dieron con ella. Sabían que debían informar si encontraban algún superviviente, pero se apiadaron de ella. La llevaron a una casa no muy lejos de allí y una enfermera la visitó para asegurarse de que el embarazo iba bien. Después la ayudaron a liberar una cápsula de los restos de la nave y con ella pudo ascender hasta una órbita baja y pedir ayuda. Le dijeron que sus dioses lo querían así. —Los ojos castaños de Ephraim se clavan en Noemí con una extraña intensidad—. No me gusta lo que tu planeta le ha hecho a esta galaxia. No sé cómo podéis ser compasivos con una persona y, al mismo tiempo, decirle a toda la humanidad que se vaya al infierno. Pero toda la vida he sabido que os debía una. Le debo a Génesis la vida de mi madre, la de mi hermano y la mía propia. En cuanto me di cuenta de dónde venías, supe que por fin podría devolver el favor. Y es lo que estoy haciendo.

Últimamente, Noemí se ha planteado muchas cosas sobre Génesis, pero tampoco se le olvida que su planeta es capaz de obrar maravillas.

—Gracias.

Ephraim señala las chaquetas.

—¡Agradecédmelo poniéndoos la chaqueta de una vez! Tenemos que irnos.

Abel y Noemí se miran. Él no parece muy seguro, pero en cuanto la ve coger su chaqueta, hace lo propio.

La fiebre ha convertido la llegada al hospital en un recuerdo borroso. Todo lo que pasó después de aterrizar es un remolino de confusión. Noemí tiene la sensación de que está a punto de ver Bastión por primera vez. El pasillo del hospital no tiene nada de especial, al igual que el área de servicio por la que Ephraim los lleva.

Pero fuera la cosa empeora.

En cuanto salen, Noemí levanta la mirada y ve que el aliento se convierte en vapor por efecto del frío. El cielo, gris oscuro, cuelga sobre Bastión como una cúpula bajo la que contenerlos.

—¿Alguna vez habéis necesitado recurrir a la cuarentena? —Abel no deja de observar a Ephraim con la misma mirada gélida con la que vigilaba a la Reina la última vez que los atacó—. Hay muy pocas habitaciones en la zona. Tampoco hay carreteras. Ni ciudades.

—La primera vez que se extendieron las telarañas… —Ephraim niega con la cabeza mientras se sube el cuello de la chaqueta para protegerse del viento helado—. Es una enfermedad muy fea. En la Tierra dicen que la tenemos bajo control, más o menos, pero no engañan a nadie. La situación siempre es la misma: un estallido más y se convertirá en pandemia.

¿Pandemia? ¿Cuántos horrores de los últimos treinta años le falta por descubrir?

«Dejamos a la humanidad sin otra salida —piensa Noemí, y no puede evitar sentirse culpable—. Y sin otro planeta mejor que este.»

El camino de grava discurre entre dos edificios del complejo hospitalario, pero les permite echar un vistazo al mundo que hay más allá. Ella ve la tierra arenosa y gris, la hierba que es más plateada que verde y unos cuantos árboles que deben de ser nativos del planeta. Los troncos y las ramas se doblan en tantas direcciones que es como si alguien hubiera atado nudos con ellos, y las hojas son redondas y negras.

—¿Cómo es posible que algo subsista aquí? —murmura.

Lo decía a modo de pregunta retórica, pero Ephraim responde.

—Todo lo que sobrevive en Bastión se fortalece a pasos agigantados. La flora y la fauna nativas han evolucionado en este suelo yermo y bajo un cielo hostil. Son organismos miserables y feos, pero muy duros. Aquellos árboles de allí, es imposible cortarlos por la madera. Harás trizas el hacha y apenas le habrás hecho algunas marcas al tronco.

—No sé si los odias o si los admiras.

—Las dos cosas al mismo tiempo —responde, y su voz transmite desazón y una extraña forma de orgullo.

Noemí aprieta el paso para no quedarse atrás; aún se siente débil y Ephraim es un hombre alto con una zancada importante. Abel no se separa de ella, listo para ayudarla si lo necesita. Sin embargo, está extrañamente callado, no dice ni una sola palabra.

—¿Y la gente que vive aquí, los colonos, son igual de duros? —le plantea ella al médico.

—Aprenden a serlo. —Ephraim se da cuenta de cuánto le cuesta a la chica seguirle el paso y aminora. A pesar de la rabia y del secretismo, se nota que es médico por vocación—. Hay que ser fuerte para pasar el filtro. Da igual que seas un genio de la música o que se te dé bien contar chistes. Da igual que tengas una cara como la de Han Zhi. Si no eres fuerte o no pareces capaz de llegar a serlo, te mandan de vuelta a la Tierra.

Noemí se acuerda del niño que vio al llegar y se pregunta si su familia habrá pasado el filtro. ¿Cómo debe de ser llevar a tus hijos al único sitio en toda la galaxia en el que crees que tendrán la oportunidad de crecer y que, una vez allí, te manden de vuelta?

—Yo nací aquí —continúa Ephraim—. Pero nunca he sido… un hombre de Bastión, por decirlo de alguna manera. Siempre he pensado que tiene que haber algo mejor que esto.

«Y lo hay, en Génesis», piensa Noemí, y está a punto de decírselo, pero se contiene. ¿Cómo presumir de las bondades de su planeta cuando sabe que ese hombre nunca llegará a conocerlas?

Cuando llegan a lo alto de la colina, ve una estructura de metal que hace las veces de puerto. Hay una docena de medtrams en su interior, suspendidos en el aire y esperando algún servicio de emergencia. Los reconoce del día anterior: son cápsulas blancas y largas, casi cilíndricas, con la punta afilada y varios anillos de luces rojas.

—Entonces robamos uno de estos, ¿no? —pregunta—. Nadie pararía un medtram, ¿verdad?

—Esperemos que no —responde Ephraim, tenso. Cuando Noemí y Abel lo miran, él levanta una mano. El brazalete que lleva alrededor de la muñeca parpadea con una luz roja. Ella sabe lo que está pasando antes de que él diga las palabras—: Ya vienen.

30

Abel decide que o bien Ephraim Dunaway les ha tendido una trampa muy elaborada, o bien ha subestimado la dificultad que encontrarían a la hora de escapar. El resultado no es positivo en ninguno de los dos casos.

—¿Quién viene?

—Las autoridades. —Noemí parece totalmente convencida de la sinceridad del médico—. Se han dado cuenta de que nos hemos ido.

Este señala hacia el puerto.

—Al medtram. Ya.

Noemí corre colina abajo, seguida por Ephraim. Abel modera la velocidad para seguirlo de cerca y ver si hace algún tipo de señal. Sin embargo, lo único que hace el médico es correr lo más rápido que puede; parece que la amenaza es real.

Abel acelera y los deja atrás a los dos, al tiempo que sintoniza su oído superior y su visión periférica en busca de alguna señal de las autoridades, lo que sea. Hasta los humanos más valientes se ven afectados por las emociones en momentos de estrés como este, mientras que él puede centrarse en el aquí y el ahora, en los cambios y las señales más sutiles. Cuando llega a la base de lanzamiento de los medtrams, la escala por un lateral y se dobla hasta alcanzar la puerta del vehículo más cercano. El cierre de seguridad se rompe con facilidad; cuatro segundos más tarde, ya está dentro.

Ayer su atención estaba enfocada casi por completo en Noemí, pero aun así puede recuperar los recuerdos grabados durante el viaje para recuperar los datos necesarios. Sus manos copian las del piloto de ayer; las luces del tablero de mandos no tardan en encenderse. Hace descender el vehículo hasta el suelo, donde los otros esperan, acompañado en todo momento por el creciente quejido de los motores.

Noemí sonríe; Ephraim lo mira fijamente. Abel abre la puerta para que se monten.

—¿Se puede saber cómo lo has hecho? —le pregunta el médico.

—Se me dan bien las máquinas —responde él, y técnicamente es verdad.

—¿Cómo evitamos que nos detengan? —le dice Noemí al médico mientras se sienta junto a Abel—. Si nos están buscando y se dan cuenta de que falta un medtram…

—Puedo ocultar la firma del ordenador de a bordo —señala Abel—. Las vías de ferrocarril que hay por la zona nos servirán para disimular el plan de vuelo.

Ephraim frunce el ceño.

—¿Qué? ¿Te refieres a los viejos trenes de carbón? ¿Y de qué nos van a servir?

—Tú mira.

Y sin añadir nada más, pisa el acelerador y el medtram avanza veloz muy cerca de la superficie gris del planeta. La arena y las rocas pasan a toda velocidad bajo el casco del vehículo y las colinas negras que hay a lo lejos se hacen grandes por momentos.

—Y ahora, doctor Dunaway, necesito que te expliques.

—¿Que explique ¿qué? —replica Ephraim, y Noemí mira a Abel sin acabar de entender qué está pasando.

—Tus verdaderos planes.

Tanto Noemí como el médico lo miran con lo que Abel identifica como consternación, o incluso puede que rabia. Ya analizará más tarde los datos de su visión periférica, cuando no tenga que concentrarse en mantener la bala blanca que es el medtram tan cerca del suelo como sea posible sin chocar contra él.

—Perdón…, ¿planes? —exclama Ephraim, con un sonido a medio camino entre la risa y la exasperación.

—Eso mismo —replica Abel, sin apartar la mirada de los controles—. ¿A qué viene esa fijación por Noemí?

Ella le pone una mano en el brazo, como para tranquilizarlo.

—No, Abel, no lo entiendes. Ephraim se ha dado cuenta por mi sangre de que vengo de Génesis y mi pueblo ayudó a su madre…

—Tu sangre la analizaron ayer por la noche. —Abel no levanta la mirada de los controles—. Pero el doctor Dunaway ya se había fijado en ti mucho antes; de hecho, desde que se ocupó de tu caso. Se aseguró de hacerte personalmente varias pruebas que eran responsabilidad de la Tara. Tenemos que saber por qué.

Ella mira al médico más sorprendida de lo que debería.

—Espera. ¿La historia de tu madre era mentira?

—Por supuesto que no. —Ephraim agacha la cabeza—. Lo que tu pueblo hizo por ella, la deuda que aún tengo con los tuyos, es todo verdad. ¿Por qué creéis que estoy arriesgando mi trabajo y puede que hasta la vida? ¿Para darme un paseo con vosotros? ¿Por pura diversión? —Teniendo en cuenta el peligro al que se exponen, el viaje más bien duro a bordo del medtram y el paisaje desértico que se extiende frente a ellos, Abel clasifica la pregunta como sarcasmo—. Pero sí, quise ocuparme de tu caso cuando aún no sabía de dónde eras.

—¿Y por qué? —pregunta el meca.

—¿Qué más da? Os estoy ayudando, ¿no?

—Puede que sí, puede que no. —Se acercan a la vieja vía del carbón y Abel ya no puede permitirse dividir su atención—. Aún no os habéis puesto los cinturones de seguridad. Os recomiendo que lo hagáis cuanto antes.

—Abel, ¿qué estás…? —Noemí se queda sin aliento en cuanto el medtram cae en picado hacia las vías… y hacia el tren que avanza lentamente sobre ellas—. ¿Estás seguro de que no es peligroso?

—No.

Y acto seguido se dirige directamente hacia el tren.

A Abel le sorprendió ayer que las vías del tren en Bastión no fueran modernas, sino que se parecieran a las de los siglos XIX y XX. Los trenes también le parecieron anticuados; el diseño exterior transmite austeridad y sencillez, pero escupen el mismo humo que los habitantes de la Tierra tenían que soportar en el siglo XIX. Luego se dio cuenta de que esos viejos trenes eran el medio de transporte ideal en un planeta con más metales y carbón del que la humanidad al completo podría gastar a lo largo de diez vidas: fáciles de fabricar, fáciles de alimentar, fáciles de arreglar y fiables durante décadas. Con un transporte tan poco sofisticado, la maquinaria más compleja se puede reservar para las minas.

Ayer también tuvo tiempo de fijarse en que mientras la mayoría de los vagones son grandes contenedores para minerales, unos pocos tienen una estructura plana y más baja, quizá para transportar equipos. Con un poco de suerte, este tren tendrá algún vagón de esos. Si no es así, su detención es inminente.

—Abel. —Noemí levanta las manos como si intentara protegerse de una colisión inminente. Cada vez están más cerca del tren, a solo treinta segundos de interceptarlo—. ¿Qué estás…? ¡Abel!

El grito no lo distrae, y coloca el medtram de lado para que se deslice sobre el tren a más o menos medio metro de distancia, un margen de seguridad más que suficiente, pero que a los humanos les puede parecer demasiado pequeño. Es entonces cuando reduce la velocidad para que el tren se deslice por debajo de ellos hasta que localiza un vagón de carga vacío y de perfil bajo. Acelera de nuevo, se pone a la altura del vagón, iguala la velocidad a la del tren y, con mucho cuidado, aterriza.

Ahora no son más que otro cargamento a bordo del tren, invisibles para los radares y cualquier otro detector de movimiento. De momento, no solo están escondidos, sino que se dirigen de nuevo hacia la zona en la que la *Dédalo* los espera.

—¿Cómo has...? —Ephraim mira por el parabrisas y luego a través de una pequeña ventanilla lateral—. Has dado en el clavo. No sabía que se podía volar así.

—Como he dicho antes, se me dan bien las máquinas.

A Abel le dan igual los elogios del médico; lo que le importa es Noemí. Su piel sigue muy pálida y respira con bocanadas rápidas y cortas. Con una mano le aparta el pelo de la cara, un instinto cuando menos curioso. No es una ayuda en el sentido estrictamente médico, pero ha sentido la necesidad de hacerlo porque cree que podría tranquilizarla. Muchos mamíferos se calman gracias a distintos rituales de acicalamiento—. ¿Estás bien?

—Sí. Acabas de... ¡Uf! —Ella cierra los ojos un segundo y, cuando los abre otra vez, parece recuperada. Y su mirada fulminante es para Ephraim Dunaway—. ¿Qué tal si volvemos a tus otros planes?

El médico los observa en silencio, como si intentara tomarles las medidas desde cero.

—Las telarañas no son lo que la gente cree —dice finalmente—. Son un virus, sí, pero lo que hace y la razón de su existencia se ha ocultado durante mucho tiempo. Demasiado.

Abel asiente.

—El virus de las telarañas fue creado por el hombre.

Esta vez son Ephraim y Noemí los que lo miran a él, pero en cuestión de segundos ella ahoga una exclamación de sorpresa.

—La radiación.

—Exacto. Hasta hace poco, ningún agente viral de origen orgánico había sido capaz de alterar los niveles de radiación. Para conseguirlo, haría falta la ingeniería genética más sofisticada que puedas imaginarte.

Abel se pregunta si Mansfield tuvo algo que ver. O su hija, que estaba estudiando genética con la intención de trabajar en la generación de implantes biónicos…

Ephraim señala a Abel.

—No sé cómo has podido descubrirlo tan rápido, pero sí, es de origen humano.

Noemí se incorpora y, de pronto, vuelve a ser la guerrera de Génesis que Abel conoció aquel primer día, la soldado llena de ira y lista para matar.

—¿Estáis diciendo que es un arma biológica? ¿La Tierra pretende envenenar a todo Génesis para luego robarnos el planeta?

—No lo sé. Nadie lo sabe. Eso es lo que tenemos que descubrir. —Ephraim suspira—. No sé qué pretendían conseguir, pero la cagaron. Si es un arma, se volvió contra su propio pueblo antes de que pudieran usarla contra el tuyo. Aunque podría no ser un arma. No siempre es mortal y las armas biológicas lo son por necesidad.

—Eso si fue diseñada correctamente —interviene Abel.

El diseño humano suele estar lleno de errores y, en este caso, se alegra de que sea así.

—Parece bastante mortífero. A mí al menos me lo ha parecido —dice Noemí.

—Mucha gente sobrevive —confirma Ephraim—, pero tres de cada cinco mueren.

Es la primera vez que Abel escucha algún dato concreto. Se vuelve de nuevo hacia la chica, como si esta fuera a desmayarse en cualquier momento. Sin embargo, y a pesar de la palidez, sus pensamientos son para los demás afectados por la enfermedad.

—Niños, ancianos, gente enferma…

—… y gente que ya ha desarrollado resistencia a los antivirales —apunta Ephraim—. Mueren casi siempre. Tú eres joven y fuerte, por eso sabía que tenías muchas posibilidades de curarte, pero al ver que te recuperabas tan rápido, supe que era la primera vez que estabas expuesta a un antiviral. ¡Como para no darse cuenta!

—Tú te diste cuenta —dice Abel—, y muy rápido. ¿Los demás también?

El médico asiente.

—No me extrañaría. En la Tierra están desesperados por tapar el asunto. Durante un tiempo creyeron que lo tenían controlado. Apenas hemos tenido casos en estos últimos cuatro años, pero hace algunos meses hubo un brote. La gente se asustó. Si se enteraran de que la enfermedad fue creada por la Tierra, habría revueltas en todos los planetas del Anillo, un malestar mucho mayor que el que ya existe. Si las autoridades descubren que eres de Génesis, que una enemiga lleva la prueba de sus actos en las venas... —Niega con la cabeza—. No saldrías de este planeta con vida.

Noemí se estremece —Abel cree que es por el alivio que siente—, pero enseguida entorna los ojos y mira fijamente al médico.

—Ese es el origen de la Cura. Empezó con un grupo de médicos que sabía la verdad sobre las telarañas. Y tú eres uno de ellos, ¿verdad?

Pues claro. El meca aún no había analizado la situación con tanto detenimiento; estaba demasiado ocupado calculando riesgos específicos para Noemí. Pero de pronto ve la verdad. Ephraim no solo quería estudiar la enfermedad; también quería demostrar el papel de la Tierra y que toda la resistencia lo proclamara por toda la galaxia. La soldado genesiana, una superviviente joven y fuerte, habría sido la prueba perfecta, independientemente de su planeta de origen.

El médico se queda callado; no quiere responder. Sin embargo, al final asiente.

—A veces me pregunto si aún quiero seguir refiriéndome a mí mismo como miembro de la Cura. Pero sí, empezamos como un grupo de médicos que quería denunciar a los científicos de la Tierra que propagaron el virus por toda la galaxia. El grupo se hizo mucho más grande. Y más peligroso. Ahora hay psicópatas poniendo bombas en festivales de música con la excusa de que así demuestran algo, cuando lo único que consiguen es que la gente crea que todo el que no está de acuerdo con el gobierno de la Tierra también es un psicópata...

—No son psicópatas —lo interrumpe Noemí, sorprendiendo a Abel—. Se equivocan al recurrir al terrorismo. No hay justificación posible, no existe, pero en Kismet conocimos a una de ellos. No estaba loca, solo furiosa, desesperada y muy equivocada. No veía otra salida.

—¿Conocisteis a uno de los terroristas de Kismet?

Ephraim los mira boquiabiertos.

—No sabemos su localización actual.

Abel espera que baste con eso para que no les haga más preguntas sobre Riko Watanabe. Noemí lo mira. Por primera vez desde que llegaron a Bastión, toda su atención es para él.

—Por cierto, gracias por cuidar tan bien de mí cuando estaba enferma.

Abel debería quitarle importancia a sus palabras, responder que es su obligación, su deber como meca. Pero, en vez de eso, inclina la cabeza.

—De nada.

Justo en ese momento, el tren se adentra en un túnel. Se hace la oscuridad a su alrededor, rota únicamente por un foco de luz tenue pegado a la parte trasera del tren. Ephraim les hace un gesto con la mano para que se levanten.

—Preparaos. Tenemos que saltar del medtram unos cien metros antes de que llegue al final. Desde aquí será fácil encontrar un ascensor de servicio que nos lleve a la zona de aterrizaje.

—¿Cómo sabes todo eso? —pregunta Noemí.

Él esboza una sonrisa tímida, un gesto inesperado en un hombre tan grande.

—Los niños de Bastión también saben cómo divertirse.

Cuando Abel abre la puerta del medtram, el viento los azota con tanta fuerza que anula cualquier sonido y le obliga a pasarle un brazo alrededor de la cintura a Noemí para sujetarla. Es una reacción lógica, pero cuando el tren disminuye la velocidad no le apetece dejar de abrazarla. ¿Lo justifica la preocupación por su salud, aunque haya mejorado considerablemente?

En cualquier caso, es irrelevante. En cuestión de segundos llegan a la zona en la que deberían saltar; el tren ha reducido tanto la velocidad que la joven no necesita ayuda para apearse. El ascensor al que los lleva Ephraim no es tan prometedor, está lleno de agujeros y de óxido. Noemí se queda mirando la maquinaria de metal sin saber muy bien si fiarse o no. Abel piensa como ella, aunque respalda sus dudas con complicados cálculos matemáticos. Pero lo peor que hace el ascensor es crujir mientras los lleva hasta la zona de aterrizaje.

—¿Podremos burlar la seguridad para despegar? —pregunta Abel.

El médico asiente.

—Les preocupa más la gente que intenta aterrizar sin permiso que la que se marcha.

—Vale —dice ella—, pero, Ephraim, ¿por qué estás tan seguro de que te creerán con lo del somnífero? Lo siento, pero si fuera yo no me lo tragaría.

¿Cómo es posible que haya llegado a creerse incapaz de mostrar compasión por los demás? Abel no se lo explica. ¿Por culpa de los Gatson quizá? Por cómo habla de ellos, parecen más distantes que malintencionados, aunque puede que una actitud distante por parte de unos padres sea suficientemente dañina. Algún día le tiene que preguntar a Mansfield por la influencia de las actitudes parentales en la formación de la identidad de los hijos.

—Mi coartada necesita algunos retoques, un poco de teatro. —Ephraim se vuelve hacia Abel—. ¿Crees que podrías ponerme un ojo morado y hacerme unos cuantos rasguños? Como si me hubieran dado una buena paliza.

El meca, con su capacidad para medir los golpes hasta la mínima variación de velocidad, blanco y fuerza, es el candidato ideal para la tarea. Pero para poder golpear a un hombre indefenso antes tiene que obviar algunas líneas de su programación.

—Dame un momento —le responde—. Necesito prepararme.

—No sé cómo darte las gracias.

La joven mira a Ephraim y le sonríe de una forma que a Abel no le gusta lo más mínimo, lo cual no tiene sentido. Le gusta la sonrisa de Noemí. Se alegra de que esté bien y le agradece al médico los cuidados y la ayuda que les ha prestado. Entonces ¿a qué viene su mal humor?

El ascensor se detiene con un ruido metálico seguido de un golpe seco. Noemí señala hacia la *Dédalo*, que está a unos cincuenta metros; Ephraim los ha llevado al sitio exacto. Esta vez la sonrisa cómplice es solo para Abel. Mucho mejor así.

—Vale —habla el médico, bajando la voz—, primero nos aseguramos de que no hay moros en la costa, luego Abel se ocupa de mi cara y por último nos separamos y yo me tomo la medicación mientras vosotros huís.

De pronto, Noemí coge del brazo a Abel, los ojos abiertos como platos.

—Mira… —susurra, y señala hacia la *Dédalo*, donde dos figuras grises acaban de salir de detrás de otra nave cercana: la Reina y el Charlie.

El meca agranda la imagen para comprobar la mano del Charlie, que sigue desnuda hasta el endoesqueleto de metal.

Los han pillado.

—Teníais que aterrizar tarde o temprano —dice la Reina mientras se dirige hacia ellos. Sus ojos aún desprenden el brillo de una inteligencia nueva y extraña—. No podíais esconderos para siempre detrás de la Puerta Ciega.

Sus palabras cogen a Abel por sorpresa.

—¿Sabías que estábamos allí?

—Y también sabía que seguiros era demasiado peligroso. Además, ¿para qué, si solo había que esperar hasta que aparecierais? El instinto me dijo que vendríais a Bastión y no me equivocaba.

—Durante una décima de segundo, su sonrisa parece menos petulante, más dichosa—. Me gusta tener intuición. Es… divertido.

Sigue queriendo ser más de lo que era, retener la chispa de la vida con la que ha sido bendecida. Quizá Abel pueda razonar con ella basándose en eso.

Mira a Noemí y a Ephraim con una advertencia muda en la mirada: que no se metan. Ella tiene los puños cerrados a ambos lados del cuerpo como si estuviera preparada para la pelea, pero asiente con un gesto apenas perceptible. Él parece perplejo, y con razón, pero es listo y enseguida se da cuenta de que no debe meterse en un enfrentamiento que ni siquiera entiende.

—Eres libre, Abel. —La Reina se dirige hacia él con paso relajado, más propio de un humano que de una meca; la armadura plateada de polímero brilla bajo la tenue luz del hangar—. Y, aun así, te niegas a volver a casa. ¿No quieres volver a ver a Mansfield?

Muchísimo, pero no puede abandonar a Noemí, y menos ahora. Ya no tiene que perecer junto con la Puerta de Génesis. ¿Hay alguna forma de acabar con todo esto sin violencia?

—Dile que volveré pronto. Dentro de unas semanas, puede que días.

Se marcharán de Bastión sin el meca que necesitan, pero si pueden viajar libremente por el Anillo sin arriesgarse a ser capturados, podrán robar uno en Cray o en Kismet sin demasiados problemas.

Luego tendrá que separarse de Noemí, un pensamiento extrañamente doloroso, aunque no cambia el hecho de que, tarde o temprano, acabará volviendo a casa.

—Mansfield debe entender cuánto lo he echado de menos —continúa, mientras avanza lentamente hacia la Reina—. Él mismo me lo programó. Por eso sabe que volveré a su lado. Lo único que le pido es un poco de tiempo para completar este viaje.

La Reina frena en seco. No estaba preparada para lo que acaba de oír; las Reinas y los Charlies son modelos de combate, lo que significa que no saben negociar. Pero esta Reina es distinta, algo especial; puede ver un destello de inteligencia en sus ojos verde pálido. ¿Tiene suficiente entidad, suficiente alma para comprender lo que Abel le está ofreciendo?

—Harás lo que él quiera —replica sin emoción.

—Claro. Pero todavía no. Pronto.

—Las órdenes dicen que debo recuperarte ya.

—Tus órdenes se basan en información obsoleta. Mansfield no entiende lo que estoy intentando hacer. —Cuando por fin lo entienda, cuando todo el mundo sepa que la Puerta de Génesis ha sido destruida, ¿cómo reaccionará? Seguramente, no muy bien. Pero ya se ocupará de eso cuando llegue el momento. Confía en el amor de su padre para solucionar lo demás—. Se te ha concedido la habilidad de pensar por ti misma. Úsala. ¿No te parece que tiene más sentido que vuelva cuando considere que ha llegado el momento? La alternativa es una pelea que llamará la atención, que es lo que Mansfield quiere evitar.

La expresión que aflora como un destello en la cara de la Reina no se parece a nada que él haya visto antes en un meca: incertidumbre, vulnerabilidad incluso.

—Mis pensamientos me dicen una cosa, pero mi programación me dice otra. —Su rostro se contrae en una mueca y se lleva la mano a la cabeza como si le doliera, justo detrás de la oreja, donde están almacenadas sus nuevas habilidades—. No deberían entrar en conflicto.

—El conflicto es el precio que hay que pagar por tener conciencia. —Abel lo ha aprendido tras un doloroso proceso de ensayo y error. Se atreve a dar un paso al frente y proyecta, no, permite que su voz exprese más emociones—. Es un precio que vale la pena pagar. Puede que seamos los únicos mecas capaces de entenderlo. Toma una decisión. Reivindica tu propia voluntad. Es el primer paso que debes dar si quieres ser algo más que una máquina. Descubre qué quieres ser.

La Reina duda. Apenas los separan unos pasos. Él se da cuenta de que el Charlie se acerca, pero lentamente, esperando a ver qué hace la Reina. Si ella es capaz de entender las posibilidades que se esconden en su interior, si el regalo que Mansfield le ha hecho incluye la sombra de un alma como la de Abel, la persecución podría terminar ahora mismo.

Y encima habría alguien más en la galaxia como él...

Le gustaría darse la vuelta para mirar a Noemí y a Ephraim y saber si se están dirigiendo hacia la *Dédalo* o están presenciando el intercambio dialéctico, pero no se atreve a romper el contacto visual. Intuye que va a necesitar todo lo que tiene y todo lo que es si quiere convencer a la Reina.

La expresión de ella cambia, se aclara, y empieza a sonreír. Él siente un destello de esperanza hasta que la meca abre la boca.

—Borrando actualizaciones innecesarias.

—No lo hagas. —Ya ni siquiera piensa en la misión, sino en lo absurdo que es que un meca renuncie de esa manera a su alma—. Si lo haces, no sabrás lo que estás haciendo.

—No necesito saberlo —replica ella, mientras se atraviesa el cráneo con los dedos.

Abel observa horrorizado la sangre que se desliza por los dedos de la Reina y salpica el suelo del hangar. Los retira y ahí está, salpicado de trozos de hueso y carne: la pieza de hardware que contenía la memoria extra. Su conciencia. Su alma.

Para ella, no es más que basura.

—Eficiencia restablecida.

Con la mano aún manchada de sangre, la meca se saca un rectángulo oscuro del cinturón de su traje y Abel enseguida reconoce lo que parece ser una especie de mando a distancia para mecas. Mecas inferiores, obviamente, nada tan avanzado como una Reina o un Charlie, y mucho menos como Abel. ¿Está pidiendo refuerzos, Perros y Yugos que lo superarán fácilmente en número? Los ojos de la Reina lo observan con gesto ausente, casi muerto, antes de acercarse el mando a la boca y añadir tres palabras más.

—Control manual: resurrección.

El mundo se tiñe de blanco y negro, su cuerpo se vuelve insensible, incapaz de procesar ni un solo dato sensorial, no queda nada...

... y, de pronto, se despierta.

Abel se incorpora un tanto aturdido. Está sobre una mesa plateada, en una sala blanca y ovalada. Por los planos que lleva memorizados, sabe que es un saltamontes, una nave de funcionamiento automatizado que hace viajes rutinarios entre dos planetas del Anillo. Normalmente, se usa para enviar herramientas, pero, claro, ¿qué es él sino una herramienta?

Y le duele comprobar que tenía un código de seguridad. No sabía que Mansfield se lo había programado. La Reina lo tendría como último recurso. ¿A qué viene tanta desesperación por parte de Mansfield? Cuanto más tiempo permanece alerta, más funciones relacionadas con la memoria se van conectando, hasta que lo recuerda todo en un destello cegador.

«Noemí.» Se baja de la mesa, decidido a buscarla, pero sabe que no está a bordo. ¿Le habrán hecho daño? Con él bajo custodia, ya no tenían necesidad, pero si ella intentó defenderlo...

La nave tiembla con mucha más violencia que la *Dédalo* y la luz empieza a plegarse. Están atravesando una puerta. Ya es demasiado tarde para buscar a Noemí, para poder intervenir en lo que le esté pasando.

Mira a su alrededor en busca de alguna pista que le indique qué pasó después de que lo aturdieran, pero no encuentra nada. Se dirige hacia la puerta, a pesar de que no espera que se abra, pero eso es exactamente lo que pasa. Claro, los saltamontes no han sido diseñados pensando en la seguridad interna. Son para transportar objetos, nada más. Por desgracia, no hay mucho más de lo que ya ha visto y, aun así, se dispone a inspeccionar hasta el último centímetro en busca de alguna pista.

Cruza la puerta y se detiene en seco. Otro meca lo espera, uno de los dos modelos que no han sido diseñados con aspecto humano: un Rayos X.

Tiene dos piernas, dos brazos, un tronco y una cabeza, pero, en lugar de piel, está cubierto con una superficie reflectante capaz de proyectar imágenes desde el interior. Este en concreto es alto, casi dos metros, de los que suelen pertenecer a los más poderosos que quieren asegurarse de que sus mensajes son entregados con la autoridad que les corresponde. Abel se acerca a la cosa, que lo espera en silencio, los largos brazos colgando a ambos lados del cuerpo, inactivo hasta que pueda entregar el mensaje que contiene.

Detrás del Rayos X, ve una pantalla, apenas un pequeño rectángulo, una vista de emergencia sin ninguna función en el pilotaje de la nave. Pero le basta para reconocer el planeta que se vislumbra a lo lejos, su próximo destino.

Por primera vez en treinta años, ve la Tierra.

Cuando se acerca a un brazo de distancia del Rayos X, este se endereza. Su superficie plateada se oscurece píxel a píxel y luego toma forma a medida que va proyectando la imagen de unas piernas humanas, unos brazos, la ropa. El perfil del cuerpo que se extiende por sus miembros no significa nada en comparación con la cara, que es lo último que aparece.

—Mi chico especial. —Burton Mansfield sonríe con más alegría de la que Abel ha visto jamás en un rostro humano. El Rayos X sujeta con sus manos enormes la cabeza de Abel, y lo hace casi con ternura—. Bienvenido a casa.

31

—¡Abel!

Noemí grita al verlo desplomarse sobre el asfalto. Intenta acercarse a él, pero Ephraim la sujeta por el brazo.

—¿Qué estás haciendo? La Reina viene hacia aquí. ¡Tenemos que largarnos!

Y es verdad, la meca se dirige hacia ellos. Al principio, la joven solo ve al Charlie recogiendo el cuerpo inerte de Abel del suelo y dirigiéndose hacia el saltamontes, que le espera con las puertas abiertas, listo para recibir la carga.

¿Qué le han hecho? ¿Está vivo?

La Reina acelera el paso y luego echa a correr directamente hacia ellos. Los años de entrenamiento toman el mando: Noemí sale disparada hacia la *Dédalo*, seguida de cerca por Ephraim. Aún se siente débil por culpa de las telarañas, pero corre tan rápido como puede. Ya tendrá tiempo para desplomarse más tarde o cuando esté muerta, da igual. Rendirse no es una opción.

«Pero ¿por qué nos persigue ese trasto absurdo?»

La puerta de la *Dédalo* se abre y Noemí y Ephraim la atraviesan a la carrera.

—¡Cerrar puerta! —grita ella en cuanto están dentro—. ¡Anular funciones de seguridad externas, ya!

Las placas en forma de espiral de la puerta empiezan a cerrarse…, pero las manos de la Reina las detienen y las mantienen abiertas con su fuerza sobrehumana. Los bordes le atraviesan la carne de las palmas; los chorretones de sangre se deslizan por la puerta dibujando manchas alargadas. Los mecas sienten dolor, Noemí lo sabe, pero a esa meca le da igual.

—Un bláster. —Ephraim busca por todas partes, vacía cajas de herramientas y solo se detiene un momento cuando ve las manchas de sangre en el suelo—. Dime que hay un bláster por alguna parte.

Hay uno en la habitación de Noemí. Los demás deben de estar en la de Abel o en el puente de mando. No le da tiempo a ir a buscarlos y luego volver antes de que la Reina cruce la puerta.

Noemí ha sido entrenada para el combate. Pero se siente muy débil. Está tan agotada que le dan náuseas. De todas formas, ni en su mejor momento físico tendría una sola oportunidad contra el modelo Reina.

«Piensa —se dice a sí misma—. ¡Piensa!»

La meca empieza a abrir la puerta invirtiendo toda su fuerza robótica. Cuando la abertura se hace más grande, Noemí le grita a Ephraim:

—¡Sígueme!

Y sale corriendo hacia el pasillo sin molestarse en comprobar si el médico va tras ella. Espera que sobreviva, pero ahora mismo tiene una única prioridad que eclipsa todas las demás: llegar a la enfermería.

El pasillo en forma de espiral de la *Dédalo* nunca se le había hecho tan largo, ni siquiera con Esther al borde de la muerte. Entonces ella estaba en su mejor momento en cuanto a fuerzas. No notaba el tirón de un punto en el costado. Al menos en esta ocasión sabe adónde va.

Cada vez que sus pies golpean las placas del suelo significa que la Reina también lo sabe.

Oye pasos más pesados que los suyos siguiéndola de cerca. «¡Aún no, aún no!», piensa al borde del ataque de nervios. Un simple vistazo por encima del hombro es un peligro, pero aun así se arriesga y, por suerte, es Ephraim el que se acerca a toda prisa.

—Dime que tienes un plan —le dice jadeando.

—Más o menos.

—¿Más o menos?

Noemí se ha quedado sin aliento para responder. Y ahora, a no demasiada distancia, oye a la Reina avanzando más deprisa que cualquier humano.

Por fin han llegado a la última espiral, la última curva. La joven no aminora y las puertas se abren lo justo para dejarla entrar. Ephraim derrapa detrás de ella.

—Aquí es donde guardáis los blásteres, ¿verdad? ¿Verdad?

Lo ignora. Estudia la sala e intenta decidir cómo jugar sus cartas. El médico se da por vencido y empieza a inspeccionar el material médico, buscando quizá un bisturí láser o algo parecido. No está mal como plan B.

Las puertas de la enfermería se pueden bloquear, pero Noemí no se molesta. Se coloca en posición y, un segundo después, la Reina entra corriendo.

Para su sorpresa, Ephraim se abalanza sobre ella. Se lanza sobre una meca de combate como si pudiera conseguir algo con ello. O es muy valiente o es un suicida.

En cualquier caso, es evidente que se ha quedado sin suerte porque la Reina se lo quita de encima con tanta fuerza que acaba chocando contra la pared y cae de rodillas al suelo. Luego se gira hacia Noemí y su rostro no transmite ira, solo una resolución terrible e inexpresiva.

—Tienes que venir conmigo.

—¿Para qué me necesitas? —Noemí retrocede—. Ya tienes a Abel.

—Tenemos orden de examinarte y descubrir cómo has conseguido anular sus directrices básicas. —Se acerca lentamente, salpicando el suelo con la sangre que le gotea de las manos, y la chica retrocede aún más. La Reina también tiene el cuello cubierto de sangre y un lado de la cara salpicado con unas cuantas gotas debido al agujero que se ha hecho en el cráneo—. Debes responder a las preguntas antes de que el modelo Abel ocupe el lugar que le toca por derecho.

¿Qué quiere decir con eso? Abel nunca ha dicho nada de un «lugar que le toca por derecho» y está claro que al poco de conocerse no habría hecho otra cosa que vanagloriarse de su supuesto destino. Pero Noemí no tiene tiempo para pensar en ello. Tiene a la Reina delante y la espalda contra la pared. Ha llegado la hora de hacer algo.

La meca la sujeta con las manos llenas de sangre. No puede librarse de ella y tampoco puede quitársela de encima de un empujón porque la Reina está preparada para repeler el ataque. Por eso la sujeta con fuerza y tira de ella hacia un lado, apenas veinte centímetros…, suficiente para hacerla caer dentro de una de las cápsulas de criosueño.

El mecanismo de la cápsula se activa automáticamente, casi al instante, y la tapa transparente se cierra sobre ella hasta envolverla como un capullo. La Reina la golpea desde el interior, pero las primeras nubes de gas entre verde y gris ya son visibles desde fuera. Noemí observa fascinada cómo se van ralentizando sus movimientos hasta que se detienen por completo. La meca se desploma con un sonido sordo; ha entrado en modo latente, tal como predijo Abel.

Noemí detiene el ciclo. No quiere que la Reina se congele por completo, si es que funciona así con los mecas. Le basta con que esté inconsciente.

—Ya tenemos un meca capaz de pilotar un caza —dice, jadeando—. Hecho.

Al otro lado de la enfermería, Ephraim intenta ponerse de pie. Durante un segundo, observa a la meca inmóvil dentro de la cápsula y luego, aún aturdido, sacude la cabeza.

—Tienes que salir del planeta. Y yo de esta nave.

—Vamos.

Noemí sale corriendo otra vez, al límite de sus fuerzas como antes; si quiere saber dónde han llevado a Abel, tiene que poner la *Dédalo* en órbita cuanto antes.

Cuando apenas ha dado cinco pasos fuera de la enfermería, los sensores de la nave anuncian una alerta automática. Todos los paneles que recorren las paredes muestran el mismo mensaje: SEGURIDAD EN HANGAR COMPROMETIDA. SE ANULAN TODOS LOS VUELOS.

—Tenemos que saltárnoslo —dice Noemí—. Ven conmigo al puente.

Ephraim se detiene. Ella sabe las ganas que tiene de salir corriendo, lo ve en la tensión de sus músculos y de todo su cuerpo. Pero se le nota en la mirada que sabe la verdad: la nave ya ha sido identificada como un peligro. No puede bajarse como si tal cosa y decir que lo han drogado. Lo saben.

—Traidor —murmura—. Me llamarían traidor. Y todo por haber saldado una deuda de honor…

—¡Irónico, lo sé, pero corre!

Y echa a correr. Confía en que Ephraim sea inteligente y la siga. Sea como sea, ella quiere irse de ahí cuanto antes. Entra en el puente a la carrera. La silla de Abel está muy vacía sin él.

—¡Despegue automático! —grita—. ¡Ignora las comprobaciones del sistema y sácanos de aquí cuanto antes!

En todas las consolas aparece el mensaje que prohíbe los vuelos en todo el planeta, pero las naves civiles como esta no están obligadas a seguir las órdenes de tierra. Noemí pasa a modo manual y ocupa la silla de Abel justo cuando los motores de la *Dédalo* cobran vida.

Ephraim entra detrás de ella en un estado de conmoción evidente que la visión del puente no hace más que agravar.

—Vaya. Esta nave es una pasada.

—Gracias.

Noemí coloca las manos en los controles, respira hondo y despega a toda velocidad. La pantalla en forma de cúpula muestra primero el hangar, después un plano cenital y, por último, el cielo grisáceo de Bastión que se va oscureciendo a medida que se acercan al borde de la atmósfera.

—Fuerzas de seguridad planetarias… ¿A qué nos enfrentamos?

Ephraim se recupera de la impresión y se acerca a la parte delantera del puente de mando.

—Hay huelgas laborales en el continente del este. Casi todas las fuerzas de seguridad están allí y no van a dejar a las autoridades sin cobertura, no después de la llegada de cien mil inmigrantes. Deberían seguirnos un par de naves como mucho.

Son una o dos más de las que la *Dédalo* puede ocuparse. Noemí intenta pensar en algo que pueda usar contra ellas. Las balizas no volverán a funcionar; la lanzadera no apunta con suficiente precisión como para alcanzar un objetivo móvil.

—Ahí vienen —anuncia Ephraim.

Noemí cambia la imagen de la pantalla y aparecen dos naves pequeñas —cazas de dos plazas— que se acercan a toda velocidad. Si intenta huir, le dispararán antes de que le dé tiempo a llegar a la puerta.

«No pienso rendirme», piensa. Prefiere morir luchando, pero ¿tiene derecho a tomar esa decisión por Ephraim?

En la pantalla aparece un tercer objeto, mucho más rápido que los otros dos.

—Ahora son tres —informa él.

—Esta nave es distinta —dice Noemí, un tanto ausente.

Agranda la imagen para ver a sus perseguidores con más detalle. Los cazas son normales, pero la tercera nave, la que acaba de llegar, ¿está pintada de rojo?

La consola se ilumina con información nueva y Noemí ve, no sin cierta sorpresa, que la nave recién llegada apunta primero al primer caza, luego al segundo. Pero no está usando un arma. En vez de hacer saltar los cazas en mil pedazos, el corsario rojo…

—¿Les ha robado la energía? —susurra.

Si las lecturas de la pantalla no mienten, los dos cazas van a la deriva, impulsados únicamente por el generador de emergencia, mientras que el corsario prácticamente brilla con las reservas que acaba de acumular. Ephraim se coloca junto a la joven, tan confundido como ella.

—¿También nos van a robar la energía a nosotros?

Noemí se encoge de hombros; no sabe qué contestar. Pero, de pronto, la consola se ilumina con un mensaje de audio entrante. Lo piensa un segundo y aprieta el botón para escucharlo.

—¡Ah, venga ya! —La voz de Virginia Redbird estalla en los altavoces—. ¿En serio no me vas a dar ni las gracias?

Cuando Noemí llega al hangar, la esclusa ya ha completado su ciclo. Se abre la puerta y al otro lado aparece Virginia con el casco bajo el brazo y un traje de vuelo rojo muy ajustado, poco práctico, pero muy sexy.

—Hola, ¡cuánto tiempo sin vernos! —la saluda, con la misma naturalidad que si se acabaran de encontrar por la calle. Luego señala a Ephraim, que también ha bajado al hangar—. Eh, ¿quién es el nuevo?

Noemí ignora la pregunta.

—Virginia, ¿qué haces aquí? ¿Cómo nos has encontrado?

—Ah, ¿crees que te estaba buscando? ¿No te parece un poco egocéntrico por tu parte? —Ladea la cabeza, encantada de haberse conocido—. Puede que me apeteciera darme una vuelta por la galaxia yo sola.

No hay tiempo para estas tonterías. Noemí se cruza de brazos.

—La Vía Láctea mide ciento veinte mil años luz de punta a punta. Contiene aproximadamente cuatrocientos billones de estrellas y unos cien billones de planetas. ¿De verdad crees que me voy a tragar que nos hemos encontrado por casualidad?

Si Abel estuviera aquí, enumeraría las probabilidades exactas hasta el último decimal. De pronto, evoca la última imagen que conserva de él, inconsciente en manos del Charlie, y algo se revuelve en su interior.

Virginia encoge los hombros, como queriendo decir «qué esperabas».

—Vale, vale. Sorprendentemente, cuando dos mecas destrozan por completo tu guarida secreta y persiguen a una pareja de fugitivos, activando todas las alarmas habidas y por haber en el proceso, resulta que tu guarida deja de ser secreta. —Suspira—. Han encontrado todas las piezas que habíamos cogido prestadas y hasta nuestro jefe de diseño está que trina. Me han expulsado un mes sin sueldo ni contacto con mi familia. Por suerte, creen que me retuvisteis como rehén y no se han dado cuenta de que falta un dispositivo termomagnético, o me habrían encerrado.

Noemí se centra en el dispositivo. Si no saben que el dispositivo ha desaparecido, tampoco podrán deducir para qué lo quiere. Proteger Génesis sigue siendo su prioridad número uno, pero no la única. También está Abel, Ephraim y la propia Virginia.

—Siento haberte metido en problemas.

—Será broma, ¿no? Es lo más alucinante que me ha pasado en toda mi vida. —Virginia recupera la sonrisa—. Resulta que ya tenía mi nueva nave y sentía curiosidad por saber adónde se dirigía el meca más avanzado de toda la galaxia, así que me eché al espacio. A Ludwig no lo pillaron, así que pudo meterse en los archivos de seguridad y darme algunos datos de vuestra nave. Primero fui a Kismet. Qué turístico, ¿no? Un asco. Luego decidí probar suerte aquí y, justo cuando estoy entrando en la órbita de Bastión, veo una nave despegando a toda leche seguida de dos cazas, y la nave coincide con los datos de Ludwig. ¿Qué querías?, ¿que no lo comprobara? Y ahora en serio, ¿quién es el nuevo y dónde está Abel?

Ephraim frunce el ceño.

—¿Qué has querido decir con eso del meca más avanzado de toda la galaxia? En Génesis no hay mecas.

Ahora es Virginia la que se ha perdido.

—¿Y qué tiene que ver Génesis?

Noemí respira hondo.

—Cada uno de vosotros conocéis una parte de la historia. Es hora de contárosla toda.

—No sé qué pensar —dice Virginia mientras sigue a Noemí hacia el puente de mando—. Génesis, vosotros dos... No sé si estoy de acuerdo con lo que estáis haciendo. En serio.

—Después de todo lo que he visto, yo también tengo muchas dudas —confiesa la joven genesiana—. Pero sé que tengo que detener la Ofensiva Masada.

Ephraim sigue atascado en lo que le acaban de contar.

—Es imposible que Abel sea un meca. Nunca se ha fabricado uno tan inteligente y, aunque pudiera hacerse, sería ilegal. Aunque... consiguió aterrizar el medtram sobre un tren en marcha. Uf, llevo todo este tiempo hablando con un meca y yo sin saberlo. Creo que necesito sentarme.

Noemí no lo culpa. Saca el calendario improvisado que le hizo Abel para calcular el tiempo que falta para la Ofensiva Masada. Solo quedan... seis días. No es mucho.

Pero es más que suficiente.

—Tenemos que encontrar a Abel. —Respira hondo y se sienta en la silla del capitán—. La Reina y el Charlie lo... lo han desactivado. Así, sin más, como si a un humano le dispararas en la cabeza con un bláster.

—Una contraseña de seguridad. —Virginia sonríe, y vuelve a ser la marisabidilla de antes. Por un momento, le recuerda a Abel—. Seguro. Es lo único que podría desactivar tan rápidamente a un meca tan sofisticado.

—Bueno, pues es lo que le han hecho, y luego lo han mandado de vuelta a la Tierra sin que él estuviera preparado para volver con Mansfield. Después la Reina ha dicho algo de que tenía que cumplir con su cometido, ocupar el lugar «que le pertenece», no sé. Parecía algo malo.

—A ver si lo he entendido. —Ephraim empieza a enumerar puntos ayudándose con los dedos de la mano—. Burton Mansfield es el creador de Abel. Según tú, Abel habla de él como si fuera su padre, no su inventor. Y Mansfield lo va a tener de vuelta con él en breve. De momento, no veo el problema. Es decir, ¿Abel no será más feliz donde fue creado? Mansfield está tan desesperado por recuperarlo que ha enviado mecas por toda la galaxia para que lo busquen, así que lo más seguro es que también se alegre de este giro de los acontecimientos, ¿no?

Noemí tiene que admitir que lo que dice tiene sentido, aunque no el suficiente.

—Entonces ¿por qué han tenido que desactivarlo para poder llevárselo? Abel les ha prometido que volvería a casa por su propio pie. Pronto, además. Pero no les bastaba con eso.

Por fin Virginia capta la seriedad de la situación.

—¿Recuerdas lo que te dije en Cray? El diseño de Abel es muchísimo más complejo que el de cualquier otro meca que haya visto antes. Tanto que ni siquiera es legal. Mansfield lo tuvo que fabricar para algo muy importante.

—No lo suficiente como para decírselo a Abel.

Noemí respira hondo y los mira directamente a los ojos. No podrían ser más diferentes, como los planetas de los que vienen: ella con su traje de vuelo rojo y él con su ropa de médico y su chaqueta negra. Jamás se habría imaginado que conocería a dos personas tan distintas a ella y tampoco que acabaría confiando en ellas. Pero mucho menos que estaría dispuesta a arriesgarlo todo por el bien de un simple meca, y aquí está.

—Voy a buscar a Abel —dice—. Puede que esté mejor donde está ahora, que esté encantado con sus nuevas circunstancias, pero tengo que asegurarme. Me ha salvado la vida tantas veces, incluso cuando no quería hacerlo o cuando creía que iba a destruirlo. No era solo cosa de su programación, era él, el alma dentro de la máquina. Y no puedo abandonarlo sin asegurarme antes de que está bien. Si queréis abandonar la nave, buscaremos la forma de hacerlo. Pero si queréis venir conmigo, me vendría bien que me echarais una mano. Y a Abel.

—Creo que es un plan horroroso —dice Virginia tras un breve silencio—. Pero no pienso permitir que te lo pases teta tú sola.

—Yo también creo que es un plan horrible. —Ephraim se frota los ojos con una mano—. Pero ya que oficialmente soy un fugitivo, supongo que no pasará nada si me uno a vosotras.

—Gracias por el voto de confianza, chicos.

Sin embargo, no se equivocan en lo del plan. Tendrá que pensar en algo mejor.

Noemí introduce el nuevo rumbo de la nave con un nudo en el estómago. Los motores de mag cobran vida en la cola de la *Dédalo* y los propulsan hacia las estrellas, directos hacia la próxima puerta.

Para salvar a Abel, antes tiene que encontrar a Mansfield. Y este seguro que está en el último planeta que pretendía visitar, el mismo que ha temido y odiado más que a cualquier otro.

Por fin ha llegado la hora de aterrizar en la Tierra.

32

Londres está cubierto por una espesa capa de nubes que, en las horas previas al alba, se han teñido de color gris claro. El saltamontes las atraviesa y luego se abre paso entre la niebla hasta que, por fin, se ven las luces que se ocultan debajo.

Londres. Abel se sabe todas las calles, todos los edificios y monumentos importantes; superpone el plano que tiene guardado en la memoria con lo que ven sus ojos para saber qué ha cambiado y qué no. Aunque nada de eso importa, no en comparación con la emoción de estar de nuevo en casa. Ya sabe que los humanos tienden a sentirse emocionalmente ligados a casas, ciudades y, en general, cualquier sitio que recuerden con cariño, pero no creía que él fuera capaz de sentir lo mismo.

Es la primera vez que vuelve a casa.

En el último siglo, la famosa niebla de Londres ha regresado con la misma peligrosidad sutil de antaño. El saltamontes dibuja espirales de vapor mientras se posa sobre una plataforma alta e iluminada que se eleva sobre casi toda la ciudad. Abel se asoma a una de las pequeñas ventanas redondas, el rostro teñido apenas del azul de los reflectores, y ve que le espera un comité de bienvenida.

Mira por encima del hombro al Rayos X que ha hecho el viaje con él. Nada más entregarle el mensaje de Mansfield, apagó las luces, se sentó en una esquina y no se ha vuelto a mover desde entonces. Su silueta muda e inconsciente le incomoda, aunque no sabe por qué.

La puerta del saltamontes se abre automáticamente y se extiende hasta convertirse en una pasarela. En cuanto Abel baja, un Ítem se acerca a recibirlo. Tiene la apariencia de un hombre asiático de unos treinta y cinco años, como todos los de su clase, y la nitidez de los modelos más avanzados. Los Ítems se ocupan de labores complicadas y técnicas como los experimentos científicos. Pueden dar valoraciones e incluso ser discretos. Sus sonrisas parecen sinceras, como la del que tiene delante.

—Modelo Uno A. El profesor Mansfield te da la bienvenida de nuevo a la Tierra.

Hasta el aire desprende el olor ahumado que Abel asocia con Londres.

—Me alegro de estar aquí. —Habría preferido volver por voluntad propia, pero ya se ocupará de eso—. ¿Dónde está el profesor Mansfield?

—En casa, esperándote.

«En casa.»

La cúpula geodésica sigue desprendiendo el mismo brillo cálido de antes. La casa continúa pareciendo un castillo nevado en lo alto de una colina y la niebla que lo rodea podría ser la bruma de un hechicero. Se ha reforzado la seguridad de la entrada y la puerta principal, pero en cuanto pone un pie dentro, Abel se sumerge en una familiaridad reconfortante: el olor del cuero y la madera, el crujido del fuego holográfico que quema en la chimenea, el autorretrato de Frida Kahlo observándolo desde su marco de filigrana.

Y por fin, por fin, sentado en el largo sofá de terciopelo…

—Abel. —El profesor Mansfield le sonríe con los ojos vidriosos y extiende los brazos—. Mi orgullo y mi alegría.

—Padre.

316

Como el hijo pródigo, se arrodilla para abrazarse a su creador, pero no demasiado fuerte. La agradable invariabilidad de la casa contrasta con lo mucho que ha cambiado Mansfield. Es un anciano de piel arrugada. El poco pelo que le queda se ha vuelto completamente blanco. Le tiemblan los brazos incluso cuando lo abraza y ha perdido tanto peso que Abel nota sus frágiles huesos a través del grueso batín. Ahora entiende que haya un modelo Tara al fondo de la estancia, vigilando. La vulnerabilidad de su creador lo emociona aún más.

Pasa casi un minuto hasta que Mansfield por fin lo suelta. Por lo menos su sonrisa no ha cambiado ni un ápice.

—Deja que te vea. —Le aparta el pelo dorado de la cara y frunce el ceño al ver el pequeño corte que se ha hecho al caerse—. ¿Esto es obra de esa estúpida Reina? Por lo visto, no se puede añadir mucha inteligencia a una meca de combate.

—Me he caído, no es grave. Sobre la Reina, ¿le ordenó que se retirara en cuanto me hubiera recuperado? Porque si no fue así, quizá está persiguiendo a mi salvadora.

O estaba. A estas alturas, lo que haya pasado entre la Reina y Noemí ya es cosa del pasado y él no puede hacer nada para cambiarlo. Solo puede intentar averiguar qué ha ocurrido y lo hace con un miedo atroz.

—La Reina tenía orden de retirarse. No se ha puesto en contacto conmigo, así que entiendo que está siguiendo el procedimiento estándar. —Mansfield le hace un gesto a la Tara, que se acerca rápidamente con una tira de sellador dérmico, pero es él quien se lo extiende sobre el corte con gesto tembloroso—. Tenía que mandarte de vuelta y marcharse de allí. Eso suponiendo que la actualización que le he instalado no se haya torcido.

—Ella misma borró la actualización —dice Abel. Quizá debería explicarle por qué, decirle que la Reina estaba sintiendo la tentación y el horror propios del libre albedrío, pero esa es una conversación que pueden tener en cualquier otro momento.

Ahora hay asuntos más urgentes—. Sin una orden directa, dejaría que Noemí se marchara. Bien.

—¿Noemí? —Mansfield arquea una ceja—. ¿Es la chica con la que ibas?

—Sí, señor. Noemí Vidal.

—Genesiana, supongo. Son los únicos que han podido encontrarte.

Lo que dice es cierto, pero Abel no quiere enfatizar el estatus de Noemí como enemiga de la Tierra, así que se atiene a lo que realmente le importa de ella.

—Abordó la *Dédalo* para intentar salvar a una camarada, pero no lo consiguió. En el proceso, restauró la energía y me liberó del compartimento de carga.

«Y decidió destruir la Puerta de Génesis» es lo que debería decir a continuación. Pero si lo hace, lo único que conseguirá es buscarle problemas. Nadie le ha preguntado directamente por los planes de Noemí, así que de momento no va a decir nada.

La mirada de Mansfield se pierde en la distancia.

—Ahí es donde estabas, ¿verdad? Deshaciéndote de los datos de la nave. Todo este tiempo estuviste ahí atrapado. —Sacude la cabeza, visiblemente apenado—. Tantos años perdidos. Tantos…

—Perdidos no. —Abel no puede creer lo que está diciendo, pero por dura que sea la realidad, tiene que admitirla—. Todo ese tiempo tuvo un valor muy importante para mí. Mientras estaba allí dentro, tuve que revisar mis archivos de datos una y otra vez. Encontré conexiones nuevas, cosas nuevas en las que pensar. Dormí más de lo estrictamente necesario. De pronto, me di cuenta de que empezaban a formarse nuevas conexiones neuronales. Ahora soy más listo que antes. Siento las cosas con más intensidad. Cuando duermo, a veces sueño.

—¿Sueñas? ¿Eres capaz de soñar? —Mansfield se ríe—. ¡Sueñas! ¿Son solo recuerdos o también tienes visiones estrafalarias?

Abel no sabe qué responder.

—Bueno, una vez soñé que usted se convertía en un oso y yo tenía que llevarlo a caballito hasta el interior de una catedral gótica.

La risa se convierte en carcajada.

—¡Sueños de verdad! Ah, mi chico más brillante, mi creación definitiva. Has superado mis expectativas más ambiciosas.

Estas palabras provocan en Abel la felicidad más simple, más directa que ha sentido en mucho tiempo. Pero ni siquiera eso lo distrae de lo que realmente importa.

—¿Podría ponerse en contacto con Bastión para saber qué ha pasado con Noemí? Estaba en peligro. Nos ayudó un médico que intentaba protegernos. Conseguimos llegar al hangar antes de que la Reina y el Charlie lograran detenernos y después de eso… No sé si Noemí pudo salir del planeta o si la han detenido. Estaría más tranquilo si supiera qué ha pasado con ella.

Sus palabras no provocan la reacción que él espera. Mansfield se pone cómodo y lo observa con una mirada a medio camino entre el orgullo y la burla velada. La lámpara Tiffany que tiene detrás tiñe la luz de un naranja y un verde intensos.

—La chica llegó hasta su nave, ¿verdad?

—Supongo que sí, pero…

—Pero ¿qué?

—Si la han detenido, usted podría ocuparse de que la liberaran. —Está convencido de que Mansfield tiene suficientes contactos en la política como para conseguir eso y mucho más—. Si sigue libre y no ha regresado a Génesis, quizá podría venir aquí.

—¿Tú crees que una guerrera genesiana querría venir a la Tierra?

Es una pregunta lógica. Y ahora mismo la prioridad de Noemí seguro que es conseguir un meca con el que destruir la Puerta de Génesis. ¿Por qué querría hacer algo tan incoherente como visitar la Tierra?

Aunque no tiene por qué ser una visita.

—Necesito saber que está sana y salva. Eso es todo.

Mansfield ladea la cabeza y lo observa.

—Háblame de Noemí Vidal. ¿Cómo es?

¿Cómo describirla? Abel se sienta sobre la gruesa alfombra turca y reflexiona. En la estancia reina el silencio, apenas roto por el tictac del reloj de pared y el crujido de la madera que arde en la chimenea.

—Es... valiente. Es lo primero que supe de ella. También es ingeniosa, inteligente, pero a veces tiene muy mal humor. Puede ser muy impaciente y se ríe de ti si le parece que estás siendo demasiado orgulloso. Es lo que me decía siempre, que soy demasiado orgulloso. Pero llegó un punto en que ya no me importaba que se riera de mí. Ella ya sabía lo que soy capaz de hacer y... y me respetaba. Por eso a mí ya no me molestaba que se riera. ¿Es normal?

Mansfield encoge los hombros en un gesto que Abel sabe que significa «sigue», y eso es lo que hace.

—Para mí es importante que Noemí esté a salvo, incluso ahora que ya no es mi comandante y mi programación no me exige que le siga siendo leal. La verdad es que prefería estar con ella que solo. No sé por qué, pero a menudo pienso en su pelo, que es normal y corriente según los estándares tradicionales, pero que a ella le queda perfecto. Quiero saber qué piensa y contarle todo lo que me ha pasado, y... —Mansfield se ríe y él se queda callado—. No pretendía ser gracioso —dice finalmente con el ceño fruncido.

—Ya lo sé, ya lo sé. Me río porque estoy encantado. —Le da unos toquecitos en el hombro con la mano—. Muchacho, te has enamorado. He hecho un meca capaz de enamorarse.

La sorpresa de Abel es tan mayúscula que tarda tres cuartos de segundo en retomar la conversación.

—¿De veras? ¿Esta... esta sensación... es amor?

—O algo muy parecido. —Mansfield se recuesta, cansado por el pequeño esfuerzo, pero sin perder la sonrisa—. Una complicación inesperada, pero me atrevo a decir que podremos evitarla.

Apoyado en el sofá, Abel se permite revisitar algunos de sus recuerdos de Noemí bajo esta luz nueva. ¿Fue algún momento en concreto el que despertó este nuevo sentimiento en él? No se atreve a escoger uno solo, pero ahora entiende algunos de los extraños comportamientos de estos últimos días, como no atreverse a tocarle el pelo o cuán injusto le parecía verla tan enferma en el hospital.

No está estropeado, está mejor de nunca. Más humano.

Mansfield tose una vez, luego otra y, de pronto, es como si la reacción de su cuerpo lo sobrepasara. Todo él se estremece con cada resuello. El modelo Tara aparece de nuevo a su lado, esta vez con una mascarilla de oxígeno que procede a colocarle sobre la nariz y la boca hasta que recupera el aliento. Mansfield la despide con la mano y se recuesta de nuevo en el sofá.

—Como puedes ver, yo no me lo he pasado tan bien como tú.

Por muy emocionantes que hayan sido los últimos días junto a Noemí, Abel tampoco se olvida de los treinta años anteriores, durante los cuales tampoco se puede decir que se lo pasara especialmente bien. Sin embargo, entiende que las palabras de su creador no son más que un recurso conversacional; torpe, pero irrelevante.

—¿Se encuentra bien?

—Soy viejo, Abel. Más viejo de lo que tengo derecho a ser. —Se le cierran los ojos—. Pero no podía irme, ¿verdad? No mientras tú siguieras perdido en la galaxia. He estado aguantando. Esperando, cruzando los dedos. Todo este tiempo te he estado esperando.

Abel le coge las manos en un gesto espontáneo de afecto que nunca antes le había mostrado.

—Yo también le he esperado.

—Y ahora estás de nuevo en casa. —Cuando abre de nuevo los ojos, parece que está más centrado—. Dame tu brazo, Abel. Vayamos fuera.

Mansfield se apoya en su brazo y juntos se dirigen hacia el exterior, a los jardines que Abel recuerda tan bien. Pero no los recordaba así. No hay flores; todavía es pronto, aún están a principios de la primavera, pero no se ve ni un solo capullo. El suelo, en cambio, está cubierto de hojas y las enredaderas se han secado. El verde sigue dominando sobre el marrón, pero por poco. Ha desaparecido hasta la lavanda. A él le encantaba su olor, que el viento arrastraba por toda la finca…

—Triste, ¿verdad? —dice el anciano, negando con la cabeza—. Ya ni siquiera podemos comprar la belleza. No podemos cultivarla. A veces creo que la Tierra ya no tiene nada más que ofrecer.

Abel le da unas palmaditas en la mano, conmovido por sus palabras, y Mansfield le aprieta el brazo. Comparten una sonrisa triste.

—¿Adónde irá? —pregunta Abel—. Después de la Tierra.

Parece posible, incluso probable, que su creador no vaya a vivir lo suficiente como para tener que tomar esa decisión, pero sería muy desconsiderado por su parte referirse a su muerte inminente. Mansfield, por su parte, tampoco reconoce su propia fragilidad.

—Espero tener muchas opciones. Ven, vamos a ver el taller.

Abajo, en el sótano de la cúpula geodésica, tiene el taller, un término anticuado para designar un laboratorio tan sofisticado como el suyo, pero lo cierto es que le pega. Las paredes son de ladrillo, no de polímero; las mesas, de madera, no de plástico. Cuando Abel pasó su primer test de sapiencia, recién creado, Mansfield lo celebró cambiando las ventanas por cristal de colores, como sus adoradas lámparas Tiffany. Los tablones del suelo están gastados tras décadas de uso y hay varias sendas entre el ordenador principal y los tanques, marcadas a fuerza de recorrerlas mil veces.

Ahora hay muchos más tanques que antes. Se extienden por todo el perímetro del sótano, seis a cada lado. En su interior, entre el mejunje rosa que contienen, se distingue la silueta de varios mecas creciendo lentamente hasta alcanzar el punto de activación. Algunos están a punto de alcanzarlo —un pie rebota contra el cristal, con sus cinco dedos perfectamente formados—, pero otros siguen nebulosos, poco más que una masa amorfa y opaca solidificándose sobre el armazón artificial.

La producción en masa se hace en otro sitio. El taller siempre ha estado reservado a proyectos de investigación para los mecas que Mansfield considera especiales. Aquí fue donde Abel despertó.

—¿En qué está trabajando? —pregunta—. ¿Modelos nuevos?

—Potencialmente. La gente pide mecas infantiles. Cuesta más detener la maduración de los componentes orgánicos, pero no es imposible. En cualquier caso, es lo que estoy intentando. —Suspira—. Mejor cansarse que oxidarse, ¿verdad?

—Por supuesto, padre.

A Abel siempre le ha parecido un dicho extraño para un humano, aunque en su caso se adapta a la perfección.

—Hice que me instalaran estos tanques a las pocas semanas de perder la *Dédalo*. —Mansfield avanza a trompicones hasta la silla que preside la mesa más grande—. Me pasé décadas intentando recrear el mayor logro de mi carrera y fallé estrepitosamente.

Abel sabe qué pensaría Noemí de lo que está a punto de preguntar, pero no puede callárselo.

—¿Está diciendo que intentó recrearme a mí?

El científico parece sorprendido.

—Pues claro que sí. Eres el mayor avance que ha habido jamás en el campo de la cibernética y creía que te había perdido para siempre. Dejando otras consideraciones aparte, habría sido un delito contra el conocimiento del ser humano no intentar al menos hacer otro como tú.

—Claro.

Y tiene sentido, pero Noemí tenía razón sobre su ego, que ahora está seriamente magullado. Mansfield esperaba poder reemplazarlo, así que quizá ya no es el meca más avanzado de la galaxia.

La decepción se transforma rápidamente en curiosidad. No le importa perder la singularidad si eso significa que ya no está solo. Si hay otro Abel, ¿se podría decir que son hermanos?

—¿Hay más modelos A?

Mansfield acaba con su efímera esperanza al responder que no con la cabeza.

—He dicho que lo intenté, no que lo consiguiera. Tú fuiste tan perfecto desde el minuto uno que pensé que siempre podría hacer otro como tú si fuera necesario. Pero me equivocaba. Los mismos diseños, los mismos materiales, pero nunca los mismos resultados. Siempre había algo que no funcionaba, siempre. Esa chispa que tienes es única. Los demás se parecían físicamente a ti y eran muy inteligentes, algunos casi tanto como tú, pero no estaban a tu altura. No tenían la mente que estaba buscando. Tuve que desactivarlos, del primero al último. Al final, me rendí.

Otros mecas parecidos a él, con la inteligencia suficiente para desarrollar una identidad, todos desactivados, todos deficientes, en lugar de ser apreciados como el milagro que eran. La sola idea le resulta inquietante, pero no sabe cómo decírselo a Mansfield, ni siquiera si debería. Lo hecho, hecho está.

Pero esos hermanos perdidos lo perseguirán para siempre, aunque por el momento tienen cuestiones más urgentes que tratar.

—¿Enviará el mensaje a Bastión?

—¿Qué mensaje?

Quizá empieza a estar senil, por eso decide explicárselo de nuevo.

—Para asegurarnos de que Noemí ha salido del planeta sana y salva y que no está bajo custodia. Y si la han detenido, para liberarla.

—¿Quieres que un puñado de mecas de seguridad te traigan a tu amiga? —Mansfield se ríe—. No creo que le parezca demasiado romántico.

—Jamás se me ocurriría traerla aquí en contra de su voluntad. Precisamente por eso quiero asegurarme de que sigue libre, para que pueda ir donde ella quiera.

Abel vuelve a pensar en la inminente destrucción de la Puerta de Génesis, pero no dice nada. Mansfield le hace un gesto con la mano, como restándole importancia.

—Todo a su debido tiempo. Hagamos antes unos cuantos escáneres, ¿quieres? Me gustaría cartografiar esa mente tan compleja que parece ser que has desarrollado.

Abel quiere insistir, asegurarse de que entiende la gravedad de la situación, hasta que se da cuenta de que la entiende perfectamente. Su creador sabe que Noemí podría estar en peligro y sabe lo preocupado que está él.

Pero no le importa.

Ya sabía que podía no estar de acuerdo con él, incluso llegar a criticarlo. Pero es la primera vez que duda de él.

Aun así, debe obedecerle en todo.

Se sienta lentamente en la silla de reconocimiento y deja que las bandas magnéticas de los sensores se curven alrededor de su cabeza. Cuando Mansfield le sonríe, él le devuelve el gesto.

33

—Ahí está —anuncia Virginia con voz cantarina en cuanto la imagen aparece en la pantalla de la *Dédalo*—. La Tierra.

Noemí se tapa la boca con la mano. A su lado, oye a Ephraim susurrando:

—Dios mío.

A pesar de la distancia, se nota el color marrón y seco que domina en las regiones cercanas al ecuador. Las únicas manchas verdes se concentran en los polos, donde ya no queda ni rastro del hielo de antaño. Noemí estudió geografía de la Tierra en el colegio, en la clase de historia, y por eso es capaz de reconocer algunos lugares, o al menos lo que eran en el pasado: la desértica China; Dinamarca, aún cubierta de verde, y el hogar de sus ancestros, Chile, inundado casi por completo por un mar demasiado oscuro sobre el que se elevan las cimas de los Andes como una cadena de islas. Rapa Nui, la isla en la que vivieron algunos de sus congéneres, hace mucho tiempo que se la tragó el océano.

—Es la primera vez que veo esto —murmura Ephraim—. En Bastión nos enseñan imágenes, pero todas antiguas, por lo que veo. Muy antiguas. En ellas parece tan verde…

—Pues hace tiempo que ya no lo es, amigos. —Virginia cruza los brazos por detrás de la cabeza, se inclina hacia atrás y apoya los pies sobre una zona inactiva de la consola—. Y si os digo la verdad, juraría que está un poco mejor que cuando me marché.

Noemí le llamaría la atención por hablar con tanta ligereza de un planeta enfermo, pero no se le escapa el tono de voz con el que lo ha dicho. No es que no le importe, es que no quiere que se le note.

Su familia sigue ahí abajo. Para ella no deben ser más que una idea casi abstracta, un grupo de personas a los que no ve desde que era pequeña y a los que seguramente no volverá a ver nunca más, pero siguen siendo su familia y están atrapados en este planeta moribundo.

A medida que la imagen de la Tierra se va haciendo más grande, puede ver cada vez mejor la cantidad de basura espacial que orbita a su alrededor. Todos los planetas habitados tienen satélites, obviamente. Incluso Génesis, que, a pesar de reducir la tecnología a la mínima expresión, jamás se planteó la posibilidad de retirar los principales satélites meteorológicos y de comunicaciones. Pero alrededor de la Tierra orbitan cientos de miles, en todas las latitudes imaginables, algunos increíblemente anticuados. También hay un par de estaciones espaciales operativas, aunque parecen tan viejas que a Noemí le sorprende que alguien acceda a poner el pie en ellas. Lo más probable es que estén habitadas por mecas.

La *Dédalo* no recibe ningún mensaje de bienvenida. Al principio le extraña, pero luego lo entiende: los otros planetas tienen que identificarse, decir por qué son importantes, pero la Tierra no, porque es el lugar de origen de todos y al que todo el mundo responde de un modo u otro. No hay otra potencia, otro planeta que pueda compararse con la Tierra.

Para orientarse, busca entre los canales comerciales, sorprendida por el exceso de información y entretenimiento que se proyecta sobre los habitantes de la Tierra desde todas las direcciones y por la desesperación pura y dura que coexiste con los asuntos más triviales. El traductor automático proyecta subtítulos para todas las lenguas:

«… EL PRIMER MINISTRO HA RECORDADO HOY A LOS CIUDA-
DANOS QUE LA RESPONSABILIDAD DE PROBAR LA PUREZA DEL
AGUA LES CORRESPONDE ÚNICAMENTE A ELLOS…»

«… LA HAMBURGUESA, TAN DELICIOSA QUE NO CREERÁS QUE
ESTÁ HECHA CON CARNE CIEN POR CIEN NO VACUNO…»

Hay un hombre frente a un paisaje urbano envuelto en humo
negro y los subtítulos dicen: «LAS REVUELTAS CONTINÚAN EN KARA-
CHI MIENTRAS LAS MEDIDAS PARA DETENER LA HAMBRUNA FRACASAN».

«A VECES UN MECA NO ES SUfiCIENTE, ¿SABES? —Una mujer
le guiña el ojo a la cámara y empuja con el codo al modelo Peter
medio desnudo que tiene al lado; el meca esboza una sonrisa
ausente a modo de respuesta—. POR ESO, CUANDO NECESITAS UN
EXTRA PARA IR MÁS ALLÁ DE…»

«… LA PROMESA DE IMPLANTES BIOMÉDICOS QUE REDUCI-
RÁN, ELIMINARÁN O INCLUSO REVERTIRÁN LAS ENFERMEDADES
MÁS COMUNES COMO…»

Un joven extrañamente alegre canta una canción en lo que parece ser farsi alabando las cualidades de unas sales de baño que
te tiñen la piel de azul entre veinticuatro y cuarenta y ocho horas,
dejando bien claro al mismo tiempo que los resultados no están
garantizados.

«LA ASESINA DEL FESTIVAL DE LA ORQUÍDEA Y CONOCIDA
LÍDER DE LA CURA, RIKO WATANABE, HA SIDO ACUSADA HOY, EN
LONDRES, DE MÚLTIPLES CARGOS DE TERRORISMO.»

La pantalla muestra la imagen de Riko, pálida y llena de car-
denales, pero con la cabeza bien alta, mientras las fuerzas de seguridad la llevan a través de una multitud enfurecida hacia lo que
parece ser el juzgado. Noemí ahoga una exclamación de sorpresa. Obviamente, no puede negar la culpabilidad de Riko, pero
aun así le afecta ver la imagen de alguien a quien conoce esposa-
do y en las garras de la Tierra.

«SEGÚN FUENTES DE LA FISCALÍA, SE SIGUE CONTEMPLANDO
LA POSIBILIDAD DE LLEGAR A UN TRATO SI WATANABE DA LOS
NOMBRES DE OTROS MIEMBROS DE LA CURA.»

Ephraim no puede contener la sorpresa. Virginia abre los ojos como platos.

—¡Mierda! Te conoce, ¿verdad?

—No directamente —responde él—, pero tenemos contactos comunes. Si empieza a cantar nombres, es cuestión de tiempo que las autoridades de la Tierra localicen a mis amigos. Yo ya estoy fastidiado, pero si les pasa algo a ellos...

Deja la frase a medias y, por primera vez, sus ojos castaños reflejan el miedo que siente, no por sí mismo, sino por los demás. Noemí desactiva las comunicaciones e intenta tranquilizarse.

—Vale, más que suficiente. Ahora tenemos que encontrar a Abel.

Virginia mira por encima del hombro, azotando el aire con su coleta de mechas rojas.

—¿Alguna idea de por dónde empezar? Abel es único, pero no tanto como para ser visible desde el espacio.

—Tenemos que encontrar a Burton Mansfield. Donde esté Mansfield, estará Abel.

Noemí está segura de ello, como si lo hubiera planeado ella misma.

—¿Y eso cómo lo hacemos? —pregunta Ephraim.

Virginia lo mira de reojo.

—Burton Mansfield es uno de los seres humanos más ricos, poderosos y conocidos en toda la Tierra. Alguien tiene que saber dónde está.

—¿En serio? —La sorpresa del médico es real—. En Bastión, cuanto más poderosa es una persona, menos información encuentras sobre ella.

—En la Tierra les encantan los ricos y los famosos —replica Virginia—. Eh, Noemí, ¿estás segura de que no se lo han llevado a un laboratorio secreto o algo así? Mansfield es más viejo que ir a pie. Puede que le haya encargado a alguien que se ocupe de estudiar a Abel.

La genesiana responde que no con la cabeza, se levanta de la silla y se dirige hacia la pantalla.

—Para Mansfield, Abel es especial. Algo personal, irreemplazable. Mientras siga vivo, lo querrá a su lado.

Las manos de Virginia vuelan sobre la consola.

—Vale, estoy buscando la residencia oficial de Burton Mansfield... y aquí está. Por lo visto, vive en la zona más pija de Londres, en la misma casa que compró hace..., vaya, cuarenta y seis años.

«Claro, dónde iba a estar sino —piensa Noemí—. Eso fue lo que Abel respondió cuando el George le preguntó dónde había nacido.»

—Pues habrá que hacer una visita a Londres.

Se cambian de ropa: Noemí se pone un jersey de cuello alto negro y unos pantalones del armario de la capitana Gee; Virginia rebusca entre todo lo que lleva en el compartimento de carga de su nave (al final se decanta por unos vaqueros y una sudadera verde pino); y a Ephraim no le queda más remedio que conformarse con lo único que encuentra de su talla, a saber, un mono de mecánico azul marino. Noemí se las arregla para crear una identidad nueva para la nave basándose en el trabajo que le ha visto hacer a Abel; a partir de ahora la *Dédalo* será la *Atlas*, un nombre muy apropiado para alguien que lleva el peso de todo un planeta sobre los hombros y está a punto de sucumbir a él.

Piden permiso para aterrizar en el puerto más cercano a la casa de Mansfield, que está apenas a un par de kilómetros (más cerca de lo que Noemí esperaba). Virginia se ríe al ver su cara de sorpresa.

—No te preocupes. Londres es una de las cinco ciudades más grandes del planeta. Es una de las mayores potencias mundiales. ¡Nadie tiene más puertos espaciales! Bueno, puede que Pekín. O Nairobi. O quizá Chicago... Pero nadie más, ¿eh?

—Llevo toda la vida viendo vids grabados en Londres —dice Ephraim mientras el rayo tractor del puerto toma el control de la nave—. Puede que no sea el mayor admirador de la Tierra, pero he de admitir que Londres siempre me ha parecido mucho más interesante que Bastión.

—Londres y toda la galaxia en general —dice Virginia, ganándose una mirada asesina del joven médico.

Noemí los ignora a los dos e intenta controlar el extraño cosquilleo que siente en la barriga, hasta que la nave toma tierra y es evidente que no pueden volverse atrás.

«Estoy en la Tierra. Parece increíble.»

Mira a Virginia y a Ephraim y ve la misma expresión de asombro, el mismo miedo reflejado en sus caras. Se dirigen hacia el hangar y esperan junto a ella hasta que aprieta el botón. Las puertas plateadas se abren y Noemí pisa la Tierra por primera vez.

Más allá del puerto se extiende la ciudad más grande y vieja que haya visto jamás. En Génesis, un edificio con setenta y cinco años es considerado histórico; desde esta atalaya privilegiada, ve hileras de casas con no menos de quinientos años y una calle pavimentada con adoquines gastados por el paso del tiempo. Por ella circulan vehículos, aerodeslizadores, bicicletas y autobuses de un intenso color rojo. Las aceras están llenas de humanos de todas las edades y razas que caminan como si el suelo que pisan no fuera especial. Hay carteles y hologramas en cada esquina y quioscos de colores brillantes, pero no tan estridentes como en la Estación Wayland. Es tan… alegre. Todo huele a químico, a falso, pero el aire desprende ese extraño olor a tierra recién mojada.

Y por mucho que Noemí adore su planeta, nota que su cuerpo reacciona de una forma especial a esta gravedad, a esta atmósfera; se siente cómoda y se mueve con facilidad. Algo en su interior le dice que este es el verdadero hogar de la raza humana.

—¿Cuándo nos registran? —pregunta.

No ha llegado ningún George para tomarles los datos. Virginia arquea las cejas ante la ingenuidad de la chica de Génesis.

—Estás en la Tierra, ¿recuerdas? No tienes que justificar tu presencia.

—Excepto a ti misma —murmura Ephraim.

—Los dos estáis alucinando tanto como yo y lo sabéis, así que no os hagáis los duros. —Noemí se sube las mangas—. Venga, a buscar a Abel.

Salen del puerto y se mezclan con la multitud que ocupa las aceras, fingiendo que ellos también son terrícolas.

Después de haber estado en Bastión, el aire aquí no es tan frío, aunque también se las trae. La lluvia ha salpicado de charcos toda la calle y ha llenado hasta el último agujero del suelo, y son unos cuantos. Las aceras que discurren frente a las casas pareadas están muy transitadas, pero cuando doblan una esquina y desembocan en una calle principal, Noemí abre los ojos como platos. Miles de personas, todas a pie, con un destino concreto, muchas de ellas sin levantar la mirada del suelo, pocas sonriendo, en una sucesión interminable, hombro con hombro, hasta el infinito.

Y entre las caras hay algunas que enseguida reconoce: mecas. Dos, tres…; no, muchos más…

Es imposible ignorarlos: están por todas partes.

Hay un modelo asistencial, un Unión, cargando con un niño sobre los hombros. Un Yugo lleva una bolsa enorme llena de productos de limpieza. Una Fox se dirige hacia su siguiente destino, o quizá vuelve junto a su dueño, alguien que quiere disfrutar a cualquier hora de su propio meca sexual. También hay un Sucre, el modelo cocinero, cargado con varias bolsas de frutas y hortalizas… o las piezas pálidas y fofas que en la Tierra son consideradas productos frescos. En una tienda hay hasta un George vendiendo tazas de algo que huele como a café, pero no lo es.

¿Hay más mecas que personas? No, pero hay muchos, muchísimos. Noemí está convencida de que el tiempo que ha pasado junto a Abel la ha insensibilizado frente a su presencia, pero ahora se da cuenta de que no puede evitar comparar los ojos tristes y vacíos que estos modelos con los de él, tan claros e inteligentes, tan vivos.

Ephraim camina con las manos en los bolsillos del mono y parece menos intrigado por la Tierra, los mecas o todo lo demás. Noemí está tan emocionada que no puede ignorar el gesto serio del médico.

—¿Estás bien?

—Depende de lo que entiendas por bien. Si te refieres a «libre de dolor», sí, estoy bien. Si lo que quieres decir es «no culpable de traición o a punto de ser delatado por una terrorista a cambio de que ella salve el pellejo», no, la verdad es que no estoy bien. No podría estar peor.

—¿Crees que Riko te va a delatar? —le pregunta en voz baja. Él se encoge de hombros.

—No tengo ni idea. Lo que sí sé es que Watanabe es implacable. No sé cuáles son sus prioridades o su concepto de la ética, pero seguro que no coinciden con los míos.

Noemí ha intentado dar con la coartada creíble para Ephraim, algo así como que Abel y ella lo obligaron a ayudarles, lo que sea con tal de que pueda volver a Bastión sano y salvo, pero no se le ha ocurrido absolutamente nada.

—Lo siento.

—No es culpa tuya. Si se pudiera pagar una deuda de honor sin que te costara algo a cambio, en realidad sería como no pagarla, ¿no?

Ephraim suspira mientras la muchedumbre palpita a su alrededor. Las nubes tapan el cielo, pero Noemí está casi segura de que está oscureciendo. Pronto será de noche. Virginia echa un vistazo al lector de datos que lleva en la muñeca.

—Giramos a la derecha y... vaya.

Se detienen en la esquina, la mirada perdida a lo lejos. La calle sube colina arriba a través de una enorme verja custodiada por una garita. Toda la zona desprende un brillo casi imperceptible, señal de que la finca está protegida por un campo de fuerza. Al otro lado de la valla hay árboles, césped, un camino que serpentea colina arriba... y, en lo alto, una hermosa casa en

forma de cúpula, dorada y resplandeciente en el sombrío cre-
púsculo.

—Algo me dice que hemos encontrado a Burton Mansfield
—murmura Ephraim—. Pero ¿cómo se supone que vamos a entrar?

—Ah, ningún problema. —Virginia se atusa el pelo—. No
sería una Destructora si no fuese capaz de desactivar un campo
de fuerza. —Solo entonces se olvida del numerito de niñata
arrogante—. Claro que necesitaría más herramientas de las que llevo encima. Y me llevaría un tiempo. Unos cuantos días para
poder probar distintos enfoques y encontrar la forma de borrar
las huellas.

Unos cuantos días. Días que la gente de Génesis no tiene.
Falta muy poco para la Ofensiva Masada.

—El sitio parece bonito —dice Ephraim, y tiene razón, es
precioso.

Noemí se imagina a Abel en su salsa, disfrutando del recibi-
miento de su creador, feliz de estar por fin en casa.

Espera. No hace falta que se lo imagine.

Le quita el lector de datos a Virginia, que protesta. Unos cuantos giros rápidos lo convierten en un visor que puede enfocar
hacia la casa para ver el jardín con más detalle.

Y allí, en el centro, están Abel y Burton Mansfield.

La imagen atraviesa a Noemí, bella y dolorosa al mismo tiempo: Mansfield, tan viejo que apenas puede caminar, apoyado en
el brazo de Abel. Se miran con una sonrisa en los labios y, a pesar
de que el gesto desprende una cierta tristeza, el afecto que se
profesan es más que evidente.

—Es Abel —susurra.

Quiere salir corriendo, reunirse con él, aunque solo sea para
poder despedirse. Pero ¿acaso tiene derecho a inmiscuirse en su
vida? Él está justo donde quiere: en casa.

Que es donde debería estar ella.

—¿Qué? —pregunta Virginia—. ¿Está bien?

—Perfectamente. Está… bien, creo.

Noemí traga saliva; tiene un nudo en la garganta y está aguantándose emociones que no sabe ni cómo procesar.

—Entonces hemos hecho el viaje para nada —se lamenta la joven genio.

Ephraim niega con la cabeza.

—Para nada, no.

Virginia pone los ojos en blanco.

—Sí, ya lo sé, nos hemos asegurado de que Abel está bien, que es lo que hacen los amigos, y no sé cómo he acabado haciéndome amiga de un meca, pero…

—No me refería a eso —la interrumpe Ephraim. Sus ojos se clavan en los de Noemí—. Tenía una deuda con Génesis y la he saldado, pero a mi parecer ahora eres tú la que está en deuda conmigo.

—… supongo que sí. —Noemí baja el lector de datos; Abel está acompañando a Mansfield de vuelta a la casa y no sabe por qué, pero no quiere verlo desaparecer de su vista por última vez—. ¿Y cómo te devuelvo el favor? ¿Te llevo de vuelta a Bastión?

—Un poco tarde para eso. —Sonríe de oreja a oreja—. Me vas a ayudar a sacar a Riko Watanabe de la cárcel.

34

—Ven, mira esto. —Mansfield señala su mesa con una sonrisa afable en la cara—. Quizá te gustaría ver un Premio Nobel, ¿me equivoco?

Abel lo levanta, comprueba su peso y textura.

—Creía que los hacían de oro macizo. Esto es una aleación.

—Ya no es tan fácil encontrar oro como antes. Y mucho menos oro puro. Se están agotando.

Mansfield sacude la cabeza. Está sentado en el sofá de terciopelo del salón principal, iluminado por la luz de la falsa chimenea que el péndulo del reloj de pared refleja en él. A su alrededor, aunque en forma de holograma, están los miembros de la Academia Sueca durante la ceremonia de entrega del Premio Nobel, hasta que la imagen parpadea y es sustituida por la de un Mansfield más joven, uno o dos años después de abandonar a Abel, con los brazos alrededor de una joven sonriente tocada con un birrete de graduación.

—Ah, y aquí está Gillian en la ceremonia de graduación del máster que estudió en Northwestern. Ojalá la hubieras visto. Siempre se divertía mucho contigo.

Abel recuerda a la hija de Mansfield, pelirroja y siempre tan elegante. Pocas cosas le parecían «divertidas»; ya por aquel entonces, siendo él nuevo, tenía mucho más sentido del humor que ella. Aun así, Gillian nunca fue desagradable ni despectiva con él, no como la mayoría de los humanos suelen serlo con los mecas. Su interés siempre le pareció sincero.

—Me gustaría volver a verla.

El anciano lo mira fijamente, abre la boca para decir algo, pero cambia de idea en el último momento.

—Mira esto. Es su boda y ese de ahí es mi primer nieto. ¿Qué te parece?

El bebé, rubicundo y lleno de vida, se mueve dentro del holograma; la imagen fue tomada mientras se acurrucaba bajo su mantita. Abel estudia su cara pequeña y regordeta, que se le antoja mucho más interesante de lo que debería.

—Se parece a usted. Tiene sus mismos ojos, puede que también la barbilla. El parecido con Gillian es incluso más marcado. —¿Qué más debería decir? ¿Cómo expresar con palabras la extraña fascinación que siente?—. Es… es una monada.

Mansfield se ríe encantado.

—¡Excelente, excelente! Ah, Abel, has llegado más lejos de lo que esperaba. Solo siento que hayas tenido que estar aislado durante treinta años para desarrollarte como lo has hecho.

Es lo más parecido a una disculpa que ha oído hasta ahora. No es que tenga que disculparse —tenía que salvarse, claro, porque cualquier vida humana tiene prioridad sobre la de un meca—, pero esta pequeña muestra de arrepentimiento es como un bálsamo para Abel.

Sí, necesita tranquilizarse. Desde que ha pisado el taller, se ha sentido… incómodo en presencia de Mansfield. No sabe exactamente por qué, el taller sigue el procedimiento habitual para la creación de mecas. ¿Por qué se siente extraño si es evidente que su creador se alegra de tenerlo de nuevo en casa? Esta noche van a celebrarlo con una cena especial, algo que el anciano había planeado para una ocasión importante. El Sucre incluso ha puesto a enfriar una botella de champán.

Quizá no tiene miedo por sí mismo, sino que sigue preocupado por otra persona.

—Padre, ¿puedo usar uno de los canales de comunicación? —Sonríe y cruza las manos detrás de la espalda como lo haría un meca menos evolucionado al hacer una pregunta. Es importante aclarar que no está exigiendo nada, ni poniendo en duda a su creador; solo le pide un favor—. Me gustaría comprobar otra vez las noticias sobre Bastión.

Mansfield se ríe.

—¿Sigues preocupado por tu novia?

—No es mi novia. —Abel sabe que Noemí no siente lo mismo que él. Solo ha aprendido a aceptarlo como persona, no como cosa. Eso no le preocupa en absoluto. El mero descubrimiento de que la quiere, que es capaz de quererla, lo llena de gratitud hacia Mansfield, hacia Noemí, incluso hacia el compartimento de carga de la *Dédalo*. Sabe que no debe esperar nada más y tampoco lo necesita. Le basta con lo que siente—. Pero me ayudó a escapar. Me gustaría darle las gracias. ¿Usted no haría lo mismo?

La pregunta coge por sorpresa al viejo científico.

—No se me había ocurrido verlo así. ¿Crees que habrá vuelto a Génesis?

—Seguramente. —Faltan pocos días para la Ofensiva Masada. Noemí ha vuelto, seguro, si es que ha podido, o se arriesga a perder la oportunidad de salvar a sus amigos y, quién sabe, quizá también su planeta—. Deberíamos asegurarnos de que no se ha metido en problemas. Es lo mínimo que le debemos.

Mansfield asiente y agita una mano frágil y cubierta de manchas.

—Adelante. Comprueba todo lo que quieras.

Y Abel lo hace, sentado en la estación que ha sido modificada para parecer un escritorio de madera del siglo XIX. Las noticias de Bastión hablan de un presunto «asalto al Medstation Central» y apuntan a la más que posible implicación de un empleado, pero no hablan de detenciones ni de habitantes de Génesis. Tampoco dicen nada de un altercado en el puerto espacial de la zona, aunque los monitores de seguridad del lugar lo tienen que haber captado todo. ¿Y la *Dédalo*? Ni una sola palabra.

Cuanto más busca, menos satisfecho está. Se había convencido de que encontraría alguna noticia, sobre todo porque necesita saber qué ha pasado con Noemí. Por lo visto, ha desarrollado la capacidad de desear cosas con el pensamiento, pero al mismo tiempo sabe que, si las autoridades encontraran a una soldado de Génesis en cualquiera de las colonias o en la Tierra, la meterían en una celda tan profunda que nadie sería capaz de encontrarla.

Quizá ha podido escapar. La nave estaba allí mismo. La Reina y el Charlie estaban concentrados en él; Mansfield le ha dicho que no irían a por Noemí.

Pero parecía tan despreocupado cuando lo ha dicho, tan convencido de que las autoridades no han encontrado a Noemí…

¿Es posible que su creador le haya mentido?

Abel rechaza la idea al instante, pero es consciente de que sus objeciones son emocionales, no racionales. También esto es nuevo.

Cuando regresa al salón, Mansfield sigue sentado en el sofá de terciopelo, sonriendo mientras ve un holograma de la pequeña Gillian jugando a la hora del té con su padre. Por aquel entonces era un hombre joven, mucho más que cuando Abel lo vio por primera vez.

—Nuestros parecidos son evidentes —le dice. Si pretende pedirle que le deje volver a Bastión, antes tiene que asegurarse de que está del mejor humor posible y parece que le gusta que alaben los cromosomas dominantes de su material genético—. En este holo queda muy claro cuánto nos parecemos usted y yo.

—Cierto. Te hice un poco más atractivo que yo, claro está, pero mantuve casi todos los rasgos físicos. Al fin y al cabo, no todos podemos ser Han Zhi. —Mansfield le sonríe cariñosamente—. Quería que la continuidad entre los dos fuera evidente.

A Abel le extraña el uso de esa palabra.

—¿La continuidad?

—Será mejor que nos pongamos manos a la obra. El Sucre servirá la comida dentro de una hora y después, bueno, digamos que dará comienzo la gran aventura.

—¿Qué aventura?

Abel no cree que se refiera a una posible visita a Bastión. El anciano se pone cómodo.

—Abel, eres el meca más sofisticado que he creado en toda mi carrera, y además con diferencia. Podría justificarte como un experimento, pero si te hubiera creado otra persona, tu sola existencia sería ilegal. ¿Por qué crees que te construí?

—Siempre pensé que para expandir el conocimiento humano. —Recuerda estar sentado delante de Virginia Redbird en su guarida de Cray, recuerda la reacción de asombro absoluto ante su complejidad y lo que le dijo entonces—. Pero supongo que tenía un propósito más concreto en mente.

—Así es, mi querido muchacho. Y esta noche será el momento de cumplirlo. Me he pasado los últimos treinta años pensando que este día no llegaría nunca. —Le tiembla la voz—. Había perdido la esperanza. Y, de repente, apareces de la nada.

Técnicamente, lo han raptado y traído hasta aquí en contra de su voluntad, pero eso ya no importa.

—¿La esperanza de qué, padre?

Mansfield le acaricia el pelo con gesto tembloroso y luego coge un mechón entre los dedos para examinarlo.

—Para volver a tener el pelo así…

—¿Padre?

—Tu cerebro tiene la complejidad suficiente para contener el conocimiento y las experiencias vitales de mil seres humanos al mismo tiempo, pero lo que nunca he sabido es si estás preparado para contener una mente. Una forma de pensar. Opiniones, creencias, sueños. Si eres capaz de tener emociones. Por fin me has demostrado que sí puedes. Ahora sé que serás capaz de albergarme y darme cobijo durante los próximos ciento cincuenta años.

—No le entiendo…

—Transferencia de la conciencia —dice Mansfield—. Hace tiempo que dominamos la tecnología, pero el problema era que no teníamos dónde transferir una conciencia humana. No puedes apilar una mente humana encima de otra; hubo gente que lo intentó, sobre todo al principio, y los resultados fueron desastrosos. Los otros mecas no tienen la capacidad de contener nada tan… intrincado, tan sutil. Pero tú sí puedes. En cuanto borre de tu mente la conciencia que la habita, podré transferirme y retomar la vida donde tú la dejaste, solo que esta vez seré fuerte, joven y casi invencible. Me muero de ganas de empezar.

Abel permanece inmóvil, impertérrito, incapaz de creer lo que está oyendo.

Solo es… una carcasa, nada más. Todo lo que ha pensado o sentido no importa lo más mínimo, nunca ha importado, al menos para Burton Mansfield.

Este es su gran propósito en la vida. Todo lo que es, todo lo que ha sido y lo que ha hecho, será borrado en un instante. O puede que no sea un instante, sino que tarde un buen rato mientras él está ahí tumbado, sintiendo que la conciencia se le escapa entre los dedos…

—Le he dado muchas vueltas —continúa Mansfield—. Me aseguré de que no te importara. Tus directrices primarias te dicen que cuides de mí, ¿verdad?

—Sí, señor. —¿Debería haber dicho «padre»? No puede, ya no—. Siempre quiero protegerlo.

Sus palabras le hacen merecedor de una sonrisa de satisfacción.

—Pues ahora vas a protegerme del mayor peligro de todos: la muerte. ¿No te parece maravilloso? Claro que sí. Es lo que tu programación te dice que hagas.

Y tiene razón, así es. Por mucho que le repela la idea, algo en su interior disfruta con la posibilidad de mantener a salvo a Burton Mansfield, protegiéndolo con su propia piel.

Sin embargo, sus pensamientos han evolucionado en los últimos treinta años. Ha tenido ideas y sentimientos que no tenían nada que ver con las directrices. Ha vivido experiencias con las que su creador tan solo podría soñar. Abel recuerda la voz de Noemí pronunciando las palabras que tanto significaron para él: «Tienes alma».

Y también: «El mayor pecado de Burton Mansfield ha sido crear un alma y encerrarla en una máquina».

Su cuerpo no es una cárcel, es un vehículo. Mansfield le arrancará el alma y la sustituirá con la suya propia.

—Entiendo.

No sabe qué más decir. Su creador parece satisfecho.

—Sabía que lo entenderías. Esta noche disfrutaremos de una cena deliciosa; quiero darle un último capricho a este cuerpo antes de deshacerme de él. Luego bajaremos al taller y nos pondremos manos a la obra. —Su sonrisa se ensancha aún más—. Hoy pasará a la historia como uno de los mayores avances tecnológicos de todos los tiempos: Burton Mansfield derrotando a la muerte. Me merezco otro Nobel, ¿no crees?

La tos sacude su débil cuerpo. Abel lo abraza con ternura mientras sus hombros se agitan, lo sujeta hasta que la Tara aparece de nuevo por la puerta. No puede hacer otra cosa. Su deber es cuidar a Burton Mansfield.

—Necesita un tratamiento de oxígeno —anuncia el modelo Tara—. Enseguida me ocupo de ello.

—Esta será la última vez que lo necesite —resopla Mansfield.

Abel asiente y se levanta. No hay nada que le impida marcharse mientras la Tara atiende al anciano, así que baja las escaleras que llevan al taller.

El lugar en el que nació y el mismo en el que morirá.

¿Cómo llamar sino a lo que está a punto de pasarle? Su cuerpo seguirá existiendo, pero nunca fue lo que lo hizo tan especial. Fue su alma, la misma que solo Noemí fue capaz de ver. Y es lo que Mansfield se dispone a destruir.

Camina entre los tanques, que hierven a su paso. El sol se está poniendo y los cristales tintados de las ventanas apenas filtran la escasa luz exterior. Hay dos sillas en una esquina bien iluminada del taller que podría confundirse fácilmente con un rincón de lectura, pero las máquinas que hay detrás de las sillas son la prueba de que su cometido es bien distinto. Aquí es donde Abel tendrá que sentarse y renunciar a su alma por Burton Mansfield.

«Debo proteger a Burton Mansfield. Debo obedecer.»

¿Qué será lo primero que pierda? ¿Los recuerdos de los treinta años en el compartimento de carga? No le importaría, la verdad. ¿Los idiomas que ha aprendido? ¿O algún sentimiento?

De pronto, se da cuenta de que la máquina le arrancará el amor que siente por Noemí. Lo destruirá. Será un amor que habrá dejado de existir.

«Proteger a Burton Mansfield. Obedecer a Burton Mansfield.»

Abel se da la vuelta y observa la pared que hay al otro lado del taller. Allí está la puerta que lleva al jardín, la misma por la que Mansfield y él han salido hace apenas unas horas. Nadie ha activado el cierre de seguridad.

«Obedecer a Burton Mansfield.»

Pero Mansfield no le ha ordenado que se someta al procedimiento. Espera que lo haga, lo desea, pero no se lo ha mandado y esa fisura en la programación de Abel lo cambia todo.

Se dirige lentamente hacia la puerta, esperando que algo lo detenga en cualquier momento. No se refiere a la Tara, ni siquiera a Mansfield, sino a algo en su interior, una especie de mecanismo de seguridad que le impida abandonar su «propósito en la vida». Sigue avanzando, cierra la mano sobre el pomo de la puerta y la abre.

Fuera, no muy lejos de allí, los habitantes de Londres llenan sus calles. Están a los pies de la colina, al otro lado de la verja de hierro. Abel puede saltarla sin ningún problema si es capaz de ponerse en marcha.

Un paso.

Otro paso.

Vuelve la mirada hacia la casa, al taller donde nació, y recuerda el momento en el que salió del tanque por primera vez y vio la cara sonriente de Mansfield.

Dirige la mirada al frente y empieza a andar, cada vez más deprisa, hasta que está corriendo tan rápido como puede.

35

En Génesis hay muy pocas cárceles. Solo se priva de libertad a aquellos que suponen un peligro real para los demás. Del resto de criminales se espera que trabajen para expiar sus delitos —a veces en labores duras y poco agradecidas— y sus movimientos son controlados por medio de sensores que deben llevar siempre encima, ya estén trabajando o en sus casas, que es donde pasan la mayor parte del tiempo. Según el Consejo de Ancianos, es más probable que rectifiquen su comportamiento si a cambio pueden conservar su puesto en la comunidad.

En privado, Noemí siempre ha tenido dudas sobre el sistema judicial. Quizá es muy conservadora al respecto, pero no le parece justo. Muchos delincuentes se libran con demasiada facilidad, al menos en su opinión.

Pero ahora que está delante de la cárcel de Marshalsea, sabe que no sería capaz de condenar a alguien a vivir en un sitio tan gris e inhóspito como este.

Un polígono enorme de láseres rodea un conjunto de celdas, apiladas unas encima de las otras formando varias columnas como si fueran cajas amontonadas. Los espacios entre los láseres no miden más de un par de centímetros. La cárcel está en una calle solitaria y se parece a las mazmorras rodeadas de fuego de los cuentos, pero de los de miedo. Pasan muy pocos vehículos por delante y los pocos que pasan lo hacen a toda velocidad.

Nadie quiere ver esta cosa más tiempo del estrictamente necesario.

—Escuchad esto —dice Virginia. Está leyendo sobre Marshalsea con los ojos clavados en el lector de datos mientras Noemí y Ephraim observan la cárcel con la boca abierta—. Resulta que esto ya era una cárcel hace, no sé, quinientos o seiscientos años. Se la cargaron, y durante mucho tiempo este fue un barrio bastante moderno, pero hace doscientos años empezó a degradarse de nuevo. Así que hace más o menos un siglo decidieron construir una cárcel justo en el mismo sitio, pero la que había antes era solo para morosos y cosas así. Por lo visto, antes te metían en la cárcel por deber dinero. Qué locura, ¿no? Pero esta es de máxima seguridad.

—No me digas —dice Noemí, sin apartar los ojos de los láseres.

—Sé que no será fácil. —Ephraim habla lentamente, con gravedad. Se da la vuelta y mira fijamente a la genesiana como si haciéndolo pudiera convencerla para que se quedara—. Pero recuerda lo que te he dicho de las deudas de honor. No se pueden saldar sin pagar un precio a cambio. No pueden salirte gratis.

—Estoy en deuda contigo —asiente ella—. Estoy lista para devolverte el favor.

Virginia levanta una mano.

—Me gustaría dejar bien claro que yo no le debo nada a nadie.

—Virginia —replica Ephraim, esbozando una mueca como si esta le acabara de provocar un dolor de cabeza—, si no te gusta, no tienes por qué hacerlo.

—De hecho, tiene que hacerlo o no tendremos ni media posibilidad. —Noemí mira a la chica con las manos cruzadas delante del cuerpo—. Puedes meternos ahí, ¿verdad? Desconectando las alarmas o lo que sea.

—Pues claro. Para algo soy una Destructora, ¿no? No se ha inventado el código en el que yo no me pueda infiltrar.

Noemí sonríe, distraída, aunque solo sea por un momento.

—¿De ahí viene el nombre?

Virginia se lleva la mano a la frente.

—¿No te lo había dicho? Me echarán por esto…

—Si no os importa, estaría bien que nos concentráramos —apunta Ephraim en voz baja.

Un vehículo pasa junto a ellos y los tres se quedan callados, como si los pasajeros pudieran oír su conversación. Noemí se encoge para evitar que la vean, pero ¿qué más da? En todo el perímetro de la cárcel de Marshalsea no hay ni un solo vigilante, ni humano ni meca; la tecnología se ocupa de suministrarle a la Tierra toda la seguridad que necesita.

O al menos así era hasta que apareció Virginia Redbird.

En cuanto el vehículo dobla la esquina, Noemí y Ephraim se giran de nuevo hacia la joven genio, que suspira.

—Lo hago básicamente porque va a ser la monda, pero, para vuestra información, después de esto los dos tendréis una «deuda de honor» de esas conmigo. ¿Entendido?

—Entendido —promete Noemí, y Ephraim asiente con tal solemnidad que por un momento le recuerda a uno de los ancianos de su planeta.

A Noemí no le parece demasiado bien la idea de liberar a una terrorista, pero no lo hace por Riko, sino por Ephraim y por todos los miembros de la Cura que no utilizan las tácticas de Riko, los mismos que en el futuro podrían convertirse en aliados de Génesis.

De pronto, se oye un ruido metálico y los tres pegan un bote. Noemí se da la vuelta y ve que las celdas individuales de la cárcel, las cápsulas interconectadas, se están moviendo. Toda la configuración cambia lentamente hasta detenerse en una formación nueva. «Pues claro —piensa—. Así consiguen que escapar sea mucho más difícil.»

—¿Eso va a volver a pasar en breve? —pregunta Virginia.

—Supongo que sí. —Ephraim se pasa la mano por el pelo rapado, debatiéndose entre el miedo y la desesperación—. Eso lo complica todo, seguro.

—No, no es verdad. —Una sonrisa asoma tímidamente en el rostro de Noemí—. Porque se mueven siguiendo un patrón.

La mirada de Virginia sería divertida si las circunstancias no fueran las que son.

—¿Y eso cómo lo sabes?

—Porque son como las cápsulas de la Estación Wayland. —Le faltó poco para memorizar el patrón durante aquella primera noche interminable, sin poder dormir ni relajarse con un meca al lado….

El corazón le da un vuelco al recordar a Abel. Qué tonta fue dejándose llevar por el miedo y las sospechas. Si pudiera volver a aquella noche, se quedaría despierta hasta el amanecer hablando con él hasta que no le quedara nada más que decir, aunque le cuesta imaginar que eso sea posible con Abel delante…

Ephraim interrumpe sus pensamientos.

—Pues será mejor que averigüemos el patrón, aunque no sé si servirá para algo si no sabemos la celda en la que está nuestro objetivo.

Virginia levanta una mano y agita los dedos como un mago demostrando que no tiene nada en la manga.

—Eso dejádmelo a mí.

Al final, resulta que el proceso no tiene nada que ver con un truco de magia. Desde el banco en el que se instala, repantingada en una esquina, Virginia se pasa al menos una hora contactando con el sistema de seguridad de la cárcel y una hora más murmurándole palabras inconexas al lector de datos en el que está trabajando.

—Si no es por ahí ni por aquí tampoco, tendré que picar a esta puerta de aquí…

Durante dos largas horas, Noemí y Ephraim se ocupan del trabajo largo y tedioso que supone permanecer en la sombra. La mitad del tiempo se lo pasan vigilando a los guardias de seguridad humanos, que los hay, pero que son tan vagos y están tan convencidos de que no puede pasar nada malo que ni siquiera desconfían del grupito de jóvenes que llevan un buen rato en la acera. A ella le cuesta imaginar a alguien tan negligente en Génesis; tras varias décadas en guerra, su pueblo ha aprendido a estar alerta en todo momento. La paz y la opulencia de la Tierra le han hecho perder los reflejos.

Eso no quiere decir que su cabeza no desconecte de vez en cuando. Al fin y al cabo, está en la Tierra y hasta en un barrio triste y aburrido como este hay rarezas fascinantes por todas partes: los edificios de distintos siglos y corrientes arquitectónicas construidos sin ningún criterio, pared con pared. Los estilos de la ropa que viste la gente que pasea por las calles, tan variados que cuesta creer que sean todos del mismo planeta, mucho menos de la misma ciudad. Las luces artificiales que brillan en la oscuridad, en todas las calles, porque parece que para los habitantes de la Tierra el día y la noche no son más que estados mentales.

La otra mitad del tiempo lo dedica a observar el movimiento de las cápsulas con Ephraim. Durante un buen rato le parece que no hay un patrón definido, y quizá es que no lo hay; tiene lógica que en una cárcel funcione mucho mejor un orden totalmente aleatorio. Pero enseguida lo ven: anillos concéntricos girando en el sentido de las agujas del reloj y luego en sentido inverso, mientras las celdas avanzan poco a poco hacia el exterior y luego otra vez hacia el centro.

—Solo vamos a tener un par de oportunidades de interceptar la celda de Riko cuando esté cerca del suelo —le dice Noemí a Virginia—. Al menos no esta noche.

Ephraim no aparta la mirada de la cárcel.

—Da igual. Podemos volver todas las noches durante el tiempo que haga falta.

«Cinco días.» Es el tiempo que le queda para detener la Ofensiva Masada y podría acabar siendo como una soga alrededor de su cuello. Si tuviera que escoger entre la deuda con Ephraim y el deber de proteger Génesis, escogería su planeta. Pero ¿sería capaz de abandonarlo en un planeta que ni siquiera conoce, sin una nave con la que volver a casa y con su recién estrenada condición de fugitivo?

Por suerte, Virginia parece más animada.

—Estamos de suerte, chicos. Creo que ya he encontrado la forma de entrar. Ella está en la celda 122372, que llegará al perímetro dentro de unos tres minutos.

Ephraim se planta a su lado.

—¿Y podemos atravesar la cuadrícula en ese tiempo?

—O morir en el intento —responde la chica—. Rápido, ríete como si fuera una broma y no la muerte que nos espera.

Ninguno de los tres se ríe.

Por suerte, los guardias de seguridad están haciendo la ronda al otro lado de la cárcel; Virginia les asegura que ya ha desactivado las cámaras y los sistemas de alarma más primarios. Noemí se coloca junto al entramado de láseres, lo más cerca que puede, y se prepara para echar a correr. Ephraim se sitúa a su izquierda y Virginia a su derecha, con el lector de datos aún en la mano, pero dispuesta a participar en todas las fases de la fuga. Forman un buen equipo, al menos a Noemí se lo parece, pero estaría mucho más tranquila si Abel estuviera aquí. Él ya habría burlado el láser de seguridad. Llegaría a la celda antes que ninguno de ellos. Ningún sistema sería capaz de detenerlo.

—Vale —dice Virginia—. Preparaos. Empezamos en tres, dos…

De pronto, se apaga una pequeña ventana de la cuadrícula láser. No es mucho, un espacio del tamaño aproximado de una puerta, pero es más que suficiente. Salen corriendo hacia allí tan rápido como son capaces. Ephraim, con los músculos más desarrollados por la gravedad de Bastión, es el primero en llegar, pero Noemí no se queda atrás. Por el sonido de los pasos que los siguen, parece que Virginia llega la tercera y con diferencia, pero no se mantiene demasiado alejada de ellos mientras atraviesan el largo trozo de hormigón que separa la cuadrícula láser de las celdas cambiantes de Marshalsea.

Es como si los números asomaran en la pared de la celda de Riko; Noemí los ve enseguida y corre hacia allí. Tal como ha predicho Virginia, la celda acaba de tocar suelo, pero solo permanecerá unos minutos allí. Tendrá que bastarles con eso.

—Abre la puerta —le susurra Noemí a Virginia, que acaba de llegar entre jadeos.

—Ahora mismo —responde resollando—. En serio. Esta parte no es… no es complicada. No como lo de… correr. Correr cuesta.

Toquetea de nuevo el lector de datos hasta que se oye un clic metálico procedente del interior de la celda. Ephraim tira de la puerta.

—¿Riko Watanabe? Ven conmigo.

Noemí oye el tono irónico de Riko procedente del interior de la celda.

—¿Para que me condenéis a muerte o para que me ejecutéis? Necesito saberlo para elegir el atuendo adecuado.

Está nerviosa, pero no tienen tiempo para eso. Noemí asoma la cabeza por encima de los hombros poderosos de Ephraim y la ve sentada en un pequeño catre de plástico, vestida con un mono amarillo neón y con el pelo corto y despeinado.

—Hola —la saluda—. Luego te lo explico. Ahora corre.

—Espera. Eres… No puede ser.

Riko se levanta, asombrada, con la boca abierta.

—¡Ahora quiere decir ahora!

Noemí pasa junto a Ephraim y coge a Riko de la mano para arrastrarla si hace falta. Virginia también entra en la celda para no llamar la atención, aunque apenas mira a la persona que han venido a rescatar; está demasiado ocupada vigilando la pantalla del lector de datos. Con los cuatro dentro de la celda, no queda mucho espacio libre.

—Eh, ¿chicos? —dice—. Es casi medianoche.

—Maravilloso.

Noemí por fin tira de Riko, que sigue sin entender lo que está pasando.

—¿Qué haces aquí? —pregunta—. ¿Es que Génesis y la Cura ya trabajan juntos?

La genesiana tiene que contenerse para no gritar.

—¡No, y no lo harán nunca si no salimos de aquí ahora mismo!

Es entonces cuando se oye a Virginia tragando saliva.

—Oh, oh.

La celda se mueve otra vez y los cuatro salen disparados contra la pared. Ahora están a un par de metros del suelo y, lo que es peor, la cuadrícula láser ha empezado a dibujar patrones diferentes que cambian cada medio segundo.

Ephraim abre los ojos asustado.

—¿Qué está pasando?

—Pues resulta que el protocolo de máxima seguridad se activa a medianoche —responde Virginia—. Que era hace exactamente… siete segundos.

Las celdas se vuelven a mover y son arrastrados aún más cerca de la cima. Noemí mira hacia el suelo a través de la puerta abierta y enseguida se arrepiente.

—Y eso significa…

Virginia acaba la frase por ella.

—Significa que estamos bien jodidos.

36

Abel se ha pasado buena parte de los últimos treinta años a bordo de la *Dédalo*, flotando en la más absoluta soledad. Toda su vida ha sabido que era único, el único meca de toda la galaxia dotado de conciencia. O, como Noemí dice, de alma.

Sin embargo, nunca se ha sentido tan solo como esta noche, deambulando por las oscuras calles de Londres.

Un monorraíl rojo de dos pisos avanza calle abajo. Abel está apoyado contra un poste de metal, escondido entre las sombras. Ya no siente el frío del espacio exterior, pero observa la calle con los brazos cruzados y la mirada vacía, como si intentara protegerse de él.

«No tengo adónde ir. Nada que hacer. Mi existencia ya no tiene sentido.»

El único propósito de su vida es el que Mansfield le dio cuando lo fabricó, pero eso implicaría volver con su creador y dejar que lo vaciara tal como ha planeado. Quizá es lo que debería hacer. Las directrices aún retumban en su interior, cada vez más fuerte.

O también podría quedarse donde está durante horas. O días, o meses, incluso años si fuera necesario, hasta que Burton Mansfield estuviera muerto. Solo entonces estaría a salvo.

Y más solo que nunca.

Esto que siente es autocompasión, está convencido de que sí;

es una emoción que, según su programación, solo debe permitirse durante un corto espacio de tiempo. Sin embargo, es incapaz de ver la situación desde una perspectiva menos problemática, menos aterradora, menos patética.

«Creía que me quería como un padre», piensa. ¿Mansfield lo ha engañado o ha sido él quien se ha engañado a sí mismo? Seguramente las dos cosas. Los padres amorosos no destruyen a sus hijos solo para poder alargar su vida más allá de los dictados de la naturaleza. Mansfield sentía amor cuando miraba a Abel, por supuesto que sí, pero ese amor no tenía nada que ver con él. Estaba enamorado de su propia genialidad, de su capacidad para engañar a la mismísima muerte, de su futura condición de primer humano inmortal.

Abel tampoco habría sido el único. Si Mansfield se hubiera apoderado de su cuerpo, lo primero que habría hecho habría sido fabricar una nueva versión. Otro meca con un alma que poder sacrificar en el futuro para posponer su muerte unos cuantos siglos más. En cuanto hubiera perfeccionado la técnica del duplicado, habría empezado a comercializar otras versiones entre los más ricos y poderosos de la galaxia. Puede que Abel solo sea el primero de cientos o incluso de miles de…

¿Cómo llamarlos? ¿Otros como él? ¿Gente, personas? Seguro que no, aunque tampoco podrían llamarlos cosas… «No soy una cosa…»

El primer ser de entre los miles que vendrán que vivirá y morirá en beneficio de otro.

Noemí diría que eso es pura maldad y él estaría de acuerdo.

Dos jóvenes pasan a su lado, las dos ataviadas con chaquetas cortas y brillantes y vestidos largos, una combinación bastante popular en las calles de Londres. Sus ojos se cruzan con los de una de las chicas, que luego lo mira por encima del hombro con una sonrisa en los labios. Cree que es un varón humano más o menos de su edad y, a juzgar por su reacción, le ha parecido atractivo. Ella también lo es, al menos según los estándares más objetivos, pero a Abel solo se le ocurre que no es tan alta como Noemí. Tiene el pelo más largo, no tan oscuro. Está dentro de la normalidad en cuanto a variaciones estéticas entre humanos, pero para él Noemí Vidal se ha convertido en el estándar de belleza.

Debería devolverle la sonrisa, si es que quiere ser educado, pero finge que no la ha visto. No quiere atraer la atención de nadie.

«No voy a volver con Mansfield. Por tanto, solo me queda un propósito en la vida: proteger a Noemí Vidal.»

La densa niebla que cubre las calles de Londres esconde las estrellas mejor que las luces de la ciudad. Sin embargo, la brújula interior de Abel no se ve afectada por la falta de referencias visuales. Es capaz de levantar la mirada y localizar el trozo de cielo donde debería brillar la estrella de Génesis.

Noemí solo puede estar en dos sitios: en una cárcel de Bastión o de camino a su planeta. Espera que sea lo segundo. Quizá era verdad que la Reina y el Charlie se retiraron; ella se había borrado manualmente las subrutinas de la conciencia superior, por lo que debería haber retrocedido al procedimiento estándar y haberla dejado en paz.

Eso según Mansfield, claro. Pero cuantas más vueltas le da al asunto, más duda que le haya dicho la verdad.

«No he encontrado información sobre su detención en ningún canal de comunicaciones —piensa con decisión, ignorando a un grupo de jóvenes que se van de fiesta a bordo de sus bicicletas repulsoras, a 2,3 metros del suelo. Los gritos y las risas se desvanecen en cuanto doblan la esquina, pero él apenas se da cuenta—. Es poco probable que descubra algo más desde la Tierra. Será mejor que vuelva a Bastión cuanto antes.»

Pero ¿cómo? Ha huido de la casa de Mansfield sin ningún tipo de preparación previa; tenía que hacerlo así o no habría podido escapar. Por eso no tiene ni nave ni dinero ni aliados, ni siquiera una muda por si la necesita.

Al menos sabe cómo conseguir dinero.

Se dirige hacia un cajero, señalizado con luces brillantes de color amarillo, y mientras a su alrededor se suceden las imágenes de gente atractiva y extrañamente frugal, él manipula el sistema operativo, encuentra una cuenta bastante generosa y retira la cantidad exacta de créditos que necesita. Es poco probable que el dueño de la cuenta eche en falta el dinero; ha buscado a alguien más bien adinerado. Aun así, su programación hace que se sienta culpable.

Pero le dura poco. Noemí está en peligro, puede que en la cárcel, y haría cosas mucho peores con tal de rescatarla.

El siguiente paso es encontrar un medio de transporte que lo lleve a Bastión. La mejor opción es comprar una litera en el carguero de inmigración, algo que puede hacerse desde el puerto espacial más cercano.

Todo parece tan fácil y, sin embargo, de camino al puerto no puede dejar de mirar a los mecas con los que se cruza. Cualquiera de ellos podría estar asignado a Mansfield; tal y como demuestra la identificación de la que fue objeto en la Estación Wayland, Mansfield estaba tan desesperado por encontrarlo que programó todos los mecas creados en los últimos treinta años para que informaran de inmediato si localizaban otro meca que no coincidiera con ninguno de los veinticinco modelos oficiales. Si algo delata su verdadera naturaleza, ya sea un movimiento o un cálculo demasiado rápido, se le tirarán encima y lo llevarán de vuelta a casa de su creador.

Si eso llegara a ocurrir, ¿seguirá fingiendo que se preocupa por él? ¿Le sonreirá y le susurrará palabras reconfortantes mientras lo ata para vaciarle la cabeza? No sabe por qué, pero la idea de que Mansfield siga fingiendo una preocupación que en realidad no siente le parece mucho peor.

Infectado por la paranoia propia de los humanos, Abel decide hacer una parada en uno de los puestos de comida que hay cerca del puerto espacial. Necesita comprobar el lector de créditos para asegurarse de que el dinero se ha transferido correctamente y que no ha sido marcado como fraudulento.

Compra un cuenco de *miso ramen* sin que el camarero humano sospeche nada y se sienta en una de las sillas de la larga mesa de plástico, como un viajero agotado más. Revisa las salidas sin mostrar un interés especial, o al menos eso es lo que intenta, y se come el *ramen* fingiendo de vez en cuando que se le caen los palillos...

Hay un holo en una pared. Las palabras del presentador de turno le llaman la atención.

«... será juzgada mañana. Riko Watanabe está considerada una de las dirigentes más importantes de la Cura y la mente pensante tras el atentado del Festival de la Orquídea. Fuentes de la cárcel de Marshalsea apuntan que aún podría beneficiarse de un trato si diera los nombres de otros líderes de la Cura...»

Los datos nuevos requieren cálculos nuevos. Abel permanece inmóvil, los fideos colgando de los palillos, mientras repasa todas las posibilidades.

«Riko Watanabe tiene contactos en la resistencia por toda la galaxia. Eso significa que tiene acceso a créditos y naves, por no hablar de fuentes de información sobre las distintas colonias del Anillo. Obviamente sospecharía de casi todo el mundo y consideraría una trampa cualquier ofrecimiento de ayuda, aunque fuera para escapar de la cárcel. Sin embargo, a mí me ha conocido en circunstancias muy especiales y seguro que no me considera un aliado de la Tierra. Si le ofrezco la ayuda necesaria, me devolverá el favor.

»Las fuentes de la Cura quizá puedan decirme qué ha pasado con Noemí. Si está en peligro, Riko puede ayudarme a encontrar la forma de volver a Bastión.

»Y si Noemí está a salvo, si ya va camino de Génesis para detener la Ofensiva Masada, ¿qué hago yo?»

El vacío se extiende de nuevo a su alrededor, la oscura nada de un futuro sin Burton Mansfield ni Noemí Vidal.

Pero ya tendrá tiempo de decidir su objetivo vital más tarde. De momento, tiene que sacar a Riko Watanabe de la cárcel y ganarse así la aliada que necesita para salvar a Noemí.

Se termina el cuenco de *miso ramen* disimulando la prisa que tiene de repente y luego se aleja del puesto de comida, de la estación, para adentrarse en la oscuridad de la noche londinense, en dirección a la cárcel de Marshalsea.

37

La celda vuelve a subir, zarandeándolos otra vez. Noemí pierde el equilibrio, choca contra la pared y ve que Virginia está a punto de colarse por la puerta, que sigue abierta. La sujeta por la capucha de la sudadera y tira de ella con todas sus fuerzas hasta que el trasero de la chica aterriza en el suelo.

Ephraim ha retrocedido hasta una esquina; Riko sigue sentada en su catre, que está patas arriba. Noemí aprovecha para apagar las luces de la celda.

—Ah, genial —murmura Virginia—. Me preguntaba cómo podríamos mejorar la situación. Mucho mejor a oscuras, claro que sí.

—Si se acerca algún guardia de seguridad, verán la luz a través de la puerta abierta.

Sabe que aún faltan unos minutos para que la celda vuelva a cambiar de posición, así que aprovecha para asomarse por la puerta; ya están a diez metros del suelo, y siguen subiendo.

Ephraim resopla, una especie de bufido a medio camino entre la frustración y la desesperación.

—No vamos a pisar el suelo hasta dentro de un buen rato, ¿verdad?

—Varias horas, si el patrón que habéis identificado antes se mantiene. —Virginia está trabajando otra vez en su lector de datos; el suave brillo verde que emite la pantalla le da a su rostro un aspecto fantasmal, como de bruja—. Así que sí, es como pensabas. O peor.

—Lo siento —se disculpa Riko, y es la primera vez que Noemí la oye hablar así—. Os habéis metido en un buen lío por intentar ayudarme.

—Porque has dejado que te cojan y ahora por tu culpa la Cura al completo está en peligro. —La voz de Ephraim retumba como un trueno—. Porque has hecho algo absurdo, cruel y equivocado en todos los sentidos como poner una bomba en el Festival de la Orquídea. En serio, ¿de verdad crees que cargarte a un montón de estrellas del pop va a cambiar algo?

—¡La Tierra no escucha nada más! —La amabilidad de antes ya ha desaparecido de su voz—. ¿Cuántas vidas se han perdido por culpa de la indiferencia de este planeta, por su avaricia y su...?

Virginia interrumpe el intercambio.

—Claro que sí, organicemos un debate filosófico a voz en grito justo ahora que nuestra única esperanza es averiguar cómo salir de aquí. Sobre todo que Virginia no se pueda concentrar. —Su dedo pulgar sigue moviéndose por todo el lector de datos—. ¡A ver cuánto tardan en llegar los guardias de seguridad! ¡Un plus añadido! Cómo me alegro de haberme colado en una cárcel con un grupo de genios.

Noemí ignora el sarcasmo y se arrodilla junto a ella.

—¿Qué intentas hacer?

—Ver si puedo cambiar el patrón de movimiento de las celdas. Eso sí, es un sistema totalmente diferente del de seguridad, por eso tengo que empezar de cero. Me va a llevar horas. Pero, eh, fuera seguirá siendo de noche, ¿verdad?

—Eso espero.

Noemí no está familiarizada con las latitudes y las longitudes de la Tierra ni con las estaciones, y los demás tampoco. Odia sentirse tan ignorante e indefensa.

La celda se vuelve a mover, esta vez hacia un lado.

—No nos dijiste que estas cosas se movieran así —murmura Ephraim.

—En la Estación Wayland los movimientos no eran tan bruscos. —Noemí se pregunta si el alojamiento allí era más lujoso de lo que creía, o si las cápsulas de las cárceles están diseñadas para moverse de una forma más violenta. Quizá el zarandeo continuo forma parte del castigo—. La verdad es que no podía imaginar un escenario peor que este.

De pronto, se oye un ruido metálico que viene del exterior. Es como una sucesión de golpes metálicos que van subiendo por los laterales de las celdas.

—Eh, ¿chicos? —Virginia por fin levanta la mirada del lector de datos—. ¿Qué es eso?

Riko sacude la cabeza.

—Llevo casi un día entero aquí metida y es la primera vez que lo oigo.

Tiene que ser uno de los guardias de seguridad. Pero no ha saltado ninguna alarma y parece más probable que, en caso de riesgo de fuga, sellen la cápsula, la detengan y la extraigan de algún modo de la formación. En vez de eso, parece que han enviado a alguien que tiene que encaramarse a lo alto de la construcción.

—Pues ya ves, podía ser peor —le dice Ephraim a Noemí.

Ella se obliga a salir del modo pánico. «Tienes que decidirte: rendirse o luchar.»

El guardia está escalando por el lateral de las celdas. Eso significa que necesita las dos manos y que, si lleva un arma, tendrá que desenfundarla. Por muy rápido que sea, necesita un mínimo de tiempo, el mismo que Noemí no tiene intención de darle. No lo tirará al suelo porque eso lo mataría y, al fin y al cabo, solo está haciendo su trabajo. Pero si consigue dominarlo y quitarle el arma, quizá aún tengan una oportunidad.

—Todos atrás —ordena a los demás, y se coloca en posición defensiva a un metro de la puerta—. Poneos detrás de mí.

—No hace falta que… —protesta Ephraim, pero ella lo hace callar con la mano; dentro de poco, el recién llegado también podrá oírlos.

Los golpes se van acercando cada vez más. La soldado de Génesis se da cuenta de que está aguantando la respiración.

Una silueta oscura atraviesa la puerta de un salto, aterradora en un primer momento hasta que…

Noemí ahoga una exclamación de sorpresa.

—¿Abel?

Él frena en seco y se la queda mirando.

—Estoy teniendo un error de funcionamiento.

—No, no, estás bien. Soy yo.

Da un paso al frente; no se fía ni de lo que ven sus ojos. Pero es él, es Abel, de pie frente a ella.

—Gracias a Dios —murmura Virginia.

Noemí no responde. No puede apartar los ojos de él. De pronto, se abalanza sobre él y lo abraza con fuerza. Él también la abraza, al principio por puro reflejo, luego rodeándola con los brazos y enterrando la cara en la curva de su cuello.

—¿Cómo es posible que estés aquí? —Su voz suena amortiguada por el hombro de Noemí—. ¿Qué haces en la Tierra?

—He venido a buscarte.

—¿A mí?

Parece genuinamente sorprendido, como si le pareciera imposible que alguien hiciera algo así.

—Necesitaba saber que estabas bien —dice ella. Es toda la explicación que puede darle, la misma que tiene para ella—. Te vimos con Mansfield, en el jardín… Parecías feliz. Pensé, vale, ha vuelto a casa y todo está en orden…

—Mansfield me ha mentido. —De pronto, le tiembla la voz. Ella no sabía que las emociones también podían afectarle a nivel físico—. Me ha mentido en todo. —Se aparta de ella, como si necesitara verla otra vez para asegurarse de que es real. Pero entonces ve a los otros—. ¿Cómo…?

—Nos estábamos haciendo la misma pregunta, colega —dice Virginia—. La mismita.

Ephraim interviene.

—¿Por qué no estás con Mansfield?

Abel hace algo que Noemí no le había visto hacer nunca: clava los ojos en el suelo un instante, como evitando la pregunta.

—No pienso volver —responde finalmente.

—Entonces ¿qué?, ¿has decidido liberar a Riko de la cárcel por puro altruismo? —insiste Ephraim, que obviamente cree que aquí está pasando algo.

—Y yo te lo agradezco —dice Riko—, pero ¿cómo has subido hasta aquí?

Virginia suspira, exasperada.

—¡Es el meca más sofisticado de toda la galaxia! Eso para él no es nada.

—¿Es un meca? —pregunta la integrante de la Cura, esta vez en un tono más bajo, pero nadie contesta.

A Noemí le sorprende que su cerebro siga intentando sin éxito encontrarle el sentido a todo esto.

—¿Qué haces tú aquí, Abel?

—Pensé que si liberaba a Riko Watanabe de la cárcel, ella podría ayudarme a buscarte —responde, y le dedica una media sonrisa que ella le devuelve.

—Todo este tiempo hemos estado buscándonos el uno al otro —susurra Noemí, y lo abraza otra vez. Abel le devuelve el abrazo con más ternura que antes…

—Oye, todo esto es precioso —interviene Virginia—, pero ¿qué os parece si nos escapamos de esta cárcel?

Con la ayuda de Abel, todo es más fácil. Los baja hasta el suelo, colgados de dos en dos de su espalda y sin apenas despeinarse. La misma brecha en el sistema de seguridad para la que Virginia ha necesitado horas Abel la resuelve en cuestión de minutos, y en cuanto consigue abrir una ventana en la cuadrícula salen corriendo a través de ella. No se detienen hasta unas cuantas manzanas más adelante, cuando el fulgor rojizo de Marshalsea se ha desvanecido por completo a sus espaldas.

Cuando por fin se detienen, a Noemí le cuesta respirar, igual que a Ephraim, pero Virginia y Riko están a punto de desmayarse. Abel, que está fresco como una rosa, las acompaña a un banco y luego regresa junto a Noemí.

—Tenemos que volver a Génesis. Si mis cálculos son correctos, faltan tres días para la Ofensiva Masada.

—¿La qué? —interviene Ephraim.

Noemí ignora la pregunta. Ha intentado llevar el cálculo del tiempo y creía que aún le quedaban cinco días, pero se ha equivocado. Todo ese rollo einsteiniano es más de lo que su cabeza es capaz de procesar. «No pasa nada —se dice a sí misma—. Tres días son más que suficiente.»

—En cualquier caso, yo no tengo intención de ir a Génesis —continúa Ephraim—. No te ofendas, pero no estoy de acuerdo con lo que está haciendo tu pueblo. Además, tenemos mucho trabajo pendiente.

Esto último lo dice mirando a Riko, que asiente.

—Tengo contactos en la Tierra, gente que nos puede esconder. La Cura siempre cuida a los suyos. —La fugitiva se endereza y mira a Noemí y a Abel—. Gracias por venir a buscarme. No lo olvidaremos.

Ephraim mira a su compañera con una dureza tan evidente que Noemí recuerda lo distintos que son. Riko es una terrorista cuyos ideales no justifican sus acciones; Ephraim es de la rama moderada, que intenta encontrar la mejor salida para todos, la más humana. ¿Conseguirá disuadir a su compañera o será ella la que lo convenza? ¿Existe la posibilidad de encontrar un punto intermedio?

Es imposible saberlo o intentar adivinarlo, pero Noemí decide tener fe en el buen corazón del médico.

—Adelante, marchaos —les dice—. Tened cuidado.

—Quizá nos volvamos a ver.

Ephraim sonríe y Noemí cree ver un destello del hombre amable y sencillo que habría sido en otra galaxia, una mejor que esta. Ojalá algún día llegue a ver ese otro mundo. Y ella también.

—Adiós, Ephraim.

Se cogen de la mano en silencio durante unos segundos y luego él se despide de Virginia, que lo guía a través de un complicado apretón de manos que incluye agitar los dedos y hacer chocar los codos. Por último, le da unas palmadas en el hombro a Abel.

—Eres un milagro, lo sabes, ¿verdad?

—No lo creo. —Su sonrisa está cargada de tristeza—. No creo en la suerte como concepto, pero… buena suerte, Ephraim. Esto te será útil —se despide, y le entrega un lector de datos; Noemí no tiene ni idea de qué contiene, pero el rostro del médico se ilumina al instante.

—Gracias, Noemí —dice Riko, inclinando la cabeza—. Venga, tenemos que irnos.

Y, acto seguido, Ephraim y ella se alejan calle abajo y desaparecen en la niebla.

Cuando se dirigen hacia la nave, Virginia camina unos pasos por detrás de ellos en una extraña demostración de tacto. A estas alturas ya es evidente lo personal y dolorosa que es la historia que Abel le tiene que contar a Noemí.

—Estaba tan contento… —Su sonrisa nunca había sido tan triste—. Tan orgulloso de mí mismo… El meca definitivo. Pero no era más que una… una carcasa. Un traje más que ponerse.

—Eres mucho más que eso, y lo sabes. —Noemí lo coge de la mano—. ¿Verdad?

—Tengo alma, pero sigo siendo una máquina. Mi programación aún me dice que lo ayude, pase lo que pase. Cuando me contó sus planes, una parte de mí se alegró por él, porque no tendría que morirse. Y eso a costa de mi vida.

El asco que transmite su voz es crudo, visceral, como la ira que ella siente en su interior.

—Te has liberado, Abel. Tu alma es más grande que tu programación. —¿De verdad es eso lo que le preocupa más? Y añade, esta vez bajando un poco la voz—: Siento que Mansfield no te quisiera tanto como tú a él.

Ya han llegado a la nave; abren la puerta y entran. Por suerte, parece que nadie los sigue porque no hay un solo miembro de las fuerzas de seguridad en todo el puerto. Abel se detiene en el hangar y Noemí lo imita, un tanto confusa.

—La *Dédalo* —dice él. Cuando ella gira la cabeza para mirarlo, ve que tiene la vista clavada en el punto exacto en el que antes estaba la placa conmemorativa de la nave—. Según la mitología griega, Dédalo aprendió a volar. Le fabricó unas alas a su hijo y este voló tan alto que se precipitó al suelo y murió. Dédalo aprendió una lección; Ícaro pagó el precio. Cuando Mansfield bautizó esta nave, ya sabía lo que pensaba hacer conmigo.

—Pues le cambiaremos el nombre —dice Noemí, muy decidida—. Pero esta vez no será uno falso, la bautizaremos de verdad. Ya no es la nave de Mansfield. Es nuestra.

—Será mejor que nos pongamos en órbita antes de empezar con las celebraciones —apunta Virginia, quien no es precisamente la más precavida de los tres, razón por la que deciden hacerle caso.

Suben corriendo al puente de mando. Noemí empieza los preparativos para el despegue mientras Abel vuelve a ocupar el puesto de piloto. Se enciende la pantalla abovedada; sobre sus cabezas, un cielo sin estrellas y cubierto por la niebla. Ahora que tiene algo que hacer, él vuelve a ser el mismo de siempre.

—Esperando autorización automática y… recibida.

De pronto, en una esquina de la pantalla aparece una comunicación entrante que se activa sin que Noemí toque los controles ni una sola vez. En la consola de operaciones aparece una imagen, la cara de un anciano al que no conoce, pero que enseguida deduce quién es. Tiene los ojos como Abel.

—Abel, querido —dice, y sacude la cabeza con gesto triste—. Entiendo que estás a bordo de la nave. Tu chica ha venido a buscarte. Qué bonito. Pero lo que no ha tenido en cuenta es que todavía tengo rastreadores en esa nave, además de los códigos de acceso.

—Los códigos de acceso se pueden cambiar —murmura Virginia, y se pone a ello, pero ya es demasiado tarde.

—No quiero volver —asevera Abel.

—Oh, sí que quieres. Claro que quieres volver. Lo sé porque fui yo quien te lo programó desde el primer momento. Lo que pasa es que ahora también quieres otras cosas, cosas que nunca deberías haber tenido. —Mansfield respira hondo, no sin cierta dificultad—. Abel, te ordeno que vuelvas a casa y te sometas al procedimiento. Es una orden directa de parte de tu creador. Venga, vuelve a casa. Te estoy esperando.

Horrorizada, Noemí ve que Abel se aparta de la consola y se levanta dispuesto a marcharse.

—¡No! —Corre hacia él y lo sujeta del brazo—. No tienes que hacerlo.

A él le tiembla todo el cuerpo. Cuando habla, lo hace con la voz rota.

—Sí, claro que tengo que hacerlo.

Ella lo sujeta incluso cuando él empieza a andar hacia la puerta.

—Tienes alma, Abel, y una voluntad que te pertenece solo a ti. Puedes plantarle cara, sé que puedes…

—Así que esa es tu chica, ¿eh? —Mansfield puede verla; Abel y ella están justo delante de la consola desde cuya pantalla los observa con gesto condescendiente—. Bueno, es una monada, eso es evidente. No tiene una belleza clásica, pero sí mucho temperamento, ¿verdad? Eso lo has sacado de mí. Siempre me han gustado guerreras.

Si estuviera aquí, Noemí le daría un puñetazo en la tripa para que supiera lo mona que puede llegar a ser, pero está a salvo en su casa, sentado al lado del fuego o eso parece por la luz que parpadea, descansando tranquilamente mientras le ordena a Abel que vuelva a casa para morir.

—Eres un monstruo —le espeta—. Eres un monstruo egoísta y cobarde. Te da miedo morir porque nunca has creído en nada que no seas tú mismo. Le diste un alma a Abel solo para poder cargártela de un plumazo en cuanto ya no la necesitaras más. Todo lo que ha sentido, la persona en la que se ha convertido, ¿es que no te importa lo más mínimo? ¿Eres consciente de lo que estás haciendo?

Mansfield suspira.

—Es evidente que esto va a ser un problema.

Desde la consola en la que sigue tecleando febrilmente, se oye la voz de Virginia que dice:

—Siempre he sido muy fan de usted, pero ya no, pedazo de mierda. Me da vergüenza que sea humano.

—¿Quién es esa?

Se nota que Mansfield está confundido. Virginia no se acerca a la pantalla, pero se aproxima lo suficiente para que el afamado científico vea su mano haciéndole una peineta.

Noemí mira a Abel, que sigue sin sentarse, a pesar de sus súplicas…, pero tampoco ha dado ningún paso más hacia la puerta. Por un momento, siente que aún hay esperanza.

—Te estás resistiendo, ¿verdad? Puedes hacerlo, estoy segura.

—Ya basta de tonterías. —Mansfield carraspea y se recoloca en el sofá—. Abel, dime la verdad: ¿siguen cerrados los puestos defensivos de emergencia?

—Sí, señor —responde el meca, y hace una mueca en cuanto las palabras salen de su boca.

—Bueno, pues ve y abre uno. —Abel se dirige hacia un armario de plástico que hay en la pared, uno de muchos ahora que Noemí se fija, y Mansfield añade—: Coge un bláster.

Abel atraviesa la puerta de un puñetazo. Los trozos caen al suelo como una lluvia de plástico y Noemí ve cómo coge un bláster con la empuñadura de un intenso color verde, lo que significa que está cargado. Cuando se gira y la mira a los ojos, la angustia que ve en ellos es casi más terrible que su propio miedo.

—Venga, Abel —dice Mansfield, casi con dulzura—, ya casi estamos. Recuerda quién y qué eres. Sigue la Directiva Número Uno. Obedéceme. Mátala.

38

La mano de Abel se tensa sobre el bláster, pero no aprieta el gatillo. No lo va a hacer, de ninguna manera, no piensa matar a Noemí.

Quiere soltar el arma, pero no puede. Está atrapado en un bucle infinito, debatiéndose entre lo que le gritan las directrices desde cada uno de sus circuitos y un miedo paralizante a hacerle daño a Noemí.

La tiene justo delante, con la respiración acelerada y los ojos clavados en el arma que podría acabar con su vida en cualquier momento. De pronto, levanta la mirada del cañón y sus ojos se posan en los de Abel.

—Sigue luchando —le susurra.

—Abel. —Esta vez Mansfield lo dice más fuerte, pero con el mismo tono paternalista y casi relajado del que se sabe ganador—. Estás perdiendo el tiempo. Sabes que tu programación no te permitirá hacer otra cosa.

Y así es. Debe obedecer a su creador. La misma entrega y dedicación que le dio ánimos todos los días durante los treinta años que ha pasado completamente aislado, sumido en el frío y la oscuridad del espacio, le dice que obedezca. Noemí Vidal debe morir y él tiene que volver a casa con Mansfield para morir también. Hoy es el último día de los dos.

De fondo, oye la voz de Virginia murmurando.

—Tiene que haber una forma de anular el control manual. Venga, venga.

Tiene que decirle que se calle. Si Mansfield la oye y le da la orden de matarla a ella también, Abel sabe que lo hará. La joven le cae bien, pero no la quiere, y solo el amor podría evitar que apretara el gatillo en cuanto Mansfield se lo ordenara.

En realidad, no está seguro de que haya algo capaz de impedir que lo haga.

—Aaabeeel —canturrea Mansfield, como un padre al que se le acaba la paciencia con el hijo que se hace de rogar.

En su cabeza se suceden mil escenarios distintos al mismo tiempo. Podría soltar el bláster. Descargarlo. Decirle a Mansfield que no es un contenedor, sino una persona. Pero no se le ocurre el desenlace de ninguna de esas imágenes caleidoscópicas de salvación. Es incapaz de imaginar un final que no acabe con Noemí muerta a sus pies.

También... también podría llevarse el bláster a la sien y disparar. Así mataría dos pájaros de un tiro: salvaría a Noemí y cabrearía a Burton Mansfield. ¿Sería capaz de hacerlo? No. Su brazo se niega a obedecer. El plan no va contra una orden directa de su creador, sino contra dos.

—Directriz Uno —repite Mansfield, y esta vez no es capaz de disimular una cierta indignación en la voz—. Obedece. Mátala.

La repetición activa algo dentro de Abel, que estira los brazos y apunta directamente al corazón de Noemí. Ella está temblando de miedo, apenas se mantiene en pie. No se le ocurre nada más horrible que mirarla y saber que está así por su culpa.

Hasta que la mate. Ese será el peor horror de todos.

—¿Abel? —La voz de Noemí apenas se oye—. Sin libre albedrío no hay pecado posible. Si... si no puedes evitarlo..., al menos sé que lo has intentado y te doy las gracias por... —Se le rompe la voz y sacude la cabeza, incapaz de seguir hablando.

Le está perdonando que la mate antes de que pase. Aunque a Abel solo le quede una hora de vida, quiere evitar que se la pase odiándose a sí mismo por lo que le ha hecho. Es un acto de auténtica compasión, tan brillante y poderoso en comparación con el egoísmo de Mansfield que con su luz cegadora eclipsa todos los conflictos que se suceden en el interior de Abel, las órdenes, las traiciones...

De repente, gira el brazo izquierdo hacia la pantalla desde la que Mansfield los observa y dispara una vez, dos veces, tres. Sigue disparando hasta que la consola explota y llena el puente de mando de humo y trozos de cable y plástico. Noemí grita y se tapa los oídos, pero cuando todo ha terminado se quedan los dos ahí quietos, observando el desastre. Abel suelta el bláster, que cae al suelo con un ruido metálico. La voz de Mansfield no volverá a oírse a bordo de la *Dédalo*.

Tras un largo silencio, interrumpido únicamente por el sonido de las chispas, Virginia se atreve a hablar.

—¿Y qué pasa si necesitamos esa consola?

—Tenemos que largarnos de aquí. —Noemí despierta del trance—. Seguro que nos manda Reinas y Charlies y vete a saber qué más...

—He conseguido limitar el control manual a las comunicaciones. Puede volver a llamar, pero ¡no puede impedir que volemos!

Virginia se pone manos a la obra y enciende los motores de mag, momento que Noemí aprovecha para mirar a Abel.

En el futuro él intentará analizar la secuencia exacta de los hechos, pero nunca será capaz de determinar si fue él quien la abrazó a ella o ella a él. Solo sabe que está de nuevo entre sus brazos, sana y salva, y que no le tiene miedo, a pesar de lo que acaba de pasar. Mientras la aprieta con fuerza contra su pecho, siente una especie de dolor idéntico a la alegría más desbordada. ¿Es esto lo que sienten los humanos cuando abrazan a la persona amada? Pero no puede ser. Sabe que los humanos son capaces de maltratar a sus seres más queridos, que a veces pueden llegar incluso a abandonarlos. No podrían hacerlo si sintieran lo mismo que está sintiendo él ahora mismo. Ni se les pasaría por la cabeza.

La *Dédalo* —no, la nave— despega y se eleva lentamente siguiendo una trayectoria un tanto errática.

—Mmm, ¿chicos? —Virginia parece indecisa, algo raro en ella—. Siento cargarme el momento, pero vosotros estáis mucho más acostumbrados a pilotar esta cosa que yo.

Abel se aparta de Noemí, no sin antes apretarle un segundo las manos, y corre hacia la silla del piloto. Está emocionado, sobre todo cuando ve que los vectores y las lecturas de la pantalla indican que se alejan de la Tierra a velocidad máxima.

—¿A quién crees que mandará a buscarnos? —pregunta Noemí mientras cambia de consola y la configura para que sea el puesto auxiliar de operaciones—. ¿Al ejército de la Tierra? ¿A sus propios mecas?

—A nadie. —Abel apoya los dedos en la pantalla y expande la zona en la que aparece el sector más alejado del sistema solar. Allí, justo después de Plutón, cuya órbita actual no está demasiado lejos, se encuentra la Puerta de Génesis—. No mandará a nadie.

Las dos chicas se lo quedan mirando. Virginia es la primera en hablar.

—A mí no me parece que sea un tipo que se rinda fácilmente.

Él acelera en cuanto abandonan la atmósfera terrestre y en la pantalla abovedada vuelven a aparecer las estrellas.

—No se va a rendir, al contrario. Calculo que las probabilidades de que ya esté diseñando un plan para recuperarme son como mínimo del noventa por ciento, pero no puede llevar a cabo su plan si las defensas de la Tierra hacen volar esta nave en mil pedazos y a mí en su interior.

A Virginia se le escapa la risa.

—Eres nuestro escudo humano. Bueno, no humano. Lo que sea, pero funciona.

Noemí se recuesta en su asiento con los ojos medio cerrados. Está tan cansada que a Abel le gustaría cogerla en brazos, llevarla a su habitación y taparla con una manta para que duerma las horas que quiera. Eso será dentro de poco. De momento, aún les quedan cosas que hacer en este viaje.

En la estación de Saturno, donde los mineros y los cargueros de larga distancia paran para repostar, Abel detiene la nave para que el corsario que llevan a bordo pueda despegar en las mejores condiciones posibles.

—¿Seguro que no quieres venir a Génesis, aunque solo sea para verla? —Noemí está al lado de Abel, observando a Virginia mientras prepara su nave—. Serías más que bienvenida.

—Será broma. ¿Yo en la tierra de la tecnología obsoleta? Me moriría nada más pisarla.

Les sonríe y acaba de cerrar el cuello del traje de vuelo; la coleta de mechas rojas se balancea de un lado a otro mientras comprueba los controles de su corsario. Es una nave bastante grande para este hangar; han tenido que empujar el diminuto caza de Noemí contra la pared, donde espera su viaje más importante.

Aún no han hablado del destino de Abel, pero él está tan relajado después de haber escapado de las garras de Mansfield que tampoco le importa demasiado. Se siente feliz ahora que se ha reunido con Noemí y, para su sorpresa, un poco triste por tener que despedirse de Virginia, que está más dicharachera que de costumbre.

—Aún me quedan un par de semanas de expulsión. Tiempo más que suficiente para inventarme alguna historia sobre las fiestas salvajes a las que se supone que he ido mientras estaba en Kismet.

—Nada tan salvaje como la verdad —bromea Noemí, y ella se ríe.

—Puede que aproveche para ir a ver a mis padres, suponiendo que las tormentas de arena no corten el tráfico —continúa, y suspira—. Para que lo sepáis, pienso seguirles la pista a Ephraim y a Riko, por si salen en las noticias. Ella me pone los pelos de punta, pero me gustaría asegurarme de que él está bien. Creo que es el más valiente de todos.

—No —dice Abel mirando a Noemí, que acaba de decir exactamente lo mismo mirándolo a él. De pronto se siente incómodo, no sabe por qué—. Me alegra saber que Ephraim podrá contar con tu ayuda. Así la incertidumbre será menor.

Virginia lo señala con el dedo.

—Voy a echar de menos esto. Os voy a echar de menos a los dos. Ha sido divertido tener amigos que no sean Destructores. ¿Quién lo iba a decir?

«Amigos —piensa Abel—. Tengo amigos.» Virginia, puede que Ephraim también, Harriet y Zayan, y seguro que Noemí. Está seguro de que ella no siente lo mismo que él, pero no le importa. Ha ido hasta la Tierra a buscarlo; lo ha perdonado. Solo con eso ya le bastaría para vivir treinta años más.

—En fin, aquí el amigo es capaz de atravesar el campo de minas de la Puerta de Kismet, así que no tenéis excusa para no ir a verme.

Noemí le toca el hombro apenas un segundo.

—Gracias.

A Abel le gustaría imitarla, pero se sentiría muy pretencioso si reclamara la misión de Noemí como propia, así que opta por una despedida más simple.

—Adiós, Virginia.

La chica se despide con la mano y se pone el casco mientras la cubierta transparente de la cabina del corsario se cierra lentamente. Abel sale del hangar seguido de cerca por Noemí, que camina de espaldas para no perder de vista a su amiga ni un segundo.

Cuando llegan al pasillo, la esclusa se cierra e inicia la secuencia de lanzamiento. La imagen del hangar aparece en una pantalla cercana, desde donde presencian en silencio el despegue de la joven genio en su corsario rojo y cómo se aleja camino de su próxima aventura.

Si Abel ha analizado correctamente los patrones de conversación de los humanos, el siguiente paso sería un intercambio de apreciaciones sentimentales sobre la ayuda de Virginia y su marcha. Sin embargo, cada vez es más consciente de la inminencia de la Ofensiva Masada, al igual que Noemí.

—Solo una cosa más antes de que atravesemos la Puerta de Génesis.

Ella lo mira con el ceño fruncido.

—¿Qué?

¿Lo ha olvidado?

—Necesitamos un meca para que pilote el caza hasta la puerta.

—¿Como la Reina que tengo esperando en la enfermería?

Abel no puede analizar su propia expresión facial, pero parece que ella sí porque se le escapa la risa.

—Superas todas las expectativas, Noemí Vidal —dice, sacudiendo la cabeza.

—Igual que tú.

De pronto, Abel se da cuenta de que es la primera vez que están a solas desde la habitación de hospital en Bastión de hace unos días. Como dato no parece significativo, pero no puede evitar pensar en ello, sobre todo en el silencio que comparten mientras ella le sonríe. Le gustaría hacerle una pregunta, una que no se habría atrevido a hacer delante de los demás, aunque no sabe muy bien por qué.

—¿Por qué fuiste a buscarme?

—Tenía que hacerlo —responde ella, y aparta la mirada como si no estuviera segura de sus propios pensamientos.

No es una respuesta exacta, pero para él es más que suficiente.

Cuando atraviesan la Puerta de Génesis, Noemí grita emocionada y Abel marca un ritmo rápido en la base de su consola. Ella lo mira, sorprendida.

—Es algo que hacen los pilotos cuando alguien recorre todo el Anillo por primera vez —le explica—. O al menos algo que hacían. Tú eres la primera persona que lo hace desde que terminó la Guerra de la Libertad.

El rostro de Noemí brilla mientras contempla el pequeño punto verde de la pantalla que es su planeta.

—Mi casa. Mía y ahora también tuya, supongo.

—¿Mía? —Abel no se lo esperaba—. Los mecas están prohibidos en Génesis.

—Sí, bueno, pero tú en breve serás el meca que salvó Génesis. La cosa cambia. —Gira la silla y se inclina hacia él sin un ápice de incertidumbre en la mirada, solo placer—. Les explicaremos qué eres, en todos los sentidos. Les diremos que eres único, irremplazable. Y el héroe de Génesis podrá empezar a conocer su nuevo hogar.

Abel sospecha que no será tan fácil como ella supone. Sin embargo, también sabe que si hablan con los líderes y les plantean la cuestión justo después de destruir la puerta, tendrán muchas posibilidades de éxito. Si no consiguen convencerlos para que le permitan quedarse en Génesis…, se marchará en su nave sin nombre e intentará encontrar otro destino. Y vivirá el resto de sus días, que serán muchos, sabiendo que salvó a Noemí y su planeta. Le basta con eso.

—¿Detectarán nuestra llegada desde tu planeta?

Noemí asiente.

—Nos verán en los escáneres de larga distancia. En menos de un día vendrán a ver qué pasa, pero nosotros ya habremos acabado, ¿verdad? —De pronto, palidece—. A menos que… la Ofensiva Masada… ¿Cuánto tiempo nos queda?

Los dedos de Abel se mueven a toda velocidad sobre la consola mientras hace los cálculos necesarios. Luego sonríe.

—Aún nos quedan aproximadamente cuarenta y ocho horas para la hora de inicio, suponiendo que no haya habido un cambio de planes desde tu partida.

Ella se ríe aliviada y hace girar la silla con los brazos extendidos.

—Nos organizarán un desfile, ya lo verás.

Se ponen manos a la obra de inmediato. En la enfermería, abren la criocápsula y sacan el cuerpo inerte de la Reina. Antes de que pueda recuperarse del modo latente, Abel introduce el nuevo código que convertirá a Noemí en su comandante y aprovecha también para desconectar todas las funciones mentales que no son necesarias. La Reina ya se ocupó de borrar la actualización, decidió ser algo en lugar de alguien; Abel no tiene reparos en usarla para la misión y sabe que Noemí tampoco, pero cuantas más complicaciones puedan evitar, mejor.

La Reina los sigue hasta el hangar, donde preparan el caza de Noemí para su último viaje.

—Tiene energía suficiente —anuncia Abel, después de comprobar las lecturas—. Esta nave podría ir a Génesis y volver, y aún tendría la energía necesaria para completar la misión.

—No hará falta —dice Noemí dirigiéndose a la meca, que la observa con la expresión ausente de un maniquí—. Seguirás el plan de vuelo establecido que te llevará al centro de la puerta.

—Afirmativo —responde la Reina; ha perdido hasta la inflexión en la voz y ahora es más una cosa que la réplica de una persona.

Cuando se lo ordenan, ocupa su puesto en la cabina del caza. No necesita casco; puede operar sin aire durante el breve espacio de tiempo que estará operativa. Por último, Abel coge el dispositivo termomagnético. Unos cuantos botones y estará activado, listo para cumplir su función. Dentro de unos minutos, estará demasiado caliente para un humano y, poco después, también para un meca, pero cuando llegue ese momento apenas quedarán unos segundos para la destrucción.

Busca los ojos de Noemí.

—¿Preparada?

—Preparada —contesta ella, y asiente.

Él acciona los controles. El dispositivo empieza a vibrar entre sus manos y a emitir un zumbido que electrifica el hangar. Lo coloca dentro de la cabina…

… y la Reina se desconecta.

—Un momento, ¿qué ha pasado?

Noemí tira de la manga de la meca, que se cae hacia un lado completamente inerte. Abel apaga rápidamente el dispositivo para no desperdiciar energía, pero la Reina sigue igual, lo que no es sorprendente porque un meca no tiene por qué reaccionar ante una función termomagnética.

Entonces ¿por qué se ha desactivado cuando ha encendido el dispositivo?

«Correlación no implica causalidad», se recuerda a sí mismo. Y, sin embargo, la parte de su mente que ha desarrollado el instinto le dice que esto no es una coincidencia.

—¿Qué le pasa? —pregunta Noemí—. ¿Tiene que ver con el criosueño o el modo latente?

—No. Eso no debería afectarle y todos mis escáneres preliminares son normales.

La revisa de nuevo, pero no encuentra nada. No hay ningún tipo de actividad mental y hasta las funciones orgánicas se han desconectado. Este tipo de error catastrófico es prácticamente insólito, sobre todo en un meca que funcionaba sin problemas hace apenas unos minutos. Para que pase algo así…

Se queda petrificado. Deja de pensar. De pronto, le invade una desazón insoportable porque sabe que ha subestimado a Burton Mansfield una última vez.

—Un mecanismo de seguridad —dice, y baja el escáner—. La Reina tenía programado un mecanismo de seguridad.

Noemí lo coge del brazo; la extrañeza se ha convertido en miedo.

—¿Qué tipo de mecanismo de seguridad?

—No sé absolutamente nada. Lo más probable es que fuera «proximidad a la puerta» y el segundo elemento fuera «proximidad a un dispositivo termomagnético activo». —Mira a Noemí y le explica—: Esa era nuestra misión hace treinta años, encontrar los puntos débiles de una puerta. Encontramos uno. Y Mansfield dio los pasos necesarios para parchear esa brecha de seguridad.

—Pero ¿cómo ha podido saber que lo íbamos a intentar con este modelo Reina en concreto? —protesta Noemí.

—No lo sabía. Por tanto, la única explicación plausible es que instalara el mecanismo de seguridad en todos los modelos de meca capaces de pilotar una nave. Del primero al último. —A Abel le gustaría enfadarse otra vez con Mansfield, pero en cambio solo es capaz de sentir una especie de muda admiración. Su creador ha resultado ser un ser egoísta, insensible y cruel, pero nadie puede dudar de su inteligencia—. Como director de la línea de Cibernética Mansfield, en cuanto diseñó el mecanismo de seguridad pudo hacer que se descargara e instalara en todos los mecas del universo.

A Noemí le tiembla la voz.

—Me estás diciendo que no tenemos nada.

Abel solo es capaz de responder:

—Nada en absoluto.

39

Nada.

«Todo ha sido para nada.»

Noemí se desploma contra el lateral de su caza plateado, cubierto aún por los restos de la batalla, y se debate entre el dolor y la rabia. Todo este viaje, todo lo que ha vivido, todo lo que ha perdido, creía que tenía un sentido. La fiebre de las telarañas, el miedo a ser perseguida por la Reina y el Charlie, el secuestro de Abel y, lo peor de todo, la muerte de Esther. Ha aguantado porque sabía que era el precio que tenía que pagar para salvar su planeta.

Pero su planeta no tiene salvación. Ha estado persiguiendo un espejismo desde el principio.

—¿Estás seguro de que eso es válido para todos los mecas en cualquier parte? —No quiere llorar. No va a llorar—. ¿Cualquier meca que pueda pilotar un caza?

Abel mira a la Reina muerta.

—Casi seguro. Puede que haya un puñado de mecas que nunca llegaran a actualizarse con el mecanismo de seguridad, pero tendrían que estar en sitios muy aislados. Constaría mucho encontrarlos y más aún identificarlos. Las probabilidades de encontrar uno a tiempo serían del… No quieres saberlo, ¿verdad?

—No. Lo entiendo. Es imposible.

Bueno, pues en ese caso volverá a casa. Le quedan cuarenta horas para ver a sus amigos y reconciliarse con su destino, para despedirse de su vida. Luego se reunirá con sus compañeros del escuadrón de vuelo y ocupará su lugar en la Ofensiva Masada.

Al menos morirá sabiendo que ganó un poco de tiempo para su planeta. Y que salvó a Abel.

—Vale, pues ya está. —La voz la delata, se le rompe en la última palabra, pero ella sigue—. El plan no funcionará. Se acabó.

—No si me usas a mí —replica él.

Ella tarda unos segundos en procesar lo que acaba de decirle.

—No puedes hacer eso.

Como era de esperar, él lo entiende literalmente.

—Sí puedo. Como he dicho antes, solo los mecas que no hayan sido actualizados en los últimos treinta años podrían atravesar la puerta con el dispositivo a bordo. Yo soy uno de ellos.

—Abel, no. Ya te lo dije, no pienso ordenártelo. Tienes alma, eres demasiado… demasiado humano para ser usado como un objeto.

—En ese caso, soy suficientemente humano para tomar esa decisión por mí mismo.

Lo dice con tanta seguridad…

—Pero no puedes. —Le cuesta enumerar las razones con palabras; tiene tantas en la cabeza que no acabaría nunca. Lo que sí tiene claro es que la posibilidad de que muera le resulta mucho más dolorosa que su propia muerte—. Génesis no es tu planeta. No nos debes nada.

—En este tiempo que hemos compartido, he aprendido a creer en la justicia de vuestra causa —confiesa, dejándola aún más boquiabierta—. Yo quizá me habría decantado por otros métodos, pero tengo claro que hay que proteger la mejor opción como futuro hogar para la humanidad que hay en todo el cosmos. Del mismo modo, es evidente que el gobierno de la Tierra no tiene intención de modificar un comportamiento que acabaría envenenando también vuestro planeta. Pase lo que pase con la Tierra y el resto de sus colonias, Génesis debe sobrevivir.

—Pero ¡no hace falta destruir la puerta para que Génesis sobreviva! Con la Ofensiva Masada ganaremos algo de tiempo, puede que años, y en ese tiempo podríamos acabar decantando la balanza de la guerra.

—Tú formarías parte de la Ofensiva Masada —dice Abel—. Morirías.

—Eso siempre ha sido así, no ha cambiando. Creía que sí, pero me equivocaba.

—No puedo permitirlo. Aunque no estuviera dispuesto a morir por Génesis, lo haría por ti.

—Pero ¡tu vida no vale menos que la mía! Ya no tienes que seguir las reglas de Mansfield.

—No quiero decir que moriría por ti porque eres humana. Moriría por ti porque te quiero.

Ella se queda sin aliento. Solo es capaz de mirarlo fijamente, mientras él, por increíble que parezca, esboza una sonrisa.

—Puede que no sea el amor que sentís los humanos —continúa Abel—. Quizá no es más que una… simulación del amor, una analogía que se le parece, pero lo siento con toda la fuerza con la que lo siento todo. En estas últimas semanas, me he acostumbrado al sonido de tu voz, necesito oírla. Me fijo en detalles irrelevantes de tu apariencia o de tus gestos porque me resultan agradables. He empezado a entender cómo piensas y lo que quieres. Eso quiere decir que soy capaz de ver las cosas desde tu punto de vista, no solo desde el mío, y siento como si todo el universo se hubiera expandido, fuese más grande y más bonito. —Hace una pausa—. Me haces pensar en forma de metáforas.

—Abel…

Noemí siente que debe responder, pero ¿qué decir?

—No pasa nada. Ya sé que tú no me quieres. Da igual. Lo que siento por ti, ya sea amor o algo parecido, me ha hecho más humano que todo lo demás. Creíste en mi alma antes que yo mismo y ahora por fin lo entiendo, ¿no lo ves? Es esa parte de mi ser la que se enfrentó a Mansfield, la misma que te quiere. —Levanta la mano, quizá para coger la de ella, pero se arrepiente y decide levantarse. Noemí sigue sentada en el mismo sitio, apoyada contra el caza y mirándolo desde el suelo—. Gracias a ti, he vivido aventuras en todos los planetas del Anillo. He hecho amigos por primera vez. Me he liberado de Mansfield y he descubierto qué se siente cuando se ama a alguien. Gracias a ti, he vivido de verdad y ahora estoy preparado para morir por algo en lo que creo y por la persona a la que quiero.

No hay nada que ella pueda decir, nada que esté a la altura de lo que acaba de escuchar, de la persona en la que Abel se ha convertido. ¿Qué significaría más para él, qué sería más cierto?

—Eres… eres mucho más que tu creador.

—Soy más de lo que él esperaba cuando me creó, sí.

—No me refería a eso. Quiero decir que eres mejor que él. Más humano.

Abel recibe sus palabras con un atisbo de tristeza.

—Lo cual, hasta cierto punto, es la prueba irrefutable de su genialidad. Al menos nadie más lo sabrá. —Baja la mirada y se queda mirando a la Reina, que sigue sentada en el asiento del piloto con menos presencia física que un montón de trapos—. Tengo que prepararme para el despegue. Debería empezar por deshacerme de la Reina, a menos que en Génesis quieran usarla en programas de entrenamiento.

Noemí, aturdida, responde que no con la cabeza.

—No. La Tierra… manda Reinas y Charlies varias veces cada mes. Tenemos todos los restos de los mecas que queremos y más.

Abel asiente, enérgico y eficiente como siempre.

—Primero abriré la esclusa para desecharla y luego volveré a preparar el caza para el despegue. Solo tengo que ajustar los elementos que queden afectados por la apertura de la esclusa. Estaré listo en una media hora.

—Dame unos minutos —le suplica Noemí. Necesita analizar lo que está pasando. No, necesita rezar—. Ni se te ocurra hacer nada sin mí.

—Si prefieres…

—Prométemelo. —Su mente se llena de imágenes horribles del caza alejándose de la nave, de Abel desapareciendo para siempre de su vida sin despedirse de ella—. Me lo tienes que prometer.

Él parece confundido.

—Está bien, te lo prometo.

—Gracias.

Noemí se levanta y sale del hangar, a pesar de que le tiemblan tanto las piernas que le cuesta caminar. ¿Adónde podría ir? Esconderse en su habitación le parece de cobardes. Subir al puente sería como fingir que nada de esto está pasando.

Sube lentamente por la espiral, girando sin parar y recordando los laberintos para meditar de Génesis, los setos interminables por los que perderse, rezar y encontrar el propio camino. Al final llega a la puerta de la enfermería, pero no entra.

Justo aquí, en este mismo sitio, luchó a vida o muerte contra Abel. Y también fue aquí donde él se ofreció a servirla. Se arrodilla en el mismo sitio en el que estaba sentada cuando él le dio su arma, cierra los ojos y empieza a rezar.

Aquí es donde comenzó todo y quizá también podría ser el lugar donde decidiera por fin cómo terminarlo.

40

Abel está junto a la puerta del hangar, observando la última fase del ciclo de compresión de la esclusa. Mira la pantalla mientras la gravedad artificial libera el espacio. El caza de Noemí se balancea, sujeto por los cables de acero; la Reina flota en el aire, los brazos extendidos como si ansiara la llegada del vacío.

Las placas plateadas de la puerta se abren dibujando una espiral y el aire abandona la nave tan rápido que ni siquiera él lo ve. La Reina está flotando en el aire, suspendida, y un segundo después ha desaparecido para siempre en la oscuridad del espacio. Observa el caza de Noemí, vibrando entre los cables, y se pregunta qué se debe de sentir ahí dentro. A pesar de su pericia y de todas las experiencias vividas, la verdad es que nunca ha pilotado una nave como esa.

Un regalo más antes de morir.

La perspectiva de la no existencia puede paralizar de miedo a un humano. Noemí se enfrentó a la Ofensiva Masada con mucho valor, pero se notaba la desesperación que transmitían sus ojos. Abel, en cambio, no siente la misma decepción que experimentó al principio del viaje, cuando pensó por primera vez que ella se desharía de él.

«No es tan duro dejar la vida atrás —piensa— cuando sientes que has tenido una vida que ha valido la pena.»

Quizá debería enviarle un mensaje a Mansfield diciéndoselo.

Podría serle de ayuda a la hora de enfrentarse a su propia muerte. Ya no se siente atado a él, pero algunas partes de su programación siguen inspirándole la necesidad de ayudarlo.

Noemí no es la primera persona a la que ha querido. El primero fue Mansfield. No solo contaba con su lealtad prefabricada, sino también con el amor real de un hijo. Y, a pesar de ello, decidió ignorar ese amor en vez de morir, a pesar de haber llevado una larga vida llena de creatividad y éxitos profesionales. Ahora que Abel ha tomado la decisión contraria, entiende lo afortunado que es en comparación con su creador. Está mucho más vivo, a pesar de que Burton Mansfield es todo carne y huesos.

De todas formas, es imposible enviar un mensaje a la Tierra desde aquí. Desecha la idea con más naturalidad de la que esperaba.

La esclusa completa su ciclo y la puerta se vuelve a cerrar. Ve cómo se activa la gravedad y el caza de Noemí se posa de nuevo en el suelo. No hay razón para seguir retrasándolo.

Al menos no hay razones objetivas. Noemí le ha pedido tiempo. Mejor que sea ella la primera en decir algo.

Puede que no esté enamorada de él, pero se nota que le importa. Su muerte le afectará y, aunque seguramente está mal alegrarse —querer que Noemí sufra un poco por él—, lo cierto es que hasta el amor imposible es un poco egoísta porque le gusta la idea de que se acuerde de él cuando ya no esté. Quiere que lo eche de menos. No demasiado, tampoco para siempre. Pero un poco sí.

De momento, lo único que puede hacer es matar el tiempo. El juego de palabras, un tanto tétrico, le arranca una sonrisa tímida. ¿Qué podría hacer? La nave puede llevar a Noemí de vuelta a Génesis, así que no hace falta hacerle más arreglos. Le gustaría volver a ver *Casablanca*, pero sospecha que ella no tardará mucho más en aclararse, y hacerla esperar mientras acaba de ver la película sería una crueldad por su parte.

(Le parecería tan horrible dejarla a medias que ni siquiera se lo plantea.)

Al final, decide dejarse llevar por el instinto que ahora sabe que tiene. Empieza a pasear sin rumbo fijo espiral arriba, sin pararse a mirar nada en concreto, hasta que se encuentra a sí mismo de pie delante de la puerta del compartimento de carga.

Su celda durante los últimos treinta años. Su casa. A pesar de todos los años que ha pasado aquí, deseando poder escapar, de pronto se da cuenta de que tiene que despedirse de este lugar.

Cruza la puerta y manipula los controles para anular la gravedad artificial en esta zona de la nave. Sus pies se separan del suelo y la sensación le resulta tan familiar que se le escapa otra vez una sonrisa. Aprovechando que aún no se ha elevado demasiado, apaga las luces para completar una recreación perfecta.

Coge impulso contra la pared y se acerca a una de las ventanillas laterales. A través de esta en concreto presenció la última batalla cerca de la Puerta de Génesis y vio por primera vez el caza de Noemí acercándose. Ya entonces sabía que lo liberaría, pero no se imaginaba en cuántos sentidos.

—¿Abel?

Baja la mirada y la ve de pie en la puerta, justo al borde del pozo de gravedad artificial. Tiene la cara en penumbra, pero gracias a su aguda visión no tarda en darse cuenta de que ha recuperado la calma. Bien. Era demasiado doloroso verla tan perdida.

—Quería estar aquí por última vez. ¿Te parece extraño?

Noemí responde que no con la cabeza y da un paso al frente. La falta de gravedad la levanta inmediatamente del suelo y el pelo, aunque sujeto con una diadema acolchada, le enmarca la cara. Estira los brazos, levanta la mirada y se deja llevar hacia el centro de la estancia.

—¿Me lo enseñas?

En un sentido literal, Abel no puede enseñarle nada que ella no haya visto ya. Pero entre los muchos regalos que Noemí le ha hecho está el de ser capaz de vislumbrar el significado real que se esconde detrás de las palabras.

Así pues, coge impulso y se dirige hacia ella, no demasiado deprisa. Las leyes de la física que gobiernan temporalmente el compartimento de carga hace que choque contra la espalda de ella, pero no demasiado fuerte. La sujeta por la cintura y juntos se deslizan hacia la pared opuesta, donde ella impide el impacto con una mano.

—¿Ves esto? —pregunta él, acercando la cabeza a la de ella para que vea exactamente lo mismo que él—. ¿Esta marca en la pared? La hice al intentar abrir un agujero hasta el pasillo interior, unas dos semanas después de que me abandonaran. Un fracaso absoluto, como puedes ver.

—¿Te hiciste daño?

—Sí —responde, aunque le sigue pareciendo tan irrelevante como entonces—. ¿Ves el techo?

Están bastante cerca, pero apenas hay luz y los ojos de Noemí siguen siendo humanos.

—Creo que sí. —Con un brazo cubre el de Abel, que sigue cerrado alrededor de su cintura—. Allí hay unos símbolos…

—No son símbolos. Son marcas para contar los días según las medidas temporales de la Tierra. —Por aquel entonces, invirtió mucho tiempo en decidir qué medida prefería usar, si los días de la Tierra o los de Génesis. Llegó a la conclusión de que calcular las variaciones einstenianas sería un buen ejercicio mental, pero ahora sabe que lo que quería era que Burton Mansfield comprendiera la dimensión del tiempo que había pasado solo—. Lo dejé a los dos mil. Me resultaba deprimente.

—No me imagino sintiéndome tan sola —murmura ella.

Y seguramente tiene razón. Muy pocos serían capaces. Abel lo piensa y dice lo único que aún importa.

—La verdad es que me ayuda estar aquí otra vez, pero no solo.

Noemí se da la vuelta para mirarlo, el perfil de su rostro recortado frente a las ventanas plagadas de estrellas. De pronto, Abel es consciente de lo cerca que está, tanto que sus caras casi se tocan. Pero seguro que ella ya lo sabe, así que retoma lo que quería decirle antes.

—Nunca me he sentido menos solo que ahora. Aquí, contigo.

—Lo mismo digo —conviene ella.

Lo coge de la mano y se impulsa ayudándose de la pared, aunque no tan fuerte como para cruzar toda la estancia, así que acaban flotando más o menos en el centro. Noemí se da la vuelta para cogerle la otra mano y, sin apenas darse cuenta, Abel se encuentra entre sus brazos.

La mira, incrédulo, y ella acerca la cara a la suya hasta que sus labios se rozan.

Es su primer beso, que resulta ser mucho más complicado de lo que parece. Hay demasiadas variables que tener en cuenta, así que tras el primer contacto decide ignorar las funciones superiores de su cerebro y dejarse llevar por el instinto.

Y no se equivoca. Al principio, los dos se muestran inseguros, acarician los labios del otro con movimientos rápidos y superficiales, nada más, hasta que empieza el beso de verdad. Noemí lo atrae hacia su cuerpo, le muerde suavemente el labio inferior y luego le abre la boca con la suya. A medida que el beso se vuelve más profundo y sus cuerpos flotan como uno en la oscuridad del compartimento de carga, Abel siente una descarga de electricidad que le recorre todo el cuerpo, cálida e intensa al mismo tiempo. Cuanto más disfruta del beso, más lo necesita.

Así que esto es el deseo. ¿Por qué los humanos siempre lo describen como un tormento? Nunca ha sentido nada tan emocionante como esto, el descubrimiento repentino de lo mucho que puede querer, hacer y ser. Sujeta la cabeza de Noemí con la mano y la besa aún con más pasión, deseando poder devolverle la sombra del placer y de la alegría que ella ha traído a su vida.

De pronto, se da cuenta de que este beso es algo que Noemí está haciendo por él. El único escenario posible en el que se puede dar es en una despedida. Eso no le quita valor; saber que lo hace por él hace que la quiera todavía más.

Cuando se separan, ella le acaricia la cara con una mano. Él sonríe y le da la vuelta para besársela. No necesita decir nada más, Abel sabe que esto es el fin.

Levanta una mano hacia el techo, que ahora está muy cerca, y se propulsa hacia el suelo, donde están los controles gravitatorios. En cuanto aprieta el botón, los pies de ambos chocan contra el suelo con un golpe sordo, el pelo de Noemí recupera su caída natural a la altura de la barbilla y unos cuantos tornillos repiquetean por toda la estancia. Se sueltan al mismo tiempo.

—¿Estás preparada? —le pregunta él.

Noemí levanta la cabeza bien alta.

—Sí.

Juntos se dirigen hacia el pasillo y están a punto de cruzar la puerta cuando, de pronto, ella se detiene.

—Ah, Abel, perdona. Venía a pedirte si podías hacer algo por mí antes de... antes, pero te he visto en el compartimento de carga y... y... supongo que he perdido la noción del tiempo.

Ha sido él quien le ha hecho perder la noción del tiempo, quizá porque el beso le ha gustado tanto como a él.

—Dime qué necesitas.

—He hecho un par de simulaciones para aterrizar la nave yo sola, pero será la primera vez. Siempre te has ocupado tú, menos en la Tierra que lo hizo Virginia. Después supongo que estaré demasiado... —Se le rompe la voz. Él se pregunta qué iba a decir—. ¿Podrías dejarme preparado un aterrizaje automático? Solo para estar más segura.

Noemí está más que capacitada para hacer aterrizar la nave, pero un trastorno emocional puede hacer estragos en las habilidades y la seguridad de los humanos. Lo mismo ocurre con el agotamiento. Es mucho más importante hacerle este pequeño favor que intentar aliviar cualquier inseguridad que pueda sentir.

—Pues claro.

—Yo te espero aquí —dice ella mientras él se dirige ya hacia el puente.

Esto es un poco decepcionante, la verdad. Esperaba estar con ella el máximo tiempo posible, pero quizá le resulta demasiado doloroso alargar la despedida; el análisis de ciertos dramas de ficción parece indicar que los humanos prefieren evitarlas.

Se dirige hacia el puente de mando a la carrera para aligerar el proceso. No le preocupa perder unos segundos más de la poca vida que le queda.

Cuando se abre la puerta, corre hacia el puesto de mando... y se detiene a medio camino. En una de las consolas parpadea una luz que indica que a bordo de la nave se está realizando algún tipo de actividad, cuando no debería ser así.

Hasta que se da cuenta de que es la luz de las compuertas del hangar.

Noemí le ha mentido. Se marcha con el dispositivo para sacrificarse en la Ofensiva Masada... y para salvarlo a él.

Sale corriendo del puente de mando, tan rápido que las puertas apenas tienen tiempo de abrirse. Ahora mismo, la velocidad humana no le sirve para nada; nadie lo sigue, tampoco tiene que disimular. Corre con todas sus fuerzas y llega al hangar cuando aún no ha terminado el ciclo de apertura.

—¡Noemí! —grita—. ¡No, no lo hagas!

En la pantalla que tiene delante aparece una pequeña imagen: la cara de Noemí. Debe de haber conectado las comunicaciones de su caza a las de la nave. Tiene el casco sobre el regazo y, no hace falta que se lo pregunte, también ha cogido el dispositivo.

—¿Me vas a decir que no puedo hacerlo, Abel? Los dos sabemos que sí.

—No lo hagas. La Ofensiva Masada no acabará con la guerra. Morirás para nada.

Por muy doloroso que le resulte imaginarse su muerte, es peor saber que encima no servirá para nada. Ella ha vivido cada momento con intensidad y pasión. Es absurdo que ahora malgaste su vida de esta manera...

—No voy a unirme a la Ofensiva Masada, vuelvo a Génesis para intentar detenerla. —Se recuesta en su asiento de piloto con una sonrisa de medio lado en la cara—. No saben lo mal que están las cosas en la Tierra ni que en las colonias hay una resistencia organizada. Eso lo cambia todo. Si son capaces de entender que podríamos tener aliados, que tenemos una posibilidad real..., quizá eso lo cambiaría todo.

—No puedes arriesgarte —dice él—. No cuando yo podría salvar tu planeta.

—Esa es la cuestión, Abel, que no puedes.

—Pero...

—Génesis no es solo el planeta en el que vivimos. Es lo que creemos. Una victoria conseguida gracias al sacrificio de un inocente no es una victoria. Sería nuestro final.

—Pero lo he escogido yo. Es mi decisión.

—Solo estás realmente vivo desde hace un par de semanas. Acabas de liberarte de Mansfield. No puedes renunciar a una vida que nunca te ha pertenecido. —Noemí se acerca a la cámara; él se imagina su rostro rozando el suyo—. A partir de ahora, tú decides adónde quieres ir, qué quieres hacer..., quién eres. Pero ¿ahora? No eres más que la creación de Mansfield o la mía. Te mereces ser tú mismo. Tienes que seguir adelante, vivir tu propia vida.

Abel oye las palabras, pero es incapaz de asimilarlas. Solo puede pensar en que ella va a exponerse a un peligro del que podría haberla salvado.

—Por favor, Noemí, déjame que lo haga yo.

Ella responde que no con la cabeza y, sin saber muy bien cómo, consigue esbozar una sonrisa.

—Este es mi gran momento, Abel. Llevo tantos años rezando sin conseguir nada..., pero ahora ya no tengo que creer porque lo sé, tengo la certeza. Tienes alma, Abel. Por eso ahora soy yo la que tiene que cuidar de ti y proteger tu vida como si fuera la mía propia.

—Pero…

Ese es su trabajo, cuidar de ella. ¿Cómo es posible que le deba la misma lealtad, que tenga la misma deuda que él? No lo entiende. Lo único que sabe es que nada le había afectado tanto como esto.

Sabe que no tiene sentido discutir con ella. Abriría las puertas del hangar si pudiera, pero sus treinta años de experiencia al respecto le dicen que no puede. Se acabó. Noemí está a punto de salir de su vida para siempre.

—Me duele más saber que te voy a perder que tener que renunciar a mi propia vida —le dice—. ¿Eso quiere decir que lo que siento es real? ¿Que es amor de verdad?

Los ojos de Noemí se llenan de lágrimas.

—Supongo que sí.

El ciclo de apertura de la esclusa termina. Ella aprieta una mano contra la pantalla y él la imita. Es lo más cerca de volver a tocarla que estará jamás.

En cuanto la imagen cambia, aparta la mano. Ahora es un plano general del hangar que incluye el caza y, dentro de él, a Noemí poniéndose el casco mientras se abren las compuertas exteriores. Suelta los amarres y avanza hasta que sale por completo de la nave. Una vez fuera, enciende los motores, que resucitan con una explosión de luz naranja y roja, y se aleja camino de su hogar.

La visión de Abel no funciona bien. Cuando se lleva los dedos a la mejilla, la nota mojada y caliente. Son las primeras lágrimas de su vida.

41

Génesis. Su hogar.

El caza de Noemí entra en la atmósfera. La oscuridad del espacio queda atrás y es sustituida por el azul pálido del cielo. Ya ha llorado demasiado en este casco —el visor no deja de empañarse—, pero se le vuelven a llenar los ojos de lágrimas en cuanto ve el verde azulado que se extiende bajo sus pies y el contorno del continente sur, donde ella nació y donde creció junto a Esther.

El panel se llena de luces de colores, cada una de un ordenador diferente de los muchos que están intentando identificarla. La señal automática del caza se ocupará de responderles. No quiere bajar la mirada ni un segundo. Ahora mismo no hay nada más importante que disfrutar de las vistas, del perfil azulado de las montañas recortadas en el horizonte, de las playas con la espuma de las olas, de los trigales dorados que se suceden uno tras otro. Todo es mucho más bonito de lo que recordaba.

«Ojalá estuvieras aquí para verlo, Abel.»

Solo en los últimos cinco mil metros de descenso vuelve a ser la oficial que siempre ha sido. Parpadea con fuerza y concentra toda su atención en los instrumentos de vuelo. De pronto, se oye el crujido del canal de comunicaciones y respira hondo.

—Aquí la alférez Noemí Vidal solicitando permiso para aterrizar. Código de autorización 81107.

Su pregunta es recibida con un silencio tan largo que por un momento cree que ha perdido la señal. Hasta que una voz incrédula responde al otro lado de la línea.

—La alférez Noemí Vidal murió en acto de servicio hace diecinueve días.

—Va a ser que no —replica. Así que esto es lo que se siente al volver de entre los muertos—. Llama a la capitana Yasmeen Baz. Dile que has hablado conmigo y que tiene que detener la Ofensiva Masada cuanto antes. Repito: tiene que detener la Ofensiva Masada.

—La Ofensiva Masada ha sido pospuesta indefinidamente —dice el juez, revisando los registros del juzgado—, a la espera del resultado de este caso y de la valoración del testimonio de la alférez Vidal.

Pospuesta no es cancelada, pero es lo único que ha conseguido de momento, mientras sigue bajo arresto y esperando a ser juzgada.

Está sentada en una silla sencilla, en el centro de una sala redonda. Como muchos otros edificios de Génesis, este juzgado fue construido a imagen y semejanza del pasado clásico de la Tierra: está iluminado por el sol, protegido del calor por la brisa y la sombra, y resulta amenazador gracias al efecto de la piedra desnuda. Largas columnas de luz crepuscular se cuelan a través de las ventanas, altas y estrechas, iluminando el banco semicircular desde el que los tres jueces la observan. Le han permitido ponerse su uniforme de gala, de color verde oscuro; siempre que lo lleva, se siente fuerte. Y ahora mismo necesita toda la fuerza que sea capaz de reunir.

Abel nunca le preguntó por el sistema legal de Génesis y ella se alegró enormemente, aunque no sin cierto reparo. Es el típico tema que hace estallar discusiones, destruye la armonía y mantiene las fronteras regionales inamovibles. Algunas confesiones creen en la justicia, otras en el perdón; el Consejo de Ancianos ha sido incapaz de encontrar un punto intermedio con el que unificar los dos ideales. Algunos credos defendían las ejecuciones, pero al final se prohibió la pena de muerte por unanimidad. Más allá de eso, los castigos varían enormemente entre las distintas regiones-estado.

La región de Noemí prefiere el perdón al castigo, al igual que la Segunda Iglesia Católica. Sin embargo, ella siempre ha sentido una necesidad de justicia: dura, rápida, certera y severa. Siempre ha querido ser el brazo ejecutor de esa forma de justicia más severa y ahora está igualmente dispuesta a recibirla.

Porque desertar es un delito militar y en el ejército no hay lugar para la compasión.

Se la acusa de más delitos.

—No comunicar a sus superiores las lesiones de un camarada soldado —entona el comandante Kaminski, jefe de escuadrón y ahora fiscal de la acusación— y no comunicar el fallecimiento de un camarada soldado.

Noemí piensa en Esther y algo se remueve en su interior. Aún no le han dejado hablar con los Gatson ni tampoco con Jemuel. Necesita explicarles lo valiente que fue Esther en el momento de su muerte y que está enterrada en el corazón de una estrella. ¿Podrá explicarse algún día? Y si es así, ¿la creerán? Kaminski continúa.

—No seguir las órdenes durante el combate.

—Protesto —interviene la capitana Baz. Le hace de abogada por una simple cuestión legal, pero parece muy involucrada y decidida a hacer todo lo que pueda por ella. Al menos eso es lo que espera Noemí, y es que Baz es su única esperanza—. Las acciones de la alférez Vidal entran en sus atribuciones como oficial...

—Hasta cierto punto. —La fina sonrisa de Kaminski resulta más amenazante que muchos ceños fruncidos—. Dígame, ¿a cuál de sus acciones se refiere exactamente, capitana Baz? ¿A su decisión de abordar una nave enemiga? ¿A no desactivar un meca enemigo, aun sabiendo cómo hacerlo? ¿Dónde está el límite de sus atribuciones como alférez?

—Está dando por sentado que toda esa historia es cierta —interviene uno de los jueces, arqueando una ceja—. ¿Se supone que tenemos que creernos que esta chica ha sido la primera persona en atravesar la Puerta de Kismet en los últimos treinta años? ¿Y que ha estado en presencia del mismísimo Burton Mansfield?

La capitana Baz golpea su atril para llamar la atención. A ella también le queda raro el uniforme de gala; demasiado rígido, demasiado agarrotado. Baz ha nacido para llevar exotrajes y armaduras, no ropa elegante, pero se enfrenta a la batalla legal con la misma ferocidad que si lo hiciera con un bláster en la mano.

—Los datos del satélite confirman que una nave pequeña atravesó la Puerta de Kismet sobre la hora que la alférez Vidal...

Otro juez, la voz grave y potente, interviene.

—Si la historia es verdad, ¡el comportamiento de Vidal es aún más indignante! ¡Dice saber cómo se destruye una puerta, que ha tenido en su poder la tecnología necesaria para hacerlo y no lo ha hecho! Según ella misma, nos ha expuesto a la conquista y todo por un simple meca.

Noemí se imagina la voz nítida de Abel preguntando con un mal humor apenas disimulado: «¿Un simple meca?». Estaría tan ofendido que sería divertido ver su reacción.

—Es mucho más que una máquina —replica, la voz más dulce por el recuerdo.

Kaminski sacude la cabeza, visiblemente contrariado. El uniforme le queda mejor que a la capitana Baz; no en vano es un hombre que derrota a sus enemigos no con las armas, sino con las palabras.

—¿Qué es lo que ponía en el informe? Ah, sí. Que el meca «tiene alma». —La mirada que dirige a los jueces es burlona y los invita a unirse a la mofa—. Mi única duda es si estamos hablando de sentimentalismo... o de herejía.

—¡En esta sala no se juzga la herejía! —Baz está fuera de sí—. ¿Podemos atenernos a los hechos?

—La alférez Vidal afirma que el alma del meca es un hecho y que por ello no lo utilizó para salvar este planeta, que fue precisamente el motivo por el que dice que abandonó su puesto en un primer momento, así que yo diría que eso es un problema, ¿no cree? —dice el comandante Kaminski, y se cruza de brazos.

Noemí no lo puede soportar más.

—¡No estamos aquí para hablar de Abel!

La capitana Baz se une a su protesta.

—Es verdad. Estamos aquí para hablar de ti.

—No, no es verdad. —Noemí mira a su capitana como si se disculpara por adelantado. Le agradece que se haya ocupado de su defensa, pero hasta el momento su papel ha sido irrelevante—. Lo que pase conmigo es lo de menos. Siempre ha sido así. Lo realmente importante es detener la Ofensiva Masada, y para siempre.

Kaminski la observa con sus ojos azules, fríos como el hielo. Él fue uno de los que diseñó la Ofensiva Masada y, por lo visto, es tan egocéntrico que cree que todo esto es un ataque directo a su persona.

—Le ha costado a Génesis una oportunidad para salvarse, ¿y ahora pretende robarnos otra?

—¡No se trata de salvarnos! Como mucho, la Ofensiva Masada le parará los pies a la Tierra durante un tiempo, puede que ni siquiera demasiado. No es una postura épica y noble, sino una acción inútil y sin sentido. Si nos decantamos por ella es porque no teníamos otra opción, o eso creíamos. Pero ahora que he viajado por todo el Anillo y he visto lo que pasa ahí fuera, lo que pasa en la Tierra, sé que no son tan fuertes como creíamos. Y que tenemos aliados. En Kismet, en Bastión, incluso en la Tierra. Puede que también en Cray. Si pudiéramos cruzar la Puerta de Génesis y dar a conocer nuestros objetivos, ¡no tendríamos por qué estar solos! —Le tiembla la voz. Hace una pausa y respira hondo antes de terminar—. Estoy dispuesta a dar mi vida por Génesis. Todos los pilotos lo estamos. Pero ¿ese sacrificio no debería significar algo? Nos merecemos un final mejor.

—¡Los soldados deben proteger el planeta! —exclama Kaminski—. No exigir lo que creen «merecer» de él.

Noemí se pregunta si la silla estará clavada al suelo. Seguramente. Eso significa que no puede levantarse y lanzársela a la cabeza. Tendrá que conformarse con las palabras.

—Nosotros somos este mundo. Su próxima generación. Si no está intentando salvarnos a nosotros, entonces ¿qué es lo que intenta salvar exactamente?

Una voz profunda afirma desde el fondo de la sala:

—Buena pregunta.

Los sensores captan el cambio del día a la noche y encienden las lámparas artificiales, que bañan la sala con su luz justo mientras todos se dan la vuelta para ver al recién llegado. Noemí cree haber reconocido la voz, pero aun así se sorprende al ver la figura que acaba de llegar, vestido con las ropas del Consejo de Ancianos, los bordes de un blanco cegador.

—Darius Akide —dice el juez principal, cuyo poder es irrelevante comparado con el de cualquiera de las cinco personas que dirigen el planeta—. Nos honra con su presencia. No... no esperábamos que el Consejo se interesara por este caso.

Akide avanza lentamente con una sonrisa triste en los labios.

—¿Se refiere al caso de la primera ciudadana de Génesis que sale de nuestro sistema en los últimos treinta años? Somos más curiosos de lo que creen.

—Eso es lo que dice ella. —Kaminski tiene que conservar las formas en presencia de uno de los ancianos, pero el desprecio que siente por Noemí sigue siendo evidente—. La nave en la que dice haber viajado ha desaparecido, cómo no, así que no podemos probar ni refutar sus afirmaciones.

—¿Cree que las máquinas tienen todas las respuestas? Un pensamiento más propio de la Tierra, ¿no cree? —Akide se detiene junto a la silla de Noemí. No es un hombre especialmente alto, pero a ella le parece un gigante—. A veces tenemos que buscar la verdad en nuestro interior y, en este caso, de forma bastante literal. Según el informe de la alférez Vidal, en Bastión fue identificada como ciudadana de Génesis al practicarle unas pruebas médicas, así que a su llegada la sometimos a esas mismas pruebas para saber si podíamos conseguir lo mismo, pero a la inversa. Y, cómo no, encontramos trazas de medicamentos antivirales que hace décadas que no se usan aquí en Génesis, y de uno que ni siquiera conocíamos. Además, tiene unos niveles de toxinas en la sangre no peligrosos, pero sí suficientemente elevados como para demostrar que ha estado respirando un aire contaminado que aquí no hemos tenido nunca. Si de verdad cree que Vidal no ha viajado a esos otros mundos, comandante Kaminski, ¿cómo explica esos resultados?

Kaminski parece que preferiría tragarse su propia lengua. La capitana Baz sonríe con el gesto más sincero que Noemí le ha visto desde su regreso. Hasta ahora, no se había dado cuenta de que Baz tenía sus dudas, pero aun así ha luchado con uñas y dientes para defenderla, y esa actitud beligerante compensa cualquier duda que haya podido tener.

—Obviamente, tendremos en cuenta todas las pruebas cuando dictemos sentencia… —consigue decir el juez principal.

—Este juicio ha terminado. —Darius Akide da un paso al frente con más contundencia que cualquiera de los magistrados—. El Consejo de Sabios no tiene por costumbre interferir en los procesos judiciales. Es más, no lo hemos hecho prácticamente nunca. Pero tenemos derecho a hacerlo, y hoy vamos a ejercer ese derecho. Por decreto del Consejo, la Ofensiva Masada queda oficialmente pospuesta hasta nueva orden. El Consejo, no el ejército, decidirá si se realiza y cuándo. Además, la alférez Noemí Vidal queda libre de todos los cargos y es ascendida a teniente.

—¿Ascendida?

Kaminski se da cuenta demasiado tarde de que lo ha dicho en voz alta.

—Esta chica es responsable de habernos traído la única información de la Tierra y el resto de las colonias que hemos tenido en las últimas tres décadas —responde Akide, asegurándose de que a nadie se le escape el tono de su voz—. Y no solo eso, también nos ha revelado la forma de destruir una puerta que, si bien ya no podemos usar, en el futuro puede servir para que nuestros científicos desarrollen nuevas teorías de su cosecha. Creo que un ascenso es lo mínimo que se merece.

—Estoy de acuerdo —dice la capitana Baz—. Felicidades, teniente.

Debería ser su victoria más emocionante, pero... Bueno, sí, no está mal, pero tampoco soluciona nada. La Ofensiva Masada no ha sido cancelada para siempre. Tampoco han ganado la guerra. Y no volverá a ver a Esther nunca más.

«Gratitud», se dice a sí misma. Y cuando sonríe, lo hace desde el corazón.

Los jueces no saben qué hacer. Uno de ellos empieza a recoger su tabulador y el resto de sus cosas; otro parece extrañamente fascinado por las arrugas de su ropa. El juez principal, por su parte, no pierde la compostura.

—Teniente Vidal, es usted libre de retomar sus obligaciones.

Noemí se levanta y, de pronto, siente la mano de Akide apretándole el hombro.

—De hecho, tiene un nuevo trabajo: asesorar al Consejo sobre todo lo que ha visto en su viaje por el Anillo. Hemos leído su informe, obviamente, pero creo que podríamos aprender mucho más. —La mira a la cara, por primera vez, y malinterpreta la consternación que cree ver en ella—. Es algo temporal, Vidal. Podrá volver a volar, no se preocupe.

—Gracias, señor —responde, pero en realidad está pensando: «¿Yo, asesorando al Consejo?». Estaba preparada para lo peor, incluso para acabar en la cárcel, pero esto es tan distinto, tan inesperado… Y peligroso, a juzgar por la ira que desprende el rostro de Kaminski y la forma en que sus dedos se retuercen sobre el atril, como si estuviera retorciendo un cuello.

Con el Consejo de su parte, quizá pueda cambiar las cosas y tener otra oportunidad para salvar su planeta.

Cuando salen del juzgado, Noemí espera que la lleven a algún sitio elegante, muy secreto o ambas cosas a la vez. Puede que a una reunión del Consejo de Ancianos al completo o a un archivo secreto donde se guarda información vital. En vez de eso, Darius Akide la invita a pasear por la ribera del río, donde todo el mundo puede verlos. Es una manera de exculparla de forma pública, sin hacer ruido ni aspavientos innecesarios. Ella no sabe si le gusta o no.

Bueno, es mejor que la cárcel, eso seguro.

El sol acaba de desaparecer por el horizonte y en el cielo aún brillan las últimas luces del día. Noemí observa los edificios, los más grandes, de piedra; los más pequeños, de madera, con sus cúpulas y sus arcos. Contempla los botes largos que surcan las aguas del río, los contrincantes riendo y luchando para llegar los primeros al siguiente puente. Una bandada de pájaros blancos sobrevuela sus cabezas; son originarios de Génesis, animales espléndidos con la punta de la cola manchada de rosa y que, de repente, a Noemí se le antojan exóticos. El traje de gala, que durante el juicio le ha dado valor, ahora parece fuera de lugar entre tanta ropa ancha y tanta túnica de colores brillantes. Las túnicas en concreto nunca le habían parecido tan bonitas como ahora; se muere de ganas de volver a ponerse una. Sin duda, pisar su planeta es mucho mejor que sobrevolarlo.

Ojalá pudiera enviarle a Abel un vídeo o una fotografía, pero ya se ha ido. Los escáneres planetarios no han podido localizar la nave sin nombre. Ha sido listo y ha aprovechado la oportunidad que ella le ha dado.

—A veces —dice Akide con su voz profunda—, viajar a un sitio nuevo puede resultar extraño, pero volver a casa lo puede ser mucho más. Parece imposible que lo que tan bien conocemos nos parezca ajeno, pero así es.

¿No es la única que lo siente? Noemí reprime un suspiro de alivio.

—Esto es muy tranquilo. Lo digo en un sentido positivo...

—Demasiado tranquilo, quizá. —Cuando mira la cara de la chica, no puede evitar reírse—. Sí, los miembros del Consejo de Ancianos también criticamos de vez en cuando nuestro propio planeta. Hemos ganado muchísimo al reclamar nuestra independencia, pero también hemos perdido mucho.

—¿Por eso quieren hablar conmigo? ¿Para descubrir qué es lo que hemos perdido?

—En parte, sí, pero... he de admitir que hay un tema del que me gustaría hablar contigo personalmente, no como miembro del Consejo. Quiero que me hables de Abel.

«Lo sabía», piensa Noemí. Akide es una leyenda entre los ancianos por la misma razón que es el único que da instrucción militar sobre mecas: de joven, fue cibernetista como Mansfield. Al parecer, era su mejor alumno y el colaborador más cercano, pero cuando estalló la Guerra de la Libertad, Akide tomó partido por Génesis, lo cual no significa que perdiera interés por lo que había estudiado y creado durante tanto tiempo.

—¿Qué quiere saber sobre él?

El anciano se ríe.

—Sé todo lo que hay que saber. Yo mismo ayudé a Mansfield con el diseño.

Noemí se queda muda de la sorpresa y retrocede un paso. ¿Cómo es posible que no haya deducido cuál fue el papel del mejor estudiante de Mansfield en la creación de Abel? Tiene todo el sentido del mundo y, al mismo tiempo, le parece horrible. No hace mucho, le habría parecido imposible dirigirse a un miembro del Consejo de Ancianos como está a punto de hacerlo, pero no puede evitar levantar la voz.

—¿Le ayudó a crear una máquina con la misma inteligencia que un humano? ¿Con los mismos sentimientos y pensamientos...?

—No, eso nunca —la interrumpe Akide—. Solo era un ejercicio teórico, uno de tantos proyectos. No tenía ni idea de que Mansfield pensaba llevarlo a cabo y, si te digo la verdad, me sigue costando creer que el modelo Abel haya sido capaz de alcanzar el nivel de exigencia que diseñamos para él. Me gustaría saber exactamente de qué es capaz.

—Tiene alma. Lo sé con la misma seguridad que sé que yo también la tengo.

Él niega con la cabeza.

—Eso no es más que una ilusión, Vidal. Una ilusión especialmente convincente, seguro; entiendo que te la hayas creído. El Modelo Uno A es extraordinario en sí mismo sin tener que recurrir a... extremos fantasiosos.

Se lo dice con amabilidad, con buena intención. A diferencia de Kaminski, Darius Akide no pretende humillarla por sus creencias sobre Abel; sencillamente, cree que su último proyecto cibernético junto a Burton Mansfield fue solo eso, una ilusión hecha a base de metal y circuitos.

Sin embargo, ella no lo ha incluido todo en el informe. No les ha explicado la decepción de Abel al saberse traicionado por su creador ni las verdaderas intenciones de este; lo último que necesitan es que alguien le copie la idea. Tampoco les ha hablado de la declaración de amor. Es demasiado personal, algo entre ellos dos.

Además, si les hubiera dicho que Abel la quería, le habrían preguntado si ella también sentía algo, y esa es una pregunta que no puede responder porque no lo sabe.

¿Es amor lo que siente? Quizá habría llegado a serlo si hubieran tenido más tiempo. Lo que sí sabe es que le gustaría oír la opinión de Abel sobre todo lo que ve, qué haría si estuviera a su lado. Es el único con el que le gustaría hablar de todo lo que le está pasando, aunque sabe que eso es imposible. Aquí, en su propio planeta, bajo la protección de un anciano del Consejo, no se siente tan segura como cuando tenía a Abel a su lado. Este es su hogar, pero sin él es como si estuviera incompleto.

Si eso no es amor…, al menos es el principio.

—Y dime —continúa Akide—, ¿adónde crees que ha ido? ¿Qué crees que hará a continuación?

—No lo sé.

Es la verdad y, en cierto sentido, la más hermosa de todas. El potencial de Abel es infinito como el de cualquier humano. Tiene toda la galaxia a su disposición, y Noemí espera que encuentre un sitio en el que llevar una buena vida, si es que existe un sitio así, aparte de Génesis. Ya no está segura ni de eso.

Pero cuando levanta la mirada hacia el cielo, cada vez más oscuro, sabe que nunca perderá la esperanza, que nunca dejará de mirar las estrellas y preguntarse si una de ellas es a la que Abel llama hogar.

42

Abel se recuesta en la silla del capitán.

—Adelante.

—Nos han confirmado el cargamento de minerales entre Saturno y Neptuno —anuncia Zayan desde la consola de operaciones—. Eso si nos da tiempo a recoger nuestra parte en menos de ocho horas, claro.

—Introduce el rumbo —le dice a Harriet, que sonríe desde la consola de navegación. Luego se dirige de nuevo a Zayan—. Habla con la mina y confírmales que la *Perséfone* acepta el trabajo.

Ha rebautizado la nave una última vez. No le quedaba más remedio, obviamente, si quería cubrir sus huellas, pero escogió el nombre con mucho cuidado. Según la mitología griega, Perséfone era la mujer de Hades, rescatada del inframundo por su madre, Deméter, pero unida para siempre a su marido por unas semillas de granada que había comido o, según algunas versiones, por amor. Abel piensa en Noemí como en alguien que pertenece a Génesis, pero también a las estrellas, que siempre tendrá un lugar en más de un planeta.

«Además —piensa—, ha bajado a los infiernos y ha regresado sana y salva.»

Ojalá pudiera explicarle el símil y hacerla sonreír, aunque, la verdad, prefiere pensar en ella lo menos posible. Lo último que le dijo fue que se inventara una vida y que la viviera. Y él se ha pasado tanto tiempo encerrado en el compartimento de carga de la nave que ya ha llorado suficiente para toda una vida.

Se acabó. Ahora quiere vivir.

Tras regresar al sistema de Kismet y superar la primera oleada de dolor tras la separación, lo primero que hizo fue sopesar todas las opciones. Sus habilidades le habrían permitido aceptar cualquier trabajo, y encima ya contaba con una primera ventaja sustancial: la nave. Borrar su expediente criminal resultó bastante complicado, pero no imposible; y, ya que estaba, aprovechó para borrar también el de Noemí, por si alguna vez volviera a viajar por la galaxia, algo que Abel sinceramente le desea.

Después de eso, ya era libre.

Se convirtió en un vagabundo, se vistió y actuó como tal. Quería buscar encargos de transporte y cosas así —siempre evitando todo contacto con cualquier meca que pudiera estar programado para reconocer su cara— y sabía que necesitaba una tripulación, pero tenía que ser pequeña, formada únicamente por gente de su confianza. Por suerte, Harriet y Zayan seguían trabajando en la Estación Wayland, ocupándose de la limpieza tras la explosión. Ajenos a la condición de meca y fugitivo de Abel, se mostraron muy felices de poder realizar un trabajo menos físico y en una nave tan «llamativa».

—¿El trabajo incluye alojamiento a bordo? —le preguntó Harriet, los ojos abiertos como platos, mientras Zayan gritaba de alegría—. Tienes un corazón de oro, Abel. Lo sabes, ¿verdad?

Como meca, no deja de ser agradable e irónico que alguien te diga que tienes un corazón de oro.

Le gustaría saber qué diría su creador al respecto, aunque eso implicaría volverlo a ver, una experiencia que Abel tiene intención de evitar a toda costa. Puede que Burton Mansfield ya esté muerto. La última vez que lo vio, ya era muy mayor y estaba débil. No puede evitar sentirse mal cada vez que recuerda sus ataques de tos; una mala jugada de su programación, seguro.

Pero si Mansfield sigue vivo, estará buscándolo con más desesperación que nunca. Por eso es mejor que esté siempre en movimiento. Al fin y al cabo, al anciano le quedan unos meses como mucho y él puede esperar para siempre.

Para siempre es mucho tiempo, suficiente, quizá, para visitar Génesis algún día.

Aún está dispuesto a morir por Noemí y por su planeta. Todavía no ha abandonado la idea de robar otro dispositivo termomagnético, volver a la Puerta de Génesis y destruirla, aunque también tiene ideas nuevas.

Por ejemplo: ¿qué pasaría si volviera a Génesis con un ejército?

La resistencia está presente en toda la galaxia, mortal y efectiva, y le deben favores tanto del sector moderado como del más radical. En Cray, el centro de la supremacía tecnológica de la Tierra, hay científicos dispuestos a romper las filas. La Tierra hará lo que haga falta para ocultar la verdad sobre las telarañas, una verdad que Abel conoce y que, con el tiempo, podría aprender a explotar. Todos estos elementos unidos resultan en una combinación muy poderosa.

¿Y si pudieran obligarlos a firmar la paz? Le gusta la idea de atravesar la Puerta de Génesis acompañado por un destacamento de diplomáticos y sabe que a Noemí le gustaría todavía más. Por mucho que hablara de ganar la guerra, lo que en realidad quería era que acabara. Tener la posibilidad de escoger su propia vida, tal como él lo está haciendo ahora.

Va a hacer lo que ella le pidió. Explorará toda la galaxia y vivirá hasta la última experiencia que se encuentre en el camino.

Aunque nada estará a la altura de su único beso.

Mientras Harriet dirige la nave hacia Saturno, que domina toda la pantalla con sus enormes anillos, Abel se concentra en una estrella diminuta que hay justo encima. Es el sol de Génesis, desde aquí se ve perfectamente.

Dibuja una nueva constelación en silencio, una que solo él conoce, en la que Noemí es el centro y la medida de todo.

Agradecimientos

Tengo que dar las gracias a mucha gente. Primero y más importante, a mi maravillosa editora, Pam Gruber, que vio potencial en mi idea y que ha conseguido que trabajar en este libro fuera un placer. Gracias también a mi agente, Diana Fox; a mis asistentes, Erin Gross y Melissa Jolly; y a mi familia: mi madre, mi padre, Melissa, Eli y Ari. Para ser justa, también debería dar las gracias al Ba Chi Canteen por abastecerme con las cantidades ingentes de *pho* necesarias para recargar las pilas; y a Madeline Nelson, Stephanie Nelson y Marti Dumas por prestarse a acompañarme al Ba Chi cada dos por tres. Como siempre, gracias a Edy Moulton, Ruth Morrison y Rodney Crouther por escuchar todas mis ideas locas, y a la doctora Whitney Raju por informarme de las consecuencias médicas de cada una de ellas. Por último, todo el amor del mundo para la buena gente de la librería Octavia Books, en Nueva Orleans. (Si quieres una copia firmada de cualquiera de mis libros, ¡visita mi página!)